मैं तुमसे कुछ कहना चाहती हूँ

नोबल पुरस्कार से सम्मानित कथालेखिका

एलिस मुनरो

अनुवाद

आनन्द

लोकभारती पेपरबैक्स

पहला पेपरबैक संस्करण : 2018
दूसरा संस्करण : 2023

लोकभारती पेपरबैक्स : उत्कृष्ट साहित्य के लोकप्रिय संस्करण

लोकभारती प्रकाशन
पहली मंजिल, दरबारी बिल्डिंग, महात्मा गांधी मार्ग,
प्रयागराज-211 001
द्वारा प्रकाशित

वेबसाइट : www.lokbhartiprakashan.com
ईमेल : info@lokbhartiprakashan.com

शाखाएँ : 1-बी, नेताजी सुभाष मार्ग, दरियागंज, नई दिल्ली-110 002
अशोक राजपथ, साइंस कॉलेज के सामने, पटना-800 006

बी.के. ऑफसेट
नवीन शाहदरा, दिल्ली-110 032
द्वारा मुद्रित

मूल्य : ₹299

MAIN TUMSE KUCHH KEHNA CHAHATI HUN
Stories by Alice Munro
Translated by Anand

ISBN : 978-93-86863-55-3

एलिस मनरो

नोबेल पुरस्कार से सम्मानित कैनेडियन कथाकार एलिस मनरो का जन्म 10 जुलाई, 1931 को ओन्टारियो, कनाडा में हुआ। उन्होंने द यूनिवर्सिटी ऑफ वेस्टर्न ओन्टारियो, कनाडा से शिक्षा प्राप्त की। उनकी प्रमुख कृतियाँ हैं—'डांस ऑफ द हैप्पी शेड्स', 'लाईव्स ऑफ गर्ल्स ऐंड वीमेन', 'समथिंग आई हैव बीन मीनिंग टू टेल यू', 'हू डू यू थिंक यू आर?', 'द लव ऑफ ए गुड वूमन', 'द बेगर मेड', 'द प्रोग्रेस ऑफ लव', 'द मून्स ऑफ जुपिटर', 'टू मच हैप्पीनेस', 'डियर लाईफ' आदि।

उन्हें 2013 में नोबेल पुरस्कार, 'गवर्नर जनरल लिटरेरी पुरस्कार' (तीन बार), 'ट्रीलियन बुक पुरस्कार', 'पेन सम्मान', 'गिलर पुरस्कार', 'ओ. हेनरी पुरस्कार', 2009 के 'अन्तरराष्ट्रीय मैन बुकर सम्मान' से सम्मानित किया गया है।

आनन्द

आनन्द ब्रॉडकास्ट तथा प्रिंट मीडिया पत्रकार रहे हैं। वे कैनेडियन साहित्य के हिन्दी में पहले अनुवादक हैं। उन्होंने यशपाल की अनेक महत्त्वपूर्ण कृतियों के अंग्रेज़ी तथा फ्रेंच में अनुवाद किए हैं।

शीला

जेनी

एण्ड्र्या

के लिए

अनुक्रम

मैं तुमसे कुछ कहना चाहती हूँ

"अरे, उसे औरतों को लुभाना आता है," एट ने चार से कहा। यह सुनकर चार का चेहरा पीला पड़ गया, वह भाँप नहीं पायी, क्योंकि चार का रंग पहले से ही इतना पीला था। सब बाल सफ़ेद हो जाने पर चार प्रेत--सदृश लगने लगी थी, पर चेहरे की सुन्दरता में कोई कमी न आयी थी।

"जवान हो बुढ़िया, मोटी हो पतली--उसे कोई फ़र्क़ नहीं पड़ता," एट कहती गयी। "ऐसा व्यवहार उसके लिए उतना ही स्वाभाविक है जितना साँस लेना। आशा है वे बेचारियाँ उसकी बातों में नहीं आतीं।"

"बेकार परेशान न हो।" चार ने कहा।

पिछले दिन ब्लेकी नोबल के निमन्त्रण पर एट उसके साथ पर्यटकों को सैर कराने के टुअर पर उसकी लच्छेदार कहानियाँ सुनने गयी थी। निमन्त्रण चार को भी था, पर वह भला क्यों जाती। ब्लेकी नोबल अपनी बस चलाता था। बस का निचला भाग लाल रंगा था और ऊपरी भाग धारीदार कि चन्दोवा तना लगे। एक तरफ़ पेण्टकर लिखा था : लेकशोर टुअर्स, आदिवासियों की क़ब्रगाह, लाइमस्टोन के बाग़, लखपति की हवेली, ब्लेकी नोबल, ड्राइवर-गाइड। ब्लेकी होटल में कमरा लेकर रहता था और एक सहायक के साथ होटल के बग़ीचे में घास कटायी, बाड़ों की छँटाई तथा क्यारियों की देखभाल भी करता था। उसकी शान में खूब बट्टा लगा, गर्मियों के आरम्भ में एट ने कहा था, जब उन्हें पता चला कि वह लौट आया था। वह और चार ब्लेकी को पुराने ज़माने से जानती थीं।

अजनबियों से भरी बस में एट भी एक ओर दबी बैठी रही, पर दिन ढलने से पहले उसकी कई लोगों से जान-पहचान हो गयी थी और दो-तीन ने उसे कपड़े मरम्मत का काम देने का वायदा भी किया--मानो कि उसके पास पहले से काम की भरमार न थी। पर असल बात तो थी बस के टुअर के दौरान ब्लेकी की चाल-ढाल पर निगाह रखना।

और ब्लेकी पर्यटकों को दिखाता क्या था? कुछ घसियाले टीलेनुमा आदिवासियों की क़ब्रें, मटमैले लाइमस्टोन के टेढ़े-मेढ़े ढोकों से भरा एक मैदान, जिसे कल्पना में ही वृक्षों से भरा बग़ीचा (या क़ब्रिस्तान के मज़ार) समझा जा सकता था, तथा शराब के धन्धे की कमाई से बना एक महाबदसूरत मकान। पर ब्लेकी इस तिल का ताड़ बना देता।

पहले आदिवासियों के इतिहास पर भाषण देता, फिर लाइमस्टोन की वैज्ञानिक व्याख्या करता। एट को क्या पता कितना सच, कितना झूठ। आर्थर बता सकता था, पर आर्थर वहाँ कहाँ था, वहाँ थीं कुछ गावदी-सी औरतें, जो सिर्फ़ चाहती थीं, दर्शनीय स्थानों की ओर आते-जाते ब्लेकी की बग़ल में रहना, "लाइमस्टोन पविलियन रेस्तराँ' में उसके साथ बैठ चाय पीना, और बस से उतरते समय अपने कन्धों और कमर पर सहारे के लिए ब्लेकी के मजबूत हाथों के मधुर स्पर्श की कामना करना (ब्लेकी के एट पर भी यही आज़माने पर उसने दबे स्वर में फुंकारा था, "मैं पर्यटक नहीं हूँ")।

ब्लेकी क़िस्सा गढ़ता कि मकान भुतहा था। सारी ज़िन्दगी उस मकान से दस मील दूर रहने के बावजूद एट ने यह कहानी पहली बार सुनी थी। लखपति की पुत्रवधू ने अपने पति की हत्या कर दी थी, कम-से-कम लोगों का यही विश्वास है, ब्लेकी कहता है—

"कैसे हत्या की, बताइये," कोई-न-कोई महिला रोमांचित हो पूछती।

"देखा, महिलाओं को पूरी बात सुने बिना चैन कहाँ," ब्लेकी अवहेलना का पुट लिये शहद जैसी मीठी आवाज़ में कहता—"धीरे-धीरे, थोड़ा-थोड़ा ज़हर खिलाकर मारा। लोग यही कहते हैं, यह सब स्थानीय अफ़वाहें, गप्पें हैं।" (*स्थानीय अफ़वाहें मेरी जूती से!* एट अपने से भन्नायी थी।) "पति के दूसरी औरतों से सम्बन्ध उसे बर्दाश्त न थे।"

ब्लेकी बताता, मकान के बग़ीचे में दो देवदार के पेड़ों के बीच अक्सर एक रूह घूमती दिखायी देती थी। पुत्र की नहीं, पत्नी की रूह, पश्चात्ताप करती। ब्लेकी के चेहरे पर उदास मुस्कान छा जाती। एट को पहले लगा था कि ब्लेकी का यह व्यवहार दिखावटी था। पर्यटक महिलाओं को रिझाकर बस टुअर के लिए खर्चे दाम वसूल करवाने का यत्न। धीरे-धीरे उसका विचार बदल गया। वे मोटी हों या सीकियाँ हों या गावदी हों, ब्लेकी हर महिला के निकट झुककर उसकी आँखों-में-आँखें डालकर ऐसे बात करता मानों उसमें कुछ ढूँढ रहा हो। ब्लेकी की हँसी, शान्त आँखों में एक गम्भीर पैनापन होता (क्या मैथुनरत पुरुषों की आँखों में यही भाव होता था जिसे एट कभी न देख पायेगी), समुद्र में गहरा गोता लगानेवाले किसी जैसा, जो समुद्र की ठण्डी, वीरान और बाधाओं से भरी गहराइयों में गोता लगाकर किसी चीज़ की तलाश करना चाहता हो, कोई छोटी-सी, मूल्यवान्, मुश्किल से ढूँढ़ने पर ही प्राप्य वस्तु, जैसे सुमुद्र-तल पर पड़ा कोई माणिक। ब्लेकी की आँखों का वह भाव एट चार को बताना चाहती थी। निस्सन्देह चार वह भाव देख चुकी थी, पर क्या उसे पता कि कितने खुले दिल से वह बाँटा जा रहा था?

उस साल चार और आर्थर का ख़्याल येलोस्टोन पार्क और ग्रैण्ड कैनयन जाने का था, पर वे गये नहीं। स्कूल में छुट्टियाँ होने के समय से आर्थर को सिर चकराने के दौरे पड़ने लगे थे और डॉक्टर ने उसे बिस्तर में लेटे रहने की ताक़ीद कर दी। उसे कई

तक़लीफ़ें थीं, ख़ून की कमी, दिल की धड़कन, गुर्दे की बीमारी। एट को डर था कहीं ल्यूकेमिया न हो। रात को नींद खुल जाने पर वह सोचती रहती।

"बेवकूफ़ी की बात न करो", "चार ने शान्त आवाज़ में कहा था", "उसे सिर्फ़ थकान की बीमारी है।"

सन्ध्या समय आर्थर बिस्तर छोड़ अपना ड्रेसिंग गाउन पहनकर सामने बरामदे में बैठ जाता। ब्लेकी नोबल मिलने आ जाता। ब्लेकी मज़ाक करता कि होटल के रसोई-घर के ठीक ऊपर उसके कमरे में इतनी गर्मी हो जाती है कि लगता था होटलवाले उसे ज़िन्दा उबाल देने पर तुले थे। बरामदे की ठण्डी हवा उसे बहुत सुहाती थी। वे लोग स्कूल अध्यापकों के प्रिय खेल खेलते थे, जैसे भूगोल-सम्बन्धी खेल या किसी शब्द के अक्षर जोड़-तोड़ कर नये शब्द बनाने के खेल। आर्थर को ऐसे ही खेल पसन्द थे। एक दिन आर्थर चौंतीस विभिन्न शब्द बनाकर जीत गया तो उसके आनन्द की सीमा न रही थी।

"लगता है तुम्हें होली ग्रेल (नायाब पवित्र कटोरा) मिल गया हो," चार ने कहा।

अगला खेल था–"बूझो मैं कौन हूँ?" इसमें हर खिलाड़ी को किसी काल्पनिक या वास्तविक, जीवित या मृत, मानव या पशु का स्वाँग करना पड़ता था तथा शेष लोग बीस प्रश्न-उत्तर पूछकर अनुमान करते कि वह क्या बना है। एट ने तेरह प्रश्न कर ही भाँप लिया कि आर्थर ने सर गैलहाड का स्वाँग रचा था।

"मुझे क़तई पता नहीं था कि तुम इतनी जल्दी भाँप लोगी।"

"मुझे याद था कि चार ने पवित्र कटोरा मिलने की बात कही थी।"

"मेरा बल दस लोगों के बराबर है, ब्लेकी ने उद्धृत किया, क्योंकि मेरा दिल साफ़ है–मुझे नहीं मालूम था, मुझे यह कविता याद थी।"

"तुम्हें सम्राट् आर्थर बनना चाहिए था, अपना हमनाम।"

"सही है। सम्राट् आर्थर का विवाह संसार की सबसे सुन्दर स्त्री से हुआ था।"

"जी हाँ," एट ने कहा–"सब जानते हैं उनकी कहानी का अन्त।"

चार अन्दर बैठक में गयी और अँधेरे में ही पियानो बजाने लगी।

बसन्त की बहार में खिलते फूलों का,
इस बात से भला क्या सम्बन्ध...।

उस साल जून में जब एट हाँफती हुई आयी और बोली–"बताओ मैंने किसे बाज़ार में देखा?" तो घुटनों के बल बैठी स्ट्राबेरी तोड़ती चार का उत्तर था, "ब्लेकी नोबल।"

"तुमने उसे देखा था।"

"न," चार ने कहा, "मैंने तुम्हारी आवाज़, तुम्हारे अन्दाज़ से भाँप लिया था।"

तीस साल से उन दोनों में से किसी ने यह नाम नहीं लिया था। उस समय तो एट चकित रह गयी थी, पर बाद में उसे समझ आया था। चार को विस्मय क्यों होता? आख़िर देश में डाक आती-जाती थी। लोग एक-दूसरे को पत्र लिखकर समाचार प्राप्त करते ही थे।

"मैंने उसकी पत्नी के विषय में पूछा," एट ने कहा, "वही, जो गुड़ियों का खेल करती थी।" (मानों चार को याद न था।) "उसका कहना है कि वह बहुत अरसा हुआ मर गयी। सिर्फ़ यही नहीं, उसने फिर विवाह किया था और दूसरी भी चल बसी। पैसेवाली कोई नहीं रही होगी। और उसके नोबल परिवार की होटल की जायदाद का क्या हुआ?"

"कौन जाने," चार बोली, और उसने एक स्ट्राबेरी मुँह में डाल ली।

होटल अभी हाल ही में फिर चलना शुरू हुआ था। उन्नीस सौ बीस के दशक में नोबल परिवार के होटल छोड़ देने के बाद कुछ समय के लिए इसमें म्युनिसिपल अस्पताल खोल दिया गया था। अब टोरोण्टो के किन्हीं आसामियों ने इसे ख़रीदकर खाने का कमरा फिर से सजाया, कॉकटेल लाउंज खोला, घास का लॉन और बग़ीचा ठीक करवाया, सिर्फ़ टेनिस कोर्ट मरम्मत लायक़ न रहा था। क्रोके खेलने का पूरा सरंजाम किया गया। अब गर्मियों में होटल में टिकनेवाले पुराने ज़माने के अतिथियों से भिन्न थे। रिटायर्ड पति-पत्नी, कई विधवाएँ और अकेली महिलाएँ। एक ज़माने में होटल में टिकनेवाले नाव से उतरते थे तो उन्हें देखनेवालों की भीड़ लग जाती थी। एट ने सोचा, इन लोगों को देखने तो कोई नहीं आयेगा। और अब नाव चलती ही कहाँ थी।

ब्लेकी नोबल से पहली बार सड़क पर भेंट होने पर उसने आश्चर्य प्रकट न करने का पूरा यत्न किया था। ब्लेकी ने सफ़ेद रंग का सूट पहन रखा था। उसके धूप लगने से फीके पड़े बाल अब पककर सदा के लिए सफ़ेद हो गये थे।

"ब्लेकी, मैं सोच रही थी कि सामने या तो तुम हो या सफ़ेद आइसक्रीम से भरा कोन। तुम शर्तिया मुझे नहीं पहचान सकते।"

"तुम एट डेस्मण्ड हो और तुम में फ़र्क़ सिर्फ़ इतना आया कि तुम अब अपने बालों की चोटी नहीं बाँधती हो।" उसने उसी पुराने अटपटे ढंग से झुककर एट का माथा चूमा।

"तो अपने पुराने अड्डों पर घूम रहे हो तुम," एट बोली। वह सोच रही थी, पता नहीं कौन देख रहा हो।

"घूम नहीं रहा, पुरानी यादें ताज़ा कर रहा हूँ।" उसने एट को बताया कि होटल के दुबारा खुलने की भनक उसे कैसे मिली, और वह फ्लोरिडा और बैंफ और कहाँ-कहाँ पर्यटकों के टुअर की बस चलाने का काम करता रहा था। एट के पूछने पर उसने अपनी

दोनों पत्नियों के विषय में भी बताया। एट से न पूछा कि उसका विवाह हुआ कि नहीं, उसे विश्वास था कि वह अविवाहित ही होगी। न चार के विवाह के बारे में कोई प्रश्न किया जब तक एट ने खुद नहीं बताया।

एट को वह दिन याद था जब उसे पहली बार चार की सुन्दरता का एहसास हुआ। उस दिन वह अपनी, चार की और छोटे भाई की, जिसकी डूब जाने से मृत्यु हो गयी थी, एक फ़ोटो देख रही थी। तब वह दस वर्ष की थी, चार चौदह वर्ष की और सैण्डी सात का–फ़ोटो उसकी मौत के कुछ ही सप्ताह पहले की थी। एट बिना बाहों की कुर्सी पर बैठी थी, चार उसके पीछे, बाहें कुर्सी की पीठ पर टिकाये, और सैण्डी जहाज़ी सूट पहने सामने फ़र्श पर चौकड़ी मारे बैठा था। पृष्ठभूमि में एक मैले, पुराने से पर्दे पर बने चित्र के कारण फ़ोटो में यह फ़र्श फ़व्वारों और पेड़ों की क़तारों से घिरा किसी आलीशान हवेली का संगमरमर का आँगन लगता था। फ़ोटो खिंचवाने के लिए चार ने बाल समेटकर जूड़ा बाँध लिया था और वह चटकीले नीले रंग के–फ़ोटो में रंग का क्या पता लगता–रेशम की पोशाक पहने थी जिस पर काली मख़मल की मगज़ी लगी थीं। होठों पर हलकी मुस्कान, सधा अन्दाज़। उसे अट्ठारह की भी समझा जा सकता था और बाईस की भी। उस ज़माने के कैलेण्डरों और सिगार के बक्सों पर अक्सर चित्रित सकुचाती, भरे शरीरवाली सुन्दरियों जैसा यौवन उसका न था। उसके नक़्श थे तीखे और नाज़ुक, चेहरे पर किसी को भी न सहने का भाव और आँखों में चुनौती।

एट ने देर तक ग़ौर से इस फ़ोटो को देखा, फिर रसोई-घर में जाकर वहाँ काम करती चार को। वह कपड़ों की धुलाई का दिन था। घर के काम में हाथ बँटानेवाली औरत धुलाई की मशीन के बेलनों में दबाकर कपड़े निचोड़ रही थी। माँ जाली के दरवाज़े के पार देखतीं एक ओर निष्क्रिय बैठी थीं (सैण्डी के गम से वह अभी तक उबरी न थीं, न उनके कभी उबरने की आशा थी)। चार पिता की कमीज़ में लगनेवाले कॉलरों में कलफ़ लगा रही थी। पिता की बाज़ार के चौक में मिठाई और तम्बाकू की दुकान थी और वे रोज़ कालर बदलते थे। पर्दे में चित्रित जैसा कायापलट बाहर हो गया मिलता तो शायद एट को विस्मय न होता, पर सब-कुछ वैसा ही था। कलफ़ भरे बर्तन पर झुकी चुप और कुछ कुढ़ती-सी चार (उसे धुलाई के दिन से चिढ़ थी, गर्मी और भाप से भरे रसोई-घर, हवा में फड़फड़ाती चादरों और धुलाई की मशीन की खटर-पटर से उसे चिढ़ थी–असल में उसे घर सँभालना ही नापसन्द था) के चेहरे पर फ़ोटो जैसा वही कठोरता और कोमलता का मिला-जुला भाव था। उस दिन, चाहने या न चाहने पर भी, एट को समझ आ गया कि सुन्दरता के उन बखानों के पीछे तथ्य था और उस सुन्दरता का कहीं–कभी प्रकट होना बिल्कुल अप्रत्याशित था। उसे विश्वास हो चला कि सुन्दर स्त्रियाँ सिर्फ़ क़िस्से-कहानियों में ही नहीं पायी जाती थीं।

वह और चार रविवार को नाव से आनेवाले पर्यटकों को देखने होटल तक जाती थीं। हर चीज़ इतनी उज्ज्वल कि आँखें चौंधियाँ कर दर्द करने लगें–स्त्रियों की सफ़ेद पोशाकें

और छतरियाँ, पुरुषों के सफ़ेद सूट और पनामा हैट, तिस पर झील की सतह और बैण्ड के बाजों के पीतल पर प्रतिबिम्बित सूरज की चमक। उन सजी-सँवरी औरतों में एट को तमाम कमियाँ नज़र आतीं--सूखे चेहरे, थलथल नितम्ब, मोटी गर्दनें, रूखे-उलझे अनसँवरे केश। आयु छोटी होने पर भी एट की आँखों से कुछ छिपता न था। उसकी तेज़ ज़बान और आत्मविश्वास की धाक स्कूल भर में थी। किसी के मोज़े में छेद या कपड़ों में खरोंच पर सबसे पहले उसी की नज़र जाती थी। अध्यापक के कक्षा में 'सर जॉन मूर का दफ़न' कविता पढ़ने की नकल भी वही करती थी, पर स्कूल के मैदान के कोने में, जहाँ अध्यापक न सुन पाये।

जो भी हो, अधिक उचित और उपयुक्त होता यदि एट को गीले कपड़े पहने और माथे पर त्योरियाँ चढ़ाये धुले कपड़ों में कलफ़ लगाती चार के बजाय उन बनी-ठनी महिलाओं में कोई सुन्दरी नज़र आ जाती। एट को स्वभावतः परस्पर-विरोधी और बेतालमेल की बातें पसन्द न थीं, और न पसन्द थीं रहस्य-भरी बातें या किसी प्रकार की पराकाष्ठाएँ। इसी प्रकार एट को लोगों की स्मृति में भाई के डूब जाने की दुर्घटना से अपना जुड़ा होना या लोगों का सदैव पिता का सैण्डी का शव झील के तट से उठाकर लाने की बात करना पसन्द न था। भाई के डूबने के बाद की सन्ध्या के झुटपुटे में उसे शोकग्रस्त घर के लॉन में, स्कूल में व्यायाम करने की पोशाक पहने क़लाबाज़ी लगाते देखा जा सकता था। एक दिन जब पार्क में चार किसी को बता रही थी कि, "जो बच्चा डूबा था वह हमारा मुन्ना भइया था," तो एट ने आँखें बचा के मुँह बिचका दिया था।

पार्क झील के किनारे था। वे दोनों होटल के मालिक के लड़के ब्लेकी नोबल के साथ पार्क में थे जब उसने कहा--"झील में तैरना ख़तरनाक हो सकता है। तीन-चार साल पहले यहाँ एक बच्चा डूब गया था।"

चार की सराहना में कहना पड़ेगा उसका उत्तर दुःख नहीं बल्कि परिहास का पुट लिये था, कि ब्लेकी को मॉक हिल के निवासियों के बारे में कितना कम मालूम था। चार ने कहा था, "जो बच्चा डूबा था वह हमारा मुन्ना भइया था।"

ब्लेकी की उम्र चार से बड़ी न थी। अगर होती तो वह लाम पर फ्रांस भेज दिया गया होता पर उसका बचपन मॉक हिल में नहीं बीता था। उसका मेलजोल स्थानीय निवासियों की जगह अपने पिता के होटल में ठहरनेवाले पर्यटकों से था। हर जाड़े में वह अपने माता-पिता के साथ रेल से कैलिफोर्निया जाता था। प्रशान्त महासागर की लहरों को उसने कैलिफोर्निया के तट पर झाग बिखेरते देखा था। वह अमेरिकी समाज का अंग हो उस राष्ट्र के प्रति निष्ठा प्रकट कर चुका था। उसका व्यवहार अमरीकियों जैसा ही सहज तथा वर्ण धूप से तपा था। उन दिनों आम तौर पर लोगों के चेहरे निठल्ले बैठ धूप सेंकने से नहीं बल्कि धूप में काम करने से तपे रहते थे। तेज़ धूप में घूमने

से उसके बालों का रंग फीका पड़ गया था। देखने में वह उतना ही आकर्षक था जितनी चार, पर ब्लेकी की सुन्दरता में एक दोष था–उसकी चिकनी-चुपड़ी बातें करने की आदत।

मॉक हिल और झील के किनारे बसे अन्य क़स्बों के लिए वे दिन ठाठ और ख़ुशहाली के थे। इन नगरों के यही होटल बाद में बच्चों के ग्रीष्मकालीन अवकाश कैम्पों, टी.वी. सेनिटोरियमों और द्वितीय महायुद्ध के दौरान ब्रिटेन की हवाई सेना के प्रशिक्षार्थी पायलटों के लिए बारकों में परिवर्तित कर दिये गये थे। हर वर्ष गर्मियों के पहले होटल की पुताई होती, बरामदे की रेलिंग और छत की मुण्डेर से फूलों की बाल्टियाँ लटका दी जातीं। लॉन में झूला टाँगकर क्रोके खेलने का सामान रख दिया जाता, टेनिस कोर्ट में झाड़ लगता। कारख़ानों और दुकानों में काम करनेवाले युवक-युवतियाँ और ऐसे ही अन्य लोग जिनके लिए होटल महँगा था, एक ओर लम्बी क़तार में बनी लकड़ी की कुटियों में रहते थे। कुटियों के सामने लकड़ी की बाड़ लगी थी, जिसकी आड़ में कुटियों के बाहर बने कूड़ादान और साझे शौचगृह थे। मॉक हिल की माताएँ अपनी बेटियों को इन कुटियों से दूर रहने से सावधान करती रहतीं। चार को कहनेवाला कोई न था। वह एट को साथ ले, दिन-दहाड़े इन कुटियों की क़तार के सामने बने पथ पर घूमने निकल जाती। कुटियों की खिड़कियों में शीशे नहीं बल्कि लकड़ी के झिरींदार पल्ले लगे थे। एक-दो बार इन खुली खिड़कियों के पीछे के अन्धकार से हताश, नशे में लरज़ती आवाज़ों में अस्पष्ट से निमन्त्रण दिये जाने के अतिरिक्त कभी कुछ न हुआ था। चार के रंग-ढंग और उसका अन्दाज़ पुरुषों को लुभाने की जगह धमकी देने लगते थे। मॉक हिल में हाईस्कूल पास करने तक उसकी किसी लड़के से मित्रता या मेल-मिलाप न था। ब्लेकी को ही उसका पहला ब्वॉयफ्रेण्ड कहा जा सकता था।

1918 की उन गर्मियों में चार और ब्लेकी में क्या सम्बन्ध थे? एट को पक्का पता न था। एक-दो बार के अलावा वह चार से मिलने उनके घर न आया। उसे होटल के काम से ही छुट्टी न थी। हर दिन दोपहर बाद वह पर्यटकों को कपड़े का चन्दोवा लगी खुली गाड़ी में झील किनारे की सड़क से होकर आदिवासियों की क़ब्रें, लाइमस्टोन के कुंज तथा टोरोण्टो के शराब के व्यापारी द्वारा गॉथिक शैली में बनवायी आलीशान हवेली–जिसे क़स्बे के लोग 'ताड़ी भवन' कहते थे–दिखाने ले जाता था। हर सप्ताह होटल में आयोजित नौटंकी का दायित्व भी ब्लेकी पर था, जिसे क़स्बे के कुछ अदाकार, होटल में रहते रिटायर्ड हो चुके कुछ लोग, और विशेष रूप से आमन्त्रित पेशेवर गाने-वाले और कामेडियन मिलकर पेश करते थे।

चार और ब्लेकी की भेंट का समय दोपहर था।

चार कहती, "चलो बाज़ार तक जाना है।"

वह डाकघर से डाक उठाती, फिर बाज़ार के चौक की दुकानों के सामने कुछ देर घूमकर पार्क में घुस जाती। कुछ समय बाद ब्लेकी नोबल होटल के किनारे के दरवाज़े

से निकलता और पार्क की सड़क पर चढ़ आता। कई बार वह उन्हें चौंकाने को सड़क छोड़ पिछवाड़े की बाड़ फाँदकर आता। उसका यह सब कूदना-फाँदना हाईस्कूल के दूसरे लड़कों जैसा स्वाभाविक न था। उसका व्यवहार किसी बच्चे की नक़ल करते वयस्क मर्द-सा था पर अटपटा नहीं, लगता था अपना मज़ाक ख़ुद उड़ाने का अभिनय कर रहा हो।

"स्वयं अपने पर मोहित लगता है," उसे देखकर एक दिन एट ने चार से कहा। उसने शुरू में ही ज़ाहिर कर दिया था कि उसे ब्लेकी पसन्द न था।

"बिल्कुल है," चार ने कहा।

उसने ब्लेकी से कहा, "एट का कहना है, तुम अपने पर मोहित हो।"

"तुम्हारा क्या कहना है?"

"मैंने कहा, तुम अपने पर मोहित हो क्योंकि तुम पर कोई और नहीं।"

ब्लेकी ने बुरा नहीं माना। उसका व्यवहार शुरू से ऐसा था कि उसे एट पसन्द थी। कई बार वह एट की चोटियों को लपेटकर यत्न से बनाये जूड़े को खींचकर बिखेर देता था। वह नौटंकी के लिए बुलाये कलाकारों के क़िस्से सुनाता। स्कॉटलैण्ड के गीतों का गायक पक्का पियक्कड़ था और कपड़ों के अन्दर औरतों जैसी कमरकस चोली पहनता, नौटंकी में औरतों की नक़ल करनेवाला भाँड़ सोते समय भी औरतों के कपड़े पहने रहता था, कठपुतली नचानेवाली औरत अपनी दोनों कठपुतलियों से ऐसे बात करती कि मानों वे जीवित हों और उन्हें बिस्तर में दोनों तरफ़ तकियों पर सजा अपने साथ सुलाती थीं।

"उस औरत के बारे में तुम्हें कैसे मालूम?" चार ने कहा।

"मैं एक दिन उसके कमरे में सुबह का नाश्ता पहुँचाने गया था।"

"होटल की नौकरानी कहाँ थी?"

"नौटंकी समाप्त होने की अगली सुबह यह मेरा काम है। उसी समय मैं उनकी उजरत दे उनकी छुट्टी भी कर देता हूँ। कुछ तो हफ़्ता भर जाने का नाम न लें अगर उन्हें चलता न किया जाये। वह औरत कठपुतली को बिस्तर में अपनी बग़ल में बिठा उनके मुँह में खाना देने और उनसे सवाल-जवाब करने का स्वाँग करती है। तुम देख पाओ तो तुम्हारा हँसते-हँसते दम निकल जाये।"

"सनकी लगती है," चार ने चैन की साँस लेकर कहा।

•

उस साल गर्मियों की एक रात नींद खुलने पर एट को याद आया कि उसने गुलाबी आरगण्डी की अपनी पोशाक धोकर सूखने डाली थी। उसे लगा कि वर्षा शुरू होनेवाली थी। वर्षा नहीं थी, पर उस उनींदी अवस्था में, हवा में हिलती पत्तियों की सरसराहट उसे वर्षा की बूँदों जैसी लगी। उसे यह भी लगा कि रात काफ़ी बीत चुकी थी, पर बाद में

उस बात को कई बार सोचने के बाद लगा कि आधी रात थी। उठकर वह नीचे गयी, पिछवाड़े की बत्ती जलायी और रसोई-घर के बाहर बनी छोटी-सी सीढ़ी पर खड़े हो, रस्सी पर लटकते कपड़े की ओर हाथ बढ़ाया। उसी समय उसके पाँव तले की सीढ़ी के बग़ल की घास में, गुलाबी फूलों की बड़ी-सी झाड़ी के नीचे, दो सिर उठते दिखायी दिये। सिरों के नीचे आपस में जुड़े धड़ उठकर बैठे या खड़े नहीं हुए, सिर्फ़ सिर उठे, जैसे बिस्तर में लेटे लोग अक्सर करते हैं। पिछवाड़े की रोशनी पूरी उन पर नहीं पड़ रही थी, सिर्फ़ इतना उजाला था कि चेहरे पहचाने जा सकें। ब्लेकी और चार।

एट पूरी तरह देख न पायी थी कि उनके कपड़े कितने अस्त-व्यस्त थे, वह क्या कर रहे थे या करनेवाले थे। वह जानना चाहती भी न थी, उनके चेहरे देख लेना ही काफ़ी था—सूजे, फैले से मुँह, दबे पिचके गाल और आँखें जैसे चेहरे में दो छेद। एट कपड़े रस्सी पर लटकते छोड़ सपाटे से घर में घुसी और तेजी से जाकर अपने बिस्तर में गिर पड़ी। उसे इतनी जल्दी नींद आयी कि बाद में उसे स्वयं विस्मय हुआ था। चार ने अगले दिन इस बारे में कुछ न कहा, सिर्फ़ इतना कि, "मैं तुम्हारे कपड़े अन्दर ले आयी थी, एट! मैंने सोचा कि शायद वर्षा हो।" मानों उसने एट को कपड़े उतारने का यत्न करते देखा ही न था। एट कई दिन सोचती रही। उसे मालूम था कि, 'तुमने मुझे देखा था' कहने पर चार का उत्तर होगा कि वह सपना देख रही थी। उसने चुप रहकर चार को यही आभास दिया। चुप रहकर एट को अधिक ही मालूम हुआ, उसे पता चल गया कि किन्हीं क्षणों में अपने तेज और प्रभाव के बिना चार कैसी लगती थी। मुँह और नाक में काई भरा सैण्डी का डूबा हुआ शव भी इतना क्षीण और निस्सहाय नहीं लगा होगा।

क्रिसमस के उत्सव के पहले मॉक हिल में ख़बर फैल गयी कि ब्लेकी नोबल की शादी हो गयी थी। उसने कठपुतली नचानेवाली से विवाह कर लिया था। उन गुड़ियों की याद लोगों को कठपुतलीवाली से ज़्यादा थी। उस औरत के बारे में एक बात सबको याद आयी—कि वह चालीस से एक दिन कम न थी। उन्नीस साल के लड़के से शादी। इसका कारण था, लोगों ने कहा, कि ब्लेकी को उसके माँ-बाप ने बचपन से ही बिगाड़ दिया था। उसे होटल में जो चाहे करने की खुली छूट दी थी, वह कैलीफोर्निया आदि कहाँ-कहाँ और जाने कैसे लोगों की संगत में घूमता रहता था। कोई भी कह सकता था कि ऐसे का पतन होना ही था।

चार ने विष खा लिया। या विष समझकर कुछ और। असल में वह कपड़ों में लगानेवाला नील था। रसोई-घर के ताक पर रखी तमाम चीज़ों में यही पहले उसके हाथ पड़ी। एट स्कूल से घर लौटी—उसने स्कूल में ही ख़बर सुन ली थी और सुनी थी चार से, जिसने मखौल उड़ाने से कहा था कि इससे ज़्यादा हँसी की बात और क्या हो सकती थी—तो देखा कि चार कमोड में उलटियाँ कर रही थी। "ज़रा डॉक्टरी इलाज की किताब

तो लाना," चार ने कराहें दबाकर एट से कहा था। "देखो, ज़हर के इलाज के बारे में क्या कहते हैं?" एट चुपचाप डॉक्टर को फ़ोन करने लगी, तो चार लड़खड़ाती ग़ुसलख़ाने से बाहर आयी, हाथ में घर की सफ़ाई के तेज़ाब की बोतल लिये। "फ़ोन बन्द करो वर्ना मैं यह सारी बोतल पी जाऊँगी," चार ने बुझी-सी आवाज़ में धमकाया था। उनकी माँ अगर घर में थीं तो कमरा बन्दकर सो रही थीं।

एट ने मन मारकर फ़ोन रख दिया था। उसने वही मोटी, पुरानी पुस्तक निकाली जिसमें कभी बच्चे पैदा होने और मृत्यु के लक्षणों और नाक के आगे दर्पण रखकर साँस चलने का पता लगाने के बारे में पढ़ा था। यह सोचकर कि चार ने तेज़ाब का घोल पी लिया था उसने वही पढ़ना आरम्भ किया। तब पता चला कि चार ने नील खा लिया था। नील के बारे में उस पुस्तक में कुछ न था, पर अन्य विषों की चिकित्सा के बारे में दी गयी सूचना से यही लगा कि उल्टी कराके—चार उल्टी कर ही रही थी, उसे करानी नहीं पड़ी—ठण्डे दूध का बड़ा गिलास पीना चाहिए। दूध पीकर चार को फिर उल्टी आने लगी।

"मैंने यह ब्लेकी नोबल के कारण नहीं किया," उल्टी करने के बीच उसने कहा था। "यह सोचने की ग़लती न करना। उस जैसे गलीज़ इन्सान के लिए! क्या मैं इतनी बेवकूफ़ हूँ? असल में मैं इस जीवन से तंग आ गयी हूँ।"

"आख़िरकार किस चीज़ से तंग आ गयी हो?" चार मुँह पोंछ रही थीं तो एट ने समझाना चाहा।

"इस नामाकूल क़स्बे से और इसके लोगों से, माँ की बीमारियों से, रोज़ घर की सफ़ाई से और कपड़ों की धुलाई से। मुझे और उल्टी नहीं आ रही। मैं कॉफी पीना चाहती हूँ, पुस्तक में भी यही लिखा है।"

एट ने कॉफी बनायी और चार ने कॉफी पीने के दो बढ़िया प्याले निकाले। कॉफी पीते दोनों बहनें खी-खी करने लगीं।

"मैं लैटिन पढ़ते तंग आ गयी हूँ," एट ने कहा। "मैं अलजबरा के सवालों से तंग आ गयी हूँ। मुझे भी नील का एक जाम पी लेना चाहिए।"

"जीना ही मुसीबत है," चार ने कहा। "हे जीवन, तेरा अन्त क्यों नहीं होता?"

"हे मृत्यु, मृत्यु तू क्यों नहीं मुझे अपने पाश में ले लेती?"

"क्या मैंने मृत्यु की जगह पर जीवन कहा? मुझसे ग़लती हो गयी। हे मृत्यु, तू क्यों नहीं मुझे अपने पाश में ले लेती?"

एक अपराह्न चार बाज़ार करने और लाइब्रेरी से पुस्तकें लेने गयी और एट आर्थर की देखभाल कर रही थी। एट ने आर्थर को दूध और अण्डा मिलाकर एगनॉग बना देने की सोची और चार की रसोई की आलमारी में जायफल तलाश कर रही थी। आलमारी में अन्य मसालों और कई इत्र की बोतलों के पीछे उसे एक अजीब-सी शीशी दिखायी

दी। लेबल पर लिखा था—ज़िंक फास्फाइड। मूसनाशक, यानी चूहा मारने की दवा। एट को याद नहीं आया कि चार और आर्थर के घर कभी चूहों का प्रकोप था। उनकी पालतू बिल्ली आर्थर के पैताने सो रही थी। एट ने ढक्कन खोलकर सूँघा, कोई गन्ध नहीं थी। कोई स्वाद भी नहीं होगा, वर्ना चूहे क्यों कर खायेंगे। उसने बोतल वापस वहीं रख दी। एगनॉग बनाकर आर्थर को दिया और उसे पीते देखती रही। धीमे असरवाला ज़हर। उसे लखपति की पुत्रवधू के बारे में ब्लेकी की गढ़ी कहानी याद आयी। आर्थर एक बच्चे की तरह गटगट पी गया, उसे ख़ुश करने को, एट को लगा, न कि एगनॉग के स्वाद के कारण। उसे तो जो पकड़ा दो वह पी लेगा, और क्या।

"तबीयत कैसी है आजकल, आर्थर?"

"अरे, एट, कभी ज़रा अच्छी, कभी ख़राब। समय तो लगेगा।"

लेकिन बोतल तो पूरी ऊपर तक भरी थी। क्या बेहूदा व्यर्थ विचार। अगाथा क्रिस्टी की पुस्तकों जैसी रहस्य-भरी कहानी। चार से पूछने पर चार बता देगी कि बोतल किस लिये थी।

"तुम्हें कुछ पढ़कर सुनाऊँ?" एट के पूछने पर आर्थर ने हाँ कर दी। बिस्तर की बग़ल में बैठ एट ने ड्यूक ऑफ वेलिंगटन के बारे में एक किताब से कुछ देर पढ़कर सुनाया। आर्थर यही पढ़ रहा था पर पुस्तक उठाने से उसकी बाहें थक गयी थीं। युद्धों और संग्रामों के भयावह वर्णन से भरपूर उस पुस्तक में आर्थर को क्या रुचि हो सकती थी? उस सीधे, भोले इन्सान को इन बातों की क्या समझ कि लोग ग़लत या बुरे काम क्यों करते हैं। उसे इतिहास का ज्ञान था, पर अपने घर में अपनी आँखों के सामने हो रही बातों का ज्ञान न था। एट को ख़ुद पूरी बात का पता न था, पर वह आर्थर की तरह भोली न थी। उसे पता था कि कुछ लोग विश्वासयोग्य नहीं थे।

उसने चार से कुछ न कहा। जब भी वह उस घर में होती, किसी-न-किसी बहाने से अकेली रसोई-घर में जाती ताकि आलमारी खोल, पंजों के बल खड़ी होकर देख सके कि दूसरी बोतलों के पीछे रखी उस बोतल के तरल पदार्थ में कोई कमी थी या नहीं। उसे यह विचार ज़रूर आता कि कहीं वह सनकी तो नहीं हो गयी थी; उसका यह भय किशोरियों को प्रायः अकारण अनुभव होनेवाले एक निरर्थक भय जैसा था कि वे किसी खिड़की से नीचे कूद पड़ेंगी अथवा उनके हाथों किसी शिशु का दम घुट जायेगा। यद्यपि उसे यह भय अपनी किसी करनी का न था।

एट ने देखा, चार, ब्लेकी और आर्थर बरामदे में बैठे बात कर रहे थे कि अन्दर कमरे में जा बत्ती जलाकर ताश खेलें या नहीं। वह अपने को विश्वास दिलाना चाहती थी कि उसकी आशंका निराधार थी। उसने देखा, चार और ब्लेकी दोनों के केश अन्धकार में भी एक चमक लिये थे। आर्थर लगभग गंजा हो चुका था और एट के केश भी हलके निष्प्रभ हो चले थे। चार और ब्लेकी एक ही पत्थर से गढ़े दो जीव लगते थे—बलवान्,

कद्दावर पर फुर्तीले, एक कातिलाना आकर्षण से भरपूर। अलग बैठे रहने पर भी उनका युगल स्पष्ट था—प्रेमी युगल। पर सर्वमान्य धारणा के अनुसार एक-दूसरे के प्रति कोमल नहीं निर्दय। दूसरी ओर अपनी डोलनेवाली कुर्सी में टाँगों पर कम्बल डाले बैठा आर्थर, जिसका व्यक्तित्व एक बेतुकी-सी अपरिपक्वता के कारण अखरता था। एक तरह से आर्थर जैसे लोग ही सबसे ज़्यादा परेशानी का कारण बन जाते थे।

वे चारों नाम बूझने का खेल-खेल रहे थे।

"मेरे प्रिय के नाम का पहला अक्षर 'र' है क्योंकि वह निर्दय है। उसका नाम है रेक्स और उसका निवास है—एक रेस्तराँ में।"

"मेरे प्रिय के नाम का पहला अक्षर 'अ' है क्योंकि वह अनमना रहता है। उसका नाम है आर्थर और उसका निवास है एक राखदान में।"

"अरे, एट, आर्थर ने कहा, "मुझे ज़रा भी अन्दाज़ न था। पर राखदान के निवासी होने की बात मुझे नहीं भाती।"

"कुछ लोगों का विचार है कि हम सब बच्चे हैं और कुछ नहीं समझते," चार ने कहा।

ज़हर खा लेने की घटना के बाद चार में एक परिवर्तन आया। अभिनय या संगीत में विशेष योग्यता न होने पर भी वह नाटक मण्डली और भजन मण्डली में भाग लेने लगी। उसे सदा प्राचीनकाल के अभिजात्य कुल की सुन्दरी या वर्तमान समाज की नाज़नीन का अभिनय करने को चुना जाता था। मंच पर सिगरेट पीती महिला का अभिनय करते-करते उसे स्वयं सिगरेट पीने की आदत पड़ गयी थी। एट को अभी तक याद था कि एक नाटक में चार ने एक मूर्ति का अभिनय किया था, या मूर्ति बन जाने का दिखावा करती एक नवयुवती का। एक नौज़वान इस मूर्ति से प्रेम करने लगता है, पर बाद में वास्तविकता प्रकट होने पर निराश और विक्षिप्त हो जाता है। इस नाटक में, सफ़ेद क्रेप का परिधान पहने चार आठ मिनट तक बिना हिले-डुले, चेहरे पर पथरीला भाव लिये मंच पर खड़ी रही। उसके आत्मनियन्त्रण की चर्चा सबकी ज़ुबान पर थी।

नाटक और गीत मण्डली का कर्त्ता-धर्ता था आर्थर कॉम्बर, मॉक हिल हाईस्कूल में बाहर से आया इतिहास का नया अध्यापक। हाईस्कूल के अन्तिम वर्ष में एट उसकी इतिहास की कक्षा में थी। लोगों का कहना था कि एट को इतिहास में अच्छे अंक इसीलिए मिले क्योंकि आर्थर चार पर मोहित था। असल में एट ने जमकर पढ़ाई की थी। इतनी ज़ोर की पढ़ाई उसने अपने जीवन में कभी न की थी और उस समय रटा उत्तरी अमेरिका का इतिहास उसे अब तक याद था।

आर्थर कॉम्बर की आयु तीस के लगभग थी, ऊँचा माथा, गोरे चेहरे पर लालिमा जैसे शराब पिये हो, बोलचाल और व्यवहार हड़बड़ी भरा। बाद में यही लालिमा चेहरे की सफ़ेदी में बदल गयी थी। इसी हड़बड़ी में एक दिन स्याही की दवात मेज़ से गिर जाने

पर कक्षा के फ़र्श पर हमेशा के लिए दाग पड़ गया था। "हे भगवान्, हे भगवान्" कहते उसने अपने रूमाल से फ़र्श पर फैलती स्याही को पोंछने का यत्न किया था। एट ने उसके बड़बंड़ाने और अटपटे ढंग की नक़ल करी, "हे भगवान्, हे भगवान्!" पर बाद में कक्षा में लिखा निबन्ध उससे लेते समय आर्थर के चेहरे पर छा गया हर्ष देखकर एट को बुरा लगा। वह सोचती, इतिहास में उसके कठिन श्रम करने का कारण आर्थर का मज़ाक उड़ाने का पश्चात्ताप था।

आर्थर अक्सर अपने कपड़ों के ऊपर अध्यापकों को पढ़ाते समय पहननेवाला काला चोग़ा चढ़ाये रहता। चोग़े के बिना होने पर भी एट को वह चोग़ा पहने दिखायी देता। अपने सिर पर लिये सैकड़ों छोटे-मोटे कामों को निभाता फिरता या भजन मण्डली के गायकों को बाहें फैलाकर निर्देश देता या नाटक मण्डली के रिहर्सलों के दौरान ज़ोर से कूदकर (इतनी ज़ोर से कि सारा मंच काँप उठता) अभिनेताओं को कुछ समझाता तो उसे देखकर एट को लगता कि जैसे कोई कौवा अपने काले पंख फड़फड़ा रहा है। उसे आर्थर दूसरे पुरुषों से भिन्न, कुछ हास्यास्पद पर साथ ही रहस्यभरा भी लगता, जैसे होली क्रॉस सम्प्रदाय का पादरी।

आर्थर से विवाह हो जाने के बाद चार ने उसका चोग़ा पहनना बन्द कर दिया था। किसी ने कहा था कि आर्थर साहब स्कूल की सीढ़ियाँ चढ़ते समय चोग़े में पांव उलझ जाने से चारों खाने चित हो गये थे। यह सुनकर चार ने चोग़ा फाड़कर चीथड़े कर दिया।

"कौन जाने किसी दिन हाथ-पैर तुड़ा बैठो।"

पर आर्थर ने कहा, "मैं जानता हूँ कि चोग़ा पहने मैं तुम्हें चुग़द-सा लगता था।"

चार ने इनकार न किया जबकि आर्थर के चेहरे और आँखों में आतुर भाव पुकार रहे थे कि इनकार कर दो। चार होंठ दबा कुछ कहती-सी रुक गयी थी। आर्थर और एट दोनों ने क्रोध और तिरस्कार के रंग चार के चेहरे पर आते-जाते देखे, इसके पहले कि वह हलकी-सी मुस्कान से कहती, "फ़िज़ूल बात मत कहो।" उसकी स्मित दृष्टि आर्थर के चेहरे पर घूमती कुछ ढूँढ़-सी रही थी, सम्भवतः उसकी भलमनसाहत और सिधायी। एट जानती थी कि अन्य लोगों की तरह चार भी आर्थर की ख़ूबियाँ पहचानती थी, पर आर्थर में इन ख़ूबियों का होना उसके लालिमामय चेहरे, उसके आशावादी दृष्टिकोण और अन्य आदतों की तरह चार को क्रोध ही दिलाता था।

अपने विवाह के पहले वर्ष पेट गिर जाने के कारण चार काफ़ी दिन तक बीमार रही थी। उसके बाद वह कभी गर्भवती न हुई थी। एट उन दिनों बाज़ार के चौक में अपनी जगह ले अलग रह रही थी। एक बार कपड़ों की धुलाई के दिन वह चार के घर थी तो बिस्तर की चादरें सूखने डालने में चार की सहायता करने लगी। उनके माता-पिता मर चुके थे—माँ चार के विवाह के पूर्व और पिता विवाह के बाद। घर में दो प्राणी होने के बावजूद एट को लगा कि चादरें, दो अलग-अलग बिस्तरों की थीं।

"ऐसे तो धुलाई का काम बढ़ जाता होगा।"

"कैसे?"

"जैसे तुम बिस्तर की चादरें बदलती रहती हो।"

एट सन्ध्या समय प्रायः उनके घर जाती। वह और आर्थर एक कमरे में ताश खेलते तो चार दूसरे कमरे में, अँधेरे में बैठी पियानो बजाती रहती। कभी वह और चार लाइब्रेरी से लायी पुस्तकें पढ़तीं तथा आर्थर विद्यार्थियों की कापियाँ जाँचता रहता। बाद में आर्थर उसे घर तक छोड़ने जाता। "तुम्हें क्या पड़ी है कि यहाँ अकेली रहती हो," वह एट पर झुंझलाता। "तुम्हें सामान उठाकर हमारे यहाँ आ जाना चाहिए।"

"तुम्हारे यहाँ भीड़ हो जायेगी।"

"ज़्यादा दिन के लिए नहीं। जल्दी ही किसी का दिल तुम पर आ जायेगा और वह तुम्हें साथ ले जायेगा।"

"ऐसी बेवकूफ़ी करनेवाले की मुझे क्या क़दर होगी और यह मामला शुरू होने से पहले ही ख़तम हो जायेगा।"

"मैंने चार पर मोहित होने की बेवकूफ़ी की और देखो हमारा नाता बँध गया।"

चार का नाम ही आर्थर ऐसे लेता था कि मानों वह रोज़मर्रा की बातों से दूर कोई असाधारण, रहस्यभरा अजूबा थी—जिसे सुलझाना, जिसका पता पाना किसी के वश में न था और उसके बारे में बात कर सकना ही किसी के लिए बड़े सौभाग्य की बात थी। एट कहते-कहते रुक गयी, 'चार ने कभी किसी मर्द के ठुकराने पर विष समझकर नील पी लिया था।' सोचा, क्या फ़ायदा, आर्थर की दृष्टि में चार और महान् हो जायेगी, शेक्सपियर की नायिका जैसी नाटकीयता से भरपूर। विदा लेते समय आर्थर ने उसकी कमर को हलका-सा दबाया, मानों कहना चाहता हो कि चार उन दोनों के लिए दुर्बोध होने के बावजूद उनकी निष्ठा का पात्र थी। एट को अपनी कमर पर उसकी उँगलियों का वह दबाव देर तक अनुभव होता रहा, उसे लगा कि जैसे कोई पियानो की कुंजियों को उँगलियों से दबा रहा हो।

एट ने बाज़ार के चौक के पास दर्जी की दुकान खोल ली थी। एक लम्बे से कमरे के बीच पर्दा लगाकर सामने उसने दुकान बना ली और पीछे के भाग में रहने और रसोई का सरंजाम। अच्छा या बुरा, छोटा या बड़ा जैसा भी हो, यह काम और दुकान उसके अपने थे। आर्थर को बुरा लगा, उसका विचार था ऐसा साधारण काम एट के योग्य न था। इतिहास रटकर अच्छे नम्बर पा लेने के बाद से वह एट को विदुषी समझने लगा था। "जो हो," एट ने उसे कहा, "ठीक ढंग से कपड़े काटने-सिलने में 1812 के युद्ध का इतिहास पढ़ाने से ज़्यादा दिमाग़ लगता है। इतिहास का क्या, तारीखें ही तो याद करनी होती हैं। दूसरी तरफ़ हर नयी पोशाक सिलना एक नयी वस्तु बनाने के समान है।"

"तब भी, कौन सोच सकता था कि एक दिन तुम यह काम करोगी।" आर्थर ने कहा।

विस्मय तो एट के अतिरिक्त सबको हुआ था। कूदती-फाँदती बच्ची से क़स्बे की जानी-पहचानी हस्ती में परिवर्तित हो जाना उसके लिए कठिन न था। एट की दुकान ने क़स्बे की दूसरी दर्जिनों का धन्धा बन्द करा दिया था—वे अधिकतर निरीह-सी लगती स्त्रियाँ थीं जो दूसरों के घर के किसी कोने में बैठ चुपचाप सिलाई-मरम्मत का काम करतीं और भोजन करा देने पर आभार प्रदर्शित करती न थकतीं। एट के इतने वर्ष दुकान चलाने में उसका सिर्फ़ एक प्रतिद्वन्द्वी से सामना हुआ था। वह थी फिनलैण्ड की एक महिला, जो अपने को मामूली दर्जिन नहीं वस्त्रविद् कहती थी। आरम्भ में उसे कुछ काम मिला क्योंकि लोग सदा नया आज़माना चाहते हैं, पर शीघ्र मालूम हो गया कि वह दिखावा ज़्यादा करती थी और काम कम। एट ने एक शब्द उसके विरुद्ध न कहा था। उसने सोचा, लोगों को ख़ुद पता चल जायेगा। कुछ समय बाद दूसरी दर्जिन स्वयं क़स्बा छोड़कर टोरोण्टो चली गयी थीं। वहीं टोरोण्टो नगर जहाँ के निवासियों को अच्छे या बुरे सिले कपड़ों की कोई तमीज़ न थी। उसके जाने के बाद एट ने अपनी चुप्पी तोड़ी। दुकान में आयी किसी गाहक महिला से वह कहती, "तो तुम अभी तक वही पोशाक पहन रही हो जो उस विदेशी ने जैसे-तैसे जोड़-तोड़कर सिली थी। मैंने कुछ दिन पहले तुम्हें बाज़ार में देखा था।"

"क्या करूँ" गाहक महिला कहती, "महँगा कपड़ा है, कैसे फेंक दूँ?"

"क्या फ़र्क़ पड़ता है, तुम अपने को पीछे से थोड़ी ही देख सकती हो।"

एट की इन टिप्पणियों और जुमलों का लोग बुरा नहीं मानते थे, बल्कि उनके आदी हो गये थे। एट की जबान तेज़ है, वह कहते। एट ऐसा क्षण चुनती जब महिलाएँ नये सिले वस्त्र पहनकर देखने के लिए सिर्फ़ जाँघिया-अँगिया पहने खड़ी होतीं। जो महिलाएँ सड़क-बाज़ार में बढ़िया परिधान पहने जवान और प्रभावशाली लगतीं, वहीं एट की दुकान में निर्वस्त्र होने पर ढलके, थलथल नितम्बों, सूखे निर्जीव स्तनों और बच्चे पैदा होने या दूसरे आपरेशनों के कारण बढ़े हुए पेटों के निरावरण हो जाने पर सकुचाती, लजाती, आभाविहीन हो जातीं।

उनके कपड़े बदलते समय एट पर्दा गिराकर कोने सावधानी से दबा देती।

"मर्द ताक-झाँक करें तो कुछ न देख पायें।" वह कहती।

गाहक महिलाएँ झेंप की हँसी-हँसती।

"खासकर उसे लँगड़े जिमी सॉण्डर्स की ताक-झाँक से बचाने को।"

बूढ़े लँगड़े रिटायर्ड सिपाही जिमी सॉण्डर्स की एट की दुकान की बग़ल में चमड़े और जीनसाज़ी की दुकान थी।

"हाय एट, जिमी की एक टाँग तो लकड़ी की है।"

''उसकी आँखें तो लकड़ी की नहीं हैं या शरीर के कुछ और खास हिस्से।''

''एट, तू बड़ी ख़राब है।''

•

चार के लिए एट ख़ूब बढ़िया पोशाकें सिलती थी। मॉक हिल के निवासियों को चार से निरन्तर दो शिकायतें थीं—उसके कपड़े ज़रूरत से ज़्यादा शानदार थे और वह सिगरेट पीती थी। स्कूल के अध्यापक की पत्नी को तो कम-से-कम इन चीज़ों से दूर रहना चाहिए था, पर आर्थर उसे अपनी मर्ज़ी की करने देता। और-तो-और उसने चार को एक सिगरेट होल्डर ख़रीद दिया था—वैसा ही जैसा पत्रिकाओं में छपे चित्रों में सम्भ्रान्त महिलाओं के हाथ में रहता है। हाईस्कूल के सालाना जलसे में चार न केवल उघड़ी पीठवाली काली साटिन की पोशाक पहनकर गयी और खुलेआम सिगरेट पिया, बल्कि उस लड़के के साथ बालरूम नृत्य भी किया। जिसने एक लड़की को गर्भवती कर दिया था। पर आर्थर को कोई फ़र्क़ नहीं पड़ा। बस उसे स्कूल का प्रिन्सिपल नहीं बनाया गया। दो बार प्रिन्सिपल का पद रिक्त होने पर उसकी जगह बाहरी आदमी नियुक्त किया गया था। 1942 में जब उसे पद दिया गया तो अस्थायी, वह भी इसीलिए कि अधिकांश अध्यापक लाम पर चले गये थे।

सारी उम्र अपना शरीर छरहरा रखने के लिए चार ने क्या नहीं किया था। सिर्फ़ आर्थर और एट को मालूम था कि उसने कोई कसर नहीं छोड़ी थी। सिर्फ़ एट को मालूम थी पूरी कहानी। उनकी माँ और पिता दोनों भरे शरीर के थे और चार में भी वही लक्षण थे, हालाँकि एट का शरीर सदा सींकिया रहा था। चार नित्य व्यायाम करती और भोजन से पहले भूख दबाने को गर्म पानी का गिलास पीती, पर किसी दिन ढेर-सी उलटी-सीधी चीज़ें भी खा लेती। एट चार को एक बार में दर्जन भर क्रीम भरी पेस्ट्रियाँ, मूँगफली की पट्टी का पूरा डिब्बा या खासा बड़ा समूचा केक खाते देख चुकी थी। फिर घबराकर वह जुलाब की दवाई की तीन-चार खुराकें एक साथ ले लेती। दो-तीन दिन पेट चलने के कारण चार की तबीयत गिरी रहती। एट के अनुसार-उसके पापों का प्रायश्चित। इस दौरान चार रसोई और भोजन की तरफ़ देख नहीं पाती थीं। एट को आकर आर्थर के लिए खाना पकाना पड़ता था। आर्थर को चार के भुक्कड़ की तरह केक-पेस्ट्री या अन्य पकवान खाने और फिर जुलाब लेने का ज्ञान न था। वह तो यही समझता था कि अपना वज़न कम करने के लिए चार घमासान उपवास कर रही है। कभी परेशान हो वह एट से कहता, ''क्या फ़र्क़ पड़ेगा। दुबली हो या मोटी, चार हमेशा सुन्दर लगेगी।''

''करती है तो करने दो, क्या नुक़सान है।'' मज़ा ले भोजन करती एट कहती। उसे सान्त्वना रहती कि परेशानी के बावजूद आर्थर की भूख क़ायम थी। वह आर्थर के लिए भोजन सदा ज़ायकेदार बनाती थी।

लेबर डे की छुट्टी से पहले दिनों की बात है। ब्लेकी एक-दो दिन में लौटने को कहकर टोरोण्टो गया था।

"उसके बिना बहुत सूना लग रहा है," आर्थर ने कहा।

"मैंने तो उसे कभी बहुत बात करते नहीं सुना," एट ने कहा।

"मेरा अभिप्राय है उसके साथ की आदत पड़ गयी थी।"

"क्यों न उस आदत को तोड़ दिया जाये।" एट ने कहा।

आर्थर के दिमाग़ पर बोझ-सा था। ग्रीष्मावकाश के बाद वह काम पर स्कूल वापस नहीं जा रहा था, उसने नये साल तक की छुट्टी ले ली थी। लगता नहीं था कि वह काम पर लौटेगा।

"पता नहीं उसका सर्दियों में क्या करने का इरादा है।" आर्थर ने कहा।

"हमें क्या पता वह इस समय कहाँ, क्या कर रहा है। दुकान में आते गाहक मुझे होटल के बारे में बताते रहते हैं। मिलने-जुलने वाले भी बात करते हैं। ब्लेकी की बस के टुअर में जाने के बाद से सब तरह की बातें मेरे कान में पड़ती रहती हैं।"

एट बाद में कभी न समझ पायी कि यह कहने के पीछे क्या प्रेरणा या भावना थी और यह बात कैसे उसके मन में आयी थी। इस विषय में पहले कभी न सोचने के बावज़ूद उसने बिलकुल स्वाभाविक और सहज ढंग से कहा, "मैंने सुना है कि होटल में रहती, एक रईसज़ादी से उसकी लग गयी है।"

आर्थर ने जिज्ञासा प्रकट की, चार ने नहीं, "कोई विधवा?"

"ब्लेकी की दो पत्नियाँ गुज़र चुकी हैं, उस औरत के दो ख़सम। दोनों ख़समों की जायदाद उसके हिस्से आयी है। लोगों को शक भी था और वह औरत तो खुलेआम कहती थी, पर ब्लेकी ने कभी हवा नहीं लगने दी। तुमसे तो कभी ज़िक्र नहीं किया, क्यों चार?"

"नहीं," चार ने कहा।

"आज सुना कि दोनों ग़ायब हैं। ब्लेकी इस तरह की बात पहले भी कर चुका है। चार और मैं जानते हैं।"

आर्थर के प्रश्नों के उत्तर में एट ने कठपुतलीवाली की गाथा सुनायी। उसे उन गुड़ियों के नाम तक याद थे। उस प्रसंग में चार का उल्लेख एट ने कहीं न किया। चार बैठी पूरी कहानी सुनती और यहाँ-तहाँ बात भी जोड़ती रही।

"हो सकता है वे लौट आयें, पर मेरा ख़्याल है क़स्बे में आते उन्हें झेंप आयेगी। ब्लेकी को ज़रूर शर्म आयेगी। कम-से-कम यहाँ आने से वो मुँह चुरायेगा।"

"भला क्यों?" आर्थर ने कहा। कठपुतलीवाली की कहानी सुनकर उसका चित्त हलका हो गया था। "हम लोगों ने कब किसी के विवाह कर लेने पर पाबन्दी लगायी।"

चार उठकर अन्दर चली गयी। कुछ समय बाद पियानो बजने का स्वर हवा में तैरने लगा।

बाद में कई वर्षों में एट के दिल में अक्सर ख़्याल आता था—ब्लेकी के वापस लौटने पर उसके बारे में फैलायी इस कहानी का वह क्या जवाब देगी? उसके न लौटने का कोई कारण न था। असल में एट ने न कुछ सोचा था, न ही इस विषय में कुछ करने का कोई विचार था। उसे लगा, हो सकता था वह चार और ब्लेकी के बीच मनमुटाव पैदाकर उनका झगड़ा करा देना चाहती थी। अफ़वाह झूठी होने पर भी चार के मस्तिष्क में सन्देह का अंकुर जमाकर उसे संकेत देना चाहती थी कि सम्भव है पहले की भाँति ब्लेकी वही चाल दुबारा चल सकता था। उसे ख़ुद पता नहीं था कि वह क्या चाहती थी, बस इतना पता था कि कुछ अमंगल हो, इससे पूर्व किसी को कहीं कुछ उथल-पुथल कर देना चाहिए था।

आर्थर की सेहत उसकी उम्र के लिहाज़ से बिलकुल ठीक हो गयी और उसने बड़ी कक्षाओं के विद्यार्थियों को फिर इतिहास पढ़ाना शुरू कर दिया। वह सिर्फ़ आधा दिन काम पर जाता रहा, जब तक उसके रिटायर होने का समय न आया। एट बाज़ार के चौक में दुकान चलाने के साथ-साथ आर्थर के घर जा उसकी देखभाल और रसोई भी करती। आर्थर के रिटायर होने के बाद वह भी घर पर ही रहने लगी, दुकान सिर्फ़ दर्ज़ी के काम के लिए रही। "लोग जो चाहे बकें," उसने कहा। "इस उम्र में मुझे किसकी परवाह!"

शरीर काफ़ी ढल जाने के बावज़ूद आर्थर कई साल तक जीवित रहा। रोज़ाना वह टहलने के लिए बाज़ार तक जाता, एट की दुकान में ग्राहकों से सलाम-दुआकर कुछ देर पार्क में बैठ लेता। होटल कुछ दिन बन्द रहा, फिर किसी दूसरे के हाथ बिक गया। यह सुनने में भी आया कि होटल के भवन की मरम्मत कर उसमें शराब और अन्य नशे के आदी लोगों के इलाज का अस्पताल खोला जायेगा। क़स्बे के निवासियों के विरोध के कारण वह योजना स्थगित कर दी गयी। कुछ समय बाद होटल का भवन तोड़कर गिरा दिया गया। एट की आँखें अब उसका साथ न देती थीं। हाथ भी पहले से न चलने से वह प्रायः ग्राहकों को लौटा देती, पर दुकान चलाती रही। सन्ध्या समय जब आर्थर टेलीविज़न देखता या किताब पढ़ता, एट डोलनेवाली कुर्सी में बैठ आँखें मूँदे रहती—गर्मियों में सामने के बरामदे में, सर्दियों में अन्दर खानेवाले कमरे में। टेलीविज़न पर समाचार वह आर्थर के साथ देखती और आर्थर के सोने से पूर्व उसके लिए एक प्याला गर्म चाय या कोको बनाती।

उस बोतल का कहीं कोई निशान न था। एट ने अवसर पाते ही रसोई-घर की आलमारी खोलकर देखा था। तड़के ही आर्थर का फ़ोन आने पर वह फ़ौरन उनके घर पहुँच गयी थी। बुढ़ऊ डॉक्टर मैक्लेन भी उसी समय पहुँचा था। एट ने बाहर रखे कूड़ादान में भी तलाश की थी, बोतल वहाँ भी नहीं थी। क्या चार को कहीं खोदकर दबा देने का समय मिला था? चार क़ायदे से पूरे कपड़े पहने अपने पलँग पर लेटी थी, बाल सावधानी से सँवारे हुए। फिल्मों में, कहानियों में जैसे किसी की मृत्यु के बाद पूछ-ताछ होती है, वैसा कुछ न हुआ था।

पिछली रात एट के चले जाने के बाद चार ने कमज़ोरी की शिकायत की थी, उसका ख़्याल था उसे फ्लू हो गया था। बुढ़ऊ डॉक्टर ने बस कहा, दिल का दौरा था और बात वहीं ख़तम हो गयी। असल बात क्या थी, एट कभी न जान पायी। चार के चेहरे पर कोई शिकन या हाथ-पाँव में कोई ऐंठन न थी, क्या बोतल के तरल पदार्थ का शरीर पर कोई प्रभाव न पड़ा होगा? हो सकता है बोतल में लेबल पर लिखी तरल वस्तु न हो कुछ और ही था। वह नित्य देख लेती थी कि बोतल अपने स्थान पर है या नहीं, पर पिछली रात वह ब्लेकी की अनुपस्थिति की बातों में इतना उलझ गयी थी कि बिलकुल भूल गयी। सम्भव है चार ने बोतल पहले ही फेंक दी थी। सम्भव है चार ने नींद आने की गोलियाँ ही बड़ी मात्रा में खा ली हों। सम्भव है दिल का दौरा पड़ा हो। इतने सख़्त जुलाब लेने से तो किसी का भी दिल कमज़ोर हो जायेगा।

चार को सितम्बर के आरम्भ में लेबर डे की छुट्टी को दफ़नाया गया। ब्लेकी नोबल भी अपनी बस का टूअर बन्दकर जनाज़े में शामिल हुआ था। शोक में डूबे आर्थर को एट की बात याद न रही थी, ब्लेकी को देखकर उसे विस्मय न हुआ। ब्लेकी उसी दिन क़स्बे में लौटा था जिस दिन चार का निर्जीव शरीर पाया गया था। पर कुछ घण्टों के विलम्ब से—जैसे फिल्मों-कहानियों में घटता है। भागदौड़ में लगी एट को उस समय तो याद नहीं आया, पर बाद में उसने सोचा, बिलकुल रोमियो-जूलियट की कहानी जैसा था। विरही रोमियो की तरह ब्लेकी ने अपने जीवन का अन्त न किया, वह टोरोण्टो जाकर बस गया। एक-दो वर्ष उसने क्रिसमस पर कार्ड भेजे, फिर उसका पता न चला। एट को विस्मय न होता, यदि अन्त में ब्लेकी के विवाह की कहानी सच हो जाती। उसने कहानी सिर्फ़ समय से पहले गढ़ दी थी।

कभी-कभी एट की ज़बान पर आता कि वह आर्थर से कहे, "मैं तुमसे कुछ कहना चाहती हूँ।" वह नहीं चाहती थी कि आर्थर वह बात जाने बिना मर जाये। वह उचित न होता। आर्थर के कमरे की मेज़ पर चार की फ़ोटो सजी रहती थी। फ़ोटो में चार उन्हीं वस्त्रों में थी जिन्हें पहनकर उसने नाटक में मूर्ति का अभिनय किया था। वह आर्थर से कहना रोज़ टाल देती। वह और आर्थर अभी भी ताश खेलते और अपने बग़ीचे की देखभाल करते जिसमें रास्पबेरी के कुछ पौधे भी थे। अगर वे विवाहित होते तो लोग कहते—कितना सुखी जोड़ा है।

●

मसाला

ह्यूगो की नयी रचनाओं का मुझे सदा पता नहीं रहता। उसका नाम कभी-कभी लाइब्रेरी में किसी साहित्यिक पत्रिका के मुखपृष्ठ पर दिखायी दे जाता है जो मैं नहीं खोलती। यूँ तो अरसा हो गया, शुक्र भगवान् का, किसी भी साहित्यिक पत्रिका के पन्ने पलटे। या विश्वविद्यालय में आयोजित एक विचार गोष्ठी की सूचना लाइब्रेरी में ही या पुस्तकों की दुकान में किसी अख़बार या पोस्टर पर दिखायी दे जाती है। इस सूचना में ह्यूगो के हवाई जहाज़ से आकर वर्तमान उपन्यास शिल्प, समकालीन कहानी या कनेडियन साहित्य में राष्ट्रीय भावना की चर्चा का उल्लेख रहता है। तब मैं सोचती हूँ कि क्या लोग वाकई वहाँ जायेंगे, लोग जो चाहें तो कहीं टहलने या तैरने जा सकते हैं, या कहीं बैठकर आराम से एक-दो जाम पी सकते हैं, वही लोग विश्वविद्यालय तक जा गोष्ठी के कमरे का पता लगा, पंक्तिबद्ध बैठकर उन लड़ाकू, सिरचढ़े पुरुषों की बातें सुनेंगे? मुझे वे पुरुष सदा एक जैसे दम्भी, हठी और बेढंगे लगते हैं, अध्यापन और लेखन के आरामदेह जीवन और महिलाओं के लाड़ से बिगड़े हुए। लोग इन्हीं पुरुषों को यह फ़तवा देते सुनने जायेंगे कि अमुक लेखक की रचनायें पढ़ने लायक़ नहीं रहीं और अमुक लेखक को अवश्य पढ़ना चाहिए, इन्हीं पुरुषों को दूसरे लेखकों के बारे में बहस करते, उनका मज़ाक उड़ाते, उनकी प्रशंसा या निन्दा करते सुनने जायेंगे। लोगों से मेरा अभिप्राय है महिलाएँ, मेरे जैसी अधेड़ महिलाएँ जो रोमांचित हो, ध्यान से बातचीत सुनती हैं ताकि अक्लमन्दी के सवाल पूछ सकें और बेवकूफ़ न लगें। लोगों से अभिप्राय है घने बालोंवाली किशोरियाँ, मंच पर बैठे किसी साहित्यिक दिग्गज के तेज़ से प्रभावित हो उससे आँखें लड़ाने को उत्सुक। ये किशोरियाँ और महिलाएँ प्रेमानुरक्त हो, प्रायः इन पुरुषों के किसी सामर्थ्य और तेज़ से भरपूर होने की कल्पना करने लगती हैं।

मंच पर बैठे पुरुषों की पत्नियाँ, श्रोता वर्ग में नहीं होतीं। वे घर की सफ़ाई, ख़रीद-फ़रोख्त या कहीं बैठकर चाय-कॉफी पी रही होती हैं। उन्हें चौका-बर्तन, घर और मोटरकार की देखभाल और पैसों की चिन्ता में सिर खपाना पड़ता है। उन्हें अन्दर और बाहर लाखों छोटे-मोटे झंझट लगे रहते हैं क्योंकि उनके कुशाग्र बुद्धि और प्रतिभाशाली पतियों के पास ऐसे मामूली काम करने का समय कहाँ; उनकी तो सेवा करनी पड़ती

है ताकि वे महत्त्वपूर्ण बातें कर सकें। श्रोता, महिलाओं की भीड़ में डॉक्टरों, इंजीनियरों और व्यापारियों की पत्नियाँ होती हैं। कई मेरी सहेलियाँ हैं, इसलिए मैं जानती हूँ। यह सच है कि कुछ का साहित्य से लगाव दिखावटी है, पर बाक़ी दिल में आशा की किरण लिये सकुचाती-सी आती हैं। वे मंचपर बैठे पुरुषों की बदमिज़ाजी और तिरस्कार चुपचाप सहन कर लेती हैं। उन्हें लगता है कि वे इसी योग्य हैं क्योंकि वे वैभवशाली घरों में रहती हैं, महँगे कपड़े पहनती हैं और उनके पति सस्ती चालू किताबें पढ़ते हैं।

मेरा पति भी इंजीनियर है। उसका नाम गैब्रियल है, पर उसे गेब बुलाना पसन्द है। इस देश में उसे गेब नाम से बुलाना पसन्द है। उसका जन्म रूमानिया में हुआ था जहाँ वह महायुद्ध समाप्त होने तक, सोलह वर्ष की आयु तक रहा था। उसे रूमानियन बोलना भूल गया है। अपने बचपन की भाषा कोई कैसे भूल सकता है? मैं सोचा करती थी कि उसका भूलना दिखावटी था क्योंकि उस भाषा को बोलते-सुनते समय उसने जो देखा और सहा था, उसकी स्मृति पीड़ाजनक थी। उसने बताया कि ऐसा न था, उसका युद्ध का अनुभव ऐसा बुरा न था। उसने हवाई हमले के सूचक सायरन बजने पर स्कूल में छुट्टी हो जाने की ख़ुशी में मचते हुल्लड़ के बारे में बताया था। मुझे उसकी बात पर पूरा विश्वास न आया। मैं चाहती थी कि वह विदेश से आये अज़नबी होने के साथ वहाँ घटित युद्ध की विभीषिका का प्रतीक भी बना रहे। फिर मुझे यह ख़्याल भी आया कि वह सम्भवतः रूमानियन होने का स्वांग करता कोई और ही व्यक्ति था।

यह बात हमारे विवाह से पहले की है जब मैं क्लार्क रोड के फ्लैट में अपनी मुन्नी बेटी क्लिया के साथ रहती थी और गैब्रियल मुझसे मिलने वहाँ आता था। क्लिया ह्यूगो से थी, पर हमारे अलगाव के बाद उसने बिटिया को मेरे साथ रहने दिया था। ह्यूगो को यहाँ-वहाँ से अनुदान मिल जाते थे और वह प्रायः यात्रा पर रहता था। उसने दुबारा विवाह किया था और उसके तीन बच्चे हुए। उस पत्नी को तलाक देकर उसने अपनी एक शिष्या से विवाहकर लिया था। इस पत्नी से भी उसके तीन बच्चे थे, पहला उस समय पैदा हुआ था जब वह अभी अपनी दूसरी पत्नी के साथ रह रहा था। इन हालात में कोई घर-बार कैसे सँभाल सकता है। गैब्रियल कभी उस पुराने तंग फ्लैट में रात बिता देता था। वहाँ पलँग के नाम पर एक सोफा था जो खींचकर खोल देने पर बिस्तर बन जाता था। उसके निद्रामग्न चेहरे को देख मैं सोचती थी कि जाने यह रूसी है या जर्मन, या क्या पता, कनेडियन ही हो जिसने अपना व्यक्तित्व रोचक बनाने को विदेश में पैदा होने की कहानी गढ़ विदेशी लहजा अपना लिया था। पर उसका व्यक्तित्व था रहस्यमय। मेरा प्रेमी होने के दौरान और मेरा पति बन जाने के बाद भी इस रहस्य का पुट क़ायम रहा, नित्यचर्या और अन्तरंगता के बावज़ूद अभी भी क़ायम है। उसके भरे गालोंवाले गोल चेहरे पर उथली आँखें जैसे टाँक दी गयी हों। चेहरे की भरावट पर कुछ झुर्रियाँ हैं, पर वे झुर्रियाँ उस अभेद्य आवरण पर कुछ असर नहीं डाल पायीं। अच्छा बड़ा शरीर होने के बावज़ूद उठने-बैठने, चलने-फिरने में एक ठहराव-सा है। एक समय वह

बर्फ़ पर कुशलता से स्केटिंग करता था, तब उसकी स्केटिंग करने में यही ठहराव था। मैं उसके बारे में समर्पण की पुरानी अनुभूति से सिहरे बिना बात नहीं कर सकती। उसके बारे में ज़्यादा बात ही नहीं कर सकती। ह्यूगो के बारे में अगर कोई पूछे तो ख़ूब बता सकती हूँ—अट्ठारह बीस वर्ष पहले का ह्यूगो, छोटे बाल और सींकिया शरीर। लगता था उसके हाथ-पाँव और सिर भी धड़ से ऐसे ही यहाँ-वहाँ जोड़ दिये गये थे और इन अंगों के हिलने-डुलने पर उसका कोई नियन्त्रण न था। उसके चेहरे पर वैसे ही आते-जाते भाव, जिनका मानों उसे कोई आभास न हो। पहली बार उससे मिलने पर मेरी कॉलेज की एक सहेली ने कहा था कि, ये जनाब ज़रा-सी बात से परेशान हो जाते होंगे। बाद में उसे बात-बात में क्रोध आने की बात सही निकली।

हमारी जान-पहचान होने के शुरू में गैब्रियल ने मुझे बताया था कि उसे जीना पसन्द था। यह नहीं कि सुख-सुविधा से भरे जीवन या किसी सुखदायी जीवन पद्धति में उसका विश्वास है, केवल यह कि जीवन जीना पसन्द है। यह सुनकर मुझे झेंप-सी आयी थी। ऐसे कथनों पर मुझे क़तई विश्वास न था और ऐसी बातें कहनेवाले पुरुषों की मेरे मस्तिष्क में एक तस्वीर थी—अपने मुँह मियाँ मिट्ठू बनते बेहूदे और घुन्ने लोग जो कहीं टिक नहीं पाते। पर गैब्रियल की बात सच थी। हर बात में नाक घुसेड़ने की आदत उसकी नहीं है। उसके व्यवहार में, उसके अन्तरंग होने में एक सहजता है, वह हलकी-सी मुस्कान लिये कह सकता है, "क्यों बेकार सिर खपा रही हो, यह तुम्हारी समस्या थोड़े ही है।" अपने बचपन की बोली वह भूल गया है। आरम्भ में उसकी प्रणय लीला में विह्लता का न होना मुझे अजीब-सा लगता था। लगता था सम्भोग की क्रिया का उसके लिए विशेष महत्त्व न था। उसके प्रेम करने के ढंग में न किसी पापों की स्मृति समाहित थी, न ग़लाज़त में ग़र्क़ हो सकने की कोई उम्मीद। उस क्रिया के दौरान कुछ करने या न करने पर उसका ध्यान न होता था। मेरे शरीर को भोगने के बारे में वह कभी कविता न लिखेगा, कभी नहीं, और पूरी सम्भावना है कि सम्भोग-सुख की बात आधे-घण्टे बाद उसे याद न रहे। हो सकता है ऐसे पुरुष आम हों, मैं किसी और को नहीं जानती थी। मैं कल्पना करती थी कि उसके विदेशी लहजे के बिना और विस्मृत या अर्द्ध-विस्मृत अतीत के आकर्षण के बिना भी मैं उसके प्रेमपाश में बँध जाती या नहीं। या यूँ कहिये कि वह विश्वविद्यालय में उसी वर्ष इंजीनियरिंग का विद्यार्थी होता तो हमारी मित्रता होती? पता नहीं क्या कहूँ। स्त्री-पुरूष के बीच सम्बन्ध का आधार कितना नाज़ुक हो सकता है, जैसे किसी का रूमानियन लहजा या ख़ूबसूरत आँखें या रहस्य से भरा लगता कोई अर्द्धसत्य।

ह्यूगो के बारे में ऐसा कोई रहस्य नहीं। न होने से कोई फ़र्क़ नहीं पड़ता और शायद होता तो मैं विश्वास न करती। उस समय मेरे विश्वास दूसरे थे। मैं ह्यूगो को पूरी तरह से नहीं जानती-समझती थी, पर जितना जानती थी सिर्फ़ उतना ही कभी-कभी मेरा ख़ून खौला देता था। गैब्रियल के साथ ऐसा कुछ नहीं, न वह मुझे परेशान करता है, न ही स्वयं व्यर्थ परेशान होता है।

ह्यूगो की कहानी खोज कर मुझे दी थी गैब्रियल ने। हम लोग पुस्तकों की दुकान में थे और वह एक खासे दाम की काग़ज़ की जिल्दबँधी पुस्तक हाथ में लिये मेरे पास आया था। पुस्तक कहानियों का संग्रह थी और मुखपृष्ठ पर ह्यूगो का नाम। उसके यह पुस्तक ढूँढ़ निकालने पर मुझे आश्चर्य हुआ था। जो कभी कहानी-उपन्यास पढ़ता नहीं, वह पुस्तकों की दुकान के उस भाग में—जहाँ ऐसी पुस्तकें रखी जाती हैं—क्या कर रहा था? सम्भव है वह चुपचाप ह्यूगो की नयी प्रकाशित पुस्तकों की खबर रखता हो। ह्यूगो के लेखन वृत्ति के बारे में उसकी जिज्ञासा वैसी-ही है जैसी मुझसे सम्बन्धित, मेरे नाते-रिश्तेदार किसी जादूगर या लोकप्रिय गायक या नेता के जीवन के उतार-चढ़ाव में उसकी जिज्ञासा, जिनके द्वारा उसका जीवन की वास्तविकता से सम्बन्ध हो सके। मेरे विचार में उसकी जिज्ञासा का कारण है कि वह स्वयं ऐसे अज्ञात धन्धे में है जिसे केवल वैसा ही धन्धा करनेवाले समझ सकते हैं। उस जैसे इंजीनियर को ऐसे व्यवसाय अजीब लगते होंगे जो जन-साधारण की आलोचना की परिधि में हों, उसे ऐसे लोग निराले लगते होंगे जो किसी विशेष शिक्षा या नियमों से बद्ध न हो अपनी सूझ-बूझ पर भरोसाकर यह सोचकर जीविकोपार्जन करते हैं कि आज नहीं तो कल सफलता मिलेगी, और कहीं-न-कहीं तो मिलेगी ही।

"क्लिया के लिए ख़रीद लो," उसने कहा।

"काग़ज़ की जिल्दवाली किताब का इतना दाम?"

वह सिर्फ़ मुस्कराया।

"यह तुम्हारे पिता का चित्र है, तुम्हारे असली पिता का। उनकी लिखी यह कहानी शायद तुम पढ़ना चाहोगी," रसोई-घर में टोस्ट सेंकती क्लिया से मैंने कहा। वह सत्रह की है। किसी दिन वह शहद और मूँगफली के मक्खन लगे टोस्ट, चाकलेटी बिस्कुट, पनीर, चिकन सैण्डविच और तले आलू के कतले खाती है। किसी के उसके कुछ खाने या न खाने पर टिप्पणी करने पर वह झपटकर ऊपर अपने कमरे में जा धड़ाम से दरवाज़ा बन्दकर सकती है।

"वे तो मुटल्ले से लगते हैं," क्लिया ने पुस्तक एक ओर रख दी। "तुम तो कहती थीं उनका शरीर छरहरा है।" क्लिया की अपने पिता के बारे में उत्सुकता केवल इतनी है कि उन्होंने सन्तान को वंशानुक्रम में क्या प्रवृत्तियाँ दी हैं। क्या पिता के मुँहासे निकले थे, क्या उनका दिमाग तेज़ था, उनके परिवार की महिलाओं के वक्ष छोटे थे या बड़े?"

"जब मैं उसे जानती थी तब था, मैंने कहा उसके बाद क्या हुआ, मुझे कैसे मालूम होता?"

वह चित्र में वैसा ही लग रहा था जैसा कि मैं सोचती थी वह इस उम्र में लगेगा। जब भी उसका नाम अख़बार में या किसी पोस्टर पर देखती तो मेरी आँखों के सामने ऐसे ही किसी आदमी का चित्र आ जाता था। समय और जीवन की गति उसमें क्या

परिवर्तन लायेगी, यह मैं काफ़ी पहले ही जान गयी थी। मुझे कोई विस्मय न था कि वह मोटा तो हो गया था पर गंजा नहीं, कि उसने सर के बाल और दाढ़ी दोनों बढ़ जाने दिये थे। आँखों के नीचे गहरे गढ़े, ढलक गये गाल जो हँसने पर भी वैसे ही रहते थे।

वह कैमरा की ओर देखता हँस रहा था। दाँतों का हाल पहले से बदतर। उसे डेण्टिस्टों से चिढ़ थी, कहता था कि उसके पिता की दिल का दौरा पड़ जाने से एक डेण्टिस्ट की कुर्सी में ही मृत्यु हो गयी थी। यह या तो उसकी और बातें जैसे झूठ था, या कम-से-कम अतिरंजना। अपने ऊपरी दाँतों को छिपाने के लिए पहले वह फ़ोटो टेढ़ी मुस्कान से खिंचवाता था। उसका एक दाँत तब से काला पड़ गया था, जब हाईस्कूल में नल-से पानी पीते समय किसी ने उसे पीछे से धक्का दे दिया था। अब उसे कोई चिन्ता नहीं, अब वह हँसता है तो वही कीड़ा लगे घिसे दाँत-साफ़ झलकते हैं। उसके चेहरे पर उदासी और प्रसन्नता एक साथ है, रेबेलेस की परम्परा में विपरीतों का तारतम्य। ऊनी चारखाने की कमीज़ के ऊपर के बटन खुले होने से बनियान झाँकती हुई, पहले तो कभी बनियान नहीं पहनता था। कभी नहाते-धोते हो, ह्यूगो? ऐसे सड़े दाँतों से तुम्हारी साँस दुर्गन्ध भरी न होगी? क्या तुम अभी तक विद्यार्थी लड़कियों पर खीझकर उन्हें उल्टे-सीधे नामों से पुकारते हो, क्या उनके माता-पिता बुरा मानकर फ़ोन पर शिकायत करते हैं, क्या अभी भी विश्वविद्यालय के डीन या दूसरे लोग यह समझाकर मामला शान्त कर देते हैं कि तुम्हारी मन्शा बुरी न थी, कि लेखक आम लोगों से भिन्न होते हैं। शायद नहीं, शायद अब कोई बुरा नहीं मानता। आजकल लेखकों के अति करने पर कोई-न-कोई उन पर दया कर देता है। और लेखक भी इस दयालुता का कारण न समझ अतिक्रमण किये जाते हैं, लाड़ से बिगड़े बच्चों की भाँति।

मेरे पास कोई सुबूत नहीं। मैं यह एक अस्पष्ट-सा चित्र देखकर उन्हीं घिसे-पिटे जुमलों का सहारा लेकर किसी के व्यक्तित्व की कल्पना कर रही हूँ। न मेरी कल्पना में इतनी सामर्थ्य है न मुझमें इतनी सद्भावना बची है कि कुछ और कर सकूँ। वैसे मैंने पाया है और हम सब जानते हैं कि आयु बढ़ने के साथ-साथ यह एहसास भी बढ़ता जाता है कि उन दिखावटों और छद्मावरणों के या कहिये घिसे-पिटे मुखौटों के पीछे की वास्तविकता को बूझ लेना कितना सहल है। लेखन के क्षेत्र में ह्यूगो के व्यवसाय में यह दिखावा बहुत दिन तक न चल पाता है पर, इसके बावज़ूद हम जीवन से यही आशा करते हैं, जीवन में बस यही कर पाना चाहते हैं। ज़रा ह्यूगो के चित्र पर ग़ौर कीजिये, झलकती बनियान पर नज़र डालिये, सुनिये क्या लिखा गया है उसके बारे में।

ह्यूगो जॉनसन का जन्म और बुनियादी शिक्षा उत्तरी ओण्टारियो के जंगलों में और फिर उसी क्षेत्र के खदान और आटा मिलवाले नगरों में हुई थी। वह लकड़हारा, बीयर की फेरीवाला, दुकान कर्मचारी, टेलीफ़ोन के तार लगानेवाला और आरा मिल का मेट रह चुका है तथा बीच-बीच में विभिन्न शैक्षिक संस्थाओं से सम्बद्ध रहा है। आजकल

वह अधिकतर वैनकूवर शहर के पीछे एक पहाड़ी की ढाल पर अपनी पत्नी और छह बच्चों के साथ रहता है।

लगता है सभी बच्चे शिष्या पत्नी के पल्ले पड़े। मेरी फ्रान्सिस कहाँ गयी, ख़तम हो गयी, सामाजिक बेड़ियाँ तुड़ा स्वतन्त्र नारी बन गयी, या ह्यूगो ने अपने व्यवहार से उसे पागल कर दिया। पर ज़रा सफ़ेद झूठों, ग़लत और अनर्गल बातों पर ग़ौर कीजिये। *वह वैनकूवर नगर के पीछे एक पहाड़ी की ढाल पर रहता है।* पढ़कर लगता है कि कहीं बियाबान में कुटिया बनाकर रहता है जबकि अभिप्राय है—शर्त लगा सकती हूँ—कि वह वैनकूवर के उत्तरी या पश्चिमी भाग में पहाड़ी की ढलवान पर बने सैकड़ों घरों में से किसी एक आरामदेह घर में रहता है। *वह बीच-बीच में विभिन्न शैक्षिक संस्थाओं से सम्बद्ध रहा है।* क्या अर्थ है इसका? अगर अभिप्राय है कि वयस्क होने के बाद का अधिकांश समय उसने विश्वविद्यालयों में पढ़ाते बिताया है और अध्यापन ही ऐसा एक कार्य है जिससे उसको कभी क़ायदे की आमदनी हुई, तो सीधा वैसा क्यों नहीं लिखते? आप सोचेंगे कि वह यदाकदा बीहड़ वन से निकलता है लोगों के सम्मुख ज्ञान के मोती बिखेर देने के लिए, यह दिखाने के लिए कि एक असली मर्द *लेखक*, एक सृजनात्मक *कलाकार* क्या होता है, आप कभी सोच भी न सकेंगे कि वह *अध्यापक* का धन्धा करता है। कह नहीं सकती वह कभी लकड़हारा, बीयर की फेरीवाला या दुकान कर्मचारी था या नहीं, पर इतना जानती हूँ कि कभी टेलीफ़ोन की तार लगानेवाला न था। उसने टेलीफ़ोन के खम्भे रंगने का काम लिया था। डेढ़ हफ़्ते बाद उसने काम छोड़ दिया क्योंकि गर्मी और खम्भों पर चढ़ने-उतरने से उसका सर घूम जाता था। यह सही था। उसी साल हम दोनों स्नातक बने थे और उस साल जून, ख़ूब तपा था। धूप और गर्मी से उसकी तबीयत वाक़ई ख़राब हो जाती थी, दो बार उसने घर लौटकर उल्टी की थी। ऐसे तो मैंने भी कई नौकरियाँ छोड़ दी थीं जो मुझसे चल नहीं पायीं। उसी वर्ष विक्टोरिया अस्पताल में पट्टियाँ तहाने का काम मुझसे न हो पाया क्योंकि बोरियत से दिमाग़ भन्ना जाता था। परन्तु यदि मैं एक लेखिका होती और अपने द्वारा किये रोचक धन्धों का विवरण दे रही होती तो मेरा नहीं ख़्याल कि पूरी ईमानदारी से अपने को *पट्टियाँ तहानेवाली* कह सकती।

वह काम छोड़ने के बाद ह्यूगो को बारहवीं कक्षा के विद्यार्थियों के परीक्षा-पत्र जाँचने का काम मिल गया। उसका उल्लेख उसने क्यों न किया? परीक्षा-पत्र जाँचनेवाला। परीक्षा-पत्र जाँचने का काम उसे टेलीफ़ोन के खम्भों पर चढ़ने के काम और सम्भवतः लकड़हारे या बीयर की फेरी लगाने या अन्य कभी किये या न किये धन्धों से ज़्यादा पसन्द था, क्यों नहीं उल्लेख किया उसने? *परीक्षा-पत्र जाँचनेवाला।*

न ही, जहाँ तक मुझे पता है, वह किसी आरा मिल का मेट रहा। हमारी मुलाक़ात होने के साल की गर्मियों में उसने अपने चाचा की मिल में काम किया था। दिन-भर

वह लकड़ी ढोता और असली मेट की कड़वी बातें सुनता था। मेट उससे जला-भुना रहता क्योंकि उसका चाचा मिल का मालिक था। सन्ध्या समय थका न होने पर वह आधा मील दूर चट्टानों के बीच बहती एक संकरी नदी तक चला जाता था। वहाँ मँडराते काले भुनगों के प्रकोप के बावज़ूद किनारे बैठ बाँसुरी बजाता। *पीटर गिण्ट* संगीत रचना से 'प्रातःकाल' नाम की धुन तथा कुछ और सोलहवीं शताब्दी की इंग्लिश धुनें, जिनके नाम अब याद नहीं आते, सिवाय एक के 'वूल्सेस वाइल्ड'। मैंने यह धुन पियानो पर बजाना सीख लिया था ताकि हम एक साथ बजा सकें। क्या इस धुन का कार्डिनल वूल्से से कोई सम्बन्ध था, और *वाइल्ड* क्या कोई नृत्य था, किसे पता। अपनी धन्धों की सूची में इसे भी सम्मिलित कर लो, ह्यूगो। *बाँसुरी बजानेवाला।* अब तो इन बातों का प्रचलन है। जहाँ तक मुझे पता है, बाँसुरी बजाना और ऐसी ही हलकी-फुलकी बातों का पहले जैसे अब कोई बुरा नहीं मानता। बल्कि लकड़हारे और बीयर की फेरी लगाने की अपेक्षा ऐसे काम ज़्यादा फैशन में हैं। ध्यान दो ह्यूगो, तुम्हारी गढ़ी छवि सिर्फ़ दिखावटी ही नहीं, दक़ियानूसी भी है। तुम्हें कहना चाहिए था कि तुमने साल-भर उत्तर प्रदेश के पहाड़ों में समाधि लगायी थी, तुम्हें कहना चाहिए था कि तुमने कमज़ोर दिमाग़वाले बच्चों को पढ़ाया था, तुम्हें अपना सिर और दाढ़ी मुड़ाकर बैरागियों जैसा चोला पहन लेना चाहिए था, तुम्हें अपना मुँह बन्द रखना चाहिए था, ह्यूगो।

जब क्लिया मेरे पेट में थी तब हम वैनकूवर में आर्गाइल स्ट्रीट पर रहते थे। जाड़ों की बारिश में इस मकान का धूसर रंग इतना फीका और मुर्दा लगता कि हमने सब कमरे चटकीले, असामान्य रंगों में पोत दिये थे। हमारे सोने के कमरे की तीन दीवारें वेज़वुड नीले रंग में थीं, चौथी शोख किरमिजी। हम कहा करते थे कि देखें, इतने तेज़ रंग किसी को विक्षिप्त बना सकते हैं या नहीं। बाथरूम नारंगी मिला-पीला था। "जैसे कद्दू के अन्दर बैठे हों," पुताई समाप्त होने पर ह्यूगो ने कहा था। "लगता तो है वैसा," मैंने कहा, "बहुत अच्छे, ख़ूब कहा।" ह्यूगो ख़ुश हो गया, पर उतना नहीं जितना इतना चुस्त जुमला लिख पाने पर होता। इसके बाद हर बार किसी को बाथरूम दिखाते समय वह कहना न भूलता, "यह रंग देखो, लगता है कद्दू के भीतर बैठे हों।" या "जैसे कद्दू के अन्दर बैठे पेशाब कर रहे हों।" मैं भी यही करती थी, एक बात को बार-बार दूसरों के सामने दुहराना। हो सकता है कद्दू के अन्दर पेशाब करने की बात मेरी कही हो। इस तरह के कई जुमले हम दोनों ही कहते थे। अपनी मकान मालिकन को हम दोनों ने 'हरी बर' का नाम दिया था। हमारी पहली और आख़िरी मुलाक़ात के समय वह बिच्छूबूटी से हरे रंग की पोशाक पहने थी जिसके कॉलर पर चूहे की खाल जैसी रोयेंदार पोस्तीन और वायलेट के फूलों का गुच्छा लगा था। उसने हमसे ज़हरीली-सी आवाज़ में भनभनाकर बात की थी। उसकी उम्र सत्तर के पार थी और वह नगर के बड़े बाज़ार में पुरुषों के लिए हॉस्टल चलाती थी। उसकी बेटी डॉटी को हम पीठ पीछे घर-की-वारांगना कहते थे। *वारांगना* क्यों कहते थे? यह शब्द न तब प्रचलित था, न अब है। उन दिनों हर बात में विडम्बना ढूँढ़ निकालने

पर हमारा बहुत ज़ोर था। और हो सकता है, वारांगना शब्द में कोई विशिष्टता की ध्वनि निकलती थीं—एक हीन, दलित विशिष्टता से भरी ध्वनि जो हमें डॉटी के व्यक्तित्व पर करारा व्यंग्य लगती थी।

डॉटी हमारे मकान के बेसमेण्ट के दो कमरों में रहती थी। उससे हर मास किराये के पैंतालीस डालर अपनी माँ को देने की आशा की जाती थी। डॉटी ने मुझे बताया था यह पैसे वह दूसरों के बच्चों की देख-रेख का काम कर कमाना चाहती थी।

"मुझे तो बाहर जाकर काम करने की हिम्मत नहीं होती।" उसने कहा, "मेरा दूसरा पति गुर्दे की बीमारी से घुल-घुलकर छह मास तक तड़पकर माँ के घर ही मरा था। माँ को तीन सौ डालर उस किराये के अभी देने हैं। वे मक्खन निकले दूध और अण्डे का एगनॉग मुझसे बनवाकर उसे पिलवाती थीं। मैं जीवन भर कंगाल रही हूँ। लोग कहते हैं कि सेहत है तो सब-कुछ है, मेरे न सेहत है न और कुछ। तीन साल की थी, तब से साँस और फेफड़ों की बीमारी। बारह वर्ष की उम्र में गठिया-वात लग गया। सोलह साल की थी तो पहली शादी हुई, पर पतिदेव लकड़ी काटते हुए दुर्घटना में ख़तम हो गये। तीन बार पेट गिरने से मेरा गर्भाशय चिथड़ा हो गया है। यहीं नज़दीक के दूध-दही के कारोबारवाले एक किसान से दूसरी शादी की तो उसके जानवरों को छूत की बीमारी लग गयी। ज़र-ज़मीन सब गये। वही तो गुर्दे की बीमारी से मरा था। क्या कहूँ, क्या शक है कि कुछ करने की हिम्मत ही नहीं होती।"

मैं संक्षेप में बता रही हूँ। यह सब उसने काफ़ी विस्तार से पर बिना किसी दर्द के बल्कि विस्मय और कुछ गर्व का पुट लिये स्वर में अपने घर की मेज़ पर बैठ बताया था। वह पहले मुझे चाय के लिए बुलाती थी, फिर बीयर पीने के लिए। पुस्तकों, अध्ययन और विश्वविद्यालय के माहौल से ताज़ी निकली मैं सोचती, जीवन की वास्तविकता से यह मेरा परिचय है। डॉटी के नक़्श, अपनी माँ से न थे बल्कि चपटे से थे, शरीर गदबदा, पराजय स्वीकार करने की प्रवृत्ति। उस जैसी साधारण, कुछ खोयी हुई-सी महिलाएँ, हाथ में थैला उठाये बस की प्रतीक्षा में खड़ी अक्सर दीख जाती हैं। उसे एक बार बस में वही पुराना नीला कोट पहने देखा तो मैं पहचान ही नहीं पायी। उसके कमरों में विवाह के समय मिला भारी-भरकम फर्नीचर भरा था—ऊँचा पियानो, मोटे गद्दे लगे सोफा और कुर्सियाँ, अखरोट जैसी लकड़ी से बनी शीशे जड़ी बर्तन रखने की आलमारियाँ, खाने की मेज़ जहाँ हमारी बैठक जमती थी। मेज़ के बीच में बड़ा-सा चीनी मिट्टी का लैम्प था। लैम्प पर गहरे लाल रंग के चुनन पड़े रेशम का शेड एक ओर झुका-सा लगा था, मानो किसी महिला की घेरदार स्कर्ट एक ओर से थोड़ी उठी हो।

मैंने ह्यूगो को यह सब बताया। "ऐसे लैम्प चकलों में होते हैं," मैंने कहा। मैं चाहती थी कि इस वर्णन की सूक्ष्मता पर मुझे शाबासी मिले। मैंने ह्यूगो से कहा कि उसे लेखक बनना है तो डॉटी के चाल-चलन पर ध्यान दें। मैंने डॉटी के पतियों, उसके गर्भाशय की दशा और उसके कमरे में जमा छोटी-मोटी चीज़ों के अम्बार के बारे में

बताया। ह्यूगो का उत्तर था, वह सब कबाड़ तुम्हें मुबारक। वह एक गीत-नाटक लिखने में लगा था।

एक दिन मैं बेसमेण्ट में लगी भट्ठी में कोयला डालने गयी तो देखा, डॉटी गुलाबी मख़मल का ड्रेसिंगगाउन पहने एक पुरुष को विदाकर रही थी। पुरुष पेट्रोल स्टेशन के कर्मचारी या डाकिये जैसी वर्दी पहने था। यह दोपहर बाद की बात है। विदा देने के ढंग में कोई ऐसा संकेत न था जिससे किसी अनुचित बात का आभास होता और जो मेरा ध्यान आकर्षित करता। मैं यही सोचती कि कोई सम्बन्धी रहा होगा, पर डॉटी ने नशे से लरज़ती आवाज़ में एक लम्बी, जटिल कहानी सुनाना आरम्भ कर दिया कि कैसे वह बारिश में भीग गयी थी और कैसे उसने अपनी माँ के घर गीले कपड़े बदलकर माँ के कपड़े पहने जो कि उसे तंग थे और इसीलिए वह इस समय ड्रेसिंग गाउन पहने थी। पहले लैरी ने, जो अपनी पत्नी के लिए करायी सिलायी उठाने आया था, उसे इस दशा में देखा और अब मैंने, पता नहीं हम उसके बारे में क्या सोचेंगे। मुझे अजीब-सा लगा, क्योंकि मैं उसे कई बार ड्रेसिंग गाउन पहने देख चुकी थी। डॉटी के हँसने और बतियाने के दौरान वह पुरुष जरा भी न हँसा। न उसने आँखें उठायीं। न ही उसने डॉटी की कहानी के समर्थन में कुछ कहा। वह चुपचाप दरवाज़े के बाहर खिसक गया।

"डॉटी से मिलने उसका कोई प्रेमी आता है," मैंने ह्यूगो से कहा।

"हर समय घर में घुसे रहने से तुम्हारे दिमाग़ को कुछ हो गया है। तुम्हें हर दाल में काला दिखता है।"

अगले कुछ दिन मैंने नज़र रखी कि वही पुरुष दुबारा आता है कि नहीं। वह नहीं आया। लेकिन तीन दूसरे आये, एक दो बार आया। वे सिर झुकाये आँखें चुराते, लपकते से आते और उन्हें दरवाज़ा खुला मिलता। ह्यूगो को मानना पड़ा। यह तो जीवन की कला का अनुकरण करना है, उसने कहा। फिर कहा कि उसने पुस्तकों में स्फोत शिराओं से भरी स्थूल जाँघोंवाली इतनी वेश्याओं के बारे में पढ़ा था कि कभी-न-कभी किसी ऐसी से पाला पड़ना ही था। तभी हमने डॉटी का नाम घर-की-वारांगना रख दिया था और उसके बारे में कहानियाँ गढ़कर अपने मित्रों को बतायीं। वे पर्दों के पीछे छुपकर उसे आते-जाते देखा करते थे।

"यही है वो?" वे कहते। "वह नहीं है? ये तो बिल्कुल ढप लगती है। इन्हीं कपड़ों में अपना धन्धा चलाती है?"

"भोली-भाली बातें न करो," हम कहते हैं। "तुम्हारे ख़्याल में सब वेश्याओं जैसे सोलह सिंगार किये रहती हैं?"

उसका पियानो बजाना, सुनने के लिए सब चुप हो जाते। पियानो बजाने के साथ-साथ वह गाती या गुनगुनाती, लगातार नहीं पर ऊँचे स्वर में, लय या धुन की चिन्ता किये बिना। अपनी नक़ल स्वयं करते लोग ऐसे ही गाते हैं, जब वे अकेले होते

हैं या सोचते हैं कि वे अकेले हैं। गीत थे "येलो रोज़ ऑफ टेक्सास" तथा "यू काण्ट बी ट्रू, डियर।"

"रण्डियों को भजन गाने चाहिए।"

"उसे कुछ भजन सिखा क्यों न दें।"

"तुम सब नीच हो, दूसरों के घर झाँक-ताक करनेवाले," मेरी फ्रान्सिस श्रेकर नाम की एक लम्बी-चौड़ी, शान्त चेहरे वाली लड़की ने कहा था। उसकी घनी काली चोटियाँ पीठ पर झूलती रहती थीं। उसका पति एल्सवर्थ श्रेकर कभी विलक्षण प्रतिभाशाली गणितज्ञ था, जिसे बाद में बेचैनी और घबराहट के दौरे पड़ने लगे थे। ह्यूगो का कहना था कि उसे देखकर सदा *फ़ीका* शब्द मस्तिष्क में आ जाता है, पर हो सकता है वह पौष्टिक हो, जई के दलिये की तरह। वह ह्यूगो की दूसरी पत्नी बनी। मेरे विचार में उनकी जोड़ी ख़ूब जमती थी, और मुझे लगता था कि यह जोड़ी सदा बनी रहेगी और वह ह्यूगो का पोषण करती रहेगी, पर कुछ समय बाद ह्यूगो की शिष्या ने उसका स्थान ले लिया था।

डॉटी का पियानो बजाना, हमारे मित्रों के लिए मनोरंजन का तमाशा था। यह तमाशा समस्या बन जाता जब ह्यूगो घर में काम करने का यत्न करता था। उसे अपना शोध प्रबन्ध पूरा करना चाहिए था, पर असल में वह नाटक लिख रहा था। उसकी मेज़ सोने के कमरे में पिछवाड़े खुलती खिड़की के सामने थी। डॉटी के कुछ देर पियानो बजाते रहने के बाद वह रसोई-घर में आ मेरे कान से मुँह सटा कठिनता से दबाये क्रोध भरे पर सम स्वर में कहता, "नीचे जाकर उससे कहो कि यह बजाना बन्द करे।"

"तुम जाओ।"

"तौबा करो। वह तुम्हारी मित्र है। तुम उससे गप्प लगाती हो, उसे बढ़ावा देती हो।"

"मैंने पियानो बजाने को कभी नहीं कहा।"

"मैंने यह दोपहर काम करने के लिए खाली रखी थी। वह तो हुआ नहीं। कठिनता से यह समय मिला था। मैं उस निर्णायक स्थान पर हूँ, जहाँ यह नाटक या तो सफल होगा या असफल। अगर मैं नीचे गया तो सम्भव है उसका गला ही घोट दूँ।"

"तो मेरे पीछे मत पड़ो, मुझे फाँसी मत लगाओ। मैं तो साँस भी लूँ तो तुम्हें परेशानी होने लगती है।"

अन्त में नीचे जाती मैं ही, और डॉटी के दरवाज़े पर दस्तक देती और कहती कि यदि वह बुरा न माने तो इस समय पियानो न बजाये क्योंकि मेरे पति घर पर ही काम कर रहे थे। ह्यूगो *लिख* रहे हैं, कहने को बिल्कुल मना किया था। वह शब्द हम दोनों के लिए बिजली की नंगी तार-सा था। डॉटी हमेशा माफ़ी माँगती, वह ह्यूगो के काम और उसकी कुशाग्रता से बुरी तरह प्रभावित और डरी-सी रहती थी। उस समय तो वह रुक जाती, पर यह सोचकर कि वह भूल जायेगी और घण्टे-आधे घण्टे में फिर बजाना

शुरू कर देगी, मैं घबरायी और परेशान रहती। उस समय क्लिया पेट में होने के कारण मुझे हर समय खाने की ललक लगी रहती, और मैं कुछ चुटायी-सी रसोई-घर की मेज़ पर बैठी बिरयानी या ऐसी ही कोई चीज़ गर्मकर खाती रहती। ह्यूगो को लगता कि संसार-भर ने उसके लेखन के विरुद्ध मोर्चा बाँध लिया था, कि न केवल इन्सान बल्कि हर छोटी-मोटी आवाज़ या घटना और हादसा उसे असफल और निरुपाय बना देने और उसके लेखन में बाधा पहुँचाने के किसी क्रूर द्वेषपूर्ण षडयन्त्र का अंग थे। और मैं, जिसका काम ही संसार और उसके बीच की दीवार बने रहना था, कुछ जान-बूझकर और कुछ अनाड़ीपन के कारण अपना दायित्व पूरा नहीं निभा रही थी। तब मुझे उसकी प्रतिभा में विश्वास न था और तब तक मैं यह समझ नहीं पायी थी कि यह विश्वास कितना आवश्यक था। वह कुशाग्र था और प्रतिभासम्पन्न—इन शब्दों का जो भी अर्थ हो—लेकिन मुझे भरोसा न था कि वह कभी लेखक बन पायेगा। उसमें वह गाम्भीर्य न था जो मेरे अनुसार एक लेखक में होना चाहिए। वह ज़रा-सी बात पर परेशान हो जाता या बुरा मान जाता, प्रायः दूसरों के सामने शान बघारने लगता। मेरा विश्वास था कि लेखक शान्त स्वभाव के, संजीदा से इन्सान होते हैं, जिन्हें सब-कुछ पता होता है। मेरा विश्वास था वे कुछ भिन्न-से लगते हैं, एक स्फटिक आभा, एक दुर्लभ गरिमा से भरपूर जो ह्यूगो में नहीं थी। मुझे लगेता था कि एक-न-एक दिन उसे स्वयं आभास हो जायेगा। तब तक उसकी कल्पना का संसार और उस संसार के दुःख-सुख मेरे लिये उतने ही विचित्र और अनजाने थे जितने कि उसके मस्तिष्क के विक्षिप्त हो जाने पर होते। खाने की मेज़ पर वह कुढ़ा-सा उतरा चेहरा लिये बैठा रहता। सोने के कमरे में कभी कुछ लेने जाती तो मेज़ पर बैठे उसके शरीर में एक तनाव-सा आकर उसका टाइप करना बन्द हो जाता। कभी बैठक में कूद-फाँदकर मुझसे पूछता कि वह क्या कर रहा है (गैण्डा अपने को हिरन समझकर चौकड़ी भर रहा है, जॉन फास्टर डलेस के स्वप्न में युद्ध नृत्य करते चेयरमैन माओ—मैं कहती), और मेरी गर्दन और गले पर मोटे-मोटे चुम्बनों की बौछार कर देता। उसका मिज़ाज अच्छा-बुरा होने के कारण स्पष्ट न थे, न उसकी मनःस्थिति पर मेरे कहे-सुने का कोई प्रभाव पड़ता था। मैं उसे खिजाने के लिए चिढ़ाती थी।

"मान लो हमारा बच्चा पैदा होने के बाद घर में आग लग जाये और बच्चा और तुम्हारे नाटक की पाण्डुलिपि दोनों आग से घिर जायें तो तुम पहले किसे बचाओगे?"

"दोनों को।"

"अगर तुम केवल एक को बचा सकते हो तो? बच्चे की छोड़ो, मान लो मैं आग में फँसी हूँ, या मान लो मैं डूब रही हूँ और तुम पास ही हो और किसी तरह दोनों तक नहीं पहुँच सकते—"

"तुम मुझे मुश्किल में डाल रही हो।"

"मैं जानती हूँ। अब तो तुम मुझसे नफ़रत करने लगोगे।"

"बेशक, मैं तुमसे नफ़रत करता हूँ।" इसके बाद हम दोनों बिस्तर में घुस जाते, झूठमूठ लड़ते, खिलवाड़ करते, उत्तेजित, किलकारियाँ भरते। एक-दूसरे के साथ ख़ुशी-ख़ुशी बिताया हमारा सारा जीवन एक खेल-सा था। बस में बैठे लोगों को चौंकाने के लिए हम दिखावटी बातचीत करते। एक रात एक बीयर की शाला में उसने बच्चों को अकेला छोड़कर दूसरे मर्दों के साथ मज़े उड़ाने पर मेरी भर्त्सना की, जबकि वह हमारे लिये पैसा कमाने जंगल-बियाबान में काम कर रहा था। उसने लोगों को सुनाते मुझसे याचना की कि मैं उसकी पत्नी और उसके बच्चों की माँ होने का कर्त्तव्य न भूलूँ। मैं चुपचाप सिगरेट के कश खींच उसकी ओर धुआँ उड़ाती रही। आसपास बैठे लोग मेरी भर्त्सना होने से प्रसन्न और सन्तुष्ट लग रहे थे। बाहर निकलकर इतना हँसे कि हमें एक-दूसरे को पकड़कर दीवार का सहारा लेना पड़ा। बिस्तर में प्रणयलीला के दौरान मैं लेडी चैटरली का अभिनय करती और वह माली मैलर्स का।

"अरे वह छुटका बदमाश जॉन टॉमस कहाँ है?" ह्यूगो मोटी आवाज़ बनाकर कहता। "मुझे जॉन टॉमस कहीं नहीं मिल रहा।"

"क्षमा कीजिये, वह मेरे मुँह में था और लगता है मैं उसे निगल गयी हूँ," मैं किसी सम्भ्रान्त महिला की तरह उत्तर देती।

मकान के बेसमेण्ट में पानी उलीचने के लिए एक पम्प था। उसके लगातार चलने से घर में एक धमक-सी बनी रहती थी। हमारा मकान पास बहती फ्रेज़र नदी की सतह से नीची ज़मीन पर था और वर्षा ऋतु में पम्प लगभग हर समय चलाना पड़ता था ताकि बेसमेण्ट में पानी न भर जाये। उस जनवरी भर, जैसा कि वैनकूवर में सामान्य है, बदली छायी रही या झड़ी लगी रही। फरवरी के दिन भी अँधियारे और गीले बीते। हम दोनों के चेहरों पर मनहूसियत छा गयी थी। मैं अधिकांश में सोती रहती थी। ह्यूगो को नींद न आती थी। उसका कहना था कि चलते पम्प की धमक उसे जगाये रखती थी। इस आवाज़ के कारण वह दिन में काम न कर पाता और उस कारण रात में सो न पाता। डॉटी के पियानो की जगह अब पम्प से उसे सबसे ज़्यादा परेशानी और उलझन होती। सिर्फ़ आवाज़ के कारण नहीं, उसके चलने में लगती बिजली के कारण भी जिसका ख़र्च हमारे बिजली के बिल में जुड़ जाता था जबकि बेसमेण्ट में पानी न भरने का फ़ायदा उठाती थी वहाँ रहती डॉटी। ह्यूगो ने कहा कि मैं डॉटी से बात करूँ और मैंने कहा, डॉटी का तो ऐसे पूरा नहीं पड़ता। उसने कहा कि डॉटी को कुछ और गाहक ढूँढ़ने चाहिए। मैंने कहा, बकवास नहीं करो। प्रसव के दिन निकट आने से मेरा चलना-फिरना और बाहर जाना कम हो गया था। साथ ही डॉटी के प्रति मेरा स्नेह बढ़ गया था। उसकी बातों की कुछ मुझे आदत भी पड़ गयी थी और मैंने उसकी बातें दुहराकर उसका मज़ाक उड़ाना कम कर दिया था। कई बार तो ह्यूगो और अन्य मित्रों की अपेक्षा उसका साथ ज़्यादा सन्तोष देता था।

अच्छा, ह्यूगो ने कहा, तुम्हें मकान मालकिन को फ़ोनकर शिकायत करनी चाहिए। मैंने कहा, तुम्हें फ़ोन करना चाहिए। उसने कहा, मेरे सर पर ऐसे ही बहुत काम हैं। सच तो यह था कि हम दोनों मकान मालकिन का सामना करने से कतरा रहे थे। हमें पता था वह उसी तीखी चिड़चिड़ी आवाज़ में उलटे-सीधे बहाने बनाकर हमें चुप करा देगी।

सप्ताह भर होती वर्षा के बीच एक रात मेरी नींद टूटी और मैं उठकर बैठ गयी। विस्मय हुआ, नींद खुली क्यों। फिर समझ में आया, नीचे सब-कुछ शान्त था। "ह्यूगो, उठो। पम्प बिगड़ गया है। उसके चलने की आवाज़ नहीं आ रही।"

"मैं सो नहीं रहा", ह्यूगो ने कहा।

"वर्षा लगातार हो रही है और पम्प नहीं चल रहा। ज़रूर बिगड़ गया होगा।"

"नहीं, बिगड़ा नहीं, मैंने बन्द कर दिया था।"

मैं उठी और बत्ती जला दी। पीठ के बल लेटा ह्यूगो चौंध से सिकुड़ी आँखों के बावज़ूद मुझे घूरकर देखने का यत्न कर रहा था।

"तुमने बन्द नहीं किया।"

"अच्छा भई, नहीं किया।"

"तुम्हीं ने किया।"

"उस साली बिजली का ख़र्च मुझसे बरदाश्त नहीं होता। मैं सोच-सोचकर परेशान हो जाता हूँ। तिस पर वह धमधम की आवाज। हफ़्ते भर से सो नहीं पाया।"

"बेसमेण्ट में पानी भर जायेगा।"

"सुबह फिर से चला दूँगा। कम-से-कम कुछ घण्टे तो शान्ति रहे।"

"तब तक तो बहुत देर हो जायेगी। मूसलाधार वर्षा हो रही है।"

"कहाँ हो रही है।"

"खिड़की से बाहर देखो।"

"वर्षा हो रही है, मूसलाधार वर्षा नहीं हो रही।"

बत्ती बुझा, लेटकर मैंने आवाज़ में ज़रा सख़्ती लाकर कहा, "मेरी बात सुनो ह्यूगो, तुम्हें जाकर पम्प चालू करना पड़ेगा वर्ना डॉटी के कमरों में पानी भर जायेगा।"

"सुबह कर दूँगा।"

"अभी जाकर चालू करो।"

"नहीं करूँगा।"

"अगर तुम नहीं करते तो मैं कर दूँगी।"

"तुम भी नहीं करोगी।"

"करूँगी।" लेकिन मैं लेटी रही।

"ख़ामख़ाह घबरा जाती हो तुम।"

"ह्यूगो!"

"अरे, रो नहीं।"

"उसका सब सामान बरबाद हो जायेगा।"

"वह सब कबाड़ इसी लायक़ है पर सामान का कुछ बिगड़ेगा नहीं।"

ह्यूगो मेरी बग़ल में सजग और तना-सा लेटा रहा। मुझे लगा कि वह इन्तज़ार में था कि मैं उठूँ और नीचे जाकर किसी तरह पम्प चालू करने का यत्न करूँ। आख़िर वह क्या करता? मेरे प्रसव का समय इतना निकट था कि मारपीट तो वह करता नहीं। मुझ पर हाथ वह तभी उठाता था जब मैं पहल करूँ। वह जाकर पम्प बन्द कर देता और मैं जाकर फिर चला देती, पर ऐसा कब तक चलता रहता? वह मुझे पकड़कर उठने न देता, पर यदि मैं संघर्ष करती तो चोट लग जाने के डर से छोड़ देता। कुछ भली-बुरी कह वह घर से बाहर चला जाता, पर हमारे पास मोटर न थी और इतनी तेज़ वर्षा में वह ज़्यादा देर बाहर टिक न पाता। वह शायद गुस्से में बड़बड़ाता या चुप्पी मार जाता, और मैं बाक़ी रात कम्बल ओढ़कर बैठक के सोफा पर बिता देती। मेरे विचार में दृढ़ संकल्पवाली कोई भी नारी यही करती। कोई पत्नी अपने विवाह को भंग होने से बचाना चाहती तो यही करती। लेकिन मैंने कुछ नहीं किया। इसके बजाय मैंने अपने को समझाया कि मुझे कहाँ मालूम था कि पम्प कैसे काम करता है, उसे कहाँ से चालू करना पड़ता है। मैंने अपने से कहा, मुझे ह्यूगो से कुछ भय-सा लगता है। मेरे मस्तिष्क में यह विचार भी आया कि हो सकता है ह्यूगो का कहना ठीक हो और कुछ न हो। पर मैं चाहती थी कि कुछ हो, मैं चाहती थी कि ह्यूगो का अहंकार चकनाचूर हो जाये।

जब मेरी नींद खुली तो ह्यूगो जा चुका था और पम्प बदस्तूर धमकता चल रहा था। डॉटी बेसमेण्ट से आती सीढ़ियों के ऊपर का दरवाज़ा भड़भड़ा रही थी।

"तुम्हें अपनी आँखों पर विश्वास न होगा कि नीचे क्या हुआ। मेरे घुटनों तक पानी है। मैंने बिस्तर से पाँव नीचे किये तो घुटने तक पानी। हुआ क्या? कुछ मालूम है पम्प कब बन्द हुआ?"

"नहीं," मैंने कहा।

"पता नहीं क्या गड़बड़ हुई, हो सकता है चलते-चलते गर्म हो गया हो। सोने से पहले मैंने ऐसे ही दो-एक बीयर पी ली थीं वर्ना मुझे पता चल जाता कि कुछ गड़बड़ है। वैसे मैं हलकी नींद सोती हूँ, पर कल रात तो मैं बिल्कुल मुर्दा थीं और मैंने बिस्तर से पाँव ज्यों ही लटकाये कि, हे भगवान्, अच्छा हुआ साथ-साथ बिजली नहीं जलायी वर्ना मैं तो बिजली का करेण्ट लग जाने से ख़त्म हो जाती। सब-कुछ पानी में डूब गया है।"

कुछ नहीं डूबा था। पानी किसी वयस्क के धुटनों तक भी नहीं पहुँचता। फ़र्श की असमान सतह के अनुसार कहीं चार-पाँच इंच तक गहरा तो कहीं सिर्फ़ एक-दो इंच।

सोफा और कुर्सियों के निचले भाग भीग जाने से धब्बे से पड़ गये थे, आलमारियों के नीचे के खानों में पानी भर गया था और पियानो के पावों की लकड़ी भीगकर फूल गयी थी। फ़र्श पर लगी टाईलें कहीं-कहीं उखड़ गयी थीं, फ़र्श पर पड़ी दरी तर थी, पलँगपोश के किनारों से पानी टपक रहा था और ज़मीन पर एक ओर रखा हीटर काम लायक़ न रहा था।

मैंने कपड़े बदले और ह्यूगो के बूट चढ़ा एक झाड़ उठाकर नीचे गयी। झाड़ से पानी कमरे के बाहर बनी नाली की ओर धकेलने लगी। डॉटी ने मेरे रसोई-घर में एक प्याला कॉफी बनायी और जीने की ऊपरी सीढ़ी पर बैठ मुझे काम करती देखती वही कहानी दोहराती रही कि कैसे वह बस दो बोतलें बीयर पीकर मुर्दे की तरह सोती रही और उसने पम्प का रुकना न सुना, पता नहीं कैसे रुक गया, पता नहीं रुका भी था कि नहीं, पता नहीं अपनी माँ को कैसे यह ख़बर देगी जो हर हालत में कहेगी कि उसी की ग़लती थी और वही नुक़सान भरे। संयोग ही था कि बात हम पर नहीं आयी। (हम?) डॉटी अपनी क़िस्मत को रोने और होनी को कोसने में इतना उलझी कि दुर्घटना के कारण की ओर उसने ज़्यादा ध्यान ही नहीं दिया। पानी थोड़ा नीचे होने पर वह अन्दर के कमरे में गयी, कपड़े बदले, वहाँ पड़े बूटों में भरा पानी उड़ेलकर पहना और अपना झाड़ उठा मेरी सहायता करने लगी।

"अरे! मेरे ऊपर क्या नहीं बीती। तभी मैं अपनी कुण्डली कभी नहीं पढ़वाती। मेरी कुछ सहेलियाँ सदा ज्योतिषी से अपना भाग्य पूछती रहती हैं, पर मैं हमेशा कहती हूँ कि मेरी मत पूछो, मुझे पहले से मालूम है कि मेरा तो भाग्य ही खोटा है।"

मैंने ऊपर जा विश्वविद्यालय में फ़ोन कर ह्यूगो का पता लगाने का यत्न किया। मैंने फ़ोन पर कहा कि आपात स्थिति थी और उन्होंने उसे लाइब्रेरी में ढूँढ़ घर फ़ोन करने को कहा।

"पानी भर गया था।"

"क्या?"

"पानी भर गया था। डॉटी के कमरों में पानी-ही-पानी है।"

"मैंने पम्प चालू तो कर दिया था।"

"भाड़ झोंका था तुमने। सुबह होने पर चालू किया था।"

"आज सुबह की मूसलाधार वर्षा का पानी पम्प नहीं उलीच पाया। वर्षा मेरे पम्प चालू कर देने के बाद हुई थी।"

"कल रात पम्प ने पानी नहीं उलीचा क्योंकि कल रात पम्प चल नहीं रहा था। और मूसलाधार वर्षा की बात मुझसे मत करो।"

"वर्षा सच हुई थी। तुम सो रही थी।"

"तुम्हें ज़रा पता नहीं कि तुम्हारे किये का क्या फल हुआ, क्यों? अपना किया देखने तुम रुके कहाँ। मुझे सँभालना पड़ा। मेरी मुसीबत हुई। मुझे उस ग़रीब की व्यथा सुननी पड़ी।"

"तुम कान बन्द कर लेती।"

"बको मत। बेहूदगी कर अब भले बन रहे हो।"

"माफ़ करो। मैं मज़ाक कर रहा था। मुझे अफ़सोस है।"

"माफ़ी! भाड़ में जाये माफ़ी! मेरे कहने के बावज़ूद तुमने यह स्यापा किया और अब तुम्हें अफ़सोस है।"

"देखो, मुझे एक सेमिनार में जाना है। मुझे वाक़ई अफ़सोस है। मैं ज़्यादा बात नहीं कर सकता, तुमसे अभी बात करने का फ़ायदा भी क्या, पता नहीं तुम मुझसे क्या कहलवाना चाहती हो।"

"मैं सिर्फ़ चाहती हूँ कि तुम अपनी ग़लती महसूस करो।"

"चलो महसूस कर ली। तब भी कहूँगा कि दुर्घटना आज सुबह हुई।"

"अब क्या, तुम कभी महसूस नहीं कर सकते।"

"तुम बात का बतंगड़ बना रही हो।"

"मैं बतंगड़ बना रही हूँ?"

हमारी क़िस्मत अच्छी थी। डॉटी की माँ डॉटी की तरह बिना पूछ-ताछ किये माननेवाली न थी, आख़िर उसके घर-जायदाद का नुक़सान हुआ था। पर डॉटी की माँ बीमार थी, जाड़ों की सीलन का असर उस पर भी पड़ा था और निमोनिया हो जाने से उसी सुबह उसे अस्पताल ले जाना पड़ा था। किरायेदारों पर नज़र रखने के लिए डॉटी अपनी माँ के घर रहने चली गयी थी। बेसमेण्ट से सीलन की दुर्गन्ध आती रहती। हम लोगों ने भी कुछ दिन बाद वह घर छोड़ दिया था। क्लिया के जन्म से थोड़े दिन पहले हम उत्तरी वैनकूवर में अपने मित्रों के खाली मकान में चले गये थे जो इंग्लैण्ड में थे। हमारा झगड़ा मकान बदलने की भागदौड़ में भुला दिया गया था, कोई निष्कर्ष वैसे कभी निकला भी न था। फ़ोन पर हुई बातचीत के समय हम जहाँ थे, वहीं रहे। मेरा कहना था कि तुम न महसूस करते हो, न कभी करोगे, और उसका कहना था कि तुम मुझसे कहलवाना क्या चाहती हो। उसने मुझे समझाते हुए कहा था, छोटी-सी बात का इतना झंझट क्यों बना रही हो। कोई दूसरा भी यही कहता। उससे अलग होने के काफ़ी समय बाद तक यही प्रश्न मैं अपने से भी करती थी। एक दिन पत्नी के लिए उचित व्यवहार के अनुसार मुझे पम्प चालू कर देना चाहिए था, जैसा कि कोई समझदार, सब्रवाली स्त्री करती, कोई पतिव्रता महिला करती, जैसा मेरा विश्वास है—मेरी फ्रान्सिस करती, और उसने किया भी ह्यूगो के साथ अपने दस वर्ष लम्बे विवाहित जीवन में। या मैं डॉटी से बता सकती थी, पर पता नहीं उससे कहने का कुछ फ़ायदा होता या नहीं। अगर इस मामले की अहमियत का मुझे जरा भी एहसास होता तो मैं किसी से ज़रूर बात करती, ह्यूगो को क्रूर संसार का सामना करने देकर उसे मज़ा चखने देती। पर मैंने नहीं किया, मैंने न पूरी तरह उसकी रक्षा की, न उसका पर्दाफाश किया, सिर्फ़ ग़लती की ज़िम्मेदारी उसके मत्थे मढ़ दी थी। निराश हो कभी-कभी मैं सोचती थी कि उसके सिर

में घुसकर अपनी बात उसे समझा दूँ। यह कायरता नहीं तो क्या था, और तिस पर आपस में ऐसी दुर्भावना और अविश्वास। पर क्या हो सकता था। "तुम दोनों के स्वभाव नहीं मिलते," दाम्पत्य कलह मिटाने के एक परामर्शदाता ने हमें कुछ समय बाद समझाया था। हम लोग उत्तरी वैनकूवर में एक मनहूस से लगते भवन में थे जहाँ पति-पत्नी के बीच सम्बन्ध सुधारने के लिए परामर्श दिये जाते थे। यह सुनकर हँसते-हँसते हमारे आँसू निकल आये थे। तो यह समस्या है हमारे बीच, हमने एक-दूसरे से कहा था, यह जानकर कितना सन्तोष मिला कि हमारे स्वभाव नहीं मिलते।

ह्यूगो की कहानी मैंने उस रात नहीं पढ़ी। पुस्तक क्लिया के पास थी और स्पष्ट था कि उसने भी नहीं पढ़ी। कहानी पढ़ी मैंने अगले दिन दोपहर के बाद। लड़कियों के प्राइवेट स्कूल से, जहाँ मैं इतिहास की पार्ट-टाइम अध्यापक हूँ, मैं दो बजे लौटी। रोज़ की तरह मैंने चाय बनायी और लड़कों के, गैब्रियल के बच्चों के, स्कूल से लौटने के पहले रसोई-घर में आराम से प्याला पीने को बैठ गयी। फ्रिज के ऊपर रखी किताब पर मेरी नज़र पड़ी तो उसे उठा मैंने ह्यूगो की कहानी पढ़ डाली।

कहानी डॉटी के बारे में है। उसका विवरण यहाँ बदल दिया गया है और उसके साथ हुई घटना कुछ और बना दी गयी है या कहीं से लाकर चस्पाकर दी गयी है। लेकिन लैम्प वही है, और गुलाबी मख़मल का ड्रेसिंग गाउन भी। कुछ और बातें जो मैं भूल गयी थी, उसकी खिजानेवाली पर साथ ही दिल को छू जानेवाली आदत कि जब कोई बात करता था तो वह मुँह बाये, सिर हिलाती सुनती जाती और वाक्य के आख़िरी शब्द को कहनेवाले के साथ दोहराती। वह दूसरे की बात समझने को इतनी उत्सुक रहती कि हाँ-में-हाँ मिला देती। ह्यूगो को यह सब याद रहा था पर उसने डॉटी से बात कब की थी।

पर कोई बात नहीं। असल बात तो यह है कि जहाँ तक मेरी परख है, ह्यूगो ने बहुत बढ़िया कहानी लिखी है और मेरी परख बुरी नहीं है। कैसा कोमलता भरा और कितना सच्चा विवरण, पढ़ते-पढ़ते मैंने सोचा। मुझे मानना पड़ा कि कहानी हृदयस्पर्शी थी और कृत्रिमता मेरे हृदय को स्पर्श नहीं करती। यदि करती है तो केवल उत्कृष्ट कृत्रिमता, सुमधुर कृत्रिमता, खरी कृत्रिमता। कहानी में जीती-जागती डॉटी को अधर में लटका, उसका रोम-रोम पाठकों के सामने प्रस्तुत कर दिया गया है। यह कला ह्यूगो ने सारा जीवन लगाकर सीखी है। लगता है जादू की लकड़ी घुमा सब चीजों में जान फूँक दी हो। यह एक ख़ास क़िस्म की निष्पक्ष, भावुकता-रहित प्रणयक्रिया लगती है, एक भलाई और दयालुता से भरी क्रिया। जो लोग इस प्रक्रिया का रस ले सकते हैं (सब में इतनी समझ कहाँ), वे कहेंगे कि डॉटी का सौभाग्य था कि वह कुछ मास हमारे बेसमेण्ट में रही और ह्यूगो की कहानी का विषय बनी। हालाँकि डॉटी को कुछ पता नहीं कि क्या हुआ और उसे पता चल भी जाता तो शायद वह परवाह नहीं करती। वह शाश्वत कला में परिवर्तित कर दी गयी है, और ऐसा सब के साथ नहीं होता।

बुरा न मानिये, पीन-मेख निकालने की मेरी पुरानी आदत है। इस आदत से कभी-कभी शर्म-सी महसूस भी होती है। ह्यूगो के इरादे, उसने जो किया और जो नतीजा, निकला, उसकी मुझे क़द्र है। शुक्र है कि किसी ने किया तो।

मैंने सोचा अवश्य कि मैं ह्यूगो को पत्र लिखूँगी। भोजन बनाते समय, भोजन करते समय, और बच्चों और गैब्रियल से बातें करते समय भी पत्र लिखने की बात मेरे ज़ेहन में थी। मैं लिखने की सोच रही थी, अजीब-सी बात है कि कभी हमारी यादें अभी भी एक हैं, कि मेरे लिये जो महज़ बेकार, इधर-उधर की बातें थीं, वही उसके लिए कहानी लिखने का मसाला बन उसके काम आ रही थीं। मैं किसी तरह, घुमा-फिराकर उस अविश्वास की भावना के लिए उससे क्षमा-याचना करना चाहती थी कि वह कभी लेखक बन सकेगा। क्षमा-याचना के स्थान पर उसकी प्रतिभा की स्वीकृति कहना उपयुक्त रहेगा। क़ायदे से लिखे कृतज्ञता-ज्ञापन के चन्द वाक्य।

भोजन करते समय, यह सब सोचने के साथ अपने पति गैब्रियल को देख मुझे यह विचार भी आया कि उसमें और ह्यूगो में कोई विशेष अन्तर न था। दोनों की कुछ उपलब्धियाँ हैं। दोनों के रोज़मर्रा की बातों से निपटने और सुलझाने, किन्हीं चीज़ों को अनदेखा कर देने और किन्हीं चीज़ों का फ़ायदा उठाने के अपने-अपने ढंग हैं। दोनों की अपनी गरिमा, अपने रुआब। वे किसी की दया पर निर्भर नहीं थे, या सोचते थे कि नहीं हैं। अपना काम चलाने के लिए, जैसा बन पड़े निभाने के लिए उन्हें दोष देनेवाली मैं कौन?

जब बच्चे सोने चले गये और क्लिया और गैब्रियल टेलीविज़न देखने लगे तो मैंने क़लम सँभालकर पत्र लिखने को काग़ज़ उठाया, पर मेरा हाथ काँप रहा था। काग़ज़ पर लिखे उद्गार मेरी कल्पना के से सधे, परिमार्जित वाक्यों में व्यक्त न थे।

"यह काफ़ी नहीं है, ह्यूगो! तुम समझते हो तुमने बहुत-कुछ कर डाला, पर हुआ कुछ नहीं। तुम्हें भ्रम है, ह्यूगो।"

ऐसी बातें पत्र में भला कोई कैसे लिख सकता है।

मैं उन्हें दोष दिये बिना नहीं रह सकती। मैं अपने को ईर्ष्या और अनादर की भावना से भरा पाती हूँ।

सोने जाने से पहले गैब्रियल रसोई-घर में आया तो उसने देखा, मैं उत्तर पुस्तिकाओं का ढेर सामने रख, क़लम हाथ में लिये बैठी थी। हो सकता है पल-दो-पल बैठ वह मुझसे बात करता, काफ़ी का प्याला या थोड़ी मदिरा पीने में साथ देने को कहता, पर मुझे अपने में डूबा देख उसने कुछ न कहा। वह मेरे प्रसन्न-अप्रसन्न होने का ध्यान रखता है। जब उसने देखा कि मैं अपना गम दबाकर काम में उलझी होने का, पुस्तिकाएँ जाँचने का दिखावा कर रही हूँ तो उसने कुछ न कहा। उसे मालूम था कि इस व्यथा का सामना मैं अकेली कर सकती थी।

•

अपने पतिदेव से मैं कैसे मिली

हवाई जहाज़ के आने की गर्जना हमने दोपहर में सुनीं, जब रेडियो पर समाचार आ रहे थे। हम सबको लगा कि जहाज़ मकान से अभी टकराया, और सब लोग बाहर भागे। लाल और रूपहला जहाज़ बाड़े की सीमा पर उगे पेड़ों के ऊपर उड़ता जा रहा था। किसी हवाई जहाज़ को मैं पहली बार इतने निकट से देख रही थी। डॉक्टरनी चीख पड़ी थीं।

"क्रैश लैण्डिंग," उनके लड़के जोई ने कहा।

"घबराओ मत," डॉक्टर ने कहा। "चालक को पता है क्या कर रहा है।" वे थे तो घोड़ा डॉक्टर, पर बोलते थे दूसरे डॉक्टरों की तरह सान्त्वना देते हुए।

डॉक्टर पीबल्स के घर काम करना मेरी पहली नौकरी थी। डॉक्टर दम्पति ने शहर के क़रीब पाँच मील बाहर एक पुराना-सा मकान ख़रीद लिया था। शहरी लोगों का खेती के लिए नहीं बल्कि रिहाइश के लिए पुराने फार्म ख़रीदने की प्रथा तब अभी शुरू ही हुई थी।

हम सब बाहर खड़े हो जहाज़ को सड़क पार सामने के मैदान में उतरता देखते रहे, जहाँ कभी मेला लगा करता था। मैदान के बीच की समतल पट्टी, जहाँ कभी घुड़दौड़ हुआ करती थी, जहाज़ उतारने के लिए उपयुक्त जगह थी। पट्टी के आसपास बने खलिहान और गोदाम लकड़ी के लिए तोड़ दिये गये थे और जहाज़ के इस सपाट पट्टी तक पहुँचने में कोई बाधा नहीं थी। दर्शकों के बैठने के लिए एक ओर बनी सीढ़ियाँ भी लौण्डों-लपाड़ों ने जला डाली थीं।

"अच्छा, चलो", डॉक्टरनी तमककर बोलीं। घबराहट छुपाने को वे सदा ऐसे ही बोलती थीं। "सब अन्दर चलो। यहाँ खड़े होकर गँवारों की तरह ताकने से क्या होगा।" उनका डाँटने का अभिप्राय न था, न ही मैंने बुरा माना।

हम लोग भोजन समाप्तकर मिष्टान्न प्लेटों में डाल ही रहे थे कि लौरेटा बर्ड आ पहुँची। जाली का दरवाज़ा खोल हाँफती हुई बोलीं, "मुझे तो लगा कि जहाज़ तुम्हारी छत पर ही गिरा और तुम सब ख़तम हुए।"

लौरेटा बर्ड हमारी पड़ोसिन थीं। डॉक्टर दम्पति उसे देहातिन समझते थे, पर उनका पाला असली देहातियों से पड़ा ही कहाँ था? बर्ड दम्पति भी खेती नहीं करते थे। लौरेटा बर्ड का पति बाहरी काम करता था और शराब की लत के लिए बदनाम था। उनके

सात बच्चे थे, पर पड़ोस का बनिया भी उन्हें सामान उधार नहीं देता था। डॉक्टर दम्पति ने पड़ोसी का लिहाज़कर उसे बैठने और मिष्टान्न खाने को कहा।

उस दिन-का मिष्टान्न भी सदा की तरह साधारण था। मीठी जेली की प्लेट या केले के कतले या डिब्बाबन्द फल। मेरी माँ कहा कहती थीं, "जिस घर में न हो बढ़िया मिष्टान्न, उस घर की रक्षा करे भगवान्।" पर डॉक्टरनी का घर चलाने का अपना तरीक़ा था।

लौरेटा बर्ड ने मुझे चाशनी में पड़े आड़ू का डिब्बा खोलते देख लिया था। "ना भाई, ना," उसने कहा। "बाजारी डिब्बों के फल मुझे माफ़िक़ नहीं आते। घर में बनाये पकवान की बात ही और है।" मेरा मन किया कि बेवजह ऐसे नखरे के जवाब में उसे एक चाँटा लगा दूँ।

"मुझे मालूम है वो जहाज़ी यहाँ क्यों उतरा है," लौरेटा ने कहा। "उसे मेले के मैदान से उड़कर लोगों को हवाई सैर कराने की अनुमति मिल गयी है। एक बार का एक डालर। यही आदमी पिछले हफ़्ते पाल्मर्स्टन में था और उससे पहले झील के किनारे बसे दूसरे कई क़स्बों में। भई, मुझे तो कोई मुफ़्त सैर कराये तो भी मैं न जाऊँ।"

"मुझे तो पूछने की देर है," डॉक्टर ने कहा। "मैं देखना चाहता हूँ कि यह आस-पड़ोस आकाश से कैसा लगेगा।" डॉक्टरनी ने कहा कि यह दृश्य वे धरती पर खड़े देखकर खुश थीं। उनके दोनों बच्चें–नौ साल का जोई और सात साल की हेदर–हवाई सैर के लिए तैयार थे।

"और तुम, एडी?" हेदर ने कहा। मुझे पता नहीं, मैंने कहा। भय तो मुझे भी लग रहा था, पर जिन बच्चों की मैं आया थी, उनके सामने भय नहीं प्रकट कर सकती थी।

"सैकड़ों लोग मोटरों में धूल उड़ाते आयेंगे और आपके बाग़-बग़ीचे का सत्यानाश कर देंगे। अगर मैं होती तो ज़रूर शिकायत करती," लौरेटा बर्ड ने कहा। उसके आराम से पसरकर बैठने से मैं समझ गयी थी कि अब यह देर तक जमी रहेगी। पहले भी डॉक्टर के आफ़िस जाने या किसी मरीज़ जानवर को देखने जाने पर और डॉक्टरनी के झपकी लेने के लिए लेटने पर, मेरे बर्तन धोने में लगी रहने के बावज़ूद वह रसोई-घर में मेरे पास ही बनी रहती। डॉक्टर दम्पति की उन्हीं के घर में निन्दा करने से बाज़ न आती।

"अगर डॉक्टरनी के मेरे जैसे सात बच्चे होते तो सरे दोपहर यूँ औंघायी न ले पातीं।" उसके प्रश्न कभी समाप्त न होतेः क्या वे दोनों आपस में झगड़ते हैं, क्या मैंने उनके सोने के कमरे में गर्भ-निरोधक चीज़ें देखी हैं? मालूम है, वह कहती, ऐसी चीज़ों का प्रयोग करना पाप है। मैं हमेशा दिखावा करती कि मैं कुछ नहीं समझती।

मैं पन्द्रह बरस की थी और पहली बार अपने घर से दूर रह रही थी। माँ-बाप ने एक साल के लिए हाईस्कूल में पढ़ने का मेरे लिये प्रबन्ध किया था, पर स्कूल मुझे भाया नहीं। कुछ मैं शर्मीली थी, कुछ पढ़ाई का ज़ोर–और उस समय स्कूल की पढ़ाई

इतनी सहल नहीं थी जितनी अब है। पहले साल के अन्त में परीक्षाफल समाचार-पत्र में छपे तो मेरा नाम सबसे नीचे था, सैंतीस प्रतिशत अंक। पिता ने कहा, बस, बहुत हुआ। पर दोष उनको क्यों दूँ। असली बात तो है कि पढ़-लिखकर मास्टरनी बनने का मेरा कोई इरादा न था। जिस दिन मेरे कलंक का समाचार छपा, डॉक्टर पीबल्स हमारे यहाँ थे। उन्होंने हमारी गाय के जुड़वाँ बछड़ों को जनाया था और उन्हें सन्ध्या के भोजन के लिए रोक लिया गया था। देखने में उन्हें मैं समझदार लगी और उनकी पत्नी को घर के काम में सहायता के लिए किसी की आवश्यकता भी थी। अकेले दो बच्चों की देख-भाल करते वो थक जाती थी। यह सुन माँ ने हामी भर सहानुभूति में सिर तो हिलाया, पर उनका चेहरा देखकर मैं जान गयी कि वे सोच रही थीं कि केवल दो बच्चे, खेती-बाड़ी का कोई काम नहीं, उस पर थक जाने की शिकायत।

जब भी मैं अपने घर जाती, डॉक्टर के घर के काम की बातें सुनकर हँसते-हँसते सबके पेट में बल पड़ जाते। कपड़े धोने और सुखाने की मशीन मैंने पहली बार डॉक्टरनी के यहाँ देखी थी। मेरे अपने घर में ऐसी मशीन इतने वर्षों से होने के बाद अब सोचना कठिन है कि कभी कपड़े धोने-निचोड़ने और सूखने डालने-उतारने का झंझट न होना कैसा चमत्कार लगता था। तिस पर धुलाई के लिए पानी गरम करने की किल्लत से छुटकारा। उनके घर के चूल्हे की अवन में सेंककर कोई चीज़ कभी ही बनती थी। डॉक्टरनी का कहना था कि उन्हें मीठे-नमकीन भरवाँ व्यंजन बनाने के लिए गुँधे आटे का खोल बनाना नहीं आता था। किसी औरत को ऐसी अजीब बात कहते मैंने कभी न सुना था। मैं न सिर्फ़ पाई बल्कि कई तरह के केक और बिस्कुट भी बना सकती थी, पर डॉक्टरनी ने कहा कि वे यह सब नहीं खाते क्योंकि उन दोनों को अपना वज़न बढ़ जाने की चिन्ता थी। उस धर में काम करने में मुझे कोई शिकायत थी तो यह कि मैं प्रायः आधे पेट रह जाती थी। अपने घर से लौटते समय मैं घर की बनी मिठाई का एक डिब्बा ज़रूर लाती और अपने पलँग के नीचे छिपा देती थी। बच्चों ने मुझे खाते देख लिया तो उनको भी मैंने एक हिस्सा दिया, पर किसी को न बताने की क़सम दिलाकर।

जहाज़ आने के अगले दिन डॉक्टरनी दोनों बच्चों को मोटर में बिठा कर उनके बाल कटवाने के लिए, चेसली तक ले गयीं। चेसली में एक स्त्री थी जो ढंग से बाल काट-सँवार सकती थी। डॉक्टरनी अपने बाल भी वहीं बनवा लेती थीं, जिसका अर्थ था कि वे लोग काफ़ी समय घर से बाहर रहेंगे। घर में एक ही मोटर थी, इसलिए डॉक्टरनी ऐसा दिन चुनतीं जब डॉक्टर को काम से कहीं दूर न जाना हो। द्वितीय महायुद्ध के बाद के दिनों में मोटरें कम ही उपलब्ध थीं।

मुझे सुनसान घर में अकेले आराम से काम निपटाना बहुत पसन्द था। पूरी रसोई-घर का रंग सफ़ेद और चटक पीला था, छत पर ट्यूब लाइट। रसोई-घर को विभिन्न रंगों के उपकरणों से सजाने, रसोई-घर की आलमारियों को रंगकर बढ़िया लकड़ी से बना

दिखाने और बिजली के प्रकाश को ढककर रखने का चलन तो बाद में शुरू हुआ। मुझे रसोई-घर में ख़ूब उजाला पसन्द था और पसन्द था दो नाँदवाला बड़ा वाश बेसिन। अगर किसी ने हमेशा मिट्टी के तेल की रोशनी में मोमजामे से मढ़ी, मेज़ पर पुरानी परात में बर्तन धोये हों तो वे मेरी भावना समझ सकते हैं। मैं पूरी रसोई को चमकाकर रखती थी। ग़ुसलख़ाना भी। सप्ताह में एक बार मैं टब गरम पानी से भरकर नहाती थी। दो या तीन बार नहा लेने पर भी डॉक्टर दम्पति को आपत्ति न होती, पर मैं उनकी कृपा का अनुचित लाभ न उठाना चाहती थी, या—हो सकता है—मुझे डर था कि सप्ताह में एक बार नहाने का वो रोमांच ख़तम हो जायेगा। यहाँ हर चीज़ गुलाबी थी, टब- कमोड और टब का पानी छलकने से बचाने के लिए लगे शीशे के दरवाज़े पर चित्रित सारस भी। बिजली की रोशनी गुलाबी आभा देती और पाँव तले की रोयेंदार मुलायम दरी भी गुलाबी। तीन दर्पण ऐसे कोणों पर लगे थे कि अपनी छवि सामने, दायें और बायें से भी देखी जा सके। डॉक्टरनी के कुछ प्रसाधनों के प्रयोग की अनुमति मुझे थी। गर्म पानी से भरे टब में सुगन्ध डालकर मैं भाप उड़ने देती और उमड़ते सुगन्धित बादलों के बीच निर्वस्त्र खड़ी हो, अपने को दर्पण में तीन ओर से निहारती। कई बार मैं सोचती कि यहाँ का रहन-सहन हमारे घर से कितना भिन्न था और वहाँ रहते यहाँ की सुविधाओं की कल्पना कर लेना आसान न था। फिर मैं सोचती कि वहाँ रहते हम इस सुख—गुलाबी सारस, रोंयेदार दरी और सुगन्धित भाप—की कल्पना तो कम-से-कम कर ही सकते थे पर सिर्फ़ इसी रहन-सहन के आदी, किसी व्यक्ति के लिए उस घर के हालात और कठिनाइयों की बात सोचना-समझना कितना कठिन होता। क्यों होता, यह मैं न समझ पाती।

मैंने सब काम तुर्त-फुर्त ख़तम किया। सब्जियाँ काट-छीलकर ताज़ी रखने के लिए ठण्डे पानी में डाल दीं। अब डॉक्टरनी के कमरे की बारी थी। जाती तो मैं वहाँ अक्सर थी, सफ़ाई करने के लिए, पर उसकी आलमारी में टँगे कपड़ों पर निगाह डालने से कौन रोक सकता था। मेज़ की दराज़ खोलकर मैंने कभी नहीं देखी, पर आलमारी में तो सामान रखना-सँभालना होता ही है। यह बात झूठ है। मैं दराज़ खोलकर देखना तो चाहती थी पर हिम्मत नहीं होती थी, और फिर कहीं डॉक्टरनी ने भाँप लिया तो।

रोज़ाना पहननेवाले कपड़े आलमारी में किस ओर टँगे थे, मुझे मालूम था। जिन्हें वो कभी न छूती थी वे दूसरी ओर थे। उनके विवाह की पोशाक कहीं न देख मुझे थोड़ी निराशा ज़रूर हुई थी। एक अन्य पोशाक का अब तक मैंने सिर्फ़ एक कोना ही देखा था और उसे पूरा ठीक से देखने के लिए अरसे से तड़प रही थी। उसे मैंने सँभालकर निकाला। बढ़िया साटिन का स्पर्श, पन्नी की-सी झलक देता हलका नीला-हरा रंग, पीठ और कमर पर चुस्त, नीचे घेरदार लहँगा, कन्धे नंगे।

इसके बाद की बात आसान थी। मैंने अपने कपड़े उतारे और पोशाक पहन ली। अब के परिचित तो क्या मानेंगे पर उस समय, पन्द्रह वर्ष की उम्र में मैं छरहरी थी और

पोशाक ख़ूब फिट आयी। पोशाक के साथ विशेष रूप से पहनी जानेवाली अँगिया तो मेरे पास थी नहीं, पहनी हुई साधारण अँगिया की तनियाँ कन्धे पर न दिखें इसलिए उन्हें खिसकाकर बग़लों में दबा दिया। बालों को सँवारकर जूड़ा बनाया। लिपस्टिक, पाउडर और भवों को सँवारनेवाली पेन्सिल की ओर मेरा हाथ अनायास ही बढ़ गया। गरमी की दोपहर में साज-सिंगार की इस भाग-दौड़ से मुझे प्यास लग गयी। वैसी ही सजी-धजी मैं रसोई-घर में गयी, बर्फ़ से भरा जिंजर-एल का गिलास पीने को। डॉक्टर दम्पति जिंजर एल तथा फलों के शर्बत दिन-भर पानी की तरह पीते थे और मुझे भी आदत पड़ रही थी। बर्फ़ पर कोई पाबन्दी नहीं थी और मुझे तो बर्फ़ इतनी पसन्द थी कि मैं दूध भी बर्फ़ डालकर पीती थी।

मैं रेफ्रिजेरेटर में बर्फ़ की ट्रे वापस रखकर मुड़ी तो एक मर्द को जाली के दरवाज़े से झाँकते देखा। मेरा सौभाग्य था कि घबराहट में हाथ हिल जाने से जिंजर-एल पोशाक पर छलकने से बच गया।

"आपको चौंकाना नहीं चाहता था पर आप बर्फ़ निकालने में इतनी उलझी थीं कि आपने मुझे खटखटाते नहीं सुना।"

मैं उसका चेहरा नहीं देख पायी। कोई जाली से लगकर खड़ा हो और उजाला उसके पीछे हो तो दिखता भी क्या है। इतना स्पष्ट था कि वह यहाँ, आसपास का निवासी न था।

"वो जहाज़ मेरा है। मेरा नाम क्रिस वाटर्स है। क्या मैं बाहर लगे पम्प से थोड़ा पानी भर लूँ?"

बाड़े में एक हैण्ड पम्प लगा था। शहर से दूर रहनेवाले आमतौर से पानी ऐसे पम्पों से ही निकालते थे। तभी उसके हाथ में लटकती बाल्टी पर मेरी निगाह पड़ी।

"शौक से," मैंने कहा। "पम्प चलाने से बचना चाहते हैं तो अन्दर लगे नल से भर सकते हैं।" अभिप्राय था कि वह जान जाये कि हमारे यहाँ नल भी था।

"पम्प चलाने में ज़रा कसरत ही हो जायेगी।" कहने के बाद भी वह वहीं खड़ा रहा। कुछ क्षण बाद उसने फिर कहा, "क्या किसी नाच-गाने के समारोह में भाग लेने जा रही थीं?"

अपरिचित चेहरा देख मैं बिल्कुल भूल ही गयी थी कि मैं क्या पहने थी।

"क्या यहाँ की महिलाएँ दोपहर में साधारणतः ऐसे ही कपड़े पहनती हैं?"

तब तक मैंने मज़ाक का जवाब मज़ाक से देना नहीं सीखा था। झेंपकर चुप रही।

"आप यहाँ रहती हैं? आपका ही घर है?"

"मैं यहाँ काम करती हूँ।"

यह सुनकर कई लोगों की आँखें और बात करने का ढंग बदल जाता है। पर उसका नहीं।

"मैं सिर्फ़ यही कहना चाहता था कि यह पोशाक आप पर ख़ूब सजती है। आप इतनी ख़ूबसूरत लग रही थीं कि दरवाज़े से झाँककर देखने पर कुछ पल तो मेरा बोल ही नहीं फूटा।"

इतनी छोटी उम्र में मुझे इतनी अकल कहाँ थी कि उसकी मीठी बातों का अर्थ समझती। मुझे क्या पता था कि मर्द किसी औरत से ऐसी बातें, किसी औरत को ख़ूबसूरत बिना मतलब नहीं कहते। उस छोटी उम्र में न तो इतनी समझ थी, न उसे कोई उत्तर देने की क्षमता। मैं तो बस चाहती थी कि वह इस समय यहाँ से चला जाये। यह नहीं कि वह मुझे पसन्द न था, मुझे सिर्फ़ परेशानी हो रही थी उसके मुझे चुपचाप, पत्थर की तरह खड़े देखते रहने से।

वह ज़रूर भाँप गया होगा। उसने अलविदा कहा, मुझे धन्यवाद दिया और बाहर जा पम्प चलाकर अपनी बाल्टी भरने लगा। मैं खाने के कमरे की खिड़की पर लगे पर्दों के पीछे खड़ी उसे देखती रही। जब वह चला गया तो डॉक्टरनी के कमरे में जाकर मैंने पोशाक उतारी और जहाँ से निकाली थी, ठीक उसी जगह टाँग दी। अपने कपड़े पहने, बाल पहले जैसे खोले और चेहरे का सिंगार धो-पोंछकर साफ़ कर दिया।

डॉक्टर दम्पति अजनबी के बारे में जानने को उत्सुक थे। कैसा था वह। जवान, अधेड़, लम्बा व नाटा। मैं क्या कहती?

"बाँका जवान था?" डॉक्टर ने मुझे छेड़ा।

मेरे दिमाग़ में एक ही बात थी कि वह फिर पानी भरने आयेगा तो डॉक्टर दम्पति से बातचीत में उस दिन दोपहर में मुझे सजे-सँवरे देखने की बात कह देगा। क्यों न मैं ही पहले बता दूँ? उसके लिए तो वह बात मज़ाक होगी पर मेरी मुसीबत हो जायेगी।

डॉक्टरनी को अपने नये सँवरे बाल लोगों को दिखाने की इच्छा थी और सन्ध्या खाने के बाद वे दोनों सिनेमा देखने शहर चले गये। मेरी नींद कोसों दूर थी, बैठी सोचती रही कि क्या करूँ? अगर पता चल गया तो डॉक्टरनी काम से तो नहीं निकालेंगी पर पता नहीं मेरे बारे में क्या सोचेंगी? यह मेरी पहली नौकरी थी पर मैं थोड़े ही दिनों में काफ़ी कुछ समझने-भाँपने लगी थी। नौकर अगर चोरी-चकारी न करें और चुपचाप अपना काम करते रहें तो लोग उनकी ओर ज़्यादा ध्यान नहीं देते। वे समझते हैं कि नौकर रोज़मर्रा के काम और मालिकों की दिनचर्या के अलावा कुछ नहीं जानते-समझते। ऐसी बात नहीं कि डॉक्टर दम्पति मेरे प्रति सहृदय न थे। भोजन के लिए हम लोग एक साथ एक मेज़ पर बैठते थे (सच तो यह है कि तब मुझे पता नहीं था कि सब मालिक ऐसा नहीं करते), कभी-कभी अपने साथ मोटर में घुमाने भी ले जाते। पर मेरी आँखें तो बन्द नहीं थीं।

सोते हुए बच्चों पर एक निगाह डालकर मैं घर से बाहर निकल आयी। जानती थी कि कोई और उपाय नहीं। सड़क पार ही मेले का मैदान था। फीकी चाँदनी से नहाया

जहाज़ विचित्र-सा लग रहा था। मैदान के किनारे उगी झाड़ियों से पहले ही एक तम्बू लगा था।

वह बाहर ही बैठा सिगरेट पी रहा था। उसने मुझे आते देख लिया था।

"आओ-आओ। जहाज़ की सैर करना चाहती हो? सैर तो कल से पहले शुरू नहीं होगी।" ध्यान से देखकर उसने फिर कहा, "अच्छा तुम हो, उस पोशाक के बिना तुम्हें पहचान न सका।"

मेरा दिल धड़क रहा था, ज़बान सूखकर लकड़ी जैसी। मुँह से एक शब्द न निकला। गले में जैसे कुछ फँस-सा गया था। गूँगे-बहरे की तरह खड़ी रही।

"जहाज़ में सैर करना चाहती हो? बैठो तो। सिगरेट पियो।"

मैं सिर हिलाकर नहीं भी न कर सकी। उसने एक सिगरेट मेरी ओर बढ़ा दी।

"मुँह में लगाओ वर्ना मैं जलाऊँगा कैसे? शुक्र है कि शर्मीली लड़कियों से मेरा वास्ता पहले भी पड़ चुका है।"

मैंने सिगरेट होंठों से लगाया। मैं पहली बार सिगरेट नहीं पी रही थी। जब अपने घर थी तो मेरी सहेली म्यूरियल लो अक्सर अपने भाई की सिगरटें पारकर देती थी।

"तुम्हारे हाथ कैसे काँप रहे हैं? तुम ऐसे ही मिलने चली आयी या कुछ और बात है?"

मेरे मुँह से एक ही बोल फूटा, "भगवान् के लिए उस पोशाक के बारे में कुछ न कहना।"

"कौन-सी पोशाक? अच्छा वो, जो तुम पहनी थीं।"

"वो श्रीमती पीबल्स की थी।"

"किसकी? तुम्हारी मालकिन की? तुम इसी बात से परेशान थी? वह घर पर नहीं थी और तुम उसके कपड़े पहन सज-सँवरकर देख रही थी कि मालकिन जैसी लगती हो या नहीं। तुमने कुछ बुरा नहीं किया पर सिगरेट ऐसे नहीं पीते। सिर्फ़ धुआँ मत उड़ाओ, कश खींचो। पहली बार पी रही हो? तो तुम सोच रही थी कि मैं तुम्हारे पोशाक पहनने के बारे में बता दूँगा?"

उसे चुप रहने को कहने में मुझे इतनी शर्म आ रही थी कि मैं सिर तक न हिला सकी। उसने मेरा चेहरा देखकर समझ लिया—हाँ।

"नहीं, मैं नहीं कहूँगा। तुम परेशान मत हो, मैं किसी को ख़बर नहीं होने दूँगा। वायदा करता हूँ।"

जब मेरे मुँह से धन्यवाद तक न फूटा तो मुझे पसोपेश से उबारने के लिए उसने बात बदली, "यह साइन बोर्ड कैसा है?"

साइन बोर्ड मेरे पाँव के पास ही पड़ा था: आसमान से दुनिया का नज़ारा देखो। सिर्फ़ एक डालर, बच्चों का आधा। अनुभवी पायलट।

"मेरा पुराना साइन बोर्ड टूट गया था। सोचा, नया बना डालूँ। दिन-भर इसी में उलझा रहा।"

लिखावट ढंग की नहीं थी। मैंने सोचा, मैं इससे कहीं अच्छा बोर्ड आधे घण्टे में बना सकती थी।

"मैं साइन बोर्ड बनाने में ख़ास माहिर नहीं हूँ।"

"बहुत अच्छा बना है," मैंने कहा।

"वैसे साइन बोर्ड की ज़रूरत नहीं थी, आमतौर से लोग ख़ुद एक-दूसरे को बता देते हैं। इस सन्ध्या मैंने कई लोगों को वापस कर दिया। सोचा था, ज़रा आराम करूँगा। किसे पता था कि मिलनेवालियाँ आ पधारेंगी।"

तभी मुझे बच्चों की याद आयी। सोचकर डर लगा कि उनमें से किसी ने नींद टूटने पर मुझे पुकारा और मैं न मिली तो क्या होगा।

"तुम्हें जाने की जल्दी है?"

इस बार मैं शिष्टाचार नहीं भूलीं, "सिगरेट के लिए धन्यवाद।"

"याद है न, मैंने चुप रहने का वायदा किया है।"

मैं तेज़ी से मैदान पार भागी। मन में डर था कि किसी क्षण डॉक्टर की मोटर आती दिखायी दे जायेगी। मेरे दिमाग़ में घण्टे-मिनट सब उलटे-पुलटे हो गये थे, कुछ पता नहीं था कितनी देर बाहर रही थी। घर पहुँचकर पाया सब-कुछ ठीक था। बच्चे सो रहे थे और मैं भी चुपके से जाकर लेट गयी। सोच रही थी, 'अन्त भला तो सब भला'। दिन में कई घटनाएँ हुईं पर सबसे अच्छी बात हुई कि लौरेटा बर्ड ने मुझे घर से ग़ायब नहीं पाया।

घर के सामने लोगों की भीड़ लगी रहती थी। पर इतने लोगों के आने-जाने के बावज़ूद घर का बग़ीचा और बाड़ें कुचले जाने की नौबत न आयी। जहाज़ी का साइन बोर्ड मेले के मैदान के फाटक पर लगा था। लोग अधिकतर सन्ध्या के भोजन के बाद आते, पर काफ़ी दोपहर में भी। बर्ड परिवार के बच्चे सदा फाटक के आसपास मँडराते रहते। उनके पास सब मिलाकर आधा डॉलर भी न होता। जहाज़ को उतरते-चढ़ते देखने की नवीनता जल्द ही समाप्त हो गयी और हमने उस ओर ध्यान देना बन्दकर दिया। उस बार के बाद मैं जहाज़ी से मिलने न गयी थी, पर वह प्रायः पानी भरने के लिए आता रहता। उस समय मैं बाहर की सीढ़ियों पर बैठकर सब्ज़ी छीलने-काटने जैसा काम करने का यत्न करती।

"तुम उधर आती क्यों नहीं? आओ तो तुम्हें भी जहाज़ की सैर करवा दूँ।"

"मैं पैसे बचा रही हूँ।" समझ न आया कि और क्या कहूँ।

"किस लिये? अपने दहेज के लिए?"

उत्तर में मैंने सिर हिला दिया।

"तुम्हारे लिये मुफ़्त होगा यदि तुम भीड़ कम होने के समय आओ। मैं सोच रहा था कि तुम आओगी और हम साथ बैठकर सिगरेट पियेंगे।"

मैंने आँखों से उसे चुप रहने का इशारा किया। कौन जाने बच्चे अगल-बग़ल हों या डॉक्टरनी के कान तक आवाज़ पहुँच जाये। डॉक्टरनी भी कभी-कभी बाहर आकर जहाज़ी से हाल-चाल पूछ लेतीं। वो डॉक्टरनी से कई बातें करता जो मुझे कभी न बतायी थीं, पर मैं ज़्यादा पूछ-ताछ करती कहाँ थी। उसने डॉक्टरनी को बताया कि वह महायुद्ध में सैनिक था और तभी उसने जहाज़ उड़ाना सीखा था। उसे अब इस घुमक्कड़ ज़िन्दगी की इतनी आदत पड़ गयी थी कि आम लोगों जैसे एक स्थान पर टिककर न रह सकता था। डॉक्टरनी ने कहा कि पता नहीं कोई ऐसे कैसे रह सकता है। शहर से दूर रहने की उन्हें आदत न थी, डॉक्टरनी ने कहा, कभी-कभी वे बोरियत से इतनी उकता जातीं कि कुछ भी आज़मा सकती थीं। मैंने यह कहते उन्हें पहली बार सुना था।

"तुम्हें, लोगों को जहाज़ उड़ाना सिखाना चाहिए," उन्होंने कहा।

"आप सीखना चाहती हैं?"

उत्तर में डॉक्टरनी सिर्फ़ हँसीं।

दोनों चर्चों में पादरियों द्वारा अपने प्रवचनों में आलोचना करने के बावज़ूद रविवार को जहाज़ में सैर करनेवालों की ख़ूब भीड़ थी। हम सब बाहर बैठे तमाशा देख रहे थे। डॉक्टर के बच्चे जोई और हेदर भी बर्ड परिवार के बच्चों के साथ मैदान की चहारदीवारी पर बैठे थे। पूरे सप्ताह माँ के ना-नुकर करने के बाद आज डॉक्टर ने उन्हें जाने की अनुमति दे दी थी।

मैदान में खड़ी मोटरों के पार की सड़क से होकर एक मोटर आयी और घर के सामने रुक गयी। एक तरफ़ का दरवाज़ा खोल लौरेटा बर्ड निकली, जैसे किसी महत्त्वपूर्ण काम पर जा रही हो। चालक की तरफ़ का दरवाज़ा खोल एक-दूसरी औरत ज़रा ठहर कर, कपड़े समेटकर निकली। आँखों पर धूप का चश्मा।

"यह महिला जहाज़ उड़ानेवाले की तलाश में है," लौरेटा बर्ड ने कहा। "मैं होटल के रेस्तराँ में बैठी कोका-कोला पी रही थी। इन्हें पूछ-ताछ करते सुना तो यहाँ ले आयी।"

"ज़हमत के लिए माफ़ी चाहती हूँ," महिला ने कहा। "मेरा नाम ऐलिस केलिंग है, मैं मिस्टर वाटर्स की मँगेतर हूँ।"

ये ऐलिस केलिंग साहिबा भूरे-सफ़ेद चारखाने की पैण्ट और पीले रंग की क़मीज़ पहने थीं। क़मीज़ के नीचे वक्ष मुझे ढलके से लगे। चेहरे पर चिन्ता की रेखाएँ। कभी लहरें डालकर यत्न से सँवारे बाल अब बिखर गये थे और उड़ती लटों को चेहरे से परे रखने को बालों को एक पीली पट्टी में कस दिया गया था। महिला लावण्य और यौवन की देहरी पारकर चुकी थीं। उसके बात करने के ढंग से स्पष्ट था कि वह नगर-निवासी थीं या पढ़ी-लिखी, या दोनों।

डॉक्टर ने खड़े होकर अपना, पत्नी का और मेरा परिचय कराया और उसे बैठने को कहा।

"पायलट साहब तो इस समय हवा में हैं, पर आप यहाँ बैठकर प्रतीक्षा कर सकती हैं। वे पानी भरने हमारे यहाँ आते हैं, आज अभी तक नहीं आये। अनुमान है पाँच बजे के आसपास भोजन के लिए विश्राम लेंगे।"

"तो जनाब वहाँ ऊपर हैं?" ऐलिस केलिंग ने सिकुड़ी आँखों से आकाश की ओर देखते हुए कहा।

"क्या वह अक्सर आप को छोड़कर ग़ायब हो जाते हैं और नया नाम तो नहीं रख लेते हैं?" डॉक्टर ने हँसते हुए मज़ाक किया। डॉक्टरनी ने नहीं बल्कि डॉक्टर ने आगन्तुक से ठण्डी चाय के शरबत के लिए पूछा। डॉक्टरनी ने मुझे रसोई-घर में जाकर शरबत बनाने को कहा। वह ज़रा मुस्करायीं। वह भी धूप का चश्मा लगाये थीं।

"उसने अपनी मँगेतर का ज़िक्र कभी नहीं किया," डॉक्टरनी ने कहा।

मुझे लम्बे गिलासों में ख़ूब-सी बर्फ़ और नींबू के कतले डालकर चाय का शरबत बनाना बहुत भाता था। यह बताना तो मैं भूल गयी कि डॉक्टर शराब न पीते थे, कम-से-कम घर में अथवा मेरे घरवाले मुझे यहाँ काम न करने देते। लौरेटा बर्ड के लिए शरबत बनाते मुझे खीझ तो हुई पर क्या कर सकती थी। शरबत लेकर बाहर लॉन में गयी तो देखा कि वह मेरी कुर्सी पर जम गयी थी और मुझे सीढ़ियों पर बैठना पड़ा।

"जब आप रेस्तराँ में पूछ-ताछ कर रही थीं, मैं तभी समझ गयी कि आप नर्स हैं।"

"आपने कैसे भाँप लिया?"

"लोगों को देखकर ही उनके बारे में मुझे अन्दाज़ हो जाता है। क्या उससे आपकी तभी मुलाक़ात हुई जब वह अस्पताल में भरती था?"

"कौन, क्रिस? हाँ, कुछ ऐसे ही।"

"क्या यूरोप में?" डॉक्टरनी ने पूछा।

"नहीं, उसके यूरोप जाने के पूर्व। जब वह सेण्ट्रालिया केण्टोनमेण्ट में था तो उसे अपेण्डिसाइटिस की तक़लीफ़ हो गयी थी। मैं वहाँ उसकी नर्स थी। हमारी मँगनी के बाद वह यूरोप चला गया था। वाह, इतनी लम्बी यात्रा के बाद यह पीकर ठण्डी पड़ गयी।"

"आपको देखकर वह प्रसन्न हो जायेगा," डॉक्टर ने कहा। "यह भी क्या जीवन है, आज यहाँ, कल वहाँ। कहीं ठहरकर परिचय बढ़ाने, मित्र बनाने का कोई अवसर ही नहीं।"

"आपकी मँगनी हुए तो अरसा हो गया," लौरेटा बर्ड ने कहा।

एलिस केलिंग ने अनसुना कर दिया। "मैं होटल में कमरा ले रही थी। जब मुझे पता चला वह यहाँ है, मैं सीधी चली आयी। होटल फ़ोनकर सकती हूँ?"

"फ़ोन करने की कोई आवश्यकता नहीं," डॉक्टर ने कहा। "होटल में ठहरेंगी तो उससे पाँच मील दूर रहेंगी। यहाँ सिर्फ़ सड़क पार। यहीं रहिये, इतना बड़ा घर, हमारे पास जगह-ही-जगह है।"

किसी अपरिचित को अपने घर में टिका लेना शहर से दूर रहनेवालों के लिए स्वाभाविक हो सकता है। डॉक्टर ने निमन्त्रण सहज भाव से दिया था, पर डॉक्टरनी ने जैसे कहा, हाँ, जगह की क्या कमी है, उससे न लगा कि उनका निमन्त्रण भी उतना ही सहज था। एलिस केलिंग ने कुछ ना-नुकर की, पर शीघ्र मान भी गयी। मुझे लगा कि वह स्वयं क्रिस के निकट रहने को उत्सुक थीं। मैं उसकी अँगूठी देखने की कोशिश में थी। उसके नाखून लाल रंगे थे, उँगलियों की सिकुड़ी हुई त्वचा पर आयु का प्रभाव स्पष्ट था। अँगूठी का नग नन्हा-सा। म्यूरियल लो की एक रिश्तेदार की मँगनी की अँगूठी का नग इससे कम-से-कम दुगना बड़ा था।

जैसा डॉक्टर ने कहा था, दिन ढलने लगा तो क्रिस पम्प से पानी भरने आया। उसके चेहरे पर मुस्कान से लगता था कि उसने मोटर, दूर से ही पहचान ली थी।

"देखो, तुम्हारी ख़बर लेने तुम्हारे पीछे-पीछे मैं यहाँ पहुँच गयी," एलिस केलिंग ने पुकारा। वह उठकर कुछ क़दम उसकी ओर बढ़ी। दोनों ने दिखावे के चुम्बन में मुँह-से-मुँह छुआया।

"इस तरह तो पेट्रोल के दाम भरते-भरते तुम लुट जाओगी," क्रिस ने कहा।

क्रिस साइन बोर्ड टाँग आया था : अगली उड़ान सन्ध्या सात बजे के बाद। डॉक्टर ने उसे भी खाने के लिए रोक लिया। डॉक्टरनी मच्छरों की भरमार के बावज़ूद खाना सामने के लॉन में परोसना चाहती थीं। देहात के निवासियों को ऐसे खुले में बैठकर भोजन करना सदा अटपटा लगता है। मैं आलू का सलाद पहले ही बना चुकी थी और डॉक्टरनी जेलीवाला सलाद (उन्हें बस वही एक चीज़ बनानी आती थी)। काम कुछ ज़्यादा न था, बस यही दोनों चीज़ें—कुछ गोश्त के कतले, खीरे के टुकड़े और हरे सलाद के पत्ते बाहर लाने थे। लौरेटा बर्ड कुछ देर उठने की करती रही और कहती जाये, "मैं भी चलूँ, जाकर उन ऊधमी बच्चों की खबर लूँ" तथा "यहाँ कितना सुहावना है, उठने को मन नहीं करता।" मैंने चैन की साँस ली जब किसी ने उसे रुकने को न कहा और उसे जाना ही पड़ा।

उस रात जहाज़ की सैर बन्द हो जाने के बाद वे दोनों एलिस की मोटर में कहीं गये। मैं उनके लौटने की प्रतीक्षा करती लेटी रही। जब लौटती मोटर की बत्तियों की रोशनी मेरे कमरे की छत पर पड़ी तो उठकर मैंने खिड़की पर लगी चिक के पीछे से झाँका। पता नहीं मैं क्या देखना या जानना चाहती थी। म्यूरियल लो और मैं उसके घर के सामने बरामदे में सोते थे। रात में जब उसकी बड़ी बहन अपने युवक दोस्त के साथ घूमकर लौटती, हम दोनों उन्हें घर के सामने अँधेरे में देर तक अलविदा के आलिंगनों में बद्ध देखते। दिन में उठती कामना के कारण हमें देर तक नींद नहीं आती

कि हमें भी कोई चिपटाकर, मसलकर हमारा चुम्बन ले। हम बात करते कि मान लो हम किसी लड़के के साथ नाव में झील के बीच हों और वह किनारे पर लाने से इन्कार कर दे जब तक उसके साथ वो काम न करें। या खलिहान में कोई अकेले पकड़ ले और वह करना ही पड़े तो उसमें हमारा क्या दोष? म्यूरियल ने बताया कि उसकी रिश्ते की दो बहनें एक खेल खेलती थीं जिसमें एक बहन काग़ज़ की ट्यूब लगाकर लड़का बन जाती थी। हम लोग कुछ करते-वरते नहीं थे। बस लेटकर गप्प लगाते थे।

हुआ सिर्फ़ यह कि क्रिस मोटर का एक ओर का दरवाज़ा खोलकर निकला और वह दूसरी ओर का, और दोनों अलग-अलग दिशा में चले गये—क्रिस मेले की मैदान की ओर, वह डॉक्टर के घर की ओर। मैं बिस्तर में लेटकर अपने उसके साथ लौटने की कल्पना करती रही, पर इतनी रूखी विदाई की नहीं।

प्रातः एलिस केलिंग देर से उठी। उसके नाश्ते के लिए मैंने ख़ास सलीक़े से फल काटे। डॉक्टरनी ने उसके साथ कॉफी का एक और प्याला पिया और हाल-चाल पूछती रहीं। बात करने को कोई होने के कारण डॉक्टरनी अब कुछ ख़ुश लग रही थीं। एलिस केलिंग का इरादा दिन-भर बाहर बैठकर जहाज़ को उतरते-चढ़ते देखने का था। उसने कहा कि लगता है उसके दिन ऐसे ही गुजरेंगे। डॉक्टरनी ने कहा कि मोटर तुम्हारी है, पर झील सिर्फ़ पच्चीस मील दूर है और अगर ठीक समझो तो इस सुहावने दिन पिकनिक की जा सकती है।

एलिस केलिंग को पिकनिक की बात पसन्द आयी। ग्यारह बजते वे दोनों बच्चों को और मेरे बनाये भोजन का डिब्बा साथ ले जाने को तैयार थीं। समस्या थी कि क्रिस लोगों को जहाज़ में घुमा रहा था और एलिस केलिंग उसे बताकर ही जाना चाहती थी।

"एडी जाकर उसे बता देगी," डॉक्टरनी ने कहा। "यह भी कोई समस्या है।"

एलिस केलिंग ने आँखें सिकोड़कर सोचा और मान गयी।

"उसे पक्का बता देना कि हम पाँच बजे तक लौट आयेंगे।"

मुझे नहीं लगा कि क्रिस को जानने की कोई जल्दी थी। मुझे चिन्ता थी कि पता नहीं उस खिलौने जैसे चूल्हे पर क्या पकायेगा और अकेले बैठकर खायेगा। मैंने फटाफट सामान निकाला और बाक़ी काम निपटाने के साथ-साथ एक केक बनाकर पका लिया। केक कुछ ठण्डा हुआ तो एक कपड़े में बाँध लिया। कपड़े नहीं बदले, सिर्फ़ काम करते समय पहना एप्रेन उतार दिया और बालों में कंघी फेर ली। मैं चेहरे पर हल्का-सा पाउडर-क्रीम लगाना चाहती थी, पर मैंने सोचा कि उसे हमारी पहली मुलाक़ात की बात याद आ जायेगी और मैं फिर शर्म से पानी-पानी हो जाऊँगी।

क्रिस ने मैदान के फाटक पर एक-दूसरा साइन बोर्ड लटका दिया था : इस दोपहर उड़ानें बन्द, माफ़ करें। मुझे चिन्ता हुई कि उसकी तबीयत तो ठीक है। वह बाहर कहीं

दिखायी नहीं दिया और तम्बू के दरवाज़े का पर्दा गिरा हुआ था। मैंने तम्बू के बाँस पर खटखटाया।

“आ जाओ,” उसने कहा, पर ऐसी आवाज़ में कि लगा कह रहा हो, बाहर रहो। मैंने तम्बू का पर्दा उठाया।

“अरे, तुम हो। माफ़ करना। मुझे पता न था कि तुम हो।”

वह बिस्तर के किनारे बैठा सिगरेट पी रहा था। पता नहीं बाहर खुली हवा में बैठकर सिगरेट क्यों नहीं पी सकता था?

“मैं केक लायी हूँ। बीमार तो नहीं हो,” मैंने कहा।

“बीमार क्यों होऊँगा? अच्छा, वह साइन बोर्ड। वह कुछ नहीं। मैं बोलते--बात करते थक गया था, पर तुमसे नहीं। आओ बैठो।” उसने तम्बू का पर्दा ऊँचाकर बाँध दिया,” ज़रा अन्दर हवा फिर जाये।”

मैं बिस्तर के किनारे बैठ गयी, और जगह कहाँ थी। बिस्तर क्या, खोलकर बाँध-लपेटकर साथ ले जा सकनेवाली चारपाई थी।

उसने केक का टुकड़ा खाया। “बढ़िया बना है।”

“बाक़ी बाद में भूख लगने पर खा सकते हो।”

“तुम्हें एक राज़ बताऊँ। मैं यहाँ ज़्यादा देर नहीं रहूँगा।”

“क्या तुम्हारी शादी होनेवाली है?”

“हा हा। तुमने उनके कब तक लौटने की बात कही थी?”

“पाँच बजे।”

“उस समय तक मैं यहाँ से गायब हो जाऊँगा। हवाई जहाज़ किसी भी मोटर से ज़्यादा दूर जा सकता है।” उसने कुछ सोचते-सोचते केक पर लिपटा कपड़ा उठाकर एक और टुकड़ा खाया।

“तुम्हारी प्यास भड़क उठेगी।”

“यहाँ बाल्टी में पानी है।”

“ये पानी तो गरम हो गया होगा। मैं ताज़ा भर लाती हूँ। मैं रेफ्रिज़ेरेटर से कुछ बर्फ़ भी ला सकती हूँ।”

“न-न,” वह बोला। “जाओ नहीं। मैं तुमसे आराम से विदा लेना चाहता हूँ।”

केक को कपड़े में ढंग से लपेटकर एक ओर रख वह मुझसे लगकर बैठ गया। उसके वे हलके-फुलके चुम्बन, मैं उनके बारे में अब सोचना भी नहीं चाहती और उसकी आँखों में कोमलता का वह भाव। मेरी पलकों, कानों और गर्दन पर चुम्बनों की धीमी फुहार। मैंने पाया कि मैं भी उसे चूम रही थी (इससे पहले मैंने केवल एक बार, वह भी किसी के उकसाने पर, एक लड़के को चूमा था और हाँ, अपनी बाँह पर ज़रूर चूमने का अभ्यास किया था)। एक-दूसरे से जुड़े हम उस चारपाई पर लेट गये। उसने अधिक कुछ न किया, पर जो किया एक कोमलता भरी मधुरता के साथ।

तम्बू के भीतर मुझे बड़ा अच्छा लग रहा था—घास और गर्म कनात की गन्ध, कपड़े से छनकर आती सूरज की रोशनी, उसका कहना, "मैं तुम्हारे साथ कुछ बुरा न होने दूँगा।" बाद में जब वह मेरे ऊपर लेट-सा गया था और हम दोनों धीरे-धीरे हिल से रहे थे, तो उसके मुँह से आहिस्ता से निकला, "अरे नहीं" और वह मुझसे अलग हो खड़ा हो गया और हाथ बढ़ाकर बाल्टी उठा ली। उसने अपनी गर्दन और चेहरे पर पानी के छींटे दिये और बचा पानी मेरे ऊपर छिड़क दिया।

"ये हमारी गर्मी दूर करने के लिए, कुमारी जी।"

एक-दूसरे से विदा लेते समय मुझे कोई दुःख न हुआ जब मेरा चेहरा दोनों हाथों में थामकर उसने कहा, "मैं तुम्हें खत लिखकर बताऊँगा कि मैं कहाँ हूँ। चाहो तो आकर मुझसे मिलना। आओगी? अच्छा चलूँ, प्रतीक्षा करना।" उससे दूर होते ही मैंने चैन की साँस ली। मुझे लग रहा था कि वह मुझे इतने सारे तोहफ़े दे रहा था कि अकेले बैठकर उनके बारे में सोचे बिना मैं उनका पूरा आनन्द नहीं ले पाऊँगी।

जहाज़ के न होने पर पहले तो कोई खलबली नहीं मची। सबने यही सोचा कि क्रिस किसी को सैर करा रहा था और मैंने भी कुछ न कहा। डॉक्टर का फ़ोन आया था कि उन्हें कहीं जाना है। बाक़ी लोग बैठे खाना खा रहे थे जब लौरेटा बर्ड ने दरवाज़ा खोलकर झाँका और कहा, "तो वह जनाब चलते बनें।"

"क्या?" एलिस केलिंग ने कहा, कुर्सी पीछे खिसकाते हुए।

"बच्चों ने दोपहर बाद मुझे बताया कि वो तम्बू उतार रहा था। उसके ख़्याल में इस इलाक़े में सैर करनेवाले सब ख़तम हो गये क्या? आपको बताये बिना तो ग़ायब नहीं हो गये जनाब, क्यों?"

"वह मुझे ख़बर भेजेगा," एलिस केलिंग ने कहा। "शायद आज रात फ़ोन करे। लाम पर से लौटने के बाद वह कहीं भी टिककर नहीं बैठ पाता।"

"एडी, तुमसे तो कुछ नहीं कहा उसने, क्यों?" डॉक्टरनी ने कहा। "जब तुमने उसे हमारा सन्देश दिया था।"

"हाँ", मैंने इतना सच बोल दिया।

"अरे, तो तुम बोलती क्यों नहीं?" सबकी आँखें मुझ पर थीं। "उसने कुछ बताया कहाँ जा रहा था?"

"वह बेयफील्ड जाने को कह रहा था।" मैंने कहा। मैं झूठ न बोलना चाहती थी पर जाने क्यों मेरे मुँह से यह निकला।

"कितनी दूर है यह बेयफील्ड?" एलिस केलिंग ने कहा।

"तीस-पैंतीस मील।" डॉक्टरनी ने कहा।

"तो ज़्यादा दूर नहीं, पास ही है। इसी झील के किनारे होगा, क्यों?"

आप सोचेंगे कि एलिस केलिंग को ग़लत दिशा में भेजते मुझे शर्म आयी होगी। मैं चाहती थी कि वह जितनी दूर हो सके चला जाये। झूठ बोलना जितना उसके लिए

था, उतना ही मेरे लिये भी। हम औरतों को एक-दूसरे का साथ देना चाहिए, बजाय ऐसी बात करने के। यह बात उस समय समझ न आयी थी पर अब समझ में आती है। उस समय मैं अपने को कभी एलिस केलिंग की जगह नहीं सोच सकती थी, न ही अपने को उसकी तरह इन झंझटों में फँसे देख सकती थी।

वह लगातार मुझे घूर रही थी। इसने मेरा झूठ पकड़ लिया है, मैंने सोचा।

"कब बताया था उसने तुम्हें?"

"दिन में।"

"जब तुम उसे सन्देश देने गयी थी?"

"हाँ।"

"तुमने उससे काफ़ी देर बातचीत की होगी।" एलिस केलिंग के मुँह पर कड़वी-सी मुस्कान थी। "आराम से, इतमीनान से घुलमिलकर बात की होगी।"

"मैं उसके लिए केक ले गयी थी।" मैंने कहा, यह सोचकर कि थोड़ा सच बोल देने से शेष न बताना पड़ेगा।

"घर में केक कहाँ था," डॉक्टरनी ने फ़ौरन कहा।

"मैंने पकाया था।"

एलिस केलिंग ने कहा, "तुम्हें उसकी बहुत चिन्ता थी।"

"तुमने किससे पूछकर बनाया था," लौरेटा बर्ड ने कहा, "पता नहीं यह छोकरियाँ और क्या करें? अभी ना-समझ हैं, भले-बुरे में फ़र्क़ नहीं कर पाती।"

"केक बनाने में कोई बुराई नहीं।" डॉक्टरनी ने टोक दिया। "एडी, मुझे पता न था कि तुम्हारी उससे इतनी घनिष्ठता थी।"

मुझे कुछ न सूझा कि क्या कहूँ।

"मुझे कोई विस्मय नहीं," एलिस केलिंग ने ऊँची आवाज़ में कहा। "मैं इसे देखते ही पहचान गयी थी। अस्पताल में कई ऐसी रोज़ाना आती हैं।" उसकी नज़र मुझपर पड़ी थी, होंठों पर वही कृत्रिम मुस्कान। "बच्चे जनने। इन्हें छूत की ऐसी बीमारियाँ होती हैं कि सबसे अलग कक्षों में रखना पड़ता है। आवारागर्द देहाती छोकरियाँ। चौदह-पन्द्रह साल की। और इनके जने बच्चे भी ऐसे होते हैं कि क्या कहूँ?"

"इस क़स्बे की एक ऐसी ही बेहया ने बच्चा जना था जिसकी आँखों में पीप भरी थी," लौरेटा बर्ड ने और लगाया।

"एक मिनट रुको," डॉक्टरनी ने कहा। "यह क्या बकवास है? एडी, तुम्हारी वाटर्स साहब से क्या घनिष्ठता थी? तुम लोगों के बीच शारीरिक सम्बन्ध थे?"

"हाँ।" मैंने कहा। चारपाई पर आलिंगनबद्ध लेटकर एक-दूसरे को चूमना शारीरिक सम्बन्ध नहीं तो क्या था? मुझे यह सब बताने में कोई आपत्ति न थी।

एक मिनट के लिए सब, लौरेटा बर्ड भी, बिल्कुल चुप रहे।

"हूँ।" डॉक्टरनी ने कहा। "मुझे हैरानी है। मुझे सिगरेट की तलब लग रही है। मैंने पहली बार इस लड़की को ऐसी कुछ गड़बड़ करते देखा है।" उन्होंने एलिस केलिंग से कहा, पर एलिस केलिंग की निगाह मुझ पर थी।

"लम्पट कुतिया।" उसके गालों पर आँसू की धारें बह रही थीं। "लम्पट कुतिया कहीं की। मैं तुझे देखते ही पहचान गयी थी। मर्दों को तुम्हारे जैसी की क्या परवाह। उसने तुम्हारे साथ मज़ा किया और चलता बना, समझती हो कि नहीं। मर्दों का क्या, तुम्हारे जैसी ग़लीज़ कमीनी को बस चूसा और फेंक दिया।"

"ज़रा सुनो," डॉक्टरनी ने कहा।

"ग़लीज़," एलिस केलिंग की सिसकियाँ बँध गयी थीं। "ग़लीज़ कमीनी।"

"अरे, इतना परेशान न हो," लौरेटा बर्ड ने कहा। यह सब अपने सामने होते देख वह ख़ुशी से फूलकर कुप्पा हो गयी थी। "मर्द सब एक जैसे होते हैं।"

"एडी, मैं वाक़ई हैरान हूँ।" डॉक्टरनी ने कहा। "मैं सोचती थी कि तुम्हें सख़्ती और क़ायदे से पाला गया था। तुम माँ नहीं बनना चाहती, क्यों?"

उसके बाद जो हुआ, वह सोचकर मुझे आज भी शर्म आती है। मैं अपने को सँभाल न सकी और किसी छोटी बच्ची की तरह बुक्का फाड़कर रोने लगी, "सिर्फ़ वह करने से बच्चा थोड़े ही हो जाता है!"

"देखा। कुछ तो इतना भी नहीं समझतीं," लौरेटा बर्ड ने कहा।

डॉक्टरनी उठीं और मेरी बाँह पकड़कर मुझे झकझोरा।

"शान्त हो जाओ। आपे से बाहर न हो। शान्त रहो। रोना बन्द करो। ग़ौर से सुनो मेरी बात। किसी से शारीरिक सम्बन्ध होने का मतलब समझती हो? बताओ, क्या मतलब है इसका?"

"चूमना।" मैं वैसे ही ज़ोर से रोती रही।

डॉक्टरनी ने मेरी बाँह छोड़ दी। "अच्छा, रोना बन्द करो। बेवकूफ़ कहीं की। कोई बात नहीं। हम कुछ और ही समझे। किसी से सम्बन्ध होने का मतलब कुछ और ही होता है। पता नहीं मैं क्या सोच बैठी थी।"

"ये असली बात छिपा रही है।" एलिस केलिंग ने कहा। "इतनी भोली नहीं। इसे पता है कि इसने कोई दुष्कर्म किया है।"

"मुझे इसकी बात का विश्वास है," डॉक्टरनी ने कहा। "बस, बहुत हो गया।"

"वैसे पता लगाने का एक तरीक़ा है," एलिस केलिंग ने खड़े होकर कहा। "मैं आख़िरकार नर्स हूँ।"

डॉक्टरनी ने एक लम्बी साँस खींचकर कहा, "न, न। एडी, तुम अपने कमरे में जाओ। और यह रोना-धोना बन्द करो। वैसे ही काफ़ी छीछालेदर हो चुकी।"

कुछ समय बाद मोटर चालू होने की आवाज़ आयी। मेरे आँसुओं का सैलाब धीरे-धीरे कम हो रहा था। आँसू, बन्द होने पर मैं सुबकती बिस्तर पर लेटी रही।

डॉक्टरनी आयीं और दहलीज़ के बाहर खड़ी हो गयीं।

"वह चली गयी," उन्होंने कहा। "और वह दूसरी औरत भी। तुम्हें ख़ूब मालूम है कि तुम्हें उस आदमी से मिलना-जुलना नहीं चाहिए था। यही सारे झगड़े की जड़ है। मेरे तो सिर में दर्द हो गया। तबीयत सँभल जाये तो उठो, मुँह-हाथ ठण्डे पानी से धो। तुम्हें बर्तन भी माँजने हैं। इस बात की अब कोई चर्चा नहीं।"

न ही कोई चर्चा हुई। मुझे वर्षों बाद तक समझ न आया कि मैं किस बखेड़े से बच गयी थी। डॉक्टरनी का व्यवहार मुझसे कुछ रूखा-सा हो गया, पर कटु नहीं। उनके व्यवहार को रूखा कहना सही नहीं है, उनका मुझसे सहेलीपना तो वैसे भी कभी नहीं था। फ़र्क़ बस इतना पड़ा कि मेरे लगातार उनकी आँखों के सामने होने के कारण उन्हें अक्सर उलझन-सी होने लगती थी।

जहाँ तक मेरा प्रश्न था, मैंने यह घटना कोई बुरा सपना समझकर भुला दी और आनेवाले पत्र की प्रतीक्षा करती रही। डाक रविवार छोड़कर दोपहर में डेढ़ और दो बजे के बीच आती थी, जो मेरे लिये सुविधाजनक था क्योंकि उस समय डॉक्टरनी सोती थीं। मैं रसोई-घर को झाड़-सफ़ाई कर, चमका कर घर की डाक के लिए सड़क पर लगे बक्से की बग़ल में घास पर बैठ प्रतीक्षा करती रहती। बेचारी एलिस केलिंग की व्यथा, उसकी बकवास, डॉक्टरनी के व्यवहार का रूखापन, मेरा यह सोचकर झेंपना कि पता नहीं डॉक्टर को वह घटना मालूम है या नहीं, लौरेटा बर्ड की दूसरों के मामले में टाँग अड़ाने की आदत—सब उस प्रतीक्षा के सुख की अनुभूति में भूल गया था। डाकिया को देख मैं हर दिन मुस्कराती, तब भी जब मैं पाती कि उस दिन की डाक में भी मेरे लिये पत्र न था। डाकिया का चेहरा देखकर ही मुझे पता लग गया था कि वह कारमाईकेल वंश से था। हमारे आसपास कई कारमाईकेल परिवार रहते थे जिनमें से बहुतों का ऊपरी होंठ थूथनी की तरह उभरा था। डाकिया हँसमुख पर कुछ शर्मीला था, जिस तरह के युवक से कोई कुछ भी पूछ सकता है। मैंने उसका नाम पूछा, फिर कहा, "मैं तुम्हारा चेहरा देखकर ही जान गयी थी।" यह सुनकर उसका चेहरा खिल गया था और धीरे-धीरे उसका झेंपना कम होता गया। जब वह डाक डालने आता तो अपनी मोटर की खिड़की से सिर निकालकर पुकारता, "तुम्हारी मुस्कराहट देखकर दिन-भर मेरा दिल ख़ुश रहता है।"

मैं काफ़ी दिनों तक नहीं समझ पायी कि हो सकता है पत्र कभी न आये। मेरे लिये पत्र का आना उतना ही निश्चित था जितना सूरज का उदय होना। मैं सदा अगले दिन की डाक की प्रतीक्षा करती। फिर डाक के बक्से के चारों ओर गर्मियों की समाप्ति के सूचक जंगली पीले फूल उग आये, बच्चों के स्कूल खुल गये और पेड़ों की पत्तियाँ पीली पड़ने लगीं। अब मैं स्वेटर पहनकर पत्र की प्रतीक्षा करती। एक दिन की डाक में केवल बिजली का बिल था। उसे हाथ में लिये घर वापस लौट रही थी तो देखा मेले का मैदान

कँटीली और गोखरू की झाड़ियों से भर गया था। शरद के आरम्भ का सूचक। अचानक मेरे दिमाग़ में आया उसका कभी कोई पत्र नहीं आयेगा। पर यह मान लेना असम्भव लगता था। नहीं, असम्भव नहीं। असम्भव तभी लगता था जब मैं याद करती क्रिस के चेहरे का भाव जब उसने पत्र लिखने का आश्वासन दिया था। यदि मैं उसकी बात भुला, डाक के उस टीन के बक्से में अपने लिये कोई पत्र न होने की बात सोचती तो वास्तविकता स्पष्ट हो जाती। डाक उठाने, मैं अब भी आ जाती थी, पर जैसे दिल पर पत्थर- सा पड़ा था। चेहरे पर मुस्कान इसीलिए होती कि डाकिया को बुरा न लगे। बेचारे का काम शीघ्र ही और बढ़ जायेगा जब बर्फ़ पड़ने लगेगी।

फिर एक दिन मुझे यह ख़्याल आया कि सैकड़ों स्त्रियाँ जीवन-भर यही करती रहती हैं। वे किसी का पत्र कहीं से डाक में आने की कभी न ख़तम होनेवाली प्रतीक्षा में रहती हैं। मैंने अपने-आपको उनकी तरह डाक की प्रतीक्षा करते दिन और फिर वर्ष बीतते और अपने बाल सफ़ेद होते देखा। मैंने सोचा, मैंने अपने जीवन को ऐसे बीतते कभी न देखा था। उसके बाद मैंने डाक उठाने जाना बन्द कर दिया। अगर एक ओर जीवन-भर किसी के पत्र की प्रतीक्षा करती स्त्रियाँ थीं और दूसरी ओर काम-काज में लगी और प्रतीक्षा न करती स्त्रियाँ, तो मुझे मालूम था मैं क्या बनना चाहती थीं। हो सकता है दूसरी तरह की स्त्रियाँ कुछ अनुभवों और अनुभूतियों के बारे में कभी न जान पायें, पर वह स्थिति फिर भी बेहतर है।

एक दिन सन्ध्या डॉक्टर के घर डाकिया का फ़ोन मेरे लिये आया तो मुझे कुछ विस्मय हुआ। उसने कहा कि बहुत दिन से मुझे देखा नहीं। क्या मैं पास के क़स्बे गुडरिच में चल रही एक प्रसिद्ध फिल्म—नाम मुझे याद नहीं—देखने जाना चाहूँगी, उसने पूछा। मैंने हाँ कर दी, और उसके बाद दो वर्ष तक हम एक-दूसरे से मिलते रहे। फिर उसने मुझसे विवाह की बात की। साल भर की सगाई के दौरान मैं अपने दहेज के लिए सामान जुटाती रही, फिर हमारा विवाह हो गया। मेरा पति सदा हमारे बच्चों को कहानी बताता है कि डाक के बक्से के पास रोज प्रतीक्षाकर मैंने कैसे उसे फाँसा। मैं हँसकर चुप रह जाती हूँ क्योंकि मैं सोचती हूँ लोग यदि कुछ सोचकर ख़ुश हो सकते हैं तो क्यों न हों।

●

पानी पर चलना

नगर के इस भाग में अभी भी काफ़ी बूढ़े लोग रहते थे, हालाँकि कई पार्क के दूसरी ओर बने ऊँचे भवनों में बस गये थे। मिस्टर लॉहीड के कई मित्र थे—परिचित कहना ज़्यादा ठीक होगा—जिनसे उनकी लगभग रोज़ बाज़ार जाते, बस स्टाप पर या समुद्र के किनारे बनी सड़क पर भेंट हो जाती। मिस्टर लॉहीड की प्रायः इन लोगों के साथ उनके घरों में या किराये के कमरों में ताश की बाज़ी जमा करती थी। मिस्टर लॉहीड लॉन बालिंग क्लब के सदस्य थे और एक अन्य क्लब के भी जिसकी सर्दियों में शहर के मुख्य बाज़ार के एक हाल में लगती बैठकों में पर्यटन सम्बन्धी फिल्में दिखायी जाती थीं। इन क्लबों के सदस्य वे लोगों से मेल-जोल रखने को नहीं बने थे, बल्कि इसलिए कि उन्हें लगता था एकान्तप्रियता की स्वाभाविक प्रवृत्ति उन्हें बिल्कुल बैरागी न बना दे। बिसाती का व्यवसाय करते बिताये सालों में सब तरह के लोगों से हर तरह की बातचीत करते-करते उन्होंने ऊपर से हँसी-ख़ुशी बात चलाते अपने विचारों में मगन रहना सीख लिया था। अपनी पत्नी से भी उनका यही व्यवहार था। उनका उद्‌देश्य यही था कि प्रकट में लोगों से वैसे ही बात करें जैसे लोग चाहते थे, पर साथ ही अपने अन्तरतम विचारों को किसी आलोचना से परे रखें। उनका यह व्यवहार उनकी पत्नी के अतिरिक्त कोई कभी भाँप न पाया था। लेकिन अब, जब दैनिक व्यवहार में उन पर किसी का भला करने का कोई भार न था, वे दूसरे-तीसरे कोई-न-कोई स्थिति खड़ी कर देते कि उन्हें भलाई करनी ही पड़े। उन्हें लगता था कि ऐसा करना उनके स्वयं के लिए भला होगा। अगर वे अपनी मनचाही करते तो किससे बात करते? केवल यूजीन से, बस। और तब वे यूजीन के लिए परेशानी बन जाते।

यूजीन के प्रस्ताव का पहली बार उन्होंने समुद्र किनारे बने मार्ग पर घूमते समय सुना।

"कहता है कि वह पानी पर चल सकता है।"

मिस्टर लॉहीड को पूरा विश्वास था कि यूजीन ने ऐसा कुछ न कहा था।

"उसका कहना है कि सारा जादू यही सोचने में है कि शरीर का कोई भार नहीं। अगर एक बार सोच लिया जाये तो कुछ भी करना कठिन नहीं। कहता तो यही है।"

यह बात कर रहे थे मिस्टर क्लिफर्ड और मिस्टर मोरे। वे दोनों नज़ारा देखने के लिए किनारे पर रखी बेंच पर दम लेने के लिए बैठे सुस्ता रहे थे।

''मस्तिष्क की शरीर पर विजय।''

उन्होंने मिस्टर लॉहीड को बैठने को कहा, पर वे खड़े रहे। छरहरे शरीर और लम्बे क़द के मिस्टर लॉहीड अगर सधी चाल चलते तो उनकी साँस न फूलती थी।

''यूजीन ऐसी बातें प्रायः कहता है पर करता नहीं,'' उन्होंने उन दोनों से कहा। बेबुनियाद न होने पर भी मिस्टर लॉहीड को लोगों का यूजीन के बारे में ऐसी बातें कहना पसन्द न था। ''वह बहुत अक़्लमन्द है। वह सनकी नहीं है।''

''यह निर्णय तो हम उसका तमाशा देखने के बाद करेंगे।''

''या तो वह सनकी है या मैं। या हो सकता है वह ईसा मसीह है।''

मिस्टर लॉहीड का माथा ठनका। ''कौन-सा तमाशा?'' उन्होंने सावधानी से पूछा।

''वह रौस पॉयण्ट के किनारे से पानी के ऊपर चलकर दिखायेगा।''

मिस्टर लॉहीड ने कहा कि उन्हें पूरा विश्वास था कि यूजीन मज़ाक कर रहा था। मिस्टर क्लिफर्ड और मिस्टर मोरे ने आश्वासन दिया कि वह मज़ाक में नहीं, गम्भीरतापूर्वक कह रहा था। (यह मज़ाक नहीं था कहते समय दोनों मिस्टर क्लिफर्ड और मिस्टर मोरे सिर हिलाते हँस रहे थे, जबकि यह मज़ाक था कहते समय मिस्टर लॉहीड भवें सिकोड़े कुछ सोच रहे थे।) रविवार प्रातः का समय तमाशे के लिए निश्चित था। आज शुक्र था। ठीक दस बजे का घण्टा चुना गया था ताकि पानी पर चलने या न चलने का तमाशा देखकर लोग समय पर गिरजाघर पहुँच सकें। पर, जैसा कि मिस्टर लॉहीड को शक था, तमाशे के सरंजाम के बारे में मिस्टर क्लिफर्ड या मिस्टर मोरे ने ख़ुद नहीं बल्कि किसी और से सुना था। मिस्टर मोरे ने कुछ दोस्तों के साथ ताश खेलते और मिस्टर क्लिफर्ड ने ब्रिटिश इज़रायल रीडिंग रूम में सुना था।

''सब तरफ यही चर्चा है।''

''यह चर्चा जितनी जल्दी ख़तम हो उतना अच्छा, क्योंकि यूजीन बेवकूफ़ नहीं है, कम-से-कम इतना बेवकूफ़ नहीं है।'' मिस्टर लॉहीड बात वहीं ख़तमकर अपने रास्ते पर बढ़ गये। रोज़ का रास्ता न ले उस दिन वे एक छोटे रास्ते से घर लौटे।

यूजीन का कमरा उन्हीं की मंज़िल पर सामने था। उन्होंने उसके दरवाज़े पर दस्तक दी। यूजीन ने शान्त स्वर में, पर चेतावनी देते से कहा, ''आ जाओ।''

दरवाज़ा खोलते ही समुद्र से आती ठण्डी हवा का तेज़ झोंका मिस्टर लॉहीड को नहला गया। कमरे की खिड़की चौपट खुली थी।

यूजीन खिड़की के सामने पालथी लगाये योगासन की मुद्रा में बैठा था। यह अस्वाभाविक-सी मुद्रा, यूजीन कहता था, उसके लिए अब बिल्कुल स्वाभाविक बन गयी थी। वह केवल जीन्स पहने था। नवयुवक के छरहरे और नाज़ुक धड़ की ओर मिस्टर लॉहीड का ध्यान गया। पता नहीं कितना श्रम कर सकता था वह, कितना भार ढो

सकता था वह? पर अपने अंगों को तोड़-मरोड़कर विभिन्न आसनों की मुद्राओं में ढालने में वह अवश्य दक्ष था जिससे, उसका कहना था, उसे सुख मिलता था। उसे अपनी इसी साधना पर गर्व था।

"बैठिये," यूजीन ने कहा। "अन्त निकट है।"

अन्त से अभिप्राय था, ध्यान लगाने का अन्त। अपने योगाभ्यास के अन्त में वह सदा ध्यान लगाता था। कई बार उसका दरवाज़ा बन्द न होता तो सामने से गुज़रते मिस्टर लॉहीड सदा आँखें बचा लेते। आज भी वे आँखें उठाकर यूजीन के चेहरे का भाव न देख पाये। क्या उसके चेहरे पर तन्मयता का भाव था? दिल के किसी कोने में उन्हें वैसी ही उलझन और हिचकिचाहट हो रही थी जैसे किसी को सम्भोग करते देख लिया हो।

वह घटना भी हो चुकी थी।

मकान के निचले भाग में दो युवक और एक युवती रहते थे। उनके नाम थे—रोवर, रेक्स और कैला। दुबले-पतले, बीमार से लगते युवक को रोवर नाम लगता था दिल्लगी में दिया गया था। उसका शरीर तो बारह वर्ष के बच्चे-सा था, पर चेहरा कभी-कभी पचास साल के प्रौढ़-सा लगता था। मिस्टर लॉहीड ने उसे नीचे के हाल में बिछी दरी पर एक कुत्ते की तरह सोते देखा था। पर कैला और रेक्स भी अजीब नाम थे। पहला एक फूल का नाम, दूसरा पालतू जानवरों को दिया जानेवाला। क्या इनके माता-पिता ने इन्हें ये नाम दिये थे? मिस्टर लॉहीड को लगता था कि ये शैशव का अनुभव किये बिना, बच्चों के खिलौनों से खेले बिना, एक दिन ऐसे ही वयस्क रूप में धरती से फूट आये थे। निस्सन्देह अपने बारे में वे तीनों भी ऐसा ही सोचते थे।

एक दिन मिस्टर लॉहीड घर लौटे तो नीचे के किरायेदारों के कमरे का दरवाज़ा खुला था। जैसे कोई जल्दी में बाहर तक गया हो। हॉल में पीछे की तरफ़—सीढ़ी की आड़ में नहीं बल्कि सब की नज़र के सामने—दो आकृतियाँ एक-दूसरे से लिपटी थीं। रेक्स और कैला। युवती रोज़ की तरह लम्बी स्कर्ट पहने थीं और उसके हाथ और घुटने एक चौपाये की तरह फ़र्श पर टिके थे। उसके मुँह से निकलते अस्पष्ट स्वर और अंगों के हिलने से लगता था कि पीछे से कोई ठेल रहा था। स्कर्ट पलटकर उसके सर पर डाल देने से ऊपरी धड़ कपड़ों में उलझा-लिपटा-सा था। मिस्टर लॉहीड को उसके मांसल नितम्बों की एक झलक दिखी, फिर नितम्ब युवक के पीछे से चढ़ने पर ढक गये। शायद मिस्टर लॉहीड की उपस्थिति भाँपकर उसके गले से विस्मय भरी किलक़ारी निकली। उसके चौंकने से वह और युवती एक साथ आगे की ओर लुढ़क गये, उनका अन्तरंग सम्बन्ध फ़िलहाल विच्छेद हो गया, पर उनकी हँसी में जुड़ी आवाज़ों में मिस्टर लॉहीड को न केवल बेशर्मी बल्कि तिरस्कार का आभास मिला। स्पष्टतः उन दोनों की रतिक्रिया देख भौंचक्के रह जाने के कारण वे ही उस हँसी का केन्द्र थे।

वे उन दोनों को बताना चाहते थे कि उन्हें कोई विशेष विस्मय न हुआ था। बचपन में मिस्टर लॉहीड किलप तहसील के पाँचवें बाड़े की स्टोन पाठशाला में पढ़ने जाते थे।

तब ब्रूअर परिवार के एक लड़के और उसकी छोटी बहन का मैथुन करने का तमाशा पैसे देकर उन्होंने भी देखा था। यह तमाशा लड़कों के पेशाबघर के अन्दर जाने के रास्ते के ग़लीज़ फ़र्श पर हुआ था। यह कर्म दिखावा नहीं था। किसी को ग़लतफ़हमी नहीं थी कि वे दोनों यह तमाशा पहली बार कर रहे थे।

पर विस्मय का धक्का न लगा था तो क्या हुआ था? उनका दिल ज़ोर से धड़कने लगा था, सिर जकड़-सा गया था। अपने कमरे में पहुँचकर उन्हें बैठ जाना पड़ा। वह हँसी उनके कानों में कई दिन गूँजती रहीं। अपनी कल्पना में उन्हें जोड़े के उत्तेजना से रक्ताभ बालदार अंग एक-दूसरे से फचफच की आवाज़ करते रगड़ते दिखायी दिये। बिल्कुल पशुओं की तरह। नहीं, उन्होंने सोचा, पशु यह कर्म संजीदगी से, ध्यान आकर्षित किये बिना करते हैं। उन्हें शिकायत थी, उन्होंने यूजीन से कहा था, उन्हें शिकायत थी तो इस पीढ़ी से—अगर इन्हें पीढ़ी कहा जा सकता था—कि ये लोग ढिंढोरा पीटे बिना कोई काम नहीं कर सकते थे। ये अपने मुँह मियाँ मिट्ठू अपनी पीठ ठोंके बिना एक गाजर तक नहीं उगा सकते थे। एक उदाहरण देखिये। बाज़ार के रास्ते में पड़ती एक छोटी-सी दुकान में वे प्रायः जाते थे। इस दुकान के बाहर फुटपाथ पर रखे बर्तनों में भरी मिट्टी से लथपथ सब्जियाँ उन्हें अपने बचपन की कुँजड़े की दुकानों और उनके अपने घर के नीचे बने गोदाम में रखी सब्जियों के ढेर की याद दिलाती थीं। लेकिन उस दुकान में आते-जाते नौज़वान लोगों के बिना सँवारे लम्बे बाल, उनके सिरों पर अमेरिकी आदिवासियों जैसे बाँधी पट्टियाँ, उनके ढीले धारीदार कपड़े, उनके फटे-पुराने बनियान-जाँघिये (क्या वे जान-बूझकर ऐसे कपड़े पहनते थे? चाहे कितना भी ग़रीब हो, कोई सिरफिरा किसान ही ऐसे कपड़े पहनकर क़स्बे के बाज़ार में दिखायी देगा) देखकर और सब्जी-अनाज और बाग़वानी के बारे में उनके गम्भीर वार्त्तालाप सुनकर उन्हें इतनी उलझन होती थी कि उन्होंने वहाँ जाना ही बन्द कर दिया। वे लोग ख़ुद अपनी इतनी तारीफ़ करते थे। इससे पहले भी लोग घरों में स्वयं खाना पकाते थे, अपने हाथों सब्जियाँ उगाते थे।

पुराने तौर-तरीकों से ऐसा दिखावटी लगाव मिस्टर लॉहीड को बनावटी लगता।

"उनका व्यवहार नकली से ज़्यादा उबाऊ लगता है," यूजीन ने समझाते हुए कहा। "जैसे पहले-पहल ईसाई बने लोगों का व्यवहार उबाऊ रहा होगा।"

"ज़्यादा दिन नहीं चलेगा यह सब। बाग़वानी-वाग़वानी सब ठप हो जायेगी।"

"सम्भव है। लेकिन कुछ लोग अपना दैनिक जीवन किसी विचारधारा के अनुसार चलकर बहुत सफल भी होते हैं। जैसे ह्यूटराईट्स। जैसे मैननाईट्स।"

"उनका सोचने का तरीक़ा अलग है।" मिस्टर लॉहीड ने कहा। किसी हठी, झगड़ालू, बूढ़े जैसा उत्तर, उन्होंने सोचा।

आज का ध्यानासन पूरा कर यूजीन उठ खड़ा हुआ और बदन खोलने को अँगड़ाई लेते हुए उसने मिस्टर लॉहीड से चाय के लिए पूछा। उन्होंने हामी भर दी। पानी उबलने

के लिए बिजली की केतली लगाकर यूजीन कमरे में बिखरे सामान को सँभालने लगा। उसका कमरा साफ़-सुथरा था। वह फ़र्श पर गद्दा डालकर सोता था, पर साफ़ चादरें बिछाकर जिन्हें वह बाज़ार में लगी धुलाई की मशीन में धोता था। उसकी सैकड़ों पुस्तकें ईंटों और लकड़ी के तख्तों से बनायी आलमारियों में थीं या फ़र्श और खिड़की की सिल पर क़रीने से रखी थीं। अधिकतर पुस्तकें पेपरबैक थीं और उसके कमरे की मुख्य चीज़ थीं। मिस्टर लॉहीड पर इन पुस्तकों का बहुत रोब पड़ता तथा उन्हें देखकर उनका दिल एक निराशा की भावना से भर जाता। *फ्रॉम हेडेगर टु काण्ट*। उन्होंने काण्ट की कोई पुस्तक कभी न पढ़ी थी पर इस दार्शनिक के बारे में *द स्टोरी ऑफ फिलासफी* पुस्तक में ज़रूर पढ़ा था। हेडेगर के बारे में उन्हें कभी पता होगा, पर अब कुछ याद न था। वे कॉलेज तक नहीं पढ़े थे। उनके समय कम्पाउण्डर बनने के लिए कालेज नहीं जाना पड़ता था, सिर्फ़ किसी उस्ताद के साथ काम सीखना होता था जैसा कि उन्होंने अपने एक सम्बन्धी के साथ किया था। बाद में एक अर्से तक उन्होंने अपना ज्ञान बढ़ाने के लिए पुस्तकें पढ़ी थीं, पर इतने गहन विषयों पर नहीं। उनका ज्ञान केवल बड़े-बड़े नाम पहचानने तक सीमित रहा था। मिस्टर एकहार्ट, साइमन वील, लॉरेन आईस्ले, टेल्हार्ड द शार्दे। प्रसिद्ध और मान्य लोगों के नाम। असल बात तो थी कि यूजीन ने यह सब पुस्तकें सिर्फ़ कभी पढ़ने के विचार से जमा न की थीं, उसने यह पुस्तकें पढ़ी भी थीं। दर्शनशास्त्र, धर्मशास्त्र, विज्ञान, रहस्यवाद और मनोविज्ञान जैसे गूढ़ और दुरूह विषयों पर लिखी लगभग सब महत्त्वपूर्ण पुस्तकें उसने पढ़ी थीं। यह कहना ग़लत न था कि अपने अट्ठाईस साल के जीवन के बीस वर्ष उसने पढ़ने में बिता दिये थे। उसके पास कॉलेज की डिग्री थी, कॉलेज में उसने स्कॉलरशिप और पुरस्कार भी जीते थे, पर इन सब उपलब्धियों का उसके लिए कोई महत्त्व न था। बीच-बीच में कुछ समय के लिए किये शिक्षण के काम के अतिरिक्त लगता न था कि उसने कभी एक स्थान पर जमकर कोई काम या नौकरी की थी। पिछले वर्षों में वह काफ़ी समय तक दिल घबराने की बीमारी से त्रस्त रहा था और अपने विचार में उस बीमारी से अभी भी पूरी तरह उबर नहीं पाया था। वह उन लोगों में से था जो किसी रोग के समाप्त होने पर भी देर तक सावधानी बरतते हैं। साधारण बातचीत और हँसी-मज़ाक भी वह सोच-ठहरकर करता था। लम्बे, सीधी पट्टियों में कंघी किये भूरे बालों के बीच उसकी आँखें लोमड़ी जैसी चमकती रहती थीं। हलकी मूँछें रखने के बावज़ूद वह अपनी आयु से छोटा लगता था।

"पानी पर चलने के बारे में तुम क्या बात फैला रहे हो," मिस्टर लॉहीड ने ज़रा मज़ाक का पुट देकर कहा।

"शहद लीजियेगा?" यूजीन ने एक चम्मच भर शहद उनके चाय के प्याले में डाल दिया।

मिस्टर लॉहीड चाय बिना मीठे के पीते थे पर कुछ कह न पाये। "मुझे तो विश्वास न हुआ।"

"अच्छा," यूजीन ने कहा।

"मैंने कहा तुम ऐसे बेवकूफ़ नहीं हो।"

"आपने ग़लत कहा।"

यह बात करते दोनों मुस्करा रहे थे। मिस्टर लॉहीड की मुस्कान में एक आशा का आभास था, कि यूजीन की मज़ाक की बात साफ़ हो जायेगी। यूजीन की भोली और शान्त मुस्कान में एक अस्वाभाविकता थी, जैसे वह जान-बूझकर भोला बनने का यत्न कर रहा था। यूजीन किसी भी विषय पर, संसार के किसी कोने के लोगों और उनकी संस्कृति के बारे में बात कर सकता था। मिस्टर लॉहीड ने उससे एक बार कहा था कि प्रश्न-उत्तर की प्रतियोगिता में अपना ज्ञान प्रदर्शन कर वह हजारों कमा सकता था। यूजीन ने हँसकर उत्तर दिया था कि भगवान् को धन्यवाद कि पतन के ऐसे अवसर पहले थे पर अब नहीं हैं। साधारण लोगों के लिए जो उपलब्धियाँ थीं, वह यूजीन के लिए क्यों न थीं, इसके पीछे क्या रहस्य था? उसकी दिल घबराने की बीमारी? उसका बृहद ज्ञान? उसकी समझ-बूझ?

"हो सकता है मैं ग़लत समझा," मिस्टर लॉहीड ने कहा। "लगता तो था कि तुम पानी पर चलने का दावा कर रहे थे।"

"सही है।" यूजीन ने कहा।

"इस दावे का कारण?"

"कारण है पानी पर चलकर दिखाना। क्या आपके विचार से यह सम्भव है?"

मिस्टर लॉहीड को उत्तर न सूझा। "क्या मज़ाक कर रहे हो?"

"हो सकता है।" यूजीन की आँखों में वही चमक थी। "पर एक संजीदा मज़ाक।"

मिस्टर लॉहीड की दृष्टि एक-दूसरे शेल्फ़ की ओर गयी जिसमें भरी पुस्तकें कमरे में सजी दूसरी पुस्तकों से मेल नहीं खाती थीं। यह पुस्तकें नजूमियों द्वारा लिखी गयी थीं या उनके बारे में, ग्रहों-नक्षत्रों के बारे में, अलौकिक अनुभवों और दैविक प्रभावों तथा हर प्रकार के जादू-करिश्मों के बारे में थीं। कई दूसरी पुस्तकों के साथ ये भी मिस्टर लॉहीड ने यूजीन से पढ़ने को माँगी थीं, पर उनमें लिखी बातें इतनी अविश्वसनीय लगीं कि पढ़ न पाये। मेरा तो सिर भन्ना गया था—यूजीन से बात करते उन्होंने एक पुराना मुहावरा दोहराया। यूजीन का ऐसी बातों में विश्वास था, यह यूजीन के कहने के बावज़ूद वे मानने को तैयार न थे।

नीचे हाल की घटना के कुछ समय बाद एक दिन मिस्टर लॉहीड घर लौटे तो देखा कि उनके कमरे के दरवाज़े पर कोई चिह्न-सा बना था। किसी ने लाल और काली पंखुड़ियों के फूल का टेढ़ा-मेढ़ा चित्र बना दिया था। बीच में एक लाल गोले के अन्दर काला बिन्दु। चित्र को छूने पर उन्होंने पाया कि रंग सूखा न था। उन्होंने यूजीन को यह दिखाने को पुकारा।

"परेशानी की कोई बात नहीं। पता नहीं वे लोग क्या बनाना चाहते थे। ऐसे ही कुछ उलटा-सीधा।"

मिस्टर लॉहीड को यूजीन की बात समझने में कुछ समय लगा।

"कोई तन्त्र नहीं है।"

"तन्त्र," मिस्टर लॉहीड ने कहा।

"जादू-टोने जैसा। यह असली तन्त्र नहीं है। ऐसी टेढ़ी-मेढ़ी आकृतियों और असली तंत्र में बहुत फ़र्क़ होता है, पर नासमझ को दोनों एक जैसे ही लगेंगे।"

"तन्त्र से तुम्हारा मतलब जादू-टोने से है, तो मुझे उसका कोई डर नहीं।" मिस्टर लॉहीड ने कुछ सँभलकर कहा। "मुझे तो दरवाज़ा ख़राब होने की चिन्ता है। यहाँ ऊपर आने और मेरा दरवाज़ा रंगने का क्या मतलब।"

"मेरा अनुमान है कि या तो कोई मज़ाक है, या किसी के उकसाने पर ऐसा किया है। रेक्स और कैला दोनों में बहुत बचपना है। रोवर लगता तो बच्चों-सा है, पर उसकी असलियत का पता नहीं। लगता है उसके पेट में दाढ़ी है।"

मिस्टर लॉहीड को रोवर की असलियत में कोई दिलचस्पी नहीं थी। दरवाज़े पर बने किसी चिह्न का किसी समझदार व्यक्ति के लिए कोई अर्थ हो सकता है, यह बात उनकी समझ के बाहर थी। उन्होंने अत्यन्त उत्सुकता भरी आवाज़ में पूछा, "अगर तुम्हारे दरवाज़े पर कोई चिह्न बना हो तो क्या तुम्हें भी आशंका होगी? क्या तुम्हारा विश्वास है कि इसका वास्तव में कोई प्रभाव हो सकता है?"

"बिल्कुल।"

"मुझे तो विश्वास नहीं।" उन्होंने पल-भर सोच, निश्वास छोड़, निश्चय भरे स्वर में कहा, "मेरे लिये विश्वास करना असम्भव है।"

"विचारों का गतिरोध," यूजीन मान गया।

मिस्टर लॉहीड ने सोचा कि यह मन्तव्य या दृष्टिकोण यदि तब समझ में आ जाता तो बाद में उन्हें ऐसा विस्मय न होता।

"यह संसार हमारे अनुभवों और ज्ञान की परिधि से बाहर बहुत बड़ा है। हमारे अनुभवों और ज्ञान के परे भी शक्तियाँ हैं जो संसार का नियन्त्रण करती हैं।" मिस्टर लॉहीड के सम्मुख अपने विचारों की व्याख्या करते, यूजीन सदा ऐसे ही नपे-तुले वाक्यों में बोलता। नीचे रहनेवाली तिकड़ी से बातचीत करते समय वह उन्हीं की तरह आधे-अधूरे वाक्यों का प्रयोग करता। तब उसकी भाषा उन्हीं के अन्दाज़ में, उन्हीं के जैसे मुहावरों से भरी रहती। "सांसारिक जीवन शाश्वत नहीं है। आपके अनुभव के अनुसार यह शरीर–" उसने मिस्टर लॉहीड का कन्धा थपथपाया–"पानी पर नहीं चल सकता क्योंकि यह भार-रहित नहीं हो सकता।"

लगता था उसका मज़ाक करना ख़तम न हुआ था।

"आप मानते हैं कि लोग अंगारों पर चलते हैं पर उनके तलवे नहीं जलते।"

"मैंने इस बारे में पढ़ा है।"

"लोग अक्सर करते हैं। आपने फ़ोटो देखी है? कहिये, मानते हैं या नहीं?"

"चलो मान लिया।"

"पर उनके तलवों का मांस और खाल तो हमारे अनुभवों के अनुसार जल जानी चाहिए। बताइये, हमें मानना पड़ेगा या नहीं कि मस्तिष्क का शरीर पर ऐसा नियन्त्रण हो सकता है कि प्रकृति के नियम शरीर पर लागू न हों।"

"मैं देखना चाहूँगा गुरुत्वाकर्षण के नियम पर इस मानसिक शक्ति का प्रभाव।"

"उसका प्रमाण मिल चुका है। लोग अपनी संकल्प शक्ति द्वारा अधर में कई इंच उठ चुके हैं।"

"जब तक मैं इस रद्दी की टोकरी को अपने सिर तक उठकर हवा में तैरते स्वयं न देख लूँ, मैं किसी प्रमाण को न मानूँगा," मिस्टर लॉहीड ने विनोद में मुस्कराते हुए ज़ोर देकर कहा।

"एमाउस की राह," यूजीन ने ईसा मसीह के पुनर्जीवित होने की ख़बर को उनके शिष्यों द्वारा बिना प्रमाण न मानने की घटना का हवाला देते कहा-

उसे बाइबिल का भी सूक्ष्म ज्ञान था। जेहोवाज़ विटनेस धार्मिक सम्प्रदाय के अनुयायियों को छोड़कर मिस्टर लॉहीड चालीस वर्ष से कम आयु के किसी व्यक्ति से नहीं मिले थे जो बाइबिल से इतना परिचित हो।

"रद्दी की टोकरी का अपने अस्तित्व पर कोई नियन्त्रण नहीं है, वह अपनी ऊर्जा का उपयोग नहीं कर सकती। पर आपके स्थान पर अगर कोई दूसरा व्यक्ति, अपनी विशेष ऊर्जा के नियन्त्रण में सक्षम व्यक्ति..."

यूजीन एक रूसी महिला के बारे में बताने लगा जो कमरे में रखा फर्नीचर बिना छुये एक से दूसरे स्थान पर खिसकाने में समर्थ थी। उस महिला के कथनानुसार यह ऊर्जा उसकी नाभि से उदय होती थी।

"पर तुम्हें कैसे पता कि तुममें ऐसी शक्ति है," मिस्टर लॉहीड ने कहा, "कि तुम किसी ऊर्जा के प्रयोग द्वारा गुरुत्वाकर्षण को निष्क्रिय कर दोगे?"

"अगर मैं ऐसा कर भी पाऊँगा तो केवल क्षण-भर या कुछ पल के लिए, बस। मैं अभी नौसिखिया हूँ, पर इतना ही लोगों को समझाने को काफ़ी होगा। मैं यह शरीर छोड़ने का अनुभव करना चाहता हूँ, यह करने में मैं अब तक सफल नहीं हुआ हूँ।"

"यह पक्का कर लेना कि वापस शरीर में प्रवेश कर सको।"

"समर्थ लोग कर सकते हैं, कर चुके हैं। सम्भव है किसी दिन यह उतनी ही सरलता से सीखा जा सके जैसे कि स्केटिंग करना। मान लीजिये कि मैं पानी पर खड़ा हूँ और मेरा शरीर—*यह* पार्थिव शरीर—पत्थर की तरह डूब जाये, तो सम्भव है कि मेरा *दूसरा* शरीर, दूसरा अस्तित्व, पानी के बाहर निकलकर ऊपर से अपने को देखता रहे।"

"अपने को डूबता देखता रहे," मिस्टर लॉहीड ने कहा। यूजीन उत्तर में सिर्फ़ खोखली हँसी-हँसा।

मिस्टर लॉहीड जानना चाहते थे कि इस बतंगड़ के बनाने में किसका हाथ था? क्या इसके पीछे कोई खेल था जिसका उन्हें पता न था। अगर रेक्स या कैला की बात होती—एक क्षण को मान लीजिये कि वे इतनी पेचीदी बात कर सकते—तो मिस्टर लॉहीड को सन्देह नहीं होता। पर यूजीन की ऐसी बेवकूफ़ी भरी बात के पीछे अवश्य कोई भेद था, और यदि वह मज़ाक नहीं कर रहा था तो किसी भेद या चाल होने की सम्भावना और भी अधिक थी।

"तो इस तमाशे का प्रयोजन लोगों को चौंकाना भर है कि वे आँखों-देखे पर विश्वास न करें?"

"वैसा हो सकता है।"

'तुम इस झमेले में फँसे कैसे?"

"शुरू में तो यह सिर्फ़ मज़ाक था। मैं दो महिलाओं से बात कर रहा था—वही दोनों, एक अन्धी और उसकी बहन—मुझे उनके नाम भी नहीं मालूम..."

"मैं समझ गया कौन।"

यूजीन की बूढ़े लोगों से खूब पटती थी और वह उनसे प्रायः गप्प लगाता मिलता था। बूढ़ों को भी उसकी सौम्यता अन्य सिरफिरे नौज़वानों से भिन्न लगती थी।

"हम लोग ऐसे ही बातचीत कर रहे थे। मैंने कहा, यह सम्भव है, कुछ लोगों ने हाल में पानी पर चलकर दिखाया भी है। उन्होंने मुझसे पूछा कि क्या मैं यत्न करूँगा तो मैंने हाँ कर दी।"

"अपने को बहुत सोचने तो नहीं लगे तुम," मिस्टर लॉहीड ने कुछ सोचकर चतुरता से बात लगायी।

"हाँ, हो सकता है। उस सन्ध्या ध्यान लगाते समय मैंने अपने से प्रश्न किया था कि क्या यह मैं अपने अहम् के सन्तोष के लिए कर रहा हूँ? मेरा निष्कर्ष था कि जो भी कारण हो, कोई अन्तर नहीं पड़ता। महत्त्व इसी बात का है कि मुझे यह विचार आया। सम्भव है इस विचार का अर्थ या प्रयोजन मेरी समझ के बाहर हो। मैं जानता हूँ यह कहने के कई अर्थ निकाले जा सकते हैं। पर मैं केवल एक माध्यम हूँ, मेरा उपयोग किसी बड़े प्रयोजन के लिए किया जा रहा है। यह बात तिल का ताड़ बन गयी। मैं तो सिर्फ़ उन दोनों बूढ़ी औरतों को दिखाना चाहता था, पर मुझे तैयारी करने के लिए कुछ समय चाहिए था इसीलिए रविवार तक टाल दिया। अब राह चलते अजनबी मुझे रोककर इस विषय में पूछते हैं तो मुझे भी हैरानी होती है।"

"तुम्हें यह सोचकर परेशानी नहीं होती कि इतने सारे लोगों के सामने अपने को बेवकूफ़ बनाओगे?"

"इस बात का मेरे लिये वाक़ई कोई अर्थ नहीं है *अपने को बेवकूफ़ बनाना*। कोई अपने को बेवकूफ़ कैसे बना सकता है? क्या वह बेवकूफ़ सदा हमारे अन्दर नहीं होता? बेवकूफ़ी का अभिनय किया जा सकता है, बेवकूफ़ी पर पड़े आवरण को हटाकर उसे प्रकट होने दिया जा सकता है, पर जो हम स्वयं हैं, जो सदा हमारे अन्दर है, वह कैसे बनाया जा सकता है? कोई कुछ और कर ही क्या सकता है?"

अपना दिमाग़ सही रख सकता है, अगर हो सके तो। मिस्टर लॉहीड को यह सलाह देने की बाद में सूझी थी। अगर उस समय यह सूझ भी जाता तो भी यूजीन को समझाने का समय निकल चुका था।

रविवार प्रातः मिस्टर लॉहीड को अपने दरवाज़े के बाहर एक मरी चिड़िया पड़ी मिली। कोई बिल्ली यहाँ छोड़ गयी है, उन्होंने सोचा। घर में आ जाती बिल्लियों को कैला या रोवर कुछ खाने को दे देते, नीचे के हॉल में बिल्लियों के मूत्र की दुर्गन्ध बनी रहती। मिस्टर लॉहीड ने चिड़िया उठा ली और नीचे जाकर पिछवाड़े चले गये। चिड़िया के परों का चमकीला नीला रंग उन्हें भाया, पर ऐसी नीलकण्ठ चिड़ियाँ उन्हें पसन्द न थीं। वे एक फार्म पर खड़े हुए थे और पेड़-पौधों और जीव-जन्तुओं के बारे में उनकी अपनी राय थी। उस फार्म पर देखी अच्छी बड़ी उमर की एक अभ्यागत महिला की उन्हें अभी तक याद थी जो हवा में लहलहाती पीली सरसों की फ़सल की सुन्दरता देखकर रोने लगी थी। वह महिला हल्के गुलाबी या गन्दुमी रंग की टोपी पहने थी और उसकी वह अजीब-सी अव्यावहारिक टोपी, उसका वैसा बेतुका हास्यास्पद व्यवहार उनकी स्मृति में आज तक सजीव थे। ये तो बड़ों की प्रतिक्रिया और बाद में सुनी उस महिला की चर्चा थी जिसे सोचकर उन्हें पता चला कि बेतुका और हास्यास्पद क्या था।

वे चिड़िया को दफ़नकर देना चाहते थे पर उन्हें ज़मीन खोदने के कोई औज़ार न मिले। बेसमेण्ट के जीने का दरवाज़ा टूटा हुआ था और वहाँ रखे औज़ार लोग उठा ले गये थे। पिछवाड़े की ज़मीन खोदना आसान न था। चारों तरफ़ पत्थर फैले हुए थे और काँच के टुकड़े। उन्होंने चिड़िया के शव को कूड़ेदान में डाल दिया।

बारह वर्ष पूर्व अपनी दुकान बेचने के बाद से मिस्टर लॉहीड इस मकान में रह रहे थे। यहाँ आने का कारण अपनी बेटी और दामाद के पास रहना था। कुछ समय बाद बेटी का परिवार दूसरे नगर में चला गया पर मिस्टर लॉहीड यहीं जमे रहे। बारह वर्ष पूर्व भी मकान और बाहर के बाड़े का हाल अच्छा न था, पर न उन्हें न किसी और को अन्देशा था कि हालत अब जैसी बुरी हो जायेगी। मस्ग्रेव नाम के रईस परिवार की एक महिला इस मकान की मालकिन थी। तब वह नीचे उन्हीं कमरों में रहती थी जो अब रेक्स, कैला और रोवर के पास थे। इस मकान में आने के कुछ दिन बाद मिस्टर लॉहीड ने बाड़े में उगी लम्बी घास बेसमेण्ट में रखे हँसिये से काटना शुरू किया था। वे घास साफ़ करके सुथरा लॉन बनाना चाहते थे ताकि मकान के सब निवासियों का भला हो।

वह थोड़ा काम कर पाये थे कि किसी ने ज़ोर से खिड़की खोलकर ऊँची, कर्कश, पक्की पियक्कड़ जैसी आवाज़ में उनसे कहा, "यह मस्ग्रेव परिवार की मिल्कियत है!"

यह कुमारी मस्ग्रेव की आवाज़ थी। ऐसी सनकी औरतों से उनका पाला पहले भी पड़ चुका था। ऐसी औरतें प्रायः उनकी दुकान में नुस्खे की दवाई बनवाने आती थीं। उनके अस्त-व्यस्त कपड़ों, जल्दीबाज़ी में किये सिंगार, उनके बेबात के गुस्से और उन्हें झाँसा देने के यत्नों से मिस्टर लॉहीड ख़ूब परिचित थे। कुमारी मस्ग्रेव को मरे अरसा हो गया था और कभी-कभी उसके सनकीपन की याद मिस्टर लॉहीड को आती थी। मकान में आजकल रहनेवालों का व्यवहार उनकी समझ से बाहर था, विशेषकर यह समझना कि किसका दिमाग़ फिरा था और कौन सामान्य था। यूजीन तक, बल्कि सबसे ज़्यादा यूजीन।

लोग उनसे अक्सर बहस करते कि यह मकान छोड़ जाओ। मिस्टर लॉहीड यह मकान क्यों न छोड़ना चाहते थे? वे कई कारण बताते : उन्हें खचाखच भरे विशाल भवन पसन्द न थे, उन्हें ऊँचे भवनों में ऊँचाई से चक्कर आते थे, वे सामान समेट-बाँधकर कहीं और ले जाने के झंझट से बचना चाहते थे। बात असल में कुछ और थी। यहाँ रहते उन्होंने कई नयी बातें सीखीं और जानी थीं। अपनी उम्र के लोगों को बतियाते सुनकर वह सोचते कि इन लोगों के दिमाग़ अण्डे के खोल की तरह चटख कर फूट जायें अगर इन्हें उन सब बातों के दसवें भाग का भी ज्ञान हो। अब रेक्स और कैला की रतिक्रिया देखने की बात सोचकर उतना बुरा न लगता था, न ही वह अख़बार पढ़ने की बात सोचकर जो रोवर बेचता था और एक दिन मज़ाक में ही उन्हें पढ़ने को दे गया था। अख़बार की अस्पष्ट छपायी पढ़ने से आँखों में दर्द होने के बावज़ूद उन्होंने एक-एक शब्द पढ़ डाला था। अख़बार में व्याकरण की त्रुटियों की भरमार थी और कुछ अस्पष्ट और सम्भवतः अश्लील रेखाकृतियाँ भी थीं। ख़रीदने-बेचने के विज्ञापनों में विचित्र और अपरिचित वस्तुओं के विवरण थे। सम्पादकीय में नगरपालिका के कार्यों की भर्त्सना कर अधिकारियों को बुरी गालियाँ दी गयी थीं। हिचकिचाहट और असुविधा की अनुभूति के बावज़ूद वे पढ़ते गये थे। उन्हें लगता था कि कहीं कोई अर्थ या सन्देश सन्निहित है जो पल-भर को प्रकट होकर ग़ायब हो जायेगा, जैसे टेलीविज़न पर दिखाये जाते कुछ विज्ञापन जो उनकी समझ में आने से पहले ही समाप्त हो जाते थे।

पर यूजीन का यह तमाशा वह नहीं देखना चाहते थे। उसके बारे में सोचकर उन्हें उलझन और परेशानी होती। उन्होंने रोज़ की तरह दो टोस्ट, उबले अण्डे और चाय का नाश्ता किया। यूजीन के कमरे की ओर से कोई आहट न आ रही थी, वह शायद पहले ही कहीं बाहर निकल गया था।

नाश्ता करते समय उन्हें उस भावना की याद आयी जो उनके अन्दर उमड़ी थी जब वे मृत चिड़िया हाथ में उठाये पिछवाड़े खड़े सरसों के खेत और टोपी पहने महिला और

अपने माता-पिता के बारे में सोच रहे थे। इसी के साथ उन्हें कुछ और भी याद आ रहा था—कभी का देखा एक स्वप्न। उन्हें लगा कि पिछली रात वह स्वप्न उन्होंने फिर देखा था। उन्हें यह भी लगा कि उन्हें अपनी स्मृति कुरेदकर यह ढूँढ़ना ही पड़ेगा कि उस स्वप्न में घटी किस घटना का वह स्मरण कर सकते थे।

यह स्वप्न वे अधेड़ होने के बाद से कई बार देख चुके थे। इसका आधार उनके बचपन की एक वास्तविक घटना थी, जब वे अपने बड़े भाई वाल्टर और बहन मेरी (जिसकी अट्ठारह वर्ष की आयु में डिप्थीरिया से मृत्यु हो गयी थी) के साथ फार्म पर रहते थे। एक आधी रात को उन्होंने साझी टेलीफ़ोन की घण्टी बजती सुनी—तीन लम्बी घण्टियाँ। उनकी सड़क पर हर परिवार के टेलीफ़ोन की पहचान घण्टियों की संख्या से थी। उन्हें याद था कि दो लम्बी और दो छोटी घण्टियों का अर्थ था उनके अपने परिवार के लिए फ़ोन, और तीन लम्बी घण्टियों का अर्थ सबके लिए सूचना ताकि हर परिवार टेलीफ़ोन उठाकर सूचना सुन सके। लड़कों के कमरे के ठीक नीचे रसोई-घर था जहाँ उनके पिता फ़ोन पर चिल्ला रहे थे। पिता फ़ोन के काम करने का सिद्धान्त कभी न समझ पाये थे, वे सोचते थे कि चिल्लाकर बोलने से ही आवाज़ दूसरे छोर तक जाती थी। इस चीख-चिल्लाहट से पूरा घर जग गया था। जब बच्चे नीचे आये तो पिता बाहर जाने के लिए कोट और जूते पहन रहे थे। मई का महीना होने पर भी काफ़ी ठण्ड हो जाती थी। मिस्टर लॉहीड को सब-कुछ तो नहीं पर इतना ज़रूर याद था कि उनके पिता कहाँ जा रहे थे और कैसे उनके भाई वाल्टर को साथ जाने की अनुमति मिल गयी, जबकि उनको घर रुकने को कहा गया क्योंकि कम उम्र होने के कारण वे बड़े लोगों का साथ नहीं दे पायेंगे।

वे लोग एक पागल लड़के, नवयुवक कहिये, आयु उन्नीस-बीस, की खोज में जा रहे थे। लड़के का घर उन्हीं की तहसील में कुछ दूर पर था। पिता ने और क्या कहा, मिस्टर लॉहीड को कुछ याद न था। याद था सिर्फ़ उस लड़के का नाम—फ्रैंक मैकआर्थर। शरीफ पर ग़रीब कैथलिकों के इस काफ़ी बड़े परिवार में फ्रैंक मैकआर्थर सबसे छोटा था। फ्रैंक को दौरे आते थे पर पास के नगर में इलाज होने के बाद वह ठीक हो गया था। सब भाई-बहनों के काम की तलाश में या विवाहकर घर छोड़ जाने के बाद से बूढ़े माता-पिता की देखभाल वही करता था। मिस्टर लॉहीड के पिता ने उस रात बाहर जाते समय यह नहीं बताया था कि फ्रैंक मैकआर्थर के पीछे जाने के लिए सिर्फ़ मर्दों को बुलाने का कारण क्या था। उस सन्ध्या, अँधेरा घिरने से पहले (अवश्य ही गायों को दुहने के पहले, क्योंकि दूध से थन भारी हो जाने के कारण गायों के रँभाने ने ही सड़क पर जाते एक पड़ोसी का ध्यान खींचा था) फ्रैंक ने खलिहान में बेलचे और फावड़े से मारकर अपने पिता की हत्या कर दी थी। फिर उसने घर जाकर रसोई-घर में काम करती अपनी माँ को भी उसी फावड़े से पीट-कुचलकर मार डाला था।

यह थे धटना के तथ्य। यही तथ्य स्वप्न में भी थे, पर इनकी कोई व्याख्या या स्पष्टीकरण न था। जागते हुए उन्हें इस क़तल, दुहरे क़तल, की सब बातें याद आतीं,

पर यह याद नहीं आता कि कहाँ और कैसे यह सूचना उन्हें मिली थी। स्वप्न में उन्हें यह कभी समझ में नहीं आता था कि यह सब जल्दबाज़ी और शोर क्यों था, सिर्फ़ इतना पता था कि जल्दी से जूते पहनकर पिता और भाई के साथ कहीं बाहर जाना था (स्वप्न में वह देखते कि जल्दी से तैयार हो जाने पर उन्हें पीछे न रुकना पड़ेगा)। आरम्भ में यह पता न चलता कि कहाँ जा रहे हैं। कुछ देर चलने के बाद ही समझ में आता कि कहीं किसी की तलाश में जा रहे हैं। आरम्भ में उनकी यात्रा आसान और बाधारहित होती, पर शीघ्र ही अनचीन्ही मानसिक भूलभुलैया में भटक जाने से प्रगति धीमी हो जाती। मिस्टर लॉहीड अपने को पिता और भाई से अलग, विभिन्न परिस्थितियों में पाते–जैसे अपनी दुकान में दवाई के नुस्ख़े बनाते या पत्नी के साथ सन्ध्या का भोजन करते। फिर एकाएक देर होने और पीछे रह जाने के भय से ग्रस्त अपने को अपरिचित बस्तियों और मुहल्लों में भटकते पाते जहाँ के निवासी रास्ता ढूँढ़ने में कोई सहायता नहीं करते। हमेशा इस घुटते से माहौल में उन्हें कुछ समझ न आता, सिवाय इसके कि उनका सबके साथ अपने गन्तव्य स्थान पर पहुँचना ज़रूरी है। स्वप्न सदा बीच में ही भंग हो जाता, या सम्भव था, उन्हें अन्त का कोई स्मरण न रहता। पहली बार उन्होंने स्वप्न देखा तो उनके माता-पिता और बहन मर चुके थे, परिवार में एक भाई ही जीवित बचा था। उन्होंने विनीपेग में रहते अपने भाई को पत्र लिखकर पूछने का सोचा कि उस रात वे लोग फ्रैंक मैकआर्थर को खोज पाये या नहीं। इस स्थल पर, यह सोचने पर कि उसे खोजने का क्या फल निकला, उनकी स्मृति सदा लुप्त हो जाती। उन्होंने यह कभी नहीं लिखा, या जब पत्र लिखा तो यह प्रश्न पूछना भूल गये। अगर याद भी रहता तो वे शायद भाई से ऐसा मूर्खतापूर्ण प्रश्न पूछते झिझकते। फिर उनका भाई भी चल बसा।

वह स्वप्न सदा उनके मस्तिष्क पर एक बोझ-सा छोड़ जाता। इस बोझ का कारण, उन्हें लगता, उनके दिवंगत माता-पिता, भाई और बहन की स्मृति थी, जिनके चेहरे उन्हें जागृत अवस्था में कभी याद न आते। वे स्मृतियाँ कितनी सजीव और कितनी गूढ़ थीं, यह वे कैसे और किसे बताते? लगता था उनके परिवार के सदस्यों का उनकी भावना और स्मृति से परे अपना स्वतन्त्र अस्तित्व था, इतना स्वतन्त्र कि अब यह सोचना कठिन था कि यह स्मृतियाँ केवल उनके मस्तिष्क की उपज थीं। पर ऐसा अनुभव दूसरों को भी प्रायः होता है। उन्हें अपनी माँ का सुबह नाश्ते के समय विस्मय भरे स्वर में कहना याद आता, ''मैंने तुम लोगों की नानी का सपना देखा। लगता था फिर ज़िन्दा हो गयी थीं।''

एक बात और वे प्रायः सोचते कि उस समय और वर्तमान में कितना अन्तर आ गया था। उस समय के लोगों का वर्तमान में खपना आसान न था और यह रास्ता स्वयं उन्होंने कैसे तय किया था। वही एक व्यक्ति कभी मिस्टर लॉहीड के माता-पिता को और आज रेक्स और कैला को कैसे जान सकता था। वे सोचते, और यह बात उनके

ज़ेहन में पहले भी कई बार आ चुकी थी, कि सम्भवतः उनकी उम्र के दूसरों का दृष्टिकोण ऐसा बेजा नहीं था। सम्भवतः समझदारी इसी में थी कि बस ध्यान ही न दो, बस मानते रहो कि संसार पहले जैसा रहेगा और परिवर्तन की आँधी शीघ्र गुज़र जायेगी। यह समझने का कोई यत्न ही न करो कि जीवन और समाज की प्रक्रिया बदल गयी है।

उन्हें लगता कि उनका दैनिक जीवन स्वप्न में देखे जीवन की नकल मात्र है। यह केवल आयु ढलने के साथ-साथ संवेदन शक्ति के कुन्द हो जाने की बात न थी। जीवन का वह महत्त्व न रहा था और उसी अनुपात में घटनाओं का महत्त्व भी कम हो गया था। नगर में या देहात में बस से यात्रा करते समय एक मस्जिद या ध्रुव प्रदेश के भालू जैसे असम्भाव्य दृश्य दिखायी देने पर भी उन्हें अचरज न होता। हर वस्तु, हर अनुभव अब अस्वाभाविक लगता था। बाज़ार में अनन्नास बेचती लड़कियाँ हवाई द्वीप की निवासियों जैसी घास की स्कर्ट पहनतीं। एक दिन उन्होंने देखा कि पेट्रोल भरने के स्टेशन पर काम करता एक लड़का विदूषकों-सी टोपी पहने मोटरें साफ़ कर रहा था। उन्हें विशेष विस्मय न हुआ। पुरानी, जानी-पहचानी संगीत की धुनों का ऐसा रूपान्तर कर दिया जाता कि पहचानी ही न जा सकें। ऐसी तमाम ऊटपटांग बातें समाज में स्वीकृत थीं तो वे क्या कर सकते थे।

रौस पॉयण्ट पियेर समुद्र में दूर तक जाता रास्ता था जो इस्तेमाल में न आने के कारण कहीं-कहीं टूट गया था। ज्वार के समय तो यह अवशेष लगभग पूरे पानी में डूबे रहते थे, पर भाटा होने पर पियेर का दूसरा छोर ही समुद्र में विलीन होता दिखायी देता। मिस्टर लॉहीड समुद्र किनारे की सड़क के मोड़ पर थे। घर बैठे वे इतने व्याकुल हो रहे थे कि उन्हें आना ही पड़ा। उन्हें अभी भी थोड़ी आशा थी कि पियेर पर कोई न होगा, कि यह तमाशा उनकी कल्पना में ही था, या सम्भव हो कि कुछ लोगों ने मिलकर सबको उल्लू बनाने की यह योजना रची थी। पर वैसा कुछ नहीं हुआ; सामने दिखते पियेर पर भीड़ जमा थी। सड़क से समुद्र के किनारे तक जाने के लिए सीढ़ियाँ थीं या तो लगभग चौथाई मील पीछे, या रौस पॉयण्ट से थोड़ा आगे बढ़कर। मिस्टर लॉहीड ढाल पर उगी झाड़ियों का सहारा लेकर किनारे की ओर उतर गये। हाथ-पाँव टूट जाने के ख़तरे की चिन्ता उन्हें बाद में हुई। रेतीले किनारे पर पहुँचकर वह तेज़ी से पियेर की ओर चले। पहले परिचित चेहरे दिखायी दिये रेक्स, कैला और रोवर के, जो टूटे पियेर की कांक्रीट के टुकड़ों पर एक से दूसरी जगह कूदते-फाँदते चल रहे थे। उनके साथ उनके जैसा हुलिया बनाये मित्रों की टोली थी। कैला अपने को एक शनील के घिसे-पिटे पलँगपोश में लपेटे थी जिसके भूरे और गुलाबी रोयें आधे झड़ चुके थे। नंगे पैरों से पानी में छपछप करती यह मण्डली एक-दूसरे से खिलवाड़ कर रही थी। किनारे पर बैठा एक लड़का वैसी ही-बाँसुरी बजा रहा था जैसी यूजीन के पास थी। दोनों बूढ़ी बहनें भी मौज़ूद

थीं, अन्धी बहन अपनी सफ़ेद छड़ी से समुद्र की ओर संकेत करती कुछ कह रही थी। उसे देखकर हाथ में लाठी लिये लाल समुद्र के किनारे खड़े हज़रत मूसा की याद आ जाती थी। दूसरी, उसे समझा रही थी कि क्या हो रहा था। मिस्टर क्लिफर्ड, मिस्टर मोरे और कुछ वैसे ही समझदार क़िस्म के लोग बातचीत करते एक ओर जमे थे। सब मिलाकर क़रीब तीन दर्जन लोग थे--उम्र साठ के ऊपर या तीस के नीचे। यूजीन पियेर पर कुछ दूर हटकर अकेला बैठा था। मिस्टर लॉहीड का विचार था कि वह शायद इस अवसर पर कोई विशेष परिधान पहने--मोटे कपड़े का चोग़ा या कहीं से ढूँढ़कर लँगोटी ही कमर में लपेट ले--पर वह रोज़ जैसे नीली जीन्स और सफ़ेद टी-शर्ट पहने था।

एक बूढ़े ने ज़ेब घड़ी निकाली और बिना किसी को सम्बोधन किये सबको सुनाकर कहा, ''मेरे हिसाब से तो दस बज गये हैं।''

''दस बज गये, यूजीन!'' रेक्स ने पुकारा। उसका ऊपरी धड़ नंगा था और वह जाँघों तक पानी में खड़ा था।

यूजीन उन सब की ओर पीठ किये, घुटने मोड़े और सिर घुटनों पर टिकाये बैठा रहा।

''धन्य हो, धन्य हो, धन्य हो।'' रेक्स ने अपना झबरा सिर झुका और बाँहें फैलाकर पाठ-सा किया।

''कोई गीत गाना चाहिए।'' एक लड़की ने कहा।

मिस्टर लॉहीड के सामने टोपी लगाये बैठी दो महिलाएँ आपस में बात कर रही थीं। ''मेरा ख़्याल न था कि इतने लोग जमा हो जायेंगे,'' एक ने कहा। ''मैं धर्मनिन्दा सुनने थोड़ी आयी हूँ,'' दूसरी बोली।

लड़की ने बाँसुरीवाले के मुकाबले में अकेले ही गीत गाना आरम्भ कर दिया। ऊबड-खाबड़ सतह के कारण लड़खड़ाती-सी वह बिना शब्दों की कोई धुन गुनगुनाती घूम-घूमकर नाचने लगी। उसके गले में बँधा सतरंगा रूमाल चारों ओर उड़ रहा था। थोड़े समय यह सब होने के बाद मिस्टर लॉहीड के सामने बैठी दोनों महिलाओं ने एक-दूसरे की तरफ़ देखा, गला साफ़ किया, और लरज़ती महीन आवाज़ों में एक साथ वहाँ होते शोर-गुल के बावज़ूद भजन गाना आरम्भ कर दिया।

हम यहाँ मिलकर परमात्मा से विनती करते हैं,
वह हमें शिक्षा देता है, हमारी रक्षा करता है, हमें ज्ञान देता है...

मिस्टर मोरे ने आवाज़ लगायी, ''अरे, तमाशा चालू करो।''

''क्या हुआ?'' अन्धी बहन ने कहा। ''अभी चलना शुरू किया कि नहीं?''

यूजीन खड़ा हुआ और पियेर पर चलता समुद्र की ओर बढ़ा। हिचके बिना वह पानी में घुस गया। पानी उसके टखनों, फिर घुटनों और फिर जाँघों तक आ गया। "वह पानी के ऊपर होने के बजाय पानी के अन्दर है," मिस्टर मोरे ने कहा, "भगवान् का नाम ले, छोकरे।"

रोवर पत्थरों पर चौकड़ी मारकर बैठ गया और ऊँची आवाज़ में "ओम् ओम् ओम्" जपने लगा।

"क्या हुआ? क्या हुआ?" अन्धी बहन ने कहा। गीत गाती लड़की ने कुछ क्षण के लिए गाना बन्द कर विदा देते से पुकारा, "हाय यूजीन, यूजीन।"

"आरम्भ से ही हम, संग्राम में विजयी थे हम..."

यूजीन कमर तक फिर छाती तक पानी आ जाने पर भी आगे बढ़ता रहा। "यूजीन, पानी से निकल आओ।" मिस्टर लॉहीड ज़ोर से चिल्लाये। उन्हें ख़ुद न मालूम था कि उनकी आवाज़ में इतनी ग़रज़ बाक़ी थी।

"भारहीनता!" मिस्टर मोरे ने भी उनके साथ ही पुकारा। "अपने भारहीन होने की क्षमता का प्रयोग करो।"

यूजीन ने सिर झुकाया और पानी में डूब गया।

गीत गाती लड़की के गले से हर्ष भरी चीख निकली।

मिस्टर लॉहीड पियेर पर चढ़कर थोड़ी देर तक गये। पलँगपोश में लिपटी कैला ईसामसीह के समय की कोई स्त्री लग रही थी। उन्होंने कैला से कहा, "तुम्हें मालूम है कि वह तैर सकता है?"

"तैरो! तैरो!" रेक्स ने मसखरी में पुकारा और पानी में कूद पड़ा। अन्धी बुढ़िया की बहन सबकी ओर देखती पुकार रही थी, "अरे, कोई सुनो तो! लड़का डूब जायेगा।"

पियेर के एक ओर यूजीन का सिर निकला। वह सहारे के लिए पियेर को पकड़े ऊपर चढ़ गया। उसके शरीर से पानी चू रहा था। उसने एक हाथ से आँखों के सामने आये बाल हटाये। किसी लड़की ने पुकारा, "समुद्री राक्षस, समुद्री राक्षस।" मिस्टर मोरे के नेतृत्व में पुरुषों की टोली ने मखौल उड़ाते से तालियाँ बजायीं।

इस सबके दौरान बाँसुरी बिना रुके बजती रही थी। "तो यह है पानी पर चलने की असलियत," मिस्टर मोरे ने कहा।

"उसे तंग मत करो," अन्धी बुढ़िया बोली। "जो कर सकता था उसने किया।"

यूजीन होठों पर मुस्कान लिये भीड़ की तरफ़ लौटा। "मुझे तो तैरना भी नहीं आता," उसने फेफड़ों में लम्बी साँस भरी। लगा जैसे विजय उसी की हुई थी। "मैं पियेर को पकड़े पानी में सिर डुबाये था। पहले उबर सकता था पर पानी के नीचे रहना सुखद लग रहा था।"

"अगर निमोनिया से नहीं पड़ना चाहते तो घर जाकर कपड़े बदलो," मिस्टर लॉहीड ने कहा–

"तो यह सब खिलवाड़ था?" भजन गानेवाली एक महिला ने कहा। प्रश्न मिस्टर लॉहीड से नहीं किया गया था पर उसकी ओर मुड़कर उन्होंने कड़वे स्वर में कहा, "आपके ख़्याल में और क्या था?" यह बदतमीज़ जवाब सुन महिलाओं ने एक-दूसरे को देख मुँह बनाया।

"मुझे खेद है कि तमाशा आप लोगों की आशानुसार न हुआ।" यूजीन ने ऊँची पर शान्त आवाज़ में चारों ओर देखते हुए कहा। "ग़लती मेरी है। मेरी योग साधना में कुछ कमी है। आप लोगों को निराशा तो हुई पर मेरे लिये यह अनुभव रोचक और अद्भुत ही नहीं शिक्षाप्रद भी रहा। आप सबको मेरा धन्यवाद।"

महिलावर्ग ने सद्भावना में तालियाँ बजायीं और नौज़वान वर्ग में से कुछ ने ज़ोर से तालियाँ पीटकर उनका साथ दिया। इन दोनों वर्गों में कितनी समानता है, इन्हें ख़ुद नहीं मालूम, मिस्टर लॉहीड सोच रहे थे। दोनों में कोई यह नहीं मानेगा। पर क्या दोनों को आज की घटना से एक-सी आशाएँ नहीं थीं? इनकी इन आशाओं का कारण क्या था? निराशा, कोई उपाय या रास्ता न दिखने के कारण हताश होना। फिर भी, आदमी में कुछ स्वाभिमान तो होता ही है।

किसी से कुछ कहे बिना वे एक ओर चल पड़े। तट पर चलते-चलते वे ऊपर सड़क को जाती सीढ़ियों तक पहुँच गये। सीढ़ियाँ चढ़ते उन्हें विस्मय हुआ कि हाथ-पाँव तोड़े बिना वे ढाल पर कैसे उतर सके थे। इस आयु में बेकार ऐसी मुसीबत मोल लेने की उन्हें क्या आवश्यकता थी? उन्हें मालूम था, इसी सड़क पर एक-डेढ़ मील आगे एक रेस्तराँ था जो रविवार को भी खुलता था। एक कप कॉफी ले वे काफ़ी समय वहाँ बैठकर वापस लौटे। नीचे की मंज़िल के कमरों की खुली खिड़की से–कुमारी मस्ग्रेव की खिड़की से–संगीत के रेकार्ड बजने की आवाज़ आ रही थी। वही पुराना नौज़वानों का संगीत। ऊपर जाकर उन्होंने यूजीन के दरवाज़े पर दस्तक दी और पुकारा, "तुमने गीले कपड़े बदले कि नहीं, बस यही जानना चाहता हूँ।"

कोई उत्तर नहीं मिला। पल-भर ठहरकर उन्होंने दरवाज़ा खोला। यूजीन कभी ताला नहीं लगाता था।

"यूजीन!"

कमरे में न यूजीन था न उसके उतारे गीले कपड़े। मिस्टर लॉहीड इस कमरे में यूजीन के न रहते आ चुके थे, उसकी एक किताब लौटाने के लिए। तब उन्हें ऐसी असुविधा की भावना न हुई थी जैसी अब हो रही थी। एक कारण था कि खिड़की पूरी खुली हुई थी। बाहर जाने से पहले यूजीन पल्ले बन्द कर देता था ताकि वर्षा या हवा से पुस्तकें ख़राब न हों। हवा कुछ तेज़ बह रही थी। पुस्तकों के शेल्फ़ पर रखे कुछ काग़ज़ उड़कर फ़र्श पर बिखर गये थे। इसके अलावा कमरा क़रीने से था। तह किये कम्बल और चादरें

क़ायदे से गद्दे के पैताने रखी थीं, मानो उसका इस बिस्तर पर सोने का कोई इरादा न था।

मिस्टर लॉहीड ने नीचे के दरवाज़े पर दस्तक दी। कैला ने दरवाज़ा खोला।

"यूजीन घर में नहीं है। तुम्हें पता है वह कहाँ है?"

कैला ने मुड़कर कमरे में पुकारा। चादरों को लाल और बैंगनी रंग कर लगाये पर्दों के हमेशा खिंचे रहने के कारण कमरे में अँधेरा रहता था।

"किसी ने यूजीन को देखा?"

"वह गॉल्फ के मैदान की तरफ़ गया था, पूरब की ओर।"

"आपको उसकी क्या आवश्यकता थी?" कैला के कन्धे का सहारा लेते हुए रेक्स ने दोस्ताना अन्दाज़ में कहा।

कमरे में अन्दर से किसी ने पुकारा, "ज़रा पूछो तो दरवाज़ा पसन्द आया?"

"पूछो, चिड़िया पसन्द आयी?"

तो वह बिल्ली का काम न था। कैला उनकी ओर देखकर मुस्करायी। उसके सफ़ेद, आटे के रंग जैसे पर सलोने चेहरे पर यहाँ-वहाँ लाल मुँहासे थे।

"धन्यवाद।" रेक्स को अनदेखा कर मिस्टर लॉहीड ने कहा।

"इन्हें यूजीन से क्या लेना?" पीछे से एक और आवाज़ आयी। यह सम्भवतः रोवर था, वैसी ही पतली नकिया आवाज़। इस आवाज़ ने यूजीन से उनके सम्बन्ध का एक अनुमान लगाया जिसे मिस्टर लॉहीड ने उस समय और बाद में भी सदा न सुनने का दिखावा किया।

"आपको चिन्ता है?" कैला ने कहा।

उन्होंने इस सूचना से सन्तोष कर लिया, और कर ही क्या सकते थे? वे समुद्र किनारे की सड़क पर पूरब की ओर सुबहवाले मार्ग पर चल पड़े। अब सुनसान पड़े पियेर और जहाँ कॉफी पी थी उस रेस्तराँ को पारकर गॉल्फ के मैदान पहुँच गये। इस सुहावनी दोपहर कई लोग घूमने निकल आये थे। कई बार उन्हें यूजीन की झलक-सी मिली। लगता था दुनिया के आधे नौज़वान यूजीन की तरह जीन्स और सफ़ेद टी-शर्ट पहने हैं, वैसा ही डील और वैसे ही सँवारे बाल। वे लोगों के चेहरों को ध्यान से देखते रहे। वे उनसे पूछना चाहते थे, "आपने एक नवयुवक को कहीं देखा है?" हो सकता है, उन्होंने सोचा, ऐसे लोगों से भेंट हो जाये जो प्रातः पियेर पर दर्शकों में रहे हों। उन्होंने मिस्टर मोरे और मिस्टर क्लिफर्ड को ढूँढ़ने को भी नज़रें दौड़ायीं, पर वे दोनों अपने अड्डे से इतनी दूर क्यों आते।

गॉल्फ के मैदान के दूसरी ओर आदमकद जंगली झाड़ियों का विस्तार था। यहाँ समुद्र का किनारा रेतीला नहीं पथरीला था। पानी काफ़ी गहरा लगता था। पत्थरों पर खड़ा

एक आदमी पतंग उड़ा रहा था। नीले और लाल-पाल लगी किश्तियाँ लहरों पर खेल रही थीं। कोई यहाँ पर फिसलकर गिर जाये तो किसी को ख़बर होगी? क्या कोई यहाँ बिना आवाज़ किये, बिना ध्यान आकर्षित किये समुद्र के गर्भ में समा सकता था?

उसी दिन जब वे रेस्तराँ में बैठे कॉफी पी रहे थे, कुछ झलकियाँ अपने-आप उनकी आँखों के सामने तैर गयी थीं। उन्हें लगा वे जान गये कि उनके स्वप्न का अन्त कैसे हुआ था। इस झलकी की हर बात, इसका हर पहलू और बारीक़ी का स्रोत उनकी स्मृति या उनका स्वप्न था। यह भी स्पष्ट था कि यह घटना उनकी स्मृति में न थी। वे अपने पिता के पीछे-पीछे लम्बी घास भरे मैदान में चल रहे थे। पौ फट चुकी थी। सूरज उगने में अभी देर थी पर सब-कुछ स्पष्ट दिखायी दे रहा था। खोजनेवालों की टोली से वे दोनों कुछ पिछड़ गये थे। वे दोनों एक नदी के किनारे थे और कुछ देर में एक ढाल पर चढ़कर एक कच्ची सड़क पर पहुँच गये। सड़क पर आगे जाकर नदी का पुल था और मिस्टर लॉहीड लपककर (स्वप्न में वे बच्चे ही थे) पुल की ओर बढ़े। लगभग एक तिहाई पुल पारकर चुके थे तो देखा कि पुल का ढाँचा कितना ख़तरनाक और कितनी बुरी हालत में था। लकड़ी के फ़र्श के तख़्ते टूटे हुए थे और ढाँचे की लोहे की शहतीरें ऐसे टेढ़ी-मेढ़ी थीं जैसी किसी ने खिलौने पर पाँव रखकर दबा दिया हो। उन्होंने मुड़कर पिता को देखा पर वे कहीं दिखायी न दिये। उनका न दीखना जैसे प्रत्याशित था। पुल के टूटे तख़्तों के बीच से उन्होंने देखा कि नदी के छिछले पानी में बिखरे सफ़ेद पत्थरों के बीच एक लड़के का शव पट पड़ा था—पत्थरों जैसा ही सफ़ेद और साफ़। स्वप्न में यह दृश्य—अगर उन्होंने स्वप्न में ही देखा था—उतना ही सामान्य था जितना नदी में बिखरे पत्थर।

पर अब यह दृश्य वे जागृत दशा में देख रहे थे, स्वप्न में नहीं और उन्होंने अपने से प्रश्न किया कि क्या यह शव फ्रैंक मैकआर्थर का था? कि क्या वह लड़का अपने माता-पिता की हत्या कर नदी में कूद गया था? यह पता लगाने का अब कोई तरीक़ा न था।

कभी उन्हें मानसिक पक्षाघात का मामूली-सा दौरा पड़ा था। उस समय उनकी दृष्टि के कोने में चौंधियानेवाले सफ़ेद प्रकाश की एक रेखा लगभग अड़तालीस घण्टे तक नाचती रही और फिर लुप्त हो गयी। ऐसा प्रायः हो जाता है, कोई हानि नहीं हुई, डॉक्टर ने आश्वासन दिया था। उनका स्वप्न या स्वप्न का यह अन्त उनके मस्तिष्क में वैसे ही कौंध रहा था। उन्हें आशा थी कि इसे वह जल्द ही भूल जायेंगे। अपने सामान्य होने पर एक और बात वे भूलना चाहते थे। वे थे उनके दिमाग़ में मँडराते विचित्र विचार या भय जिनमें यूजीन पानी के नीचे चला जाता था—यूजीन ऐसे कृत्य को आत्म-हत्या न कहता, ऐसे शब्द वह प्रयोग न करता। निश्चय ही वह घुमा-फिराकर दूसरे ढंग से इस बात को समझाता। हो सकता है कि आज सुबह का प्रदर्शन उसी बात का एक नमूना या रिहर्सल रहा हो।

मिस्टर लॉहीड बहुत थक गये थे। एक खाली बेंच देख वे बहुत देर बैठकर सुस्ताते रहे। बैठे-बैठे वह सोच रहे थे कि उनके शरीर में वापस घर तक चलने की शक्ति थी या नहीं।

"यूजीन के कमरे का ताला बन्द नहीं है और खिड़की भी चौपट खुली है," उन्होंने कैला से कहा। पीछे कमरे में शान्ति थी। कैला ने उनसे सदा की तरह मुस्कराते हुए बात की। उन्होंने उसकी आँखों में झाँककर भाँपने का यत्न किया पर उसकी आँखें नशे से चढ़ी नहीं लगीं। वे इतने थके और पस्त थे कि सहारे के लिए सीढ़ी के खम्भे से टेक लगानी पड़ी।

"वह अपना कमरा सदा खुला छोड़ता है।"

"मेरा उसके लिए चिन्ता करने का कारण है।" मिस्टर लॉहीड का बदन काँप रहा था। "मेरे विचार में अधिकारियों को सूचित करना आवश्यक है।"

"पुलिस को?" कैला ने भय से त्रस्त स्वर में कहा। "अरे, यह बिल्कुल न कीजियेगा। हरगिज़ न कीजियेगा।"

"मुझे डर है कि उसे कुछ हो गया है।"

"शायद कहीं चला गया है।"

"अगर गया भी है तो अपना सब सामान पीछे छोड़ गया?"

"वैसा कर सकता है। हो सकता है कि ऐसे ही बैठे-बैठे कहीं जाने का सोचा और बस चला गया।"

"मेरे विचार में उसे दिमाग़ी परेशानी थी। सम्भव है कि उसने..." कहते-कहते वे रुक गये। "हो सकता है कि वह फिर पानी में उतर गया हो।"

"आप ऐसा सोचते हैं?" कैला ने कहा। उन्हें आशा थी कि कैला को विस्मय होगा। वह इस बात का खण्डन करेगी, ऐसी बात कहने के लिए उनकी ओर मुस्कराकर देखेगी। पर वह इस सम्भावना को अपने मस्तिष्क में पनपने देती रही, "आपका ख़्याल है कि उसने ऐसा किया होगा?"

"क्या पता। इतना कहूँगा कि वह थोड़ा परेशान ज़रूर था। तुम में से कौन सिरफिरा है कौन नहीं, कहना आसान नहीं है।"

"वह हमारे साथ थोड़े ही था," कैला ने कहा। "वह उम्र में हमसे काफ़ी बड़ा था।" कुछ सोचकर उसने फिर कहा, "हो सकता है कि कुछ करना ही चाहता था और अगर वह वैसा करना ही चाहता था तो उसे कोई क्यों और किसलिये रोके? और उसकी याद में क्यों रोये? मैं तो किसी का ग़म नहीं करती।"

मिस्टर लॉहीड ने पीठ फेर ली। "अच्छा, गुडनाइट।" कैला ने समझौते के स्वर में कहा। "मुझे खेद है कि आपको दरवाज़े का चित्र पसन्द नहीं आया।"

पहली बार मिस्टर लॉहीड को लगा कि पता नहीं ऊपर पहुँच पायेंगे या नहीं। उन्हें लगा कि इतना भी दम उनमें न रह गया था। सम्भव था कि उन्हें भी दूसरों की तरह बाक़ी ज़िन्दगी बिताने के लिए उन भवनों में रहना पड़े जहाँ ऊपर की मंज़िल तक जाने के लिए लिफ़्ट का सहारा रहता है।

●

परिवारों में क्षमाशीलता

मैं प्रायः सोचती हूँ कि मान लीजिये कभी मुझे किसी मनोचिकित्सक के पास जाना पड़ा तो वह स्वाभाविक ही मुझसे मेरे परिवार के लोगों के बारे में पूछेगा। तब मुझे अपने भाई के बारे में बताना ही पड़ेगा। मेरी बात ख़तम होने से पहले ही वह मनोचिकित्सक मुझे पागल करार दे, बन्द करा देगा।

यही बात मैंने माँ से कही तो वे हँसी, "वैल, उस लड़के के साथ इतनी सख़्त न हो।"

"लड़का," मैंने कहा। "मर्द कहो, मर्द।"

माँ हँसकर मान गयीं। "लेकिन याद रखो, पागल से परमात्मा भी प्रेम करता है," उन्होंने कहा।

"आपको कैसे पता, आप तो नास्तिक हैं," मैंने कहा।

कुछ बातों पर उस बेचारे का वश नहीं था। मिसाल के तौर पर—पैदा होना। समय भी चुना तो कैसा! वह उसी सप्ताह पैदा हुआ जिस सप्ताह मैंने स्कूल जाना शुरू किया। डर से मेरी जान निकल रही थी। अब तो स्कूल जाने से पहले बच्चे बालविहारों और किण्डरगार्टनों में जाते हैं। तब ऐसा थोड़े ही था। मैं पहली बार स्कूल जा रही थी। सारे बच्चों के साथ उनकी अपनी-अपनी माँ थीं। पर मेरी माँ कहाँ थी, अस्पताल के प्रसूति-कक्ष में। मेरे लिये झेंप-से मर जाने की बात थी। उन दिनों ऐसी बातों पर कितनी शर्म आती थी।

पैदा होने या न होने में उसका कोई दोष न था, और न ही मेरी शादी के समय कै कर देने में उसकी कोई ग़लती। क्या कह सकती हूँ। फ़र्श और मेज़ तो क्या, शादी का केक तक उसकी उल्टी से तर हो गया था। लोग समझे वह पिये था, पर ऐसा नहीं था। उसे वास्तव में बहुत ज़ोर का फ़्लू हो गया था। और उसी फ़्लू के प्रकोप से मैं और हैरो अपने हनीमून के दौरान बिस्तर पर पड़ गये थे। मैंने पहले कभी नहीं सुना था कि कोई फ़्लू हो जाने पर लेस टंके मेज़पोश, चाँदी के दीवटों और शादी के केक पर उल्टी की बौछार कर दे। इसे उसका दुर्भाग्य कह लीजिये। हो सकता है आमतौर पर उल्टी लगने पर लोग किसी नाली या नाबदान के निकट होते हैं या बाक़ी लोग उल्टी रोकने की या उबकाई दबाने की कोशिश थोड़ी, ज़रा-सी ज़्यादा करते हों क्योंकि वे मेरे मुन्ने भइया जैसे सबके लाड़ले, सबकी आँखों के तारे थोड़े ही हैं। उसे सहज, स्वाभाविक, प्रकृति-पुत्र कह लीजिये। बाद में इसी नाम से वह स्वयं को पुकारने लगा था।

जन्म लेने के दिन से मेरे विवाहोत्सव के दौरान उल्टी कर देने तक के बीच उसने क्या किया, इसे जाने दीजिये। मैं केवल इतना कहूँगी कि दमे के दौरे पड़ने के कारण उसे हफ़्तों स्कूल से छुट्टी मिल जाती और वह घर में पड़ा रेडियो पर आते सीरियल नाटक सुना करता। जब हम दोनों में कुट्टी नहीं होती तो मैं उससे प्रतिदिन 'बिग सिस्टर' और 'रोड ऑफ लाइफ' की तथा जी-जी और पापा डेविड के नाटकों की कहानी सुनती। कहना पड़ेगा कि उसे नाटक के पात्रों की याद रखने में और पटकथा की पेचीदा बातों की तह तक पहुँचने की सूझ थी। *गेटवेज़ टू बुकलैण्ड* साहित्यिक पुस्तकों का एक सेट माँ ने हम दोनों को ख़रीदकर दिया था, उसमें से काफ़ी उसने पढ़ी थीं। बाद में यही सेट वह चुपचाप एक पुरानी किताबों की दुकान को दस डालर में बेच भी आया था। माँ का कहना था कि अगर वह चाहे तो स्कूल में, पढ़ाई में अव्वल आ सकता है। बहुत गहरी समझ है उसकी। वह समझातीं, देख लेना किसी दिन उसके करिश्मे हम सब को चकित कर देंगे। उनकी बात सही निकली, ऐसा हुआ भी।

दसवीं क्लास में एक छोटी-सी घटना हो जाने के बाद से वह स्कूल छोड़कर घर ही रहने लगा। हुआ यह कि एक अध्यापक की मेज़ की दराज़ से गणित के प्रश्न चुराकर नक़ल करनेवाले एक गुट्ट के साथ वह भी पकड़ा गया था। स्कूल बन्द हो जाने के बाद एक चौकीदार उसके लिए कक्षा के कमरे का दरवाज़ा खोल देता क्योंकि, भाई का कहना था, वह पढ़ाई से सम्बन्धित एक विशेष कार्य कर रहा था। एक तरह से सही ही था। माँ ने सबको समझाया, उसने सिर्फ़ लोकप्रिय बनने के लिए ऐसा किया, दमा होने के बाद से वह खेलकूद में कहाँ भाग ले पाता है।

फिर भइया के नौकरी-काम ढूँढ़ने की बात। अरे, मैं अब तक उसके नाम की जगह उसे भाई-भइया ही कहती रही हूँ। उसका नाम है कैमरन, संक्षिप्त में कैम। माँ का ख़्याल था कि एक यूनिवर्सिटी के अध्यक्ष या किसी बड़े पर ईमानदार उद्योगपति पर यह नाम जँचेगा (माँ उसे ऐसा ही कुछ बनते देखना भी चाहती थीं)। सवाल था, वह करेगा क्या, कैसे अपनी रोज़ी कमायेगा? अपने ही ढंग का कोई काम—चाहे इसका अर्थ हाथ-पर-हाथ धरे बैठना हो—अपनी मर्ज़ी से करने के लिए गुज़ारे की राशि देना तो सरकार ने अभी शुरू किया है। पहली नौकरी उसे एक सिनेमाहॉल में टिकट लेनेवाले की मिली। मिली क्या, माँ ने दिलवा दी। ब्लेक स्ट्रीट के इण्टरनेशनल थियेटर के मैनेजर को वह जानती थीं। यह नौकरी उसे छोड़नी पड़ी क्योंकि अन्धकार भरे हॉल में उसे डर लगता था—अँधेरे में बैठे इतने सारे लोगों को देख एक अजीब-सी सिहरन होती है, वह कहता। सिर्फ़ टिकट लेने का काम करने में यह अड़चन थी, जब वह स्वयं सिनेमा देखने जाता तो अँधेरे में बैठने में कोई कठिनाई न होती। सिनेमा देखने का उसे ख़ूब चाव हो गया था। वह सिनेमाहालों में पूरा दिन बिता देता। पहले एक फ़िल्म को दो बार देखता, फिर दूसरे हॉल में जाकर वहाँ दिखायी जा रही फ़िल्म देखता। समय गुज़ारने के लिए उसे कुछ-न-कुछ तो करना ही पड़ता ताकि माँ और हम सब लोग समझें वह ग्रेहाउण्ड

बस के अड्डे में काम कर रहा है। हर सुबह काम पर जाने के लिए वह घड़ी देखकर घर से निकलता और रात को ठीक समय पर वापस आ जाता। बस के आफ़िस के इंचार्ज झक्की बुढ़ऊ के बारे में और वहीं सन् 1919 से काम कर रही एक कुबड़ी औरत के क़िस्से हमें बताता—च्यूइंगम चबाती हुई छोकरियों को देखकर वह बुढ़िया कैसे झल्ला जाती थी। भई, ख़ूब कहानी बनाता था। वह तो कहो कि माँ ने एक दिन शिकायत करने के लिए उसके आफ़िस में टेलीफ़ोन कर दिया कि उसके नाम के हिज्जे में साधारण-सी ग़लती होने के कारण उसका वेतन इतने दिन रोकना उचित नहीं था। वर्ना यह कहानी भी उतनी ही रोचक हो जाती जितनी कि रेडियो पर आते नाटक। तब जाकर पता लगा कि जनाब ने दूसरे दिन की दोपहर में ही काम छोड़ दिया था।

खैर। माँ का कहना था कि किसी शराबख़ाने में बैठकर बियर पीने से तो सिनेमाहॉल में बैठना अच्छा था। वह कम-से-कम गुण्डों की संगत में सड़कों पर आवारागर्दी से तो बचा था। माँ ने उससे पूछा कि कौन-सी फिल्म उसे सबसे ज़्यादा पसन्द थी। उसका जवाब था *सेवेन ब्राइड्स फॉर सेवेन ब्रदर्स।* माँ ने तुरन्त कहा, देखो, उसकी दिलचस्पी खुली हवा में काम करने की है, वह भला बन्द ऑफ़िस में कैसे काम कर सकता है। माँ के किसी रिश्तेदार का फ्रेज़र वैली में एक फार्म था। उसे वहाँ काम करने भेज दिया गया। यहाँ मैं यह बता दूँ कि मेरे पिता—मेरे और कैम के पिता—मर चुके थे। वह तभी गुज़र गये थे जब कैम दमा के प्रकोप के कारण रेडियो नाटक सुना करता था। उनके निधन से कोई अन्तर नहीं पड़ा, क्योंकि वे पी. जी. आई., रेल कम्पनी में कण्डक्टर की नौकरी करते थे और आधे समय लिलुएट नगर में रहते थे। पी.जी.आई. की लाइन स्क्वैमिश से आरम्भ होती थी। नहीं, उनके चले जाने के बाद कोई परिवर्तन नहीं आया। माँ हमेशा की तरह ईटन के डिपार्टमेण्ट स्टोर में काम करती रहीं। काम पर जाने के लिए पहले नाव ले उस पार जातीं। फिर बस लेतीं। मैं रसोई का काम सँभालती। माँ जाड़ों में रास्ते की चढ़ाई चढ़कर घर लौटती तो अँधेरा घना हो चुका होता।

फार्म पर कैम टिका नहीं। उसकी शिकायत थी कि माँ के रिश्तेदार कट्टर मज़हबी थे और उसकी आत्मा का उद्धार करने के पीछे पड़ गये थे। उसकी समस्या माँ नहीं समझतीं तो कौन समझता? उन्होंने ही तो उसे बचपन से हर बात को स्वतन्त्र रूप से सोचना-समझना सिखाया था। फिर कैम कनाडा के पूरब की ओर हिचहाईक करता घूमने निकल गया। बीच-बीच में उसके पत्र आते रहते, रुपयों की फ़रमाइश भी। उत्तरी क्यूबेक पहुँचने का जुगाड़ कर सके तो वहाँ नौकरी मिल सकती थी। माँ ने पैसे भेज दिये। उसने सूचना भेजी कि काम नहीं जमा, पर पैसे वापस नहीं भेजे। फिर लिखा कि अपने दो यारों के साथ टर्की चिड़ियों का फार्म खोलने जा रहा है। फार्म का नक्शा और कितनी पूँजी लगेगी, पूरा विवरण भेजा। हम लोग समझे कि उनका प्यूरीना कम्पनी

से अनुबन्ध हो गया है—इतनी बड़ी कम्पनी के काम में क्या ख़तरा। फार्म में बाढ़ आ जाने से सब टर्की चिड़ियाँ डूब गयीं, पर तब जब माँ पैसे भेज चुकी थीं, और अपनी समझ-बूझ परे रखकर हम लोग भी। माँ कहतीं, यह मुसीबत का मारा जिस काम में हाथ डालता है वह काम चौपट हो जाता है। उसके साथ हुए हादसे किसी को बतायें तो लोग कहेंगे कहानी गढ़ दी है।

माँ सब समझती थीं। हर बुधवार उनकी छुट्टी होती थी। कैरन को बच्चागाड़ी में बिठा दोपहर बाद मैं उनसे मिलने जाती थी, बाद में इसी गाड़ी में टॉमी बैठने लगा तो कैरन बग़ल में चलती। लोन्सडेल और किंग्स रोड पर घूमते हमारी बातचीत सदा एक विषय पर ख़तम होती। "उस लड़के से मुझे अब कुछ नहीं लेना-देना," माँ कहतीं। "वह जो चाहे करे। अगर मेरा हाथ नहीं छोड़ेगा तो जीवन में क्या करेगा।" मैं ज्यादा कुछ न कहती, उन्हें मेरी राय पता थी। अन्त में वे सदा कहतीं, "अरे, घर में रहता है तो रौनक रहती है। समय अच्छा कटता है और उसके साथ मैं भी थोड़ा हँस लेती हूँ।" या, "दमा की तक़लीफ़ और सर पर बाप का साया नहीं, उसने भी काफ़ी कठिनाइयाँ झेली हैं। जान-बूझकर तो बेचारे ने कभी किसी का जी नहीं दुखाया।"

फिर कहतीं, "एक काम उसने अच्छा किया, इसमें कोई शक नहीं। उस लड़की के बारे में।"

उनका संकेत उस लड़की की ओर होता जो एक दिन कैम को ढूँढ़ती आ पहुँची थी, और जिसने हमें बताया कि ओण्टेरियो प्रान्त के हैमिल्टन नगर में उसकी और कैम की सगाई हो चुकी थी। बाद में कैम ने उसे पत्र लिखा कि अपने परिवार में गुर्दे की प्राणघातक बीमारी की परम्परा होने के कारण वह विवाह की बात सोच ही नहीं सकता। लड़की यह बताने के लिए आयी थी कि उसे कोई फ़र्क़ नहीं पड़ता। देखने-सुनने में लड़की बुरी नहीं थी। वह बेल टेलीफ़ोन कम्पनी में काम करती थी। माँ के अनुसार कैम दरअसल उससे विवाह नहीं करना चाहता था और सच्ची बात कहकर उसकी भावनाओं को ठेस नहीं पहुँचाना चाहता था। मेरे अनुसार जो हुआ, अच्छा हुआ। कम-से-कम वह लड़की जीवन-भर कैम का बोझ सँभालने से तो बच गयी।

यह बात सही है कि कैम का विवाह हो जाने से हम सब के सिर का बोझ थोड़ा हल्का हो जाता।

पर तब-की-तब थी और अब-की-अब, सब जानते हैं कि समय बदल गया है। कैम अब आराम से है। कभी वह माँ के घर रहता है, कभी नहीं। पिछले डेढ़ बरस से तो वहीं है। माथे के ऊपर के बाल हल्के हो गये हैं जो चौंतीस बरस के मर्द के लिए सामान्य है। पीछे कन्धों तक लटकते उड़ते-उड़ते से बाल सफ़ेद हो चले हैं। वह मोटे, भूरे टाट जैसे कपड़े का साधुओं जैसा लबादा-सा पहने रहता है (हैरो से मैंने कहा कि इसे अगर संन्यास ले भस्म रमाने की चाह हो तो भस्म का प्रबन्ध मैं ख़ुशी से कर दूँगी)। उसके सीने पर लटकती तरह-तरह की मालाओं में बड़े-बड़े लॉकेट, सलीबें, हिरन के

दाँत के ताबीज और पता नहीं क्या-क्या टँके रहते हैं। पैरों में बान की चप्पलें जिन्हें उसका कोई मित्र बनाता है। ग़रीब लोगों को दिया जानेवाला सरकारी अनुदान उसे भी मिलता है। उसे रोज़ी कमाने को कहने की अशिष्टता कौन करना चाहेगा। कभी उसे अपना पेशा बताना पड़े तो वह लिख देता है—पादरी।

सच में। अपने को पादरी कहनेवाले इन लोगों का पूरा सम्प्रदाय है। किट्सीलानो नगर में इनका अपना भवन है, कैम भी कभी-कभी वहाँ रह आता है। हरे कृष्ण मण्डली से इनकी स्पर्द्धा रहती है। दोनों में अन्तर बस इतना है कि ये लोग कीर्त्तन नहीं करते, केवल चेहरे पर मुस्कान-सी लिये यहाँ-वहाँ घूमते रहते हैं। कैम ने एक महीन, सुरीली पर समतल आवाज़ में बोलना आरम्भ कर दिया है जिसे सुनकर ही मुझे चिढ़ आने लगती है। कई बार मन करता है कि उसे सामने खड़ा करके कहूँ, "चिली में भयंकर भूचाल आया और दो लाख आदमी मर गये, अमरीकियों ने वियतनाम में एक और गाँव फूँक डाला, भारत में सदा की तरह अकाल पड़ा है।" मैं बस यह देखना चाहती हूँ कि क्या वह उसी सुरीले स्वर में कहता रहेगा, "ब-हु-त खू-ब, ब-हु-त अ-च्छे।" उसने मांस खाना छोड़ दिया है, वह खाता है मोटा पिसा अनाज और शाक-सब्जियाँ। एक दिन वह रसोई-घर में आया जब मैं चुकन्दर काट रही थी। चुकन्दर जड़दार सब्जी है, उसका खाना वर्जित है न। "समझती हो न कि तुम हत्या कर रही हो," उसने कहा।

"मुझे नहीं मालूम," मैंने कहा, "पर तुम फ़ौरन यहाँ से दफ़ा नहीं हो जाते तो किसी की हत्या अवश्य हो जायेगी।"

कह चुकी हूँ कि बीच-बीच में वह माँ के यहाँ रहने लगता था। उस सोमवार जब माँ की तबीयत ख़राब हुई तो वह घर ही था। उन्हें उल्टियाँ आ रही थीं। दो-तीन दिन पहले कैम ने उन्हें एक शाकाहारी पथ्य देना शुरू किया था—माँ एक समय से पथ्य आज़माने का वायदा कर रही थीं—और कैम ने उन्हें समझाया कि मांस और शक्कर जैसे तामसिक भोजन खाने से जो विषाक्त तत्त्व उनके अन्दर जमा हो गये थे, वे सब उल्टी में निकल रहे थे। वह कहता रहा कि जैसे ही वे सब अनाप-शनाप उगल देंगी, वे चंगी हो जायेंगी। उल्टियाँ कर-करके उनकी तबीयत और ख़राब हो गयी, पर कैम को कहीं बाहर जाना था। हर सप्ताह सोमवार की रात उसका पादरी गुट्ट अपने अड्डे पर जमा होकर जाप करता था, धूप-बत्तियाँ जलाकर आरती करता था और जिन-भूत भी जगाते हों तो क्या पता। लगभग पूरी रात बाहर रहकर घर लौटा तो माँ को बाथरूम के फ़र्श पर बेहोश पड़ा पाया। उसने टेलीफ़ोन किया तो किसे—मुझे।

"अरे वैल, अच्छा हो कि तुम यहाँ आकर माँ को सँभालो।"

"उन्हें क्या हुआ?"

"उनकी तबीयत कुछ खराब है।"

"क्या मज़ाक है? उन्हें फ़ोन दो।"

"कैसे दूँ।"

"क्या मतलब कैसे दूँ?"

क़सम खाती हूँ कि उसने हँसी दबाते हुए कहा, "भई, वे होश में नहीं हैं।" मैंने तुरन्त फ़ोनकर एम्बुलेन्स माँ के घर भिजवायी। तब जाकर सुबह पाँच बजे उन्हें अस्पताल में दाख़िल किया गया। माँ के पुराने परिचित डॉक्टर को भी मैंने फ़ोन किया।

डॉक्टर ने अस्पताल पहुँचकर शहर के मशहूर हृदयरोग विशेषज्ञ डॉक्टर एलिस बेल को बुलवा भेजा। मैंने कपड़े बदले, हैरो को जगाकर ख़बर सुनायी, और गाड़ी निकालकर लायन्स गेट अस्पताल पहुँची। दस बजे से पहले मुझे माँ को नहीं देखने दिया गया। वे इण्टेन्सिव केयर कक्ष में थीं। कक्ष से लगा बेहूदे ढंग से सजाया छोटा-सा प्रतीक्षालय था—लाल असुविधाजनक कुर्सियाँ, गिट्टियों से भरे गमले में लगा हरे प्लास्टिक का पौधा। वहाँ मैं घण्टों बैठी *रीडर्स डाइजेस्ट* पढ़ती रही। पढ़ती मैं सोच रही थी कि आख़िर यह होना ही है, माँ का समय आ गया है। इसी क्षण उन दरवाज़ों के पीछे माँ आख़िरी साँसें गिन रही हैं। हम कितना भी सोचें, चाहें या न चाहें, होनी होकर रहेगी। अपने से जुड़े माँ के जीवन के बारे में मैं सोच रही थी। उनका रोज़ काम पर जाना—पहले नाव पर, फिर बस में। लौटते समय कभी इस दुकान तो कभी उस दुकान से उनका सौदा लेना। सप्ताह में एक बार सन्ध्या समय मुझे साथ ले लाइब्रेरी जाना, किताबों से भरा झोला उठाये, हमारा बस में घर लौटना और रास्ते में चीनी आदमी की दुकान से—मुँह मीठा करने को—अंगूर ख़रीदना। बुधवार की वे दोपहरें, जब बच्चे अभी छोटे थे और उन्हें साथ ले माँ के यहाँ कॉफी पीने जाती थी और वे एक मशीन में काग़ज़ और तम्बाकू डालकर हम दोनों के लिए सिगरेट बनाती थीं। फिर विचार आया, रोज़मर्रा के यह काम हम करते जाते हैं, दिन भी कटते जाते हैं और विश्वास नहीं होता कि जीवन का बस अर्थ यही है। मस्तिष्क में सदा बना रहता है कि किसी-न-किसी दिन कुछ होगा, और जब यह घटेगा तो हमें समझ आयेगा कि जीवन इस प्रतिदिन के ढर्रे से परे कुछ और नहीं है। ऐसा नहीं कि आराम से बीत रही ज़िन्दगी के बीच हम विशेष रूप से चाहते ही हों कि कुछ हो, कुछ घटे, पर होनी अपेक्षित रहती है। फिर स्वयं हमारी मृत्यु के दिन, माँ की मृत्यु के क्षण, उन्हीं प्लास्टिक की कुर्सियों और प्लास्टिक के पौधों, और बाहर दैनिक जीवन की वैसी ही चहल-पहल के बीच समझ आता कि हमारे जीवन का दायरा बस इतना है और किताबों का झोला उठाये घर के रास्ते की चढ़ाई बस पर सवार होकर पार करने जैसी छोटी-छोटी बातें और अंगूरों से भरे लिफ़ाफ़े की स्मृति इतनी तीखी और, हे भगवान्, इतनी प्रिय बन जाती है कि उन दिनों को फिर से जी सकने के लिए हम क्या नहीं कर सकते।

जब उन लोगों ने मुझे माँ के पास जाने दिया तो मैंने देखा कि उनका चेहरा स्याह पड़ गया था। पुतलियाँ ऊपर चढ़ जाने के कारण अधमुँदी पलकों की दरार से आँखों की सफ़ेदी नज़र आ रही थी। वे जानती थीं कि नकली दाँतों के बिना उनका मुँह डरावना-सा लगता था। दाँत लगाये बिना हमारे सामने कभी न आती थीं। इस बात

पर कैम उन्हें अक्सर छेड़ता था। अब उनका मुँह दाँतों के बिना था। सारे समय, मैं सोच रही थी, सारे जीवन—जब वे जवान थीं तब भी—उनके चेहरे के साँचे में लक्षण थे कि किसी दिन वे ऐसी लगेंगी।

अस्पताल के लोगों ने कोई आशा नहीं बँधायी। हैरो आये, माँ की ओर एक निगाह डाली और मेरे कन्धों पर हाथ रखकर बोले, "वैल, भले-बुरे के लिए तैयार रहो।" उनकी बात ठीक थी, पर मैं कुछ नहीं कह सकी। माँ मेरी थी, हैरो के मन में उनकी पुरानी यादें क्यों उठतीं। उनका क़सूर न होने पर भी उनसे बात करने को मन न हो रहा था, न ही मैं यह सुनना चाहती थी कि मैं भले-बुरे के लिए तैयार रहूँ। अस्पताल के रेस्तराँ में जाकर हम दोनों ने कुछ खाया-पिया।

"अच्छा हो कि तुम कैम को फ़ोन कर दो।"

"क्यों?"

"वह जानना चाहेगा।"

"तुम्हें कैसे पता कि वह जानना चाहेगा? कल रात उसने उन्हें अकेला छोड़ दिया और आज सुबह वे बेहोश मिलीं तो उसे इतनी अकल नहीं थी कि एम्बुलेन्स बुला ले।"

"फिर भी, उसका जानने का हक़ है। उसे यहाँ आने को तुम्हें कहना चाहिए।"

"वह तो शायद उनकी अन्त्येष्टि क्रिया हिप्पी रीति से करने की तैयारी में व्यस्त होगा।"

पर हमेशा की तरह हैरो ने मुझे मना लिया और मैंने फ़ोन किया। किसी ने फ़ोन नहीं उठाया। मेरा जी हल्का हुआ—फ़ोन करने का कर्त्तव्य भी निभ गया और कैम के घर न होने की मेरी शिकायत भी ठीक निकली। हैरो चले गये और मैं अकेली बैठी रही।

उस रात लगभग सात बजे कैम आया। अकेला नहीं, उसके साथ उसके सम्प्रदाय के पादरियों का पूरा झुण्ड था। वे सब कैम जैसा मोटे टाट का लबादा और गले में वैसे ही कई तरह के गण्डे-ताबीज लगे हार पहने थे। बाल सभी के लम्बे थे और सभी उम्र में कैम से छोटे लगते थे। सिवाय एक बुढ़ऊ के, जिनकी उम्र अच्छी ख़ासी रही होगी।

इन बुढ़ऊ की दाढ़ी सफ़ेद थी और पाँव नंगे—मार्च की ठण्ड में नंगे पाँव—और बिना दाँतों का पोपला मुँह। भगवान् क़सम, इस ज़ईफ इन्सान को कुछ पता नहीं था कहाँ-क्या हो रहा था। मेरा ख़्याल है पादरियों ने उसे साल्वेशन आर्मी से पकड़, टाट का लबादा पहना, फ़क़ीर-औलिया दिखाने को साथ ले लिया था।

कैम ने कहा, "ये मेरी बहन वैलरी हैं। यह ब्रदर माईकेल हैं। ये ब्रदर जॉन हैं और ये ब्रदर लुई।" इत्यादि।

"कैम, अस्पतालवालों की बातों से तो मुझे कोई आशा नहीं बँधती। माँ ख़त्म होने-वाली हैं।"

"हमें आशा है कि ऐसा नहीं होगा," कैम ने रहस्यमयी मुस्कराहट से कहा। "हम सारा दिन उन्हें बचाने को काम कर रहे थे।"

"तुम्हारा मतलब है प्रार्थना कर रहे थे," मैंने कहा।

"प्रार्थना करने से ज़्यादा सटीक शब्द काम करना है, अगर तुम मेरा अभिप्राय समझ सको तो।"

सही बात है, मैं कभी कुछ समझ नहीं पाती।

"विश्वास करो, काम करना ही सच्ची प्रार्थना है," कैम ने कहा, और उसके साथी वैसी ही रहस्यमयी मुस्कराहट लिये मेरी ओर देखते रहे। वे लोग एक जगह खड़े न हो लगातार इधर-उधर, आगे-पीछे डोल रहे थे, जैसे बच्चे टट्टी-पेशाब रोकने का यत्न करते कसमसाते हैं।

"अच्छा, उनका कमरा किधर है," कैम ने कामकाजी स्वर में कहा।

मुझे विचार आया, अगर मृत्युशय्या पर पड़ी माँ बीच-बीच में अपनी अधखुली पलकों की दरार से दरवेशों के इस झुण्ड को देख पाये तो क्या हो। वही माँ जो तेरह वर्ष की आयु में धर्म-कर्म से विश्वास उठ जाने के कारण यूनिटेरियन चर्च में शामिल हो गयी थी, और जिसने बाद में भजनों से ईश्वर का नाम निकाल देने के प्रश्न पर (माँ इसकी समर्थक थीं) मतभेद हो जाने के कारण वह पन्थ छोड़ दिया था, उन्हीं माँ के अन्तिम सजग क्षण इस दुविधा में बीत रहे हैं कि क्या देश-काल के आगे-पीछे हो जाने से वे सैकड़ों साल पहले के किसी धार्मिक अनुष्ठान में पहुँच गयी हैं, और वे अपनी विचार-शक्ति के अवशेष इन दरवेशों की उपस्थिति का कारण समझने में व्यर्थ कर रही हैं।

ख़ुदा का शुक्र कि नर्स ने मना कर दिया। छोटे डॉक्टर को बुलाया गया, उसने भी न कर दी। कैम ने ज़ोर न देकर सिर झुकाकर ऐसे हिलाया जैसे उनकी अनुमति मिल गयी हो। अपनी मण्डली को उसने प्रतीक्षालय में बुला लिया और वहाँ, ठीक मेरी आँखों के सामने वे चालू हो गये। बुढ़ऊ को सिर झुकाकर आँखें बन्द कराकर बीच में बैठा दिया गया। उन्हें बीच-बीच में हिलाकर इसी मुद्रा में बने रहने को स्मरण कराना पड़ जाता था। बाक़ी लोग बुढ़ऊ के चारों ओर एक घेरा-सा बनाकर, बारी-बारी से अन्दर-बाहर, अन्दर-बाहर की ओर मुख किये बैठ गये। सिर हिलाते झूम-झूमकर गुनगुनाना और जाप करना आरम्भ कर दिया। सब अलग-अलग शब्दों और ध्वनियों का उच्चारण कर रहे थे। उनका जाप अंग्रेज़ी में न था, वह स्वाहिली या संस्कृत में हो सकता था, या किसी अन्य भाषा में। उनका स्वर धीरे-धीरे ऊँचा होकर सामूहिक जाप बन गया और फिर सब लोग उठकर खड़े हो गये। केवल बुढ़ऊ अपने स्थान पर बैठे रहे, लगता था वे ऊँघ रहे हैं। मण्डली अपने-अपने स्थानों पर खड़ी मटकने और ताली बजाने लगी पर तालियाँ एक लय में नहीं बज रही थीं। वे काफ़ी देर तक यही सब करते रहे। उनके नाच-गाने का स्वर बहुत ऊँचा न था पर उनकी गतिविधि के कारण नर्सें, अस्पताल के अन्य कर्मचारी तथा मेरे जैसे प्रतीक्षा करते कुछ लोग आसपास जमा हो गये थे। उस साधारण से प्रतीक्षालय में हो रहा यह पागलपन इतना असाधारण, इतना

अप्रत्याशित था कि किसी को सूझ नहीं रहा था कि क्या करना चाहिए। सभी आँखें फाड़े यह नज़ारा ऐसे देख रहे थे कि मानों यह स्वप्न था जो शीघ्र भंग हो जायेगा और उनकी नींद खुल जायेगी। तभी केयर इण्टेसिव कक्ष से निकलकर एक नर्स ने कहा, "यह सब क्या हो रहा है? यहाँ शोर-गुल करने की इजाज़त किसी को नहीं है।" किसी के भी न रुकने या उसकी बात न सुनने पर उसने मण्डली के एक कम उम्र के सदस्य को कन्धे से पकड़कर झकझोरा।

"हम एक औरत को बचाने का काम कर रहे हैं जो बहुत बीमार है," उसने नर्स से कहा।

"पता नहीं आप लोग क्या काम कर रहे हैं, पर किसी बीमार की सहायता नहीं कर रहे। अच्छा, अब यह कमरा खाली कर दीजिये। यह अनुरोध नहीं, खाली करना ही होगा।"

"अगर आपका विचार है कि हमारी वन्दना की ध्वनि से किसी रोगी को परेशानी या तक़लीफ़ हो रही है तो आप भूलकर रही हैं। यह जाप ऐसे सुर में किया जा रहा है जो अचेतन मस्तिष्क तक पहुँचकर शान्ति देगा और शरीर में बसे पैशाचिक प्रभावों को बाहर खींच देगा। यह जाप पाँच हजार वर्षों से चला आ रहा है।"

"हे प्रभो!" नर्स हक्की-बक्की रह गयी। "ये लोग हैं कौन?" मुझे नर्स को समझाना पड़ा कि वो मेरा भाई था। और उसके साथ—समझ लीजिये उसके मित्र, और मेरा उनके अनुष्ठान से कुछ नहीं लेना-देना था। मैंने पूछा कि माँ की स्थिति में कुछ फ़र्क़ पड़ा था?

"कोई फ़र्क़ नहीं। इन सबको यहाँ से बाहर करने के लिए हमें क्या करना होगा?"

"ठण्डे पानी से नहला के तर कर दो," पास खड़े एक कर्मचारी ने कहा। इस दौरान नृत्य, या जाप कहिये, चलता रहा और नर्स से बात करने को रुका नौज़वान भी नृत्य में शामिल हो गया था। मैंने नर्स से कहा, "मैं थोड़ी देर के लिए घर जा रही हूँ। वहीं से फ़ोन करके माँ का हाल पूछ लूँगी।" अस्पताल से बाहर निकली तो अँधेरा देखकर मेरे आश्चर्य का ठिकाना न रहा। मुँह-अँधेरे से रात के अँधेरे तक सारा दिन अन्दर बन्द बिता दिया था। गाड़ी पार्क करने के मैदान में पहुँचकर मुझे रोना आ गया। कैम ने बस अपने फ़ायदे के लिए यह सब तमाशा किया था, मैंने स्वयं से कहा। घर पहुँच यही बात मैंने हैरो से कही।

हैरो ने मेरे लिये एक जाम बनाया।

"लगता है यह अख़बारों में छपकर रहेगा," मैंने कहा। "शोहरत के लिए कैम का मौक़ा।"

माँ का हाल जानने के लिए हैरो ने अस्पताल में फ़ोन किया तो उत्तर मिला कि कोई नया समाचार नहीं। "आज शाम जो नवयुवकों की टोली वहाँ प्रतीक्षालय में थी। उन्होंने आपको-किसी को परेशान तो नहीं किया? क्या वे लोग बिना झंझट किये चले

गये थे?" हैरो मुझसे दस वर्ष बड़े हैं, शान्त स्वभाव के, हर किसी से बहुत सब्र से पेश आनेवाले। तब मेरा ख़याल था कि वे कभी-कभी मुझसे छुपाकर कैम को रुपये-पैसे भी दे देते थे।

"वे बिना झंझट किये चले गये थे," उन्होंने कहा। "तुम अख़बारों की चिन्ता छोड़ो। थोड़ा सो लो।"

मेरा इरादा तो नहीं था पर सोफा पर लेटते ही मैं सो गयी। उस पेय और दिन-भर की थकान का असर था। फ़ोन की घण्टी बजने से नींद खुली तो कमरा दिन के प्रकाश से भरा था। हैरो ने रात में एक कम्बल मेरे ऊपर डाल दिया था। कम्बल घसीटती नींद से लड़खड़ाते क़दमों से मैं रसोई-घर में गयी। दीवार पर लगी घड़ी पौने छह बजा रही थी। मैंने सोचा, माँ चल बसीं।

फ़ोन माँ के परिचित डॉक्टर का था।

डॉक्टर ने कहा, अच्छी ख़बर है। उस सुबह माँ का हाल पहले से बेहतर था।

एक कुर्सी खींच मैं धप्प से बैठ गयी, दोनों बाँहें और सिर रसोई-घर के काउण्टर पर रख लिया। कुछ दम लेकर फ़ोन उठाया तो डाक्टर को कहते सुना कि माँ की हालत अभी भी नाज़ुक थी और अगले अड़तालीस घण्टों में स्थिति साफ़ हो जायेगी। डॉक्टर ने ज़्यादा उम्मीद तो नहीं बँधायी पर इतना कहा कि माँ पर दवाइयों का असर हो रहा था।

यह बात विशेषकर अप्रत्याशित थी, उन्होंने कहा, क्योंकि माँ अस्पताल काफ़ी विलम्ब से पहुँची थीं और आरम्भ में दवाई और इलाज का कोई विशेष प्रभाव पड़ता दिखायी नहीं दिया था। हालाँकि पहले कुछ घण्टे झेल जाना ही अच्छा लक्षण था। मैंने सोचा, कल तो किसी ने इस लक्षण को महत्त्व नहीं दिया था।

टेलीफ़ोन रख देने के बाद मैं घण्टा भर वहाँ बैठी रही। फिर कॉफी बनाने के लिए प्याले में पाउडर डाला, पर हाथ इतने काँप रहे थे कि पहले तो प्याले में उबलता पानी डालना मुश्किल, फिर प्याला होठों तक न ले जा सकी। कॉफी भरा प्याला ऐसे ही पड़ा रहने दिया। आख़िरकार सोने के कपड़े पहने हैरो रसोई-घर में आये। मुझे एक नज़र देखकर बोले, "धैर्य रखो, वैल। क्या माँ चल बसीं?"

"कुछ बेहतर हैं। लगता है दवाइयाँ असर कर रही हैं।"

"तुम्हारा चेहरा देखकर तो कुछ और ही लगा था।"

"मैं स्वयं विस्मित हूँ।"

"कल दोपहर में तो उनके बचने की रत्ती-भर उम्मीद नहीं थी।"

"क्या कहूँ। मुझे तो स्वयं विश्वास नहीं हो रहा।"

"यह सब आशंका होने का तनाव है," हैरो ने कहा। "हम अपने को किसी विपत्ति के लिए तैयार कर लेते हैं। उस घटना के टल जाने पर एक विचित्र अनुभूति, आह्लाद की न होकर निराशा की-सी होती है।"

निराशा! यह शब्द मेरे मस्तिष्क में गड़-सा गया। माँ का बच जाना मेरे लिये कितनी प्रसन्नता और सन्तोष की बात थी, पर भीतर-ही-भीतर मैं सोच रही थी कि अपनी सारी लापरवाही, उस सब पागलपन और माँ की देखभाल न करने के बावज़ूद कैम ने उन्हें मरने न दिया था। मुझे स्वीकार करना पड़ा कि अपने मन के किसी कोने में मुझे निराशा का अनुभव भी हुआ था। मैं यह भी जानती थी कि हैरो मेरी भावना को ख़ूब समझते हैं, पर इस विषय में मुझसे वे कभी कुछ न पूछेंगे। इसी कारण, इस आघात के कारण मैं काँप-काँप जाती थी। प्रश्न माँ के मरने-जीने का न था। यह मेरी असलियत ज़ाहिर हो जाने की बात थी।

माँ अच्छी हो गयीं। एक बार सुधार होने के बाद उनकी हालत फिर नहीं बिगड़ी। तीन सप्ताह अस्पताल में रहीं, तीन सप्ताह घर पर आराम करती रहीं, फिर काम पर लौट गयीं। काम के घण्टों में उन्होंने थोड़ी कटौती कर दी। पूरे दिन के बजाय दस बजे प्रातः से अपराह्न चार बजे तक, जैसा अपने घर और बच्चों की देखभाल करती महिलाएँ प्रायः करती हैं। कैम और उसके मित्रों के अस्पताल में आने के बारे में हर किसी को बतातीं। इस तरह की बातें, "भले ही और बातों में मेरा यह लड़का निकम्मा हो, पर भई, मानना पड़ेगा कि जान बचाने में माहिर है।" या "कैम को पीर-फ़क़ीर बन जाना चाहिए, मेरे साथ तो उसने चमत्कार कर ही दिखाया।" कुछ समय बाद कैम ने कहना आरम्भ किया था और अभी भी कहता है कि उसकी धर्म-कर्म में आस्था नहीं रही और उन पादरियों की संगति तथा मांस और जड़-मूल वाली सब्जियों के परहेज़ से वह तंग आ गया है। अब उसका कहना है कि आत्म-निरीक्षण के उस दौर से गुज़रना उसके लिए अच्छा सिद्ध हुआ। एक दिन माँ के घर गयी तो देखा, वह एक पुराना सूट और टाई शीशे के सामने पहनकर देख रहा था। वयस्कों के लिए पाठ्यक्रम में बही-खाते रखने का कोर्स ले उसका इरादा अब एकाउण्टेण्ट बनने का है।

मैं जो हूँ, उससे भिन्न एक व्यक्तित्व में अपने को ढालने की मैंने सोची थी। इस बारे में अभी भी सोचती हूँ। आत्मबोध के लिए *द आर्ट ऑफ लविंग* नाम की पुस्तक भी पढ़ी थी। पुस्तक पढ़ते समय तो बहुत-सी बातें समझ में आयीं, किन्तु बाद में मेरा व्यक्तित्व लगभग जैसा पहले था, वैसा ही रहा। जैसा हैरो ने भी एक बार कहा था, आख़िर कैम ने ऐसा क्या किया जिससे मुझे कोई क्षति पहुँची हो। और माँ के मरते-मरते बच जाने की रात जो कुछ मैंने सोचा था, उसके बाद मैं कैम से किस कदर बेहतर हूँ। मैंने ठान लिया कि अपने को बदलने का फिर यत्न करूँगी। एक दिन माँ के यहाँ जाते समय बाज़ार से केक लेती गयी। सब की तरह कि कैम भी अब यह चीज़ें चाव से खाता है। गर्मियों में उन्हें बाहर खुले में बैठना पसन्द है। अहाते से आती उनकी बातचीत की आवाज़ मुझे साफ़ सुनायी दे रही थी। माँ किसी आगन्तुक से कह रही थीं, "अरे हाँ, मेरे इस दुनिया को छोड़ जाने में कोई क़सर नहीं बची थी जब कैम,

यहाँ बैठा ये पाजी कैम अपनी हिप्पी मण्डली के साथ अस्पताल आ पहुँचा और सब मेरे कमरे के बाहर नाचने लगे...।''

कैम ज़ोर देकर बोला, ''हे भगवान्! भली औरत, हिप्पी नहीं एक प्राचीन धार्मिक पन्थ के अनुयायी।'' पर स्पष्ट था कि अपने पुराने पन्थ की उसे कोई परवाह नहीं थी।

मुझे अजीब-सा लगा, जैसे मैं शोलों पर चलती साथ ही मन्त्र पढ़ रही हूँ कि मेरे पाँव न जलें।

परिवारों में क्षमाशीलता, कहाँ शुरू और कहाँ ख़त्म, यह मेरे लिये रहस्य ही है।

●

बताओ, हाँ या नहीं

मैं बराबर तुम्हारे मर गये होने की कल्पना करती हूँ।

तुमने मुझे बताया था कि तुम बरसों पहले मुझसे प्यार करते थे। बरसों पहले। और मैंने कहा था कि मैं भी उन दिनों तुमसे प्यार करती थी। अतिरंजना थी यह।

उन दिनों मैं लड़की ही थी पर यह मुझे पता नहीं था क्योंकि वह अलग क़िस्म का ज़माना था। आजकल जिस उम्र में लड़कियाँ बाल कमर तक बढ़ा रही हैं, अफ़गानिस्तान में सफर कर रही हैं, और—जैसा मुझे दिखता है—बिना किसी आसक्ति या अनुराग के एक प्रेम सम्बन्ध से दूसरे प्रेम सम्बन्ध में अनायास फ़िसल रही हैं, उस उम्र में मैं उनींदी, अधगीला लाल कॉर्डरॉय का ड्रेसिंग गाउन पहने पोतड़े धो रही थी, मैं सड़क के किनारे-किनारे बच्चागाड़ी धकेलती (इतनी आदत पड़ चुकी थी कि इसके सहारे के बिना मेरी बाहें एक विचलित कर देनेवाला हल्कापन महसूस करती थीं; मेरी देह को सन्तुलित रहने के लिए पीछे को झुकना पड़ता था) बाज़ार को जा रही थी, मैं सोफे पर पढ़ते-पढ़ते सोयी जा रही थी। इस बीती बेगार के लिए हम पर, मेरी उम्र की औरतों पर, दया की जाती है, हम ख़ुद भी ख़ुद पर तरस खाती हैं, पर सच कहूँ तो यह हमेशा ही बुरा नहीं था। कई बार यह सुखद होता था—रोज़मर्रा के काम, कॉफी और सिगरेट के रूप में अपने को दिये छोटे-मोटे उपहार, दूसरी औरतों के साथ कभी-कभी ज़बरदस्ती, कभी हँसी-मज़ाक भरी, कभी औपचारिक बातचीतें, लम्बी नींद लेने के ऐश्वर्यपूर्ण सपने।

तब हम कैम्पस के छोर पर *'द हट्स'* नाम के मुहल्ले में रहते थे। वे असल में फ़ौज़ के पुराने बँगले थे जो शादीशुदा छात्रों के घरों के रूप में इस्तेमाल हो रहे थे। एक जाड़ों में मैं *द मैजिक माउण्टेन* पढ़ रही थी, मैं इसे पेट पर धरे-धरे सो जाती। कभी-कभी जब वह थककर चूर हो जाता, मैं डगलस को पढ़कर सुनाती। *द मैजिक माउण्टेन* ख़त्म करने के बाद मेरा इरादा *रिमैम्ब्रैन्स ऑफ थिंग्स पास्ट* पढ़ डालने का था। एक-दूसरे को बाहों में घेरे नींद की अभिलाषा लिये हम बिस्तर पर गिर जाते। पर कभी-कभी मुझे बाद में बिस्तर से उठना पड़ता था, प्रणय क्रिया से पहले ग़ुसलख़ाने में जाकर डायफ्राम अन्दर सरकाने के लिए। अगर मैं प्लास्टिक के पर्दों के बीच से ग़ुसलख़ाने की खिड़की से बाहर झाँकती थी, तो मैं मोहल्ले के कुछ और ग़ुसलख़ानों में जलती बत्तियाँ देख पाती

थी और कल्पना करती थी इसी काम के लिए रात में उठी पत्नियों की। दिन-भर घर के कामों में लगी, शिशुओं, चूल्हों और धुलाई के टबों में उलझी हम स्त्रियाँ, अब रात के उपयोग के लिए तैयार होतीं, वे उपयोग जो कभी पाप और विलास का स्मरण कराते थे।

मुझे उससे बहुत पहले की बाद याद आती—असल में चार या पाँच साल पहले की, तब यह अरसा बहुत लम्बा लगता था—कि सेक्स का अनुभव कर सकना ही प्रलय के बाद संसार का अन्त लगता था (हम लोग लॉरेन्स पढ़ते थे, हममें से कई बीस साल की उम्र में भी कुँआरियाँ थीं)। अब वही क्रिया इस तुरत-फुरत, समतल, शरीर के कुछ अंगों तक सीमित, सन्तोषजनक आदान-प्रदान में सिकुड़कर रह गयी थी और उचित ही था कि यह इन घरेलू निवासों में हो रहा था। मुझे असन्तोष जैसा निश्चित कुछ अनुभव नहीं होता था। मुझे बस बदलाव का एहसास हुआ था, जैसा कि क्रिसमस के घटते आकर्षण को देखकर अब होता है। मैं समझती थी कि ऐसे बदलाव इसलिए आये हैं क्योंकि मैं बड़ी और दुनियादार हो गयी हूँ। उस समय मेरे, हम सभी के ख़्याल ऐसे ही बचकाने थे। एक शब्द जो हम काफ़ी इस्तेमाल करती थीं वह था 'मैच्योर' (परिपक्व)। हम किसी ऐसे व्यक्ति से मिलतीं जिसे हम कुछ साल पहले जानती थीं और हम कहतीं कि वह बहुत मैच्योर हो गया है। तुम जानते ही हो, हर कोई जानता है, भ्रमों की वह फ़ेहरिस्त जो उन्नीस सौ पचास के दशक में हम पाले थे, आज उन का मज़ाक उड़ाना, यह कहना कि कपड़े धोने की मशीन का स्वामित्व और राजनैतिक असन्तोष का बुझ जाना, बच्चे जनने और स्टेशन वैगनों की लत लग जाना मैच्योर होने के लक्षण थे, बहुत ही आसान है। बहुत आसान और पूरा सच भी नहीं क्योंकि मेरे ख़्याल से, हमारे आराम से सोचने और काम करने के तरीकों, हमारे घरेलूपन में भी कुछ सत्त्व था।

'द हट्स' में हरजाईपना बिल्कुल नहीं था, या कम-से-कम मुझे तो नहीं पता था। हम एक-दूसरे के इतना पास रहते थे, हम तंगहाल थे और बहुत व्यस्त भी। पार्टियों में कामुक व्यवहार की झलकें बहुत कम दिखती थीं, शायद उतना पी पाने लायक़ पैसे हमारे पास होते नहीं थे। तुम कहते हो कि तुम मुझसे प्यार करते थे और मैं जवाब देती हूँ कि मैं तुम से प्यार करती थी, पर सच कुछ और ही था। ज़्यादा सम्भावना इस बात की है कि एक-दूसरे के माध्यम से हमें किसी चीज़ की झलक मिली थी जिसके बारे में हमने सोचा नहीं था। तुम्हारे मामले में वह एक तरफ़ रख दी गयी थी और मेरे मामले में उसका अभी मुझे आभास न था।

दो साल पहले जब हम अचानक एक ऐसे शहर में मिल गये थे जहाँ हम दोनों ही नहीं रहते थे, तो मुझे भी वही दिन याद आया था जो तुम्हें याद था। हमने अपने फ़ौरन तय किये लंच के साथ ढेर सारी वाइन पी लेने के बाद उस दिन के बारे में बात की थी।

"एक दिन हम सैर करने गये थे, मुझे वो उठाना पड़ा था।"

"बच्चों की गाड़ी। उसमें जोसिलिन थी।"

"पत्थरों और रेत के ऊपर से। मुझे याद है।"

वह बसन्त का धूपैला, सुहावनी गर्माहट भरा दिन था, अप्रैल या शायद मार्च में। मैं कैम्पस के बाज़ार की बिसाती की दुकान पर सर्दियों में पहना जानेवाला कोट पहने चली गयी थी, क्योंकि मुझे विश्वास नहीं हुआ था कि यह दिन उतना ही गर्म हो सकता है जितना कि लग रहा है। जैसे ही तुम्हें देखा, मैंने सोचा कि काश मैं घर जाकर फिर से तैयार हो सकतीं, सावधानी से बाल सँवार कर अपना प्रिय गहरा सलेटी, रोयेंदार स्वेटर पहन सकती। मैं कोट भी नहीं उतार सकती थी, क्योंकि मैं वही टी-शर्ट पहने थी जिस पर जोसिलिन ने सन्तरे का रस गिरा दिया था।

मैं तुम्हें अच्छी तरह नहीं जानती थी, तुम 'द हट्स' के दूसरे छोर पर रहते थे। तुम आयु में हममें से ज़्यादातर से बड़े थे, तुम युद्ध और रोज़ी कमाने की असली दुनिया के अनुभव के बाद विश्वविद्यालय आये थे (तुम्हारा न रुकना एक ग़लती थी, उस दिन हमारी भेंट के बहुत जल्द बाद ही तुम चले गये थे और एक पत्रिका में नौकरी कर ली थी)। तुम्हारी पत्नी हर सुबह अपनी मोटर चलाकर एक नृत्य स्कूल में पढ़ाने चली जाती थी। छुटकी-सी, गहरी रंगतवाली, जिप्सी-सी वह, अस्त-व्यस्त और उनींदी-सी घर में रहनेवाली पत्नियों के मुकाबले बड़े मुखर ढंग से आत्मविश्वास से भरी।

हम बिसाती की दुकान के सामने बातें कर रहे थे और तुमने कहा था कि यह बहुत ही सुहावना दिन है जिसे काम करते हुए नहीं बिताया जाना चाहिए, हमें सैर के लिए जाना चाहिए। हम चौड़े आरामदेह रास्तोंवाले कैम्पस की तरफ़ न जाकर नदी के ऊपर की तरफ़ के पेड़ों से ढँके इलाक़े की तरफ़ गये थे जहाँ छात्र—अविवाहित छात्र—दिन में अधबीच-सा और रात में पूरा इश्क़ फ़र्माने जाते थे। उस दिन वहाँ कोई नहीं था। बेवक्त के इस मौसम के लिए कोई तैयार नहीं था। बच्चागाड़ी लिये चलने के लिए वह अटपटी-सी जगह थी। जैसा कि तुमने कहा था, तुम्हें उसे पत्थरों और रास्ते के कीचड़ भरे हिस्सों पर से उठाकर ले जाना पड़ा था। हमारी बातचीत को भी ऐसी ही मुश्किलें पार करनी पड़ी थीं। हमने कोई महत्त्वपूर्ण बात नहीं कही। हमने एक-दूसरे को छुआ तक नहीं। जैसे-जैसे यह समझ में आने लगा कि हमारी सैर का उद्देश्य पूरा नहीं हो सकेगा—न तो जैसा कि हम बहाना कर रहे थे, एक-दूसरे की संगत में घण्टे भर सुहाने दिन का आनन्द उठाना, न वह जो हमारा असली उद्देश्य था—हम असहज होते चले गये थे। तब इस तरह का तनाव मेरे लिये नयी चीज़ था। मैं पहले ही अन्दाज़ा लगाकर चीज़ों को किसी दिशा में मोड़ नहीं पाती थी, जैसा कि बाद में बाक़ी पुरुषों के साथ करना सीख गयी थी। यह भी निश्चित नहीं था कि इस तनाव का फैलाव मुझसे परे भी है ही। मैंने यूँ अचकचाते हुए तुमसे विदा ली जैसे कि अपने अटपटे व्यवहार के कारण मुझे संकोच हो रहा था। अगले दिन, या उससे अगले दिन, जब मैं हमेशा

की तरह सोफे पर लेटी पढ़ रही थी, मैंने तुम्हारे बारे में सोचते हुए स्वयं को सुमधुर अनुभूतियों के पाश में बँधा-सा अनुभव किया। यही शायद उस एहसास की शुरुआत थी कि भविष्य में और क्या हो सकना सम्भव है। इसलिए मैंने तुमसे कहा था, "मैं प्रेम करती थी।"

तुम जानना चाहोगे कि तुम्हारी मौत की ख़बर मुझे कैसे मिली? मैं दस बजे की क्लास से पहले एक कप कॉफी बनाने के लिए स्टाफ-रूम की रसोई में जाती हूँ। डोडी चार्ल्स, जो हमेशा कुछ-न-कुछ पकाती रहती है, एक चेरी पाउण्ड केक लायी है (ऐसी कल्पनाओं की हर बात की बारीकियों का महत्त्व हम पुराने खिलाड़ी ख़ूब जानते हैं; हाँ, चेरी पाउण्ड केक)। यह मोमिया काग़ज़ और फिर *द ग्लोब एण्ड मेल* में लिपटा है। स्थानीय अख़बार नहीं जो मैंने देखा होता। पानी खौलने के इन्तज़ार में हफ़्ते-भर पुराना अख़बार देखते एक छोटी-सी खबर दिखती है : 'जुझारू पत्रकार की मृत्यु'। मैं जुझारू के बारे में सोचती हूँ, जुझारू यानी युद्ध में लड़नेवाला, या यूँ ही इस्तेमाल किया गया विशेषण? 'ख़ैर, ख़बर में लिखा है कि मृतक युद्ध संवाददाता था—तब मुझे समझ में आता है। तुम्हारा नाम पढ़ती हूँ। वही शहर जहाँ तुम रहते थे और मरे, दिल का दौरा पड़ने की बात।

मुझे आदत है तुम्हारा सब से नया पत्र पर्स में लिये चलने की। अगला पत्र आने पर, पहलेवाले पत्र को मैं बाक़ी पत्रों के साथ अपनी आलमारी में रखे डिब्बे में रख देती हूँ। नये आये हुए पत्र को मैं मौक़े-बे-मौक़े निकालकर पढ़ना पसन्द करती हूँ, किसी छोटे से रेस्तराँ में कॉफी पीते या डेण्टिस्ट के यहाँ इन्तज़ार करते। बाद में मैं उसे कभी बाहर नहीं निकालती, उसे देखकर मुझे चिढ़ आने लगती है। वह तुड़ा-मुड़ा, मसला पत्र मुझे याद दिलाता है कि नये पत्र का इन्तज़ार करते मुझे कितने हफ़्ते, कितने महीने हो गये हैं। पर मैं उसे पर्स में ही रहने देती हूँ, डिब्बे में रखने की मेरी हिम्मत नहीं हो पाती।

लेकिन अब, अपनी क्लास ले चुकने के बाद, अपनी सहकर्मियों के साथ खाना खा लेने, छात्रों से मिल लेने और जो कुछ भी करना ज़रूरी है, कर लेने के बाद, मैं घर जाती हूँ और इस पत्र को, इस आख़िरी पत्र को, अपने पर्स से निकालती हूँ, उसे दूसरे पत्रों के साथ रखकर डिब्बे को एकदम पीछे की तरफ़ नज़र से परे धकेल देती हूँ। मैं सोच-समझकर, बिना पीड़ा का अनुभव किये यह करती हूँ। मैं अपने लिये एक जाम बनाती हूँ। मेरा जीवन बदस्तूर चलता रहता है।

रोज़ पढ़ाकर लौटते हुए मैं डाक के लेटरबॉक्स को देखती हूँ और सच कहूँ तो बड़ी अच्छी-सी लगती है, उम्मीद की यह ग़ैरमौजूदगी। दो बरस से टीन का बक्सा मेरे जीवन की सबसे महत्त्वपूर्ण चीज़ रहा है, और अब उसे फिर से महत्त्वहीन होते देखना, उसे न किसी भी चीज़ की सम्भावना जगाते, न ही उससे वंचित करते देखना एक दर्द को ग़ायब होते अनुभव करना है।

किसी को नहीं मालूम कि मैंने कुछ खो दिया है, मेरे जीवन के उस पहलू के बारे में कोई कुछ नहीं जानता, बस कुछ अफ़वाहें-सी हैं जो लोगों ने सुनी हैं; जब तुम यहाँ आये थे तो हम किसी से नहीं मिले थे। मेरा जीवन चलता रहता है जैसे कि यह कभी हुआ नहीं, तुम कभी थे ही नहीं। पर कुछ समय बाद मैं किसी को बता देती हूँ, एक सहकर्मी, गस मार्क्स। वह हाल ही में अपनी पत्नी से अलग हुआ है। वह मुझे डिनर के लिए बाहर ले जाता है और हम शराब पीकर एक-दूसरे को अपनी कहानियाँ सुनाते हैं, और फिर मुख्यतः मेरी पहल पर साथ सोते हैं। उसका शरीर बालों से भरा है। हमारे मिलन के दौरान वह उदास-सा रहता है और मैं उत्तेजना से विक्षिप्त-सी। अपने व्यवहार पर मैं ख़ुद पर हैरान हो जाती हूँ। कुछ दिन बाद वह मुझे कॉफी के लिए आमन्त्रित करता है और कहता है, "मैं तुम्हारे बारे में चिन्तित हूँ, मैं सोचता हूँ कि तुम्हें किसी से मिलना चाहिए।"

"तुम्हारा मतलब है किसी मनोचिकित्सक से?"

"हाँ, बात करने के लिए।"

"मैं इस बारे में सोचूँगी।"

पर मैं मन-ही-मन उस पर हँसती हूँ, क्योंकि मेरे मन में एक और योजना है। जैसे ही अप्रैल में स्कूल का सत्र ख़त्म होगा, मेरा इरादा तुम्हारे पास आने का है, उस शहर में आने का जहाँ तुम्हारी मृत्यु हुई है। मैं वहाँ कभी नहीं गयी हूँ। ऐसा सुझाव भी कभी नहीं दिया गया। इस यात्रा के इन्तज़ार में मैं काफ़ी ख़ुश हो जाती हूँ। मैं धूप का फैशनेबुल चश्मा, कुछ नये हल्के कपड़े खरीदती हूँ।

यह सही नहीं कि प्रेम से बिल्कुल भी नहीं बचा जा सकता। प्रेम में पड़ने का फ़ैसला किया जाता है। यह सही है कि जानना मुश्किल होता है कि फ़ैसला कब लिया गया या कब यह अस्थायी, हल्की-फुल्की लगती भावना स्थायी हो गयी। इस प्रक्रिया के बारे में कोई स्पष्ट चेतावनी नहीं होती। मुझे याद है खाने पर तुम्हारे साथ बैठे होना और जब तुमने कहा, "मैं तुम से प्रेम करता था। मैं आज भी तुमसे प्रेम करता हूँ," मैंने तुम्हारे पीछे लगे शीशे में ख़ुद को देखा था और तुम्हारे लिये झेंप भी गयी थी। इस रसियापन का कारण भगवान् ही जानता है, मैंने सोचा; मैंने उन शब्दों को गम्भीरता से नहीं लिया था और मुझे लगा था कि क्षण-भर में तुम मुझ पर निगाह डालोगे और देखोगे कि यह शब्द तुमने ग़लत व्यक्ति से कह दिये हैं, एक ऐसी औरत से जो ऐसी मीठी बातों की न आशा करती है, न उनका उत्तर देना जानती है। मैंने अपने बालों को रंगना छोड़ दिया था और अब मैं चेहरे पर आटे और शहद का उबटन, अण्डे की सफ़ेदी या पाउडर या क्रीम यानी कुछ भी नहीं लगाती।

फिर मुझे समझ में आया था कि तुमने जो कहा था वह ईमानदारी से कहा था, और साथ ही लगा कि तुम्हें ग़लतफ़हमी हुई है।

"तुम्हें यक़ीन है कि तुम किसी और को याद नहीं कर रहे?"

"मेरा दिमाग़ अभी इतना बेकार नहीं हो गया है।" इससे पहले हम सहजता से बात करते रहे थे। मैंने तुम्हारी पत्नी के बारे में पूछा था।

"अब वह नृत्य नहीं करती, उसके घुटने का ऑपरेशन हुआ था।"

"सक्रिय न रह पाना उसके लिए बड़ा भारी पड़ता होगा।"

"वह व्यस्त है। दुकान है उसकी। किताबों की दुकान।"

तुमने डगलस के बारे में पूछा था और मैंने तुम्हें बताया था कि हमारा तलाक हो गया है। मैंने बताया था कि दोनों बच्चे इस साल पहली बार घर से बाहर हैं। तुमने मुझे बताया था कि तुम लोगों के बच्चे नहीं थे। मुझे वाइन कुछ चढ़ जाने के कारण मैंने तुम्हें यह तक बता दिया था कि आख़िरी दो सालों में डगलस हमेशा ख़ुद से बात करता रहता था। मैं पर्दे के पीछे छुपकर उसे घास काटते हुए ख़ुद से बतियाते, खिलखिलाते और तरह-तरह के चेहरे बनाते देखती। और दाढ़ी बनाते हुए वह कैसे लगातार ख़ुद से बातें करता रहता, यह समझकर कि बिजली के उस्तुरे के शोर में उसकी आवाज़ दबी रहेगी। मैंने तुम्हें बताया था कि आख़िरकार मुझे समझ आया कि मैं जानना ही नहीं चाहती कि वह अपने से क्या कह रहा है।

मेरा जहाज़ साढ़े चार बजे छूटता था। तुम मुझे अपनी मोटर में शहर से बाहर हवाई अड्डे की तरफ़ ले जा रहे थे। तुमसे विदा लेने और फिर कभी न मिलने के विचार से मैं विशेष दुःखी नहीं थी, हालाँकि मोटर में तुम्हारे साथ होते मैं बहुत ख़ुश थी। नवम्बर का महीना था, तीन बजे के कुछ ही बाद अँधेरा होने लगा था, मोटर की बत्तियाँ जल रही थीं।

"तुम्हें मालूम है इसके बाद भी एक जहाज़ मिलेगा।"

"मुझे नहीं मालूम।"

"तुम मेरे साथ किसी होटल में चलकर फ़ोन से अपना टिकट रद्द करवाकर दूसरी उड़ान का टिकट ले सकती हो।"

"मुझे नहीं पता। नहीं, मुझे नहीं लगता कि मैं ऐसा करूँगी। मैं बेहद थकी हूँ।"

"मैं इतना थकानेवाला नहीं हूँ।"

"नहीं।" मोटर में हम सारा रास्ता एक-दूसरे के हाथ पकड़े रहे थे। मैंने अपना हाथ छुड़ाकर इशारा किया था कि मैं किसी और चीज़ से ऊबी हुई थी—शायद अनुभवों से—और फिर हाथ तुम्हारे हाथ में दे दिया था। मुझे ख़ुद भी नहीं मालूम था कि मैं क्या कहना चाह रही थी पर उम्मीद कर रही थी कि तुम मेरा अभिप्राय ठीक समझ जाओगे।

हम शहर के उत्तर की तरफ़ की सड़क पर मुड़े। हमारे चेहरे पश्चिम की तरफ़ थे। बादलों के बीच-बीच आकाश की दहकते गुलाबी रंग की लकीरें दिखायी दे रही थीं, सड़क पर चल रही मोटरों की बत्तियाँ जैसे मीलों तक चली गयी प्रकाश की एक धारा

थी। यह संसार का वैसा ही दृश्य था—तरल, शान्तिपूर्ण दृश्य, बहुत ही आश्वस्त करने-वाला जैसा कि मुझे नशा चढ़ जाने पर दिखता था। इस दृश्य ने मुझसे कहा, क्यों नहीं? उसने मुझसे आस्था बनाये रखने को कहा, वर्तमान में जीने को, जो अनन्त तक फैल सकता है। और मैं नशे में नहीं थीं। मैं दोपहर के खाने के समय नशे में थी पर अब नहीं।

"क्यों नहीं?"

"क्यों नहीं क्या?"

"क्यों न होटल में जायें और मैं दूसरी उड़ान ले लूँ?"

"मैं मना रहा था कि ऐसा ही हो," तुमने कहा था।

तुम क्या सोचते हो, फ़ैसला उस घड़ी लिया गया था जब मैंने आकाश और मोटरों की बत्तियों को देखा था? वह हलकेपन से कही गयी बात थी, कुछ ख़ास नहीं। होटल सफ़ेद कांक्रीट से बना था। दीवारें जैसी बाहर की तरफ़ थीं वैसी ही अन्दर की तरफ़ भी थीं, महँगे लगते पर्दे और कालीनें, स्पेनिश तर्ज़ का भारी फर्नीचर कमरे में बेमेल से लग रहे थे जैसे कि यहाँ-वहाँ से लाकर सामान का जुगाड़ कर दिया गया हो। कमरे में टँगी बिस्तर से दिखती एक तस्वीर नीले-काले पानी में पड़ती सन्तरी रंग की नावों, गहरे और सन्तरी रंगों की इमारतों की परछाइयों की थी। तुमने मुझे अपनी पहचान के एक आदमी का क़िस्सा सुनाया था जो सिर्फ़ इन होटलों के लिए चित्र बनाता था। वह नावों, सारसों और निर्वस्त्र स्त्रियों के भूरे रंग के चित्र बनाता था, और कुछ नहीं; तुमने बताया था कि इस काम से वह काफ़ी पैसा बनाता था।

आकाश में उतरते-चढ़ते जहाज़ों का शोर था। कभी-कभी तुम जो कहते मैं सुन नहीं पाती, तुम्हारा चेहरा मेरी देह से सटा था। तुम्हें दोहराने को कहना मुझे बेवकूफ़ी भरा-सा लगता, और यूँ भी यह बातें आमतौर पर दोहराने लायक़ नहीं होतीं। लेकिन अगर तुमने मुझसे कुछ पूछा हो और कोई जवाब न पाकर फिर से न पूछ पाओ तो? इस सम्भावना ने बाद के दिनों में, जब मैं तुम्हें सारे मनचाहे जवाब दे देना चाहती थी, मुझे बहुत सताया।

हम दोनों थरथरा रहे थे। हमारी प्रणय क्रिया मुश्किल से सम्पन्न हुई। दोनों, हम दोनों ही कृतज्ञता और आश्चर्य से अभिभूत थे। सौभाग्य की यह बाढ़, यह ख़ुशी हम जिसके अधिकारी नहीं थे, जिसके मिलने में हमारा क़रीब-क़रीब विश्वास भी नहीं रह गया था। हमारी आँखों में आँसू भरे थे। हाँ।

अगर तुम कोई ऐसे होते जिससे मैं उस दिन मिली थी, या अपने जीवन के उस दौर में मिलती तो क्या मैं तुमसे प्रेम कर पाती? इतना नहीं। मुझे तो नहीं लगता। मुझे मेरे अतीत से जोड़ने के कारण मैंने तुमसे प्रेम किया था, कैम्पस के रास्तों पर बच्चों की गाड़ी धकेलती, निश्छल मुझसे जोड़ने के कारण। अगर मैं उन दिनों के जगाये प्रेम को आज पा सकती हूँ तो जितना मैंने सोचा था, बरबादी उससे कहीं कम हुई है। मैं जितना सोचती थी उससे बहुत-बहुत कम। मेरा जीवन पूरी तरह बिखर कर बरबाद नहीं हुआ था।

तो फिर मैं पहली मई को निकल पड़ने का फ़ैसला करती हूँ। बच्चों के मेरे पास आने से पहले, कॉलेज दुबारा खुलने से पहले, मेरे पास क़रीब दो महीने का समय है। हवाई जहाज़ ले मैं उस शहर जाती हूँ जहाँ मैं इतने दिन तक पत्र भेजती रही हूँ। ख़ुशियों से भरे मेरे पत्र, गप्पें और दिल के राज़ बताते मेरे पत्र, चिन्ता से भरे और आख़िर में याचना भरे मेरे पत्र। जहाँ मैं उन्हें अब भी भेजती रहती यदि मैं थोड़ी अक़्ल इस्तेमाल कर तुम्हारी मृत्यु का पता न लगा लेती।

वह शहर जहाँ तुम रहते थे, जिसके बारे में अपने पत्रों में तुम विद्रूप भरे लेकिन कुल मिलाकर सन्तुष्ट भाव से मुझे बताया करते थे। खूसट बुड्ढों और थके-परेशान टूरिस्टों से भरा, तुमने कहा था। नहीं। मुझ जैसे खूसटों से भरा, तुमने कहा था, हमेशा की तरह ख़ुद को अपनी उम्र से बड़ा बताते हुए। तुम्हें ऐसा करना बेहद पसन्द था, थके और सुस्त होने का बहाना करना, अपना किसी चीज़ से लगाव न होने पर ज़ोर देना। सच कहूँ, यह सब मुझे नाटक लगता था। जो मैं सोच नहीं पाती थी, जो सोच पाने लायक़ कल्पनाशीलता मुझ में नहीं थी, वह यह था कि तुम्हारा यह कहना सच भी हो सकता है। तुमने एक बार मुझे बताया था कि तुम कल ही मर जाओ या अगले पच्चीस साल जीते रहो, तुम्हें कोई फ़र्क़ नहीं पड़नेवाला, एक आशिक के मुँह से ऐसी बात! तुमने बताया था कि तुम ख़ुशी के बारे में नहीं सोचते थे, यह शब्द ही तुम्हारी ज़बान पर नहीं आता। मैंने इस सब को यूँ लिया था जैसे कि किसी नौज़वान ने यह बातें कही हों और सोचा था, क्या पाखण्ड है। मैं एक ऐसे आदमी को समझने से कतराती थी जिसके लिए यह कथन सपाट सच हो सकता था, जिसमें वह जिजीविषा जिसे पाने की मैंने आशा की थी, चुक गयी थी या निरर्थक हो गयी थी। हालाँकि मैंने बाल रंगना बन्द कर दिया था और अपने विचार में अपने जीवन से औसत और सामान्य अपेक्षाएँ रखी थीं, मैंने तुम्हारी ओर से कहीं ज़्यादा आशा रखी थी, विराट् आशा। मैंने इन्कार किया था, मैं इन्कार कर रही हूँ तुम्हें उस तरह देखने से जैसे कि तुम अपने को देखते थे।

मैं शायद तुम्हें एक स्नेहपूर्ण और मुझे आत्मसात् कर सकनेवाली बाढ़ की तरह देखता हूँ, तुमने एक बार मुझे लिखा था, और मैं सामान्य मनुष्यों की तरह पराभूत होने से डरता हूँ, बाढ़ें यही तो करती हैं।

मैंने जवाब में लिखा था कि मैं तो उस शान्त नन्हीं धारा के सिवाय कुछ भी नहीं हूँ जिसे तुम चलते-चलते ही पार कर लोगे। तुम बेहतर जानते थे।

मैं तुम्हें लुभाने और पटाने की कितनी कोशिश करने लगी थी, अपने पत्रों में भी और जब हम साथ होते तब भी। हमारे प्रेम सम्बन्ध में मेरी चिन्ता कुल मिलाकर यह रह गयी थी कि प्रेम को एक दूसरा रूप कैसे दिया जाये, उसे हलका-फुलका और मस्ती-भरा कैसे प्रस्तुत किया जाये। कितना शर्मनाक अभिनय था वह। और तुम, तुम एक ख़ास ढंग से मुस्कराते थे, आँखों-ही-आँखों में; मुझे लगता है तुम मेरे व्यवहार से शर्मिन्दा थे।

मैं समुद्र के नज़दीक ही एक अपार्टमेण्ट बिल्डिंग ढूँढ़ लेती हूँ, शायद 1920 के दशक में बनी, हल्का पीला पलस्तर का काम, रंग उखड़ता हुआ, दरवाज़े के ऊपर बनी निरर्थक सजावटी आकृतियाँ। जैसा कि तुमने बताया था, जगमगाती धूप में चहलकदमी करते बहुत से बूढ़े लोग। मैं बाहर जाकर सब जगह घूमती हूँ। मैं क़ब्रिस्तान में नहीं जाती, यूँ भी मुझे मालूम नहीं है कि तुम्हारी क़ब्र कहाँ है। मैं उन फुटपाथों पर चलती हूँ जिन पर शायद तुम चले होगे और उन चीज़ों को देखती हूँ जिन्हें तुमने ज़रूर ही देखा होगा। जिन खिड़कियों पर तुम्हारी परछाईं पड़ी थी उनमें अब मेरी परछाईं पड़ती है। यह सब एक खेल है। मैं इस शहर को उन शहरों से काफ़ी अलग पाती हूँ जिनसे मैं परिचित हूँ। ढलवानोंवाली सड़कें, हल्के रंग के पलस्तर किये मकान, जिनमें से कई सपाट छतोंवाले उस पेट्रोल पम्पनुमा शैली में बने हैं जिसे दूसरे विश्वयुद्ध से पहले 'आधुनिक' कहा जाता था। काँच की मोटी सिल्लियों की लम्बोतरी सजावटी खिड़कियाँ। कभी-कभी स्पेनिश तर्ज़ की छतें या बेमेल जहाजनुमा रोशनदान और बाल्कनियाँ, यहाँ के प्रसिद्ध बग़ीचे। आँखों में चुभनेवाले लाल, सन्तरी और बैंगनी रंगों के रोडोडेण्ड्रान, एज़ेलिया और हाइड्रेन्जिया के झाड़। शराब के प्यालों जैसे बड़े-बड़े ट्यूलिप फूल, दिखावेबाजी-ही-दिखावेबाजी। और किसी औद्योगिक/विश्वविद्यालयी शहर से आनेवालों के लिए (जिन्हें ऐसी तड़क-भड़कवाली और अव्यावहारिक वास्तुशैली की आदत न हो) बहुत अजीब दुकानें। शताब्दी के शुरू के वर्षों की शैली की आइसक्रीम की दुकान। कपड़ों की दुकानों में बड़े-बड़े नाँदो में लगे ताड़। ट्यूडर शैली का चायखाना। नन्हें किले जैसी बनावटवाली मिठाई की दुकान। एक दिन मैं एक सुपर मार्केट में गयी डबल रोटी और सन्तरे ख़रीदने। खजांची लड़की बोरा पहने थी, चेहरे पर मिट्टी और लाल रंग पोते और बालों में एक प्लास्टिक की हड्डी लगाये। यह आस्ट्रेलिया के किशमिश और गोमांस की बिक्री बढ़ाने का तामझाम है। पर वह आत्मीयता से, थकी-सी मुस्कराती है, रंग और मिट्टी के पार से वह मुझे आश्वस्त करती है; इनमें से अधिकांश जगहों पर कोई-न-कोई है जो ऐसा कर पाता है।

मैं ख़ुद को इन सड़कों पर घूमती तुम्हारी किसी स्मृति की तलाश करते पाती हूँ जैसे कि कभी मैं अख़बारों और पत्रिकाओं में तुम्हारे लिखे लेखों या दूसरों के उद्देश्यों की पूर्ति के लिए लिखी तुम्हारी किताबों में अपने लिये किसी के सन्देश के सुराग ढूँढ़ती थी। तुम लिखते कुशलता से हो और ख़ूब, पर अपने इस हुनर को पूरा इस्तेमाल करने से तुम रोक लेते हो ख़ुद को। बस इतना ही है, मैं ख़ुद को पूछते सुनती हूँ और तुम्हें बहलाते से हँसते कि और क्या हो सकता है? पर मुझे आश्वासन नहीं मिलता। मैं तुम्हारे पीछे पड़ी रहती हूँ, ऐसा उत्तर काफ़ी नहीं है मेरे लिये।

यदि मुझे तुम्हारा वो वर्णन करना हो जो मेरे दिल में है तो मैं कहूँगी कि तुम समझौता न करनेवाले हो। और तुम अधीरता से कहते कि तुमने सारे जीवन-भर समझौते किये हैं। पर मेरा अभिप्राय यह नहीं है। मैं ठीक से कहती हूँ : तुम समझौता

न करनेवाले हो, सीधी बात करनेवाले, दयालु लेकिन करुणामय नहीं। मैं ज़ोर देकर कहना चाहूँगी कि तुम में कुछ शूरोचित गुण हैं। मैं तुमसे किसी मध्ययुगीन सामन्त की तरह, उस युग में प्रचलित जैसे आत्म बलिदान के साथ-साथ पाशविकता भरे कामों को रहस्यमय आयोजनों में कर गुज़रने की क्षमता की आशा करती हूँ।

दूसरी तरफ़ तुम ख़ुद को मस्तमौला, भ्रष्ट, साधारणतः स्वार्थी और विलासप्रिय बताते। तुम अपने चश्मे के ऊपर से मुझे, मेरी अतिरंजना से खीझे, किसी ज़रा सख़्त से स्कूल मास्टर की तरह देखते। मेरे प्रेमग्रस्त व्यवहार, मेरे प्रेम करने के ढंग पर यूँ हमें विचार करना पड़ेगा जैसे कि वह पढ़ाई में की गयी कोई ग़लती हो, निबन्ध रचना में कोई बे-सिरपैर की कल्पना जिसे सुधारा जा सकता हो।

ख़ैर, मैं शुरू से ही जानती थी कि यह जीने का ख़तरनाक तरीका है। किसी भी क्षण बन्धन काटे जा सकते हैं, काट दिये गये हैं। यह आशंका कहाँ से शुरू हुई है, यह तुम्हारी इच्छा से हुआ या तुम्हारे नियन्त्रण से बाहर था, यह पता लगाने का कोई तरीक़ा नहीं है, कोई नहीं है जिससे मैं शिकायत कर सकूँ। पहले हमेशा ही आख़िरी घड़ी में कोई स्पष्टीकरण हो जाता था। मेरा संक्षिप्त उन्माद-भरा हताश पत्र, और फिर तुम्हारी हँसी और कुछ कोमलता भरा क्षमा-याचना करता पत्र, जो मुझे बताता है कि ख़तरा कभी था ही नहीं। मैं हमेशा बड़ी मजबूत जगह पर खड़ी थी, तुमने मुझे कभी नहीं छोड़ा था। जैसे कि तुम्हारी स्थायी अनुपस्थिति का यह गड्ढा जिसमें मैं गिर जाती हूँ, एक सपना-भर है। जिससे मैं ख़ुद को डरा रही हूँ, या ज़्यादा-से-ज़्यादा एक ऐसी जगह जहाँ से मुझे सिर्फ़ ज़ोर से, दूसरों को विश्वास दिलाने लायक़ आवाज़ में चिल्लाना-भर है और मदद आ जायेगी।

मैं ख़ुद को औरतों की पत्रिकाओं में छपे लेख पढ़ते पाती हूँ। दूसरों की जीवन कहानियाँ। जब मेरा विश्वास प्रबल होता है, मैं इन कहानियों में निहित सीख को अपशकुन-सा मानती छोड़ देती हूँ; जब वह कमज़ोर या सिरे से नदारद होता है तो मैं इन्हें राहत के लिए पढ़ती हूँ, क्योंकि यह जानना कि हमारा अपना मामला कोई ख़ास पीड़ादायी नहीं है, बस एक कुटा-पिटा-सा दर्द है जिसे दूसरे भी भुगत चुके हैं, बड़ी राहत देता है। बाक़ी औरतें इससे छुटकारा पा चुकी हैं और दूसरों को प्रोत्साहन देती हैं। मार्था टी. पाँच बरस तक एक ऐसे आदमी की रखैल रहीं जो उसे धोखा देने, उसका मज़ाक उड़ाने के बावज़ूद उसे मोहित किये रहा। मैं उससे प्रेम करने लगी थी क्योंकि वह बड़ा सीधा-सा लगता था, वह बताती है। एमिलि आर., जिसके प्रेमी का कहना था कि वह विवाहित है पर था नहीं। और कितनी बार मर्दों और औरतों से बात करते हुए मैं बड़ी चतुराई से इस विषय पर आ जाती हूँ—कि कैसे औरतें एक रात काटने भर आसरे के लिए भी नाकाफी नींव पर हवाई क़िले खड़े करती हैं; कैसे औरतें ख़ुद को छलती हैं और बेकार में कष्ट पाती हैं क्योंकि अपने अकेले जीवनों के खालीपन से घबराकर, अपने में कमियाँ महसूस कर वे अपना शोषण होने देती हैं। और इसी

तरह की और कई बातें जो आजकल किसी प्रचलित गीत की तरह हर कोई सीख रहा है। और इस पूरे दौर में मेरा दिल चटखा रहता है, उसी गीत में वर्णित दिल की तरह, सूखा और चटखा, दरारें पड़ी ज़मीन की तरह। मैं मार्था टी. और एमिलि आर. के साथ रोती हूँ और सोचती हूँ कि वे खुद को कैसे ठीक-ठाक कर पायीं। मैक्रेमे (कढ़ाई-बुनाई) सीख कर? प्राणायाम से? एक बार मेरी एक दोस्त ने मुझे बताया था कि दर्द तभी होता है जब आप भूत या भविष्य को देखने की कोशिश करें, इसलिए उसने हर पल को वर्तमान में जीकर सारे झंझट से छुटकारा पा लिया था। उसने बताया था कि हर पल मौन से भरा रहता है। मैंने इसे आज़माया, मैं कुछ भी आज़मा लूँगी, पर मैं समझ नहीं पा रही कि यह मौन काम कैसे करता है।

मैंने शहर का एक नक़्शा ख़रीदा है। मैंने तुम्हारा आस-पड़ोस, तुम्हारा घर ढूँढ़ लिया है। यह मेरे अपार्टमेण्ट से ज़्यादा दूर नहीं है। पर मैं अभी वहाँ नहीं जाती। मैं उसके आसपास की सड़कों तक जाकर लौट आती हूँ। यह वह घर है जो तुमने कभी नहीं चाहा था कि मैं देखूँ। (वह जगहें जहाँ मैं रहती हूँ इससे ठीक उल्टी हैं, मैं उन्हें सजा कर इन्तज़ार करती रहती हूँ कि वे जी उठें, जब तुम मुझसे मिलने आओ।) अब मैं चाहूँ तो उसे देख सकती हूँ। मैं सड़क के दूसरे छोर पर चलती उसके पास से निकल सकती हूँ, मेरा दिल तेज़ी से धड़कता, उस पर एक या दो निगाहें ही डाल पाती, फिर हिम्मत बढ़ने पर मैं कुछ धीरे चल सकती हूँ। शाम का झुटपुटा वह समय है जो मैं खुली खिड़की के आसपास घूमने के लिए चुनूँगी, संगीत या आवाज़ें सुन पाने के लिए। कल्पना करो इस सचमुच के घर की जहाँ लोग बर्तन माँजते हैं और देर तक सोते रह जाते हैं। रात को अगर वह पर्दे न खींच दें तो मैं तुम्हारे कमरों में भी झाँक सकती हूँ। उनमें लगी तस्वीरें तुम्हारी पसन्द की हैं या उसकी? या दोनों की? यह सब पता लगाने पर कोई ख़ास दर्द नहीं होता।

एक बार मैंने एक कहानी पढ़ी थी, एक सच्ची कहानी, एक पत्रिका में—शायद उन्हीं पत्रिकाओं में से एक जिनके लिए तुम काम करते थे—एक औरत के बारे में जो अपनी दोनों बेटियाँ एक मोटर दुर्घटना में खो बैठी थी, और रोज़ जब बाक़ी बच्चे स्कूल से लौटते, वह सड़क पर निकल आती जैसे कि उसे अपनी बेटियों से मिलने की आशा हो। पर वह स्कूल तक कभी नहीं गयी, उसने उनकी खाली कक्षाओं में कभी नहीं झाँका, यह ख़तरा वह नहीं उठा सकती थी।

मैं तुम्हारी पत्नी की दुकान में जाती हूँ, इतना मैं कर सकती हूँ। मुझे दुकान का नाम नहीं मालूम। मैं टेलीफ़ोन डायरेक्टरी में किताबों की दुकानों के नाम देखती हूँ। 'बार्बराज बुक मार्ट,' यही होगी। नाम से मुझे लगा था कि कुछ अलग-सी, अजीब-सी होगी दुकान; उसे इतनी बड़ी, रोशनी भरी, व्यस्त और दूसरी दुकानों-सी पाकर मैं हैरान होती हूँ। इस शहर की कई दुकानों जैसा कोई तामझाम नहीं। यह पूरे साल व्यस्त रहने-वाली दुकान है, मौसमी टूरिस्टों के लिए सजायी गयी नहीं।

मैं उसे फ़ौरन पहचान लेती हूँ, हालाँकि वह बदल गयी है। उसके बाल सफ़ेद हो चले हैं, मुझसे ज़्यादा सफ़ेद, खींचकर जूड़ा बनाये गये। उसके नाक-नक़्श पहले से कम तीखे हैं, कोई मेकअप नहीं किया है, फीकी-सी रंगत और अब भी उस पुराने आकर्षण की कौंध, वैसी ही तुनक-मिज़ाज। वह भारतीय कढ़ाईवाली बदरंग बैंगनी पोशाक पहने है। वह कुछ ठिठककर चलती है, एक घुटने के आपरेशन के बाद उसने दोबारा चलना सीखा है। जैसा कि तुमने कहा था, वह पहले से भारी भी हो चली है, वह भरे बदन की अधेड़ औरत है।

वह दो बड़ी-सी कला-विषयक पुस्तकें उठाये दुकान के पिछले हिस्से से आयी है। वह डेस्क के पीछे जाती है, उन्हें एक शेल्फ पर रखती है, दुकान की कर्मचारी लड़की से बात करती है किसी पिछली बातचीत के क्रम में।

"मुझे नहीं मालूम—उन्हें फ़ोन करो और बताओ कि हम इस तरह से काम नहीं करते—कमबख्त पूरी-की-पूरी खेप लौटानी होगी।"

मुझे उसकी आवाज़ याद है, वही आवाज़ जो बरसों पहले मैंने एक-दो पार्टियों में सुनी थी—एक साफ़ चुनौती भरी आवाज़ जो कुछ खीझ भरी होने पर ही स्वाभाविक लगती है, एक ऐसी आवाज़ जिसमें *हे भगवान्! ये बेवकूफ़ क्या सोच रहे हैं* कहने में बहुत आसानी होती है। मान लो कि वह मेरी आवाज़ पहचान ले, या मेरा चेहरा! मुझे नहीं लगता कि वह पहचान पायेगी। वह किनारे पर मँडराते लोगों को पहचाननेवाली नहीं है, वह ख़ुद हमेशा गतिविधि के बीचोबीच मौज़ूद रहती है, और मेरे बारे में उसके पास कोई जानकारी नहीं है, है क्या? उसे मेरे यहाँ होने की आशा नहीं ही हो सकती।

फिर भी मैं अलग-सी, अपराधी, अजीब-सा महसूस करती हूँ। लेकिन मैं पूरी दुकान में घूमती काफ़ी देर तक वहाँ बनी रहती हूँ। इतनी सारी किताबों का अम्बार दिल में खौफ-सा बिठा देता है। लगता है कि मैं हमेशा उन किताबों के सामने रुकती हूँ जो प्रसन्नचित्त रहने के या कम-से-कम शान्त रहने के कई तरीक़े बताती हैं। तुम्हें पता नहीं है—या शायद हो भी—कि इस क़िस्म की कितनी किताबें हैं। मैं सोचती हूँ कि मुझे उन्हें पढ़ना चाहिए, कम-से-कम उनमें से कुछ को तो ज़रूर ही। पर मैं पथरायी आँखों से सिर्फ़ उन्हें देखती ही रह जाती हूँ और किताबें हैं जो जादू के बारे में हैं, चुड़ैलों, टोने-टोटकों, त्रिकालदृष्टि वगैरह के बारे में सचमुच सैकड़ों किताबें हैं। यह सब किताबें, शान्ति-प्रसन्नता देनेवाली और जादू-टोने वाली, मुझे एक-सी ही लगती हैं, इसीलिए मैं उन्हें छू नहीं पाती। वे एक साथ दुकान में उफन रही किसी रंग-बिरंगी नदी की धारा-सी हैं, और मैं उनमें क्या है, ऐसे ही नहीं जान सकती जैसे कि पानी के नीचे साँस नहीं ले सकती।

मैं रोज़-रोज़ आती हूँ। कुछ पेपरबैक्स ख़रीदे हैं मैंने। मैं, जैसा कि सबने ग़ौर किया होगा, घण्टों किताबों के सफ़े उलटती हूँ। एक बार उसने मुझे देखा और मुस्करायी पर वह ग्राहकों को दी जानेवाली मुस्कराहट है। मैं उसे दुकान की कर्मचारियों से बातें करते,

हँसते, किसी से फ़ोन पर मज़ाक या झगड़ा करते, चाय के साथ शहद माँगते और केक के लिए मना करते सुनती हूँ। मैं उसे कुशलता से, कभी-कभी बड़े लुभावने ढंग से ग्राहकों पर रोब गाँठते सुनती हूँ। मैं कल्पना कर सकती हूँ उसकी दोस्त हो पाने की, उसके मन की बातें सुनने की। फिर मुझे ऐसी कल्पना पर शर्म आती है। उसकी मौज़ूदगी में मैं ईर्ष्या का अनुभव करती हूँ और एक डगमगाती-सी ज़ीत, और यह छिछोरी उत्सुकता; जब मैं यह सब याद करती हूँ तो मुझे शर्म आती है।

मैं रात में आती हूँ—दुकान नौ बजे तक खुली रहती है—पर वह अक्सर नहीं रहती है। एक रात मैं आती हूँ और वह अकेली बैठी है। दुकान में कोई और नहीं है। वह पीछे बने कमरे में जाती है और हाथ में कुछ लिये सीधे मेरे पास आती है।

"मेरा ख़्याल है मैं जानती हूँ कि तुम कौन हो।" वह सीधे मेरे चेहरे को देखती है। उसे अपनी ठोड़ी उठानी पड़ती है। वह लम्बाई में मुझसे कितनी छोटी है।

"हम सब ने ग़ौर किया है तुम्हारे यहाँ आते रहने पर। शुरू में मुझे लगा कि तुम चोरी से कुछ उठा ले जाने के चक्कर में हो। मैंने सब को तुम पर निगाह रखने के लिए कहा। पर तुम उठाईगीर नहीं हो न?"

"नहीं।"

वह जो उसके हाथ में है मुझे देती है, काग़ज़ों से भरा एक भूरा लिफ़ाफ़ा।

"वह नहीं रहे।" वह मुझे देखकर उस अध्यापक की तरह मुस्कराती है जिसने आपको स्कूल में कुछ ग़लत करते रंगे हाथ पकड़ लिया हो। "इसीलिए तुम्हें उनकी तरफ़ से कोई ख़बर नहीं मिली। वह मार्च में चल बसे थे। दिल का दौरा पड़ा था, घर में अपने पढ़ने की मेज़ पर। रात को जब खाने के समय मैं घर लौटी तब मैंने देखा।"

"मैं उससे बात नहीं कर पाती, करनी भी नहीं चाहिए।

"क्या मैं कहूँ कि मुझे तुम्हें यह बताते दुःख हो रहा है? मुझे कोई दुःख नहीं है। तुम्हें कैसा लगा इसकी मेरे लिये कोई अहमियत नहीं है। बिलकुल नहीं। मैं तुम्हें अब यहाँ नहीं देखना चाहती। अलविदा।"

मैं बिना कुछ कहे दुकान से चली जाती हूँ। अपने अपार्टमेण्ट में मैं लिफ़ाफ़ा खोलकर चिट्ठियाँ निकालती हूँ। चिट्ठियाँ ही हैं, बिना लिफ़ाफ़ों के। मुझे पता था कि यही मिलेंगी मुझे, मुझे पता था मुझे मेरी चिट्ठियाँ मिलेंगी। मैं उन्हें पढ़ना नहीं चाहती, उन्हें पढ़ने की बात सोचकर ही मुझे परेशानी हो रही है, मैं उन्हें लपेटकर रख दूँगी। फिर ध्यान जाता है कि लिखायी मेरी नहीं है। मैं पढ़ने लगती हूँ। यह चिट्ठियाँ मेरी नहीं हैं, इन्हें मैंने नहीं लिखा है। मैं धड़कते दिल से सब पर सरसरी नज़र डालकर दस्तखत देखती हूँ। पैट्रिशिया, पैट, पी.। मैं पहली चिट्ठी से पढ़ना शुरू करती हूँ।

मेरे प्रिय,

तुम मुझे कितनी .ख़ुशियाँ देते हो। मैं समान्था के साथ पार्क में गयी, कितना अच्छा लगा। मैंने उसे झूले पर झुलाया और फिसलपट्टी पर उसे फिसलते देखा और सोचा कि मैं हमेशा-हमेशा इस पार्क को प्यार करूँगी, क्योंकि मैं तुम्हारे साथ समय बिताने के बाद जब वहाँ गयी थी तब मैं कितनी .ख़ुश थी।

प्रियतम,

पड़ोस के उस पगले बूढ़े की याद है तुम्हें? वह बग़ीचे के गुलाबी .फूलोंवाले पेड़ के फल खा गया। मेरा मतलब सजावटी आलूबुखारे के पेड़ से है, वे सजावटी आलूबुखारे ही रहे होंगे, पत्थर से सख़्त और खाने के क़तई लायक़ नहीं पर मैंने देखा उसने मुट्ठियाँ भर-भर कर वह तोड़े और चबा गया। मैं धूपवाले कमरे के फ़र्श पर बैंगनी गद्दियों पर बैठी थी, जहाँ तुम और मैं—

मेरे प्रियतम,

मुझे कल रात तुम्हारे बारे में सपना आया। एक .ख़ूबसूरत अजीब-सा सपना। तुम मेरे बाल अपने हाथों में लिये कह रहे हो कि यह तुम्हारे लिये बहुत भारी हैं, तुम्हें इन्हें काटना पड़ेगा, यह तुम्हारी ताक़त खींच लेंगे। और जिस तरह तुमने यह कहा वह इतना प्यारा, इतना हमदर्दी भरा था जैसे कि तुम्हारा मतलब मेरे बाल नहीं कुछ और था। जॉन, अगर तुम मुझे कभी .ख़त ही नहीं लिखो तो मैं तुम्हें कैसे बताऊँगी कि तुम मेरे सपने में क्या कह रहे थे? इसलिए मेहरबानी करो और मुझे खत लिखो, मुझे बताओ कि तुम मेरे सपनों में मुझसे क्या कहते हो—

जॉन,

मैं बेहद कोशिश करती हूँ कि न लिखूँ क्योंकि मुझे लगता है कि मुझे तुम्हें फ़ैसला करने का मौक़ा देना चाहिए, मैं तुम्हारे पीछे पड़ना और तुम्हें सताना नहीं चाहती पर कितना मुश्किल हो जाता है जब तुम यूँ जहान से ग़ायब हो जाते हो, अकेले मुझे बहुत बुरा लगता है। अगर तुम मुझे बता दो कि तुम अब मुझसे मिलना या मेरे .ख़त पाना नहीं चाहते तो मैं किसी तरह मंजूर कर लेती, पर कुछ न जानते होना बहुत भयावना लगता है। करना ही पड़ जाय तो मैं अपने जज़्बात को क़ाबू कर लूँगी और तुम्हें प्यार करने की आदत से आज़ाद हो जाऊँगी लेकिन मुझे बता दो कि क्या तुम अब भी मुझसे प्यार करते हो, मुझे चाहते हो। मेहरबानी करके मुझे ज़रूर बताओ, हाँ या नहीं।"

और फिर आख़िरी चिट्ठी, असल में चिट्ठी नहीं, एक पन्ने पर घसीट कर लिखा, कोई सम्बोधन या दस्तख़त नहीं :

मेहरबानी करके लिखो या फ़ोन करो, मैं पागल हो जाऊँगी। इस तरह की चिट्ठी लिखते मुझे बुरा लग रहा है लेकिन बात मेरे सब्र की हद से बाहर जा चुकी है। रहम करो।

"यह पत्र मैंने नहीं लिखे।"

'तुम वो नहीं हो?"

"नहीं। मैं नहीं जानती कि वो कौन है।"

"तो तुमने लिये क्यों?"

"मैं समझ नहीं सकी थी। मैं समझी नहीं थी कि आप किस बारे में बात कर रही थीं। मैं कुछ अरसा पहले बड़ी तक़लीफ़ से गुज़री हूँ और कभी-कभी मैं ध्यान नहीं रख पाती।"

"तुम्हें लगा होगा कि मैं सनकी हूँ।"

"नहीं, मैं समझ ही नहीं पायी कि क्या सोचूँ।"

"देखो बात यह है कि—मेरे पति नहीं रहे। मार्च में उनकी मौत हुई। मैंने बताया ही था। और यह ख़त आते ही रहते हैं। उन पर भेजनेवाले का पता नहीं होता, नाम भी पूरा नहीं होता। मोहर वैनकूवर की होती है पर उससे क्या पता चल सकता है। मुझे उसके आने की उम्मीद थी। अन्त में वह बहुत परेशान लगने लगी थी।"

"हाँ।"

"तुमने सभी पढ़े?"

"हाँ।"

"तुम्हें इतना वक्त लगा यह जानने में कि ग़लती हुई है?"

"नहीं। बस मैं उत्सुक थी।"

"तुम पहचानी-सी लगती हो। कई लोग लगते हैं, दुकान की वजह से। मैं इतने लोगों से मिलती हूँ।"

मैं उसे अपना नाम बताती हूँ, अपना असली नाम, क्यों नहीं? मेरे नाम का उसके लिए कोई अर्थ नहीं है।

"इतने लोगों से मिलती हूँ मैं।" वह चिट्ठियों के लिफ़ाफ़े को रद्दी की टोकरी में डाल देती है। "मैं इन्हें और नहीं रख सकती।"

"नहीं।"

"मुझे उसे यह सज़ा भुगतते रहने देना होगा।"

"कभी-न-कभी वह समझ जायेगी।"

"पर अगर न समझे तो? ख़ैर, मेरा सिरदर्द नहीं है।"

"नहीं।"

मैं अब उससे बिल्कुल बात नहीं करना चाहती, मैं अब उसके क़िस्से नहीं सुनना चाहती। दुकान का माहौल मनहूसियत भरा लगता है, जैसे कि उसकी करनी हो।

वह मेरी ओर देखती है, "पता नहीं मुझे यह ख़्याल क्यों आया कि तुम शायद वही हो। तुम मुझसे बहुत छोटी नहीं लगती। मैं हमेशा मानती थी कि उस तरह की औरतें बीवियों से छोटी होती हैं।"

फिर वह कहती है, "तुम मेरी ज़िन्दगी के बारे में यहाँ काम करनेवाली लड़कियों या मेरे मित्रों सभी से ज़्यादा जानती हो, सिवाय शायद उसके। माफ़ करना पर मैं अब तुमसे कभी भी मिलना नहीं चाहूँगी।"

"मैं यहाँ नहीं रहती। मैं वापस जा रही हूँ। असल में मैं शायद कल चली जाऊँ।"

"ज़िन्दगी ऐसे ही चलती है, यह सब होता रहता है। ऐसा नहीं था कि हमारी ज़िन्दगी मज़े की नहीं थी। हमारे बच्चे नहीं थे, पर हम जो चाहते थे करते थे। उनके साथ जीना आसान था वे बड़े नेकदिल इन्सान थे। और कामयाब। मुझे हमेशा लगता था कि वे ज़रा मेहनत करते तो और कामयाब हो सकते थे पर फिर भी। अगर मैं तुम्हें उनका नाम बताऊँ तो हो सकता है तुम पहचान भी लो।"

"इसकी कोई ज़रूरत नहीं है।"

"नहीं, मैं बताऊँगी नहीं।"

उसके चेहरे पर कई रंग आते-जाते हैं, उसके मुँह बनाने से लगता है कि वह मेरी रुखसती चाहती है। मैं क़रीब-क़रीब उसे बिना देखे मुड़ जाती हूँ।

मैं सड़क पर चलती हूँ, अभी भी काफ़ी रोशनी है। मैं चलती चली जाती हूँ। अपनी कल्पना के इस नगर में मैं पत्थर की दीवारों के पास से निकलती ऊँची-नीची जाती सड़कें चढ़ती-उतरती हूँ और अपने दिमाग़ में उस लड़की पैट्रिशिया को देखती हूँ। लड़की, औरत, वैसी औरत जो अपनी बेटी का नाम समान्था रखे; दुबली-पतली, साँवली, फैशनेबुल कपड़े पहने, हल्की घबराहट से भरा ज़रा नकली व्यवहार। उसके लम्बे काले बाल बिना सँवरे और चेहरा बदरंग। वह अँधेरे में बैठी है। वह कमरों में घूमती है। वह शीशे में ख़ुद पर मुस्कराने की कोशिश करती है। वह मेक-अप करने की कोशिश करती है। वह अपने मन की बात एक औरत को बताती है, एक मर्द के साथ सोती है। वह अपनी बेटी को पार्क में ले जाती है पर उसी पार्क में नहीं। वह कुछ सड़कों पर कभी नहीं जाती, कुछ पत्रिकाएँ कभी नहीं खोलती। वह दुःख सहती है और हम सब जानते हैं कि यह सहना ही पड़ता है। उसके बारे में सोचने पर मैं इस प्रेमकाण्ड को वैसे ही देखती हूँ जैसे तुमने देखा होगा, या देखते हो, जैसे कहीं दूर कुछ घट रहा; कोई अजीब-सी नगण्य घटना, जिसका सिर-पैर न पता हो। क्या मेरा अनुमान सही है, तुम्हारे मत जैसा, है या नहीं?

पर तुम थे वह, मैं भूलती रहती हूँ, *तुम थे जिसने पहले यह कहा था।*

हम तुम्हें कैसे समझ पायेंगे?

चिन्ता मत करो। मैंने उसे गढ़ा। जहाँ तक मेरा काम निकलता है, मैंने तुम्हें गढ़ा। मैंने तुमसे प्रेम करना गढ़ा और मैंने तुम्हारी मौत गढ़ी। मेरे पास भी अपनी चालें और अपने को बचाने के रास्ते हैं। फ़िलहाल इस क्षण मैं उनके काम करने का ढंग नहीं समझ पा रही, पर मुझे सावधान रहना होगा, मैं उसके विरुद्ध कुछ नहीं कहूँगी।

●

नाव

बेल स्ट्रीट, मैके स्ट्रीट और मेयो स्ट्रीट के छोर पर बाढ़ थी, वावानाश नदी की जो हर वसन्त में कूल-किनारे तोड़कर बह निकलती थी। किसी-किसी वसन्त में, शायद पाँच साल में एक बार, वह क़स्बे के उस छोर की सड़कों पर से होती, खेतों में एक छिछली लहरों-भरी झील बनकर फैल जाती। जैसा कि झीलोंवाले क़स्बों में होता है, पानी से परावर्तित प्रकाश हर चीज़ को चमकीला और ठण्डा बना देता और लोगों में विनाश की कुछ अस्पष्ट-सी आशाएँ जगा देता। अक्सर दोपहर बाद और शाम को, लोग बाढ़ देखने और यह चर्चा करने के लिए जमा होते कि पानी अब भी चढ़ रहा है या नहीं और इस दफ़ा क़स्बे में घुस जायेगा या नहीं। ज़्यादातर, पन्द्रह से नीचे और पैंसठ से ऊपर के लोग पक्केतौर पर मानते थे कि ऐसा होगा।

ईवा और कैरल अपनी साइकिलों पर थीं। उन्होंने सड़क छोड़ दी—यह मेयो स्ट्रीट का वह छोर था जहाँ मकानों की क़तारें ख़तम हो जाती हैं—और जाड़ों में गिरी बर्फ़ के बोझ से ज़मीन से सट गयी, एक तार की बाड़ पर से होती एक खेत में घुस गयीं। कुछ दूर जाकर लम्बी घास ने उनका रास्ता रोका तो साइकिलों को ज़मीन पर लिटाकर पानी के पास गयीं।

"कोई लट्ठा ढूँढ़कर उस पर चढ़ा जाये।" ईवा बोली।

"हाय भगवान्, हमारे पैर जमकर गल जायेंगे।"

"हाय भगवान्, हमारे पैर जमकर गल जायेंगे।" पानी के छोर पर खड़े लड़कों में से एक बोला। वह वैसे ही ऊँचे नक्की सुर में बोल रहा था जिसमें लड़के लड़कियों की नक़ल उतारते हुए बोलते हैं हालाँकि लड़कियाँ उस तरह से कभी नहीं बोलतीं। यह लड़के—वे तीन थे—स्कूल में ईवा और कैरल की क्लास में ही थे और वे उन्हें नाम से जानती थीं (उनके नाम थे फ्रैंक, बड और क्लेटन) लेकिन ईवा और कैरल, जिन्होंने लड़कों को सड़क से ही देखकर पहचान लिया था, उनसे बात नहीं की थी, उनकी तरफ़ देखा तक नहीं था, यहाँ तक कि यह ज़ाहिर नहीं किया था कि उन्हें मालूम है कि लड़के वहाँ मौज़ूद हैं। लड़के पानी से निकाली हुई लकड़ियों को बाँधकर एक बेड़ा बनाने की कोशिश करने लगते थे।

ईवा और कैरल ने अपने जूते-मोज़े उतारे और पानी में घुस गयीं। पानी इतना ठण्डा था कि उसके पैरों में चीस उठ गयी जैसे नसों में नीली बिजली की चिनगारियाँ दौड़ जायें, पर वे बढ़ती रहीं, स्कर्टें ऊपर उठाकर कूल्हों पर कसकर आगे झोली की तरह पकड़े।

"ज़रा इन मोटे कूल्होंवाली बत्तखों को तो देखो।"

"मोटे कूल्होंवाली लौंडियाँ।"

ईवा और कैरल ने ज़ाहिर नहीं होने दिया कि उन्हें यह सुनायी दिया है। एक लट्ठे को पकड़कर वे उस पर चढ़ गयीं, पानी में बहते दो फट्टों के चप्पू बना लिये। बाढ़ में हमेशा चीज़ें तैरती रहती थीं—टहनियाँ, बाड़ के डण्डे, लट्ठे, सड़कों के चिह्न, पुराना काठ-कबाड़; कभी-कभी बायलर, कपड़े धोने के टब, भाँडे-बर्तन यहाँ तक कि मोटर की सीट या गद्दीदार कुर्सी भी, जैसे कि बाढ़ कहीं पर कूड़े के ढेर से होकर निकली हो।

चप्पू चलाती हुई वे तट से दूर, उस ठण्डी झील की तरफ़ बढ़ीं। पानी एकदम साफ़ था, वे तलहटी में तैरती भूरी घास को देख सकती थीं। मान लो कि यह समुद्र है, ईवा ने सोचा। वह पानी में डूबे नगरों और देशों के बारे में सोचने लगीं। एटलाण्टिस। मान लो वे एक वाइकिंग नौका में हैं। एटलाण्टिक महासागर में वाइकिंग नौकाएँ बाढ़ में बहते इस लट्ठे से ज़्यादा सँकरी और भंगुर होती थीं—और उनके नीचे मीलों गहरा साफ़ समुद्र है, फिर मीनारोंवाला एक नगर, समुद्र की तलहटी में पड़े रत्न की तरह अप्राप्य।

"यह एक वाइकिंग नौका है," वह बोली, "और मैं उसमें लगी मूर्ति।" सीना तानकर उसने अपनी गर्दन आगे को निकाली, नौकाओं के आगे लगीं मूर्तियों की तरह, इसके बाद उसने आँखें फाड़ते हुए जीभ लटकायी। फिर वह मुड़ी और पहली बार लड़कों की तरफ़ ध्यान दिया।

"ओए लल्लुओ।" वह चिल्लाकर बोली। "यहाँ आने में तुम्हारी सिट्टी गुम हो जायेगी, यहाँ पानी दस फुट गहरा है।"

"झूठी," उन्होंने बिना रुचि दिखाये जवाब दिया, और वह थी भी।

वे काँटेदार तारों से बचतीं, लट्ठे को पेड़ों की एक क़तार के चारों तरफ़ से घुमाकर, ज़मीन में ढलान होने से बन गयी एक छोटी-सी खाड़ी में ले गयीं। अभी जहाँ खाड़ी थी, वहाँ बाद में वसन्त के दिनों में मेंढ़कों से भरा तालाब होगा, और गर्मियों में पानी बिल्कुल नहीं बचेगा, सिर्फ़ सरकण्डों और झाड़ियों के झुरमुट होंगे, हरे, यह साबित करते कि उनकी जड़ों के आसपास की मिट्टी अब भी नम है। इस तालाब के खड़े किनारों के आसपास उगती बड़ी झाड़ियाँ और विलो पेड़ के झुरमुट अब भी कुछ-कुछ पानी के बाहर दिखायी दे रहे थे। ईवा और कैरल ने लट्ठे को तैरते जाने दिया। उन्हें एक जगह दिखायी दीं जहाँ कुछ अटका पड़ा था। वह एक नाव थी, या नाव का हिस्सा। चप्पुओं से खेई जानेवाली एक पुरानी नाव जिसका एक तरफ़ का काफ़ी बड़ा हिस्सा टूट गया था, बैठनेवाला तख़्ता उखड़कर लटक रहा था। उसका अगला सिरा टहनियों में अटका था।

बिना आपसी सलाह के एक ही विचार एक ही साथ दोनों के दिमाग़ में आया।

"ए छोकरों। ओए छोकरो।"

"हमने तुम्हारे लिये नाव ढूँढ़ी है।"

"उस फ़िज़ूल के बेड़े को छोड़ो और यहाँ आकर नाव देखो।" उन्हें ख़ुद हैरानी हुई कि लड़के सचमुच हाथ-पैरों के बल सरकते चढ़ाई चढ़कर, उतराई पर आधे दौड़ते आधे फिसलते, देखने के लिए आ भी गये।

"कहाँ है?"

"कहाँ है, मुझे तो कोई नाव-वाव नहीं दिख रही।" उन्हें दूसरी हैरानी इस बात से हुई कि जब लड़कों ने देख भी लिया कि बाढ़ से टूटे-फूटे टहनियों में फँसे किस नाव के अवशेष की बात हो रही थी, तब भी उन्हें समझ में नहीं आया कि उन्हें बेवकूफ़ बनाया गया है, उनसे मज़ाक किया गया है। वे पल-भर को निराश नहीं हुए बल्कि ऐसे ख़ुश दिखायी दे रहे थे जैसे कि वह नयी और साबुत नाव हो। पानी से लकड़ी निकालने के लिए वे पहले से ही नंगे पाँव थे। वे बिना रुके वैसे ही यहाँ चले आये और नाव को घेरकर उसके बारे में अन्दाज़ लगाने लगे। पानी में उतराते लट्ठे पर बैठी ईवा और कैरल की तरफ़ उन्होंने हिकारत-भरी नज़र तक न डालीं।

"तुम लोग इसे कैसे निकालोगे?"

"यह तो तैरेगी ही नहीं।"

"तुम्हें लगता है कि यह तैरेगी?"

"डूब जायेगी। डब-डब्ब-डब्ब, तुम सब भी डूब जाओगे।"

लड़कों ने जवाब नहीं दिया क्योंकि वे नाव को चारों ओर से देखकर, उसे हिला-डुलाकर यह तय करने में व्यस्त थे कि कम-से-कम नुक़सान किये बिना उसे कैसे निकाला जाये। फ्रैंक, जो तीनों में अधिक लिखा-पढ़ा, बातूनी और अनाड़ी था, नाव की बात करते हुए स्त्रीलिंग का प्रयोग करने लगा। उसके बात करने के ढंग का जवाब ईवा और कैरल ने मुँह बिचकाकर दिया।

"यह दो जगह से फँसी है। ध्यान रखना पड़ेगा कि इसकी तली में छेद न हो जाये। जितनी लगती है उससे कहीं भारी है यह।"

आख़िर क्लेटन ने ऊपर चढ़कर नाव को छुड़ाया और लम्बे-मोटे बड ने उसके वज़न को अपनी पीठ पर ले उसे पानी में उतारा ताकि वे धकेलते-तैराते हुए उसे किनारे तक ले जा सकें। इस सब में कुछ समय लगा। ईवा और कैरल ने अपना लट्ठा छोड़ दिया और पानी में उतर कर किनारे पर पहुँच गयीं। अपने जूते-मोज़े और साइकिलें लेने के लिए वे ऊपर गयीं। उन्हें इस तरफ़ वापस आने की जरूरत नहीं थी पर वे आयीं और अपनी साइकिलों पर झुकीं टेकरी के ऊपर खड़ी रहीं। न वे घर लौटीं न उन्होंने बैठकर खुल्लमखुल्ला देखा। वे आमने-सामने खड़ी होकर नीचे पानी और नाव से जूझते

लड़कों पर निगाह डालती रहीं, जैसे कि वे पल-भर के लिए उत्सुकता के मारे रुक गयी हों, और जितना उनका इरादा था उससे कहीं देर तक ठहरी हों, यह देखने के लिए कि इस आशाहीन परियोजना का क्या परिणाम निकलता है?

क़रीब नौ बजे, जब क़रीब-क़रीब अँधेरा हो चला था—घरों के अन्दर लोगों के लिए अँधेरा लेकिन बाहर पूरा अँधेरा नहीं—वे सब क़स्बे में लौटे, मेयो स्ट्रीट से एक जुलूस की तरह गुज़रते हुए। फ्रैंक और बड और क्लेटन नाव को उल्टा उठाये थे। ईवा और कैरल अपनी साइकिलें खींचतीं पीछे-पीछे चल रही थीं। लड़कों के सिर ठण्डे गँदले पानी और गीली लकड़ी की गन्ध से गन्धाती उल्टी हुई नाव से क़रीब-क़रीब ढँके थे। वे बर्न्स स्ट्रीट में मुड़कर क्लेटन के घर की तरफ़ बढ़े, उन सब में से उसी का घर सब से क़रीब था। यह ईवा या कैरल के घरों का रास्ता नहीं था लेकिन वे साथ चली आयीं। लड़के शायद नाव को लादकर चलने में इतने व्यस्त थे कि उन्होंने लड़कियों से चले जाने तक को नहीं कहा। कुछ छोटे बच्चे अब भी फुटपाथ पर सकड़ी खेल रहे थे हालाँकि अँधेरे में देखना भी मुश्किल था। जाड़ों में जमी बर्फ़ अभी कुछ ही दिन पहले पिघली थी और वे फुटपाथ पर खेलने के अवसर का पूरा फ़ायदा उठा रहे थे। नाव आते देख इन बच्चों ने रास्ता खाली कर दिया और अदब से एक ओर खड़े होकर जुलूस को जाते देखते रहे। कुछ ने पुकारकर पूछा भी कि नाव कहाँ मिली और उसका क्या किया जायेगा, लेकिन किसी ने जवाब नहीं दिया। ईवा और कैरल और लड़कों ने भी उनके सवालों के जवाब देना या उनकी तरफ़ देखना तक गवारा नहीं किया।

पाँचों क्लेटन के घर के सहन में घुसे। लड़कों ने कन्धे के बोझ को ज़रा सरकाया जैसे कि वे नाव को नीचे उतारने जा रहे हों।

"बेहतर रहेगा कि इसे पिछवाड़े ले जाओ जहाँ कोई देख न सके," कैरल बोली। क़स्बे में आने के बाद उनमें से किसी ने भी पहली बार कुछ कहा था।

लड़कों ने कुछ नहीं कहा पर क्लेटन के घर और एक टेढ़ी हो आयी तख़्तों की बाड़ के बीच के कच्चे रास्ते से होकर उन्होंने पीछे के सहन में नाव उतार दी।

"यह चोरी की नाव है, पता है," ईवा उन्हें प्रभावित करने के लिए बोली। "यह किसी की मिल्कियत रही होगी। तुमने इसे चुराया है।"

"हमने नहीं तुम लोगों ने इसे चुराया है," बड हाँफता हुआ बोला। "तुम लोगों ने देखा था इसे पहले।"

"पर लाये तो तुम लोग।"

"फिर तो हम सभी इसमें शामिल थे। अगर एक फँसा तो सब फँसेंगे।

"तुम किसी से उनकी बात कहोगी?" सर्दी के मौसम के बाद गड्ढ़ों से भरी और रोशनियों के बीच-बीच अँधेरी सड़क पर ईवा के साथ घर जाते हुए कैरल ने पूछा।

"यह तुम पर है, तुम नहीं कहोगी तो मैं भी नहीं कहूँगी।"

"तुम नहीं कहोगी तो मैं नहीं कहूँगी।"

वे चुपचाप साइकिल चलाती रहीं। कुल मिलाकर वे असन्तुष्ट नहीं थीं।

क्लेटन के पीछे के सहन में लगी तख़्तों की बाड़ में बीच-बीच में खम्भे गड़े थे जो बाड़ को सहारा देते थे या देने की कोशिश करते थे। इन खम्भों पर खासी असुविधा से बैठे कैरल और ईवा ने कई शामें बितायीं। या फिर जब लड़के नाव को ठीक कर रहे होते तो वे बाड़ के सहारे पीठ टिकाये खड़ी रहतीं। पहली दो शामों को ठोंका-पीटी की आवाज़ों से आकर्षित होकर पड़ोस के बच्चों द्वारा क्या हो रहा है यह जानने के लिए सहन में आने की कोशिश की पर ईवा और कैरल ने उनका रास्ता रोक दिया।

"तुम लोगों को किसने बुलाया है यहाँ?"

"सिर्फ़ हम लोग आ सकते हैं इस सहन में।"

यह शामें और लम्बी होने लगी थीं, मौसम और गर्म। सड़कों के किनारे रस्सी कूदे जाना शुरू हो गया था। सड़क पर और आगे मेपल के पेड़ों की एक क़तार थीं। जिनका रस चुआया जाना शुरू हो गया था।

बच्चे जैसे ही रस बाल्टियों में टपकता, उसे पी जाते थे। पेड़ों के मालिक कोई बूढ़ा या बुढ़िया जो रस से शीरा बनाना चाहते थे, घर से यूँ शोर मचाते दौड़ते निकलते जैसे कि कव्वों को डराने की कोशिश कर रहे हों। आख़िरकार हर साल कोई बूढ़ा घर के सामने के बरामदे से हवा में एक गोली चलाता, और फिर चोरी रुक जाती।

नाव की मरम्मत में जुटे लोगों में से किसी ने भी रस चुराने का नहीं सोचा, हालाँकि पिछले साल सभी ने ऐसा किया था।

नाव की मरम्मत के लिए लकड़ी घरों के पिछवाड़े की गलियों से बटोरकर लायी गयी थी। इस मौसम में चीज़ें ऐसे ही पड़ी मिल जाती थीं। पुराने तख़्ते और टहनियाँ, कीचड़ सने दस्ताने, बर्तन धोने के बाद बचे पानी के साथ फेंक दिये गये चम्मच, बाहर रखकर भुला दिये गये पुण्डिग के पतीलों के ढक्कन, वह तमाम कबाड़ जो जाड़े को झेलकर भी बचा रह सकता है। औज़ार क्लेटन के घर के नीचे बने गोदाम से आये थे—शायद उसके पिता के ज़माने से रखे हुए। हालाँकि उन्हें सलाह देनेवाला कोई नहीं था, लगता था कि लड़कों ने नावों को बनाने या मरम्मत करने के तरीक़े का अन्दाज़ा लगा लिया था। फ्रैंक किताबों और *पॉपुलर मेकेनिक्स* नाम की पत्रिका में से रेखाचित्र ले आया। क्लेटन ने यह रेखाचित्र देखे, फ्रैंक के पढ़े निर्देश सुने और फिर अपने ढंग से हिसाब लगाया कि क्या किया जाना चाहिए। बड आरी चलानें में सबसे कुशल था। ईवा और कैरल बाड़ पर से सब-कुछ देखतीं, अपनी राय पेश करतीं और नाव के लिए नाम सोचतीं। नाव के लिए उन्होंने यह नाम सोचे थे : वाटर लिली, सी हॉर्स, फ्लड क्वीन और अपने दोनों के नामों को मिलाकर कैरो-ईव, क्योंकि नाव उन्होंने ही पायी थी। लड़कों ने कहा नहीं, कि इनमें से आख़िर कौन-सा नाम उन्हें ठीक लगा।

नाव को कोलतार से पोता जाना था। क्लेटन रसोई के चूल्हे पर एक डिब्बा कोलतार गर्म करके लाया और उलटी हुई नाव पर बैठा अपने उसी ढंग से धीरे-धीरे नाव पर कोलतार पोतने लगा। बाक़ी दोनों लड़के सीट बनाने के लिए तख़्ते को आरी से काट रहे थे। क्लेटन के पोताई करते-करते कोलतार ठण्डा होकर इतना गाढ़ा हो गया कि बुरुश से लग न पाये। वह ईवा की तरफ़ मुड़ा और डिब्बा उसे देता हुआ बोला, "तुम अन्दर से इसे चूल्हे पर गर्म कर लाओ।"

ईवा बर्तन लेकर पिछवाड़े की सीढ़ियाँ चढ़ीं। बाहर से आने के बाद रसोई अँधेरी लग रही थी, लेकिन उसमें देख सकने लायक़ उजाला रहा होगा, क्योंकि क्लेटन की माँ खड़ी कपड़ों पर इस्तरी कर रही थी। उसकी रोज़ी-रोटी यही थी, कपड़े धोना और इस्तरी करना।

"जी मैं यह कोलतार का डिब्बा चूल्हे पर चढ़ा लूँ?" ईवा बोली, जिसे माँ-बाप ने तमीज़ से बोलना सिखाया था, चाहे वे कपड़े धोने, इस्तरी करनेवाली औरतें ही हों और जो किसी वजह से क्लेटन की माँ पर ख़ासतौर से अच्छा असर जमाना चाहती थी।

"फिर तो तुम्हें चूल्हा चेताना पड़ेगा," क्लेटन की माँ बोलीं, जैसे कि उनसे शक हो कि ईवा को यह करना आयेगा भी या नहीं। पर अब ईवा की आँखें अँधेरे की अभ्यस्त हो चली थीं, उसने सँड़सी से पकड़कर चूल्हे का ढक्कन उठाया और चूल्हा झाड़नेवाली सलाख से कुरेदकर लौ उठा ली। नर्म होते कोलतार को वह चलाती रही। यह कर पाने से वह कुछ ख़ास ही महसूस कर रही थी। तब भी और बाद में भी। नींद में डूबने से पहले उसके दिमाग़ में क्लेटन की एक तस्वीर आयी। उसने क्लेटन को उलटी नाव पर टाँगे फैलाये बैठे उस पर एकाग्रता से, बड़ी सावधानी और बारीक़ी से कोलतार पोतते देखा। उसने क्लेटन को अपने एकाकीपन से पल-भर के लिए उबरकर एक अपनेपन से भरी आवाज़ में बात करते सुना।

चौबीस मई को, स्कूल की छुट्टी के दिन, नाव क़स्बे से बाहर ले जायी गयी। इस बार रास्ता लम्बा रहा, सड़क से परे खेतों और फिर से खड़ी कर दी गयी बाड़ों के बीच से वहाँ तक जहाँ नदी अब अपने सामान्य तटों के बीच बह रही थी। ले जाने में ईवा और कैरल और लड़कों ने बारी-बारी से कन्धा दिया। उसे कोंपलें फूटती विलो की झाड़ियों के बीच गायों के चलने से बनी एक पगडण्डी पर से पानी में उतारा गया। पहले लड़के सवार हुए। जब नाव तैरी, जब वह धारा के साथ बही, तो वे विजयोल्लास से चिल्लाये। नाव काली पुती थीं, अन्दर से हरी, पीली सीटें और बाहर की तरफ़ एक पीली पट्टी। और उस पर कोई नाम नहीं लिखा था। लड़कों के विचार में दुनिया की बाक़ी नावों से उस नाव को अलग रखने के लिए किसी नाम की ज़रूरत न थी।

ईवा और कैरल, पीनट बटर और जैम के सैण्डविच, अचार, केले, चॉकलैट केक, आलू के चिप्स, चाशनी से चिपके बिस्कुटों और मीठे सोडे की पाँच बोतलों, जिन्हें नदी

के पानी में ठण्डा किया जाना था, से ठुँसे थैले लादे तट पर धारा में बहती नाव के साथ दौड़ीं। बोतलें उनके पैरों से टकरा रही थीं। वे सवारी करने की अपनी बारी के लिए चिल्लायीं।

"अगर हमारी बारी नहीं देंगे तो वह हरामज़ादे हैं," कैरल बोली, और वे एक साथ चिल्लायीं, "हमने पायी थी, नाव हमने पायी थी।"

लड़कों ने कोई जवाब नहीं दिया, लेकिन थोड़ी देर में वे नाव को वापस ले आये कैरल और ईवा झपटती हुई, हाँफती नदी के तट से उतरीं।

"इसमें कहीं छेद है?"

"अभी तो नहीं है।"

"हम पानी उलीचने का डिब्बा भी भूल गये," कैरल बिसूरी लेकिन फिर भी ईवा के साथ नाव में चढ़ गयी और फ्रैंक नाव को धकेलते हुए चिल्लाया, "जल समाधि मुबारक हो।"

नाव में होने में ख़ास बात यह थी कि वह लट्ठे की तरह सतह पर नहीं तैरती बल्कि पानी में अधडूबी थी, इसलिए उसमें होना पानी पर मौजूद किसी चीज़ पर होने जैसा नहीं बल्कि ख़ुद पानी में होने जैसा था। जल्दी ही वे सब मिलजुलकर नाव में बारी-बारी से सवारी कर रहे थे, दो लड़के एक लड़की, दो लड़कियाँ एक लड़का, एक लड़का एक लड़की, आख़िर ऐसा गड़बड़झाला हुआ कि यह पता लगाना असम्भव हो गया कि अब किसकी बारी है पर परवाह किसे थी। उन्होंने नाव को धारा के साथ बहने दिया। जो नाव में नहीं होते, वे साथ देने के लिए किनारे-किनारे दौड़ते। वे दो पुलों के नीचे से निकले, एक लोहे का, एक सीमेण्ट का। एक बार उन्होंने एक बड़ी-सी कार्प मछली को पुल की छाँह तले के पानी में ठहरे देखा, जो लगता था कि उन पर मुस्करा रही थी। उन्हें पता नहीं चला कि वे नदी में कितनी दूर तक चले आये हैं, पर चीज़ें बदल गयी थीं—पानी पहले से उथला हो गया था और धरती कुछ सपाट-सी। एक खुले मैदान के पार उन्हें एक इमारत दिखायी दी जो एक खाली और वीरान मकान जैसी दिखायी दे रही थीं। उन्होंने नाव को किनारे पर घसीटकर बाँध लिया और मैदान पार करने लगे।

"वह एक पुराना स्टेशन है," फ्रैंक बोला।

"पैडर स्टेशन।" बाकियों ने यह नाम तो सुना था पर वही था जिसे मालूम था क्योंकि उसके पिता क़स्बे में स्टेशन एजेण्ट थे। यह एक पुरानी रेल लाइन का स्टेशन था, उसने बताया और यहाँ एक आरा मिल भी थी, लेकिन बहुत अरसा पहले।

स्टेशन के अन्दर अँधेरा था, शीतल। सभी खिड़कियाँ टूटी हुई थीं। कांच की किर्चें और काफ़ी बड़े-बड़े टुकड़े फ़र्श पर पड़े थे। वे काँच के बड़े टुकड़ों को ढूँढकर कुचलते, तोड़ते चलते रहे। ऐसा करना डबरों पर जमी बर्फ़ की पर्त को तोड़ना जैसा लग रहा था। कुछ पार्टीशन अब भी अपनी जगहों पर थे। अब भी दिखता था कि टिकट-खिड़की कहाँ रही होगी। एक बेंच उलटी पड़ी थी। लोग यहाँ आये थे, लगता था लोग यहाँ

हमेशा आते रहते थे, हालाँकि यह किसी आबादी से बहुत दूर था। बीयर और सोडे की बोतलें चारों तरफ़ फैली थीं, सिगरेट की डिब्बियाँ, च्यूइंगम और टाफियों के आवरण, डबलरोटी पर लपेटनेवाला एक काग़ज़ भी। दीवारें पेन्सिल और चाक से लिखी धुँधलायी और ताज़ा इबारतों और चाकुओं से गोदे गये सन्देशों से भरी थीं।

मैं रॉनी कोल्स से प्यार करती हूँ।
मैं चोदना चाहती हूँ।
किल्रॉय यहाँ आया था।
रॉनी कोल्स चूतिया है।
तुम यहाँ क्या कर रहे हो?
रेलगाड़ी की प्रतीक्षा।
डॉना मेरी-लू बारबरा जोएन

इस विशाल, अँधेरी और खाली जगह में, जहाँ पाँव तले काँच टूटने की कड़क थी और उनकी आवाज़ें छत से टकराकर गूँज रही थीं, होना ही रोमांचकारी था। उन्होंने वहाँ पड़ी बीयर की बोतलें मुँह से लगाकर देखा कि उनमें कुछ बचा था कि नहीं। इससे उन्हें याद आया कि वे भूखे और प्यासे हैं, उन्होंने फ़र्श के बीच में एक जगह साफ़ की और बैठकर खाना खाया। उन्होंने मीठे सोडे की बोतलें वैसी ही पी डालीं, गुनगुनी-सी। वे सब-कुछ खा गये और सैण्डविचों पर लिपटे मोमी काग़ज़ पर लगा पीनट बटर और जैम भी चाट गये।

उन्होंने *ट्रथ ऑर डेयर* (सच्चाई और चुनौती) खेला।

"मैं तुम्हें चुनौती देती हूँ, दीवार पर लिखो—मैं बेवकूफ़ गधा हूँ, और अपना नाम भी लिख दो।"

"सच्चाई बताओ—तुमने अब तक सबसे बुरा झूठ कौन-सा बोला है?"

"तुमने कभी बिस्तर में पेशाब किया है?"

"तुमने कभी ऐसा सपना देखा है कि तुम सड़क पर बिना कपड़े पहने चले जा रहे हो?"

"मैं चुनौती देता हूँ, बाहर जाओ और रेलवे के बोर्ड पर पेशाब करो।"

यह फ्रैंक को करना था। वे उसे देख नहीं पा रहे थे, उसकी पीठ भी नहीं, पर उन्हें पता था कि वह कर रहा है, उन्हें उसके पेशाब करने की आवाज़ सुनायी दे रही थी। वे सब सन्न से बैठे रह गये थे, हैरान, यह सोच पाने में अक्षम कि अगली चुनौती क्या होगी।

"मैं सब को चुनौती देता हूँ," फ्रैंक दरवाज़े से बोला, "मैं चुनौती देता हूँ—सबको।"

"क्या?"

"सारे कपड़े उतार दें।"

ईवा और कैरल चीख पड़ीं।

"जो भी यह नहीं करेगा उसे इस फ़र्श पर रेंग कर चलना—हाथों और घुटनों के बल चलना पड़ेगा।"

वे सब चुप रहे, फिर ईवा ने बड़ी शान्ति से पूछा, "पहले क्या?"

"जूते और मोज़े।"

"फिर तो हमें बाहर जाना पड़ेगा, यहाँ बहुत ही काँच बिखरा है।"

दरवाज़े पर अचानक चौंधिया देनेवाली धूप में, उन्होंने जूते-मोज़े उतारे। उनके सामने फैला मैदान पानी-सा चमकीला था। वे, जहाँ पटरियाँ हुआ करती थीं, उसे पारकर आगे दौड़े।

"इतना काफ़ी है, बस हो गया," कैरल बोली, "काँटों से बचना।"

"ऊपर के। सब ऊपर के कपड़े उतारो।"

"मैं नहीं उतारती। हम नहीं उतारेंगी, है न ईवा?"

पर ईवा धूप में गोल-गोल घूम रही थी, "मुझे परवाह नहीं है, आइ डोण्ट केयर। ट्रुथ ऑर डेयर। ट्रुथ ऑर डेयर।"

घूमते-घूमते उसने अपने ब्लाउज़ के बटन खोल दिये, जैसे कि उसे पता नहीं था कि उसका हाथ क्या कर रहा है, और उसे उतार कर फेंक दिया।

कैरल ने अपना ब्लाउज़ उतारा, "अगर तुमने न किया होता तो मैं नहीं करती।"

"नीचे के।"

इस बार किसी ने भी कुछ नहीं कहा, सब ने कपड़े उतार दिये। सबसे पहले नंगी हुई ईवा मैदान में दौड़ने लगी, फिर बाक़ी सब, पाँचों-के-पाँचों घुटनों तक ऊँची गर्म घास में से नदी की तरफ़ नंगे दौड़े। पकड़े जाने की अब परवाह नहीं रही थी बल्कि देखने-सुनने वाला अगर कोई हो तो उसका ध्यान खींचने के लिए वे छलाँगें लगाते चिल्ला रहे थे। उन्होंने ऐसा महसूस किया जैसे कि वे किसी पहाड़ की कगार पर खड़े हैं जहाँ से छलाँग लगाकर उड़ते चले जायेंगे। उन्हें लगा कि उनके साथ ऐसा कुछ घट रहा था जो पहले घटी किसी भी चीज़ से अलग था, और इसका सम्बन्ध नाव, पानी, धूप, उजाड़ अँधेरे स्टेशन और एक-दूसरे से था। वे अब एक-दूसरे के बारे में नामों या लोगों के तौर पर नहीं बल्कि गूँजती चीखों, निर्वस्त्र और कुछ लज्जा-सी जगाती और तीर के समान चपल आकृतियों के रूप में सोच रहे थे। वे बिना रुके दौड़ते हुए ठण्डे पानी में घुस गये और जब वह उनकी जाँघों के ऊपर तक आ गया तो तैरने लगे। इससे उनका शोर रुक गया और वे हैरान से होकर एक साथ चुप हो गये। ऊदबिलावों की-सी कुशलता से उन्होंने डुबकियाँ लगायीं और पानी पर तिरते रहे।

ईवा पानी में खड़ी हो गयी, उसके बालों से पानी टपक रहा था, चेहरे पर पानी की धाराएँ बह रही थीं। कमर तक पानी में डूबी थी। चिकने पत्थरों पर दोनों पैर काफ़ी फ़ासले पर टिकाये खड़ी थी वह, उसकी टाँगों के बीच पानी बह रहा था। उससे क़रीब गज़ भर की दूरी पर क्लेटन भी खड़ा हो गया, दोनों एक-दूसरे की तरफ़ देखते पलकें झपकाते आँखों से पानी निकाल रहे थे। ईवा मुड़ी नहीं, न ही कुछ छुपाने की कोशिश की, वह पानी की ठण्डक से कँपकँपा रही थी और साथ ही गर्व, शर्म, उल्लास और बेहयाई से भी। क्लेटन ने पानी निचोड़ने के लिए अपना सिर झिंझोड़ते हुए हिलाया, फिर झुका और नदी में से मुँह भर कर पानी ले लिया। गाल फुलाये वह खड़ा हुआ

और होंठों के बीच से पानी की बारीक़ धार, ठीक जैसे पानी के पाइप से निकलती है, निशाने से पहले ईवा की एक छाती पर मारी फिर दूसरी पर। उसके मुँह से निकला पानी ईवा के शरीर पर से बहने लगा। यह देखकर वह किलकारी मारकर चिल्लाया, एक झेंपी-सी आवाज़ में जिसकी उससे किसी को उम्मीद न होती। उसकी किलकारी ने औरों का ध्यान आकर्षित किया वे ठीक से देखने के लिए पास आ गये।

ईवा सिकुड़कर पानी में समा गयी, सिर भी पानी में अन्दर कर लिया। धारा के साथ कुछ दूर बहकर जब उसने सिर निकाला तो देखा कैरल उसके पीछे आ रही थी और लड़के किनारे पर घास में दौड़ रहे थे। उनकी दुबली पीठें और सपाट कूल्हे धूप में चमक रहे थे। वे हँस रहे थे और एक-दूसरे से कुछ कह रहे थे पर कानों में पानी भरा होने से वह सुन नहीं पायी।

"उसने क्या किया?" कैरल बोली।

"कुछ नहीं।"

वे सरक कर किनारे आ लगीं। "जब तक ये आगे चले न जायें हम झाड़ियों में रहेंगे," ईवा बोली। "मैं वैसे भी उनसे नफ़रत करती हूँ। सचमुच, तुम नहीं करती?"

"बिल्कुल करती हूँ," कैरल बोली, और वे कुछ देर इन्तज़ार करती रहीं जब तक कि उन्होंने शोर मचाते लड़कों को नदी में कुछ ऊपर की तरफ़ पहुँचते न सुन लिया जहाँ उन लोगों ने नाव छोड़ी थी। उन्होंने उनके नाव में कूदने और पतवार चलाने की आवाज़ें सुनीं।

"बहाव के विपरीत नाव खेने में जान निकल जायेगी इन लोगों की," ठण्ड से थरथराती अपनी बाँहों में सिकुड़ती ईवा बोली।

"परवाह किसे है? ख़ैर। हमारी नाव तो वो कभी थी ही नहीं।"

"और अगर लोग बता दें तो?" कैरल बोली।

"हम कह देंगे कि वो झूठ बोल रहे हैं।"

ईवा ने इस बात के बारे में पहले सोचा नहीं था लेकिन यह कहते ही उसका मन हल्का हो आया। लड़कों पर दोष डाल देने से इस बात का हल इतनी आसानी से हो जायेगा, यह सोच कर दोनों ज़रा खिलखिलायीं। गर्मी लाने को अपने बदन मलती-थपथपातीं वे पानी से बाहर निकलीं तो उन्हें हँसी के दौरे पड़ने शुरू हो गये। हँसते-हँसते एक थक जाती तो दूसरी कुछ आवाज़ करती, बेबसी का मुँह बनातीं और एक-दूसरे का चेहरा देखकर उन्हें हँसी का दौरा फिर पड़ जाता और वे दोहरी हो जातीं, जैसे हँसते-हँसते पेट में बहुत ज़ोर का दर्द हो गया हो।

●

जल्लाद

हेलेना मुर्गाबी
इसका बापू है शराबी।

इसमें रोने की क्या बात थी। मैं नहीं जानती कि मैं रोयी थी, मुझे याद नहीं। मैं फुटपाथ और पेड़ों के नीचे की ज़मीन से परिचित हो गयी थी, ऐसी चीज़ें जिन्हें मैं निगाह उठाये बिना, किसी को नाराज़ किये बिना देख सकती थी। मुझे अचम्भा होता था कि कुछ लोग कैसे किसी भी चीज़, किसी भी कमी को अपने पर हावी नहीं होने देते—न भैंगी आँखों को, न मूर्ख छोटे भाई को, न रेल की पटरी के साथ ग़रीब मुहल्ले में बने गन्दे घर में रहने को। मैं इससे उल्टी थी, मुझ पर हर बात का असर पड़ता था। जैसे कि रोबिना कहती थी, मुझे लगता था कि हर कमी का दोष मुझ पर ही डाला जायेगा।

अलविदा हेलेना
अलविदा हेलेना
अलविदा हेलेना
अलविदा हेलेना

स्कूल से लौटते समय वे झुण्ड बना मेरे पीछे लग जाते। मीठी, निष्कपट और भोली लगती आवाज़ों में मुझ पर फब्तियाँ कसते। काश, मैं जानती कि क्या करूँ, काश मैं मुड़कर जवाब देना जानती, पर यह सिखाया नहीं जा सकता। यह तो भगवान् की देन है, जैसे सुरीला गला होना।

मेरे कपड़े बेढंगे थे, पहली बात तो यह थी। एक गहरे नीले रंग की फ्राक, महँगे स्कूलों की यूनिफार्म जैसी (जहाँ माँ ने, अगर उनके पास पैसा होता तो, मुझे ज़रूर भेजा होता)। सर्दी-गर्मी में, बिना सड़क पर मौज़ूद कीचड़ की परवाह किये, लम्बे सफ़ेद मोज़े जिनमें सर्दियों में अन्दर पहने पाजामें की वजह से सौ सिकुड़नें पड़ी रहतीं। सिर पर सफ़ेद रिबन की बनी ख़ूब बड़ी तितलीनुमा गाँठ। छल्ले डले बाल, ये छल्ले कन्धे को पानी में भिगो-भिगोकर डाले जाते थे और इस फैशन के बाल और कोई नहीं बनाता था। पर मैं क्या पहन सकती थी जो सही होता? एक बार मुझे एक नया जाड़े का कोट मिला, जो मुझे बहुत सुन्दर लगा था। उसमें गिलहरी की खाल का कॉलर था। चूहे की

खाल, चूहा मारकर पहनी खाल, चूहे की खाल! वे मेरे पीछे कहते चलते। इसके बाद मुझे वह रोयेंदार खाल अच्छी नहीं लगती थी, उसका स्पर्श अच्छा नहीं लगता था, उसको छूना वैसे ही था जैसे मेरे अन्दर की ज़लालत भरी यादों को छूना।

मैं छिपने की जगहें ढूँढ़ती रहती थी। इमारतों में, बड़े-बड़े सार्वजनिक भवनों के रोशनदान, अँधेरे कोने। बैंक ऑफ कॉमर्स की पुरानी इमारत में एक मीनार थी जो मुझे बहुत पसन्द थी। मैं अपने वहाँ छिपे होने की कल्पना करती, या बाज़ार के बीच बने किसी मकान के सबसे ऊपर एक छोटे-से कमरे में भुला-बिसरा दी गयी। सिवा इसके कि रात को कोई मेरे लिये खाना ले आये।

मेरे पिता के बारे में कही गयी बातें सच थीं। पर वे अक्सर बाहर ही रहते, इलाज करवाते, सैनेटोरियम में आराम करते, सफर करते। मेरे जन्म से पहले वे संसद-सदस्य थे। 1911 में, जिस साल प्रधानमन्त्री लॉरियर की सरकार हारी, उनकी भी करारी हार हुई। बहुत बाद में मुझे पता चला कि मेरे पिता की पराजय उन चुनावों में लेबर पार्टी की देशव्यापी पराजय की एक कोना भर थी, पर जब मैं बच्ची थी तो मैं मानती रही कि मतदाताओं ने सिर्फ़ मेरे पिता को ही तिरस्कृत कर अस्वीकार कर दिया था। मेरी माँ इस घटना की ईसा को सलीब पर लटकाये जाने से तुलना करती। मतगणना के बाद, वे लोगों को सम्बोधित करने, अपनी हार मानने, क्वींस होटल की बालकनी पर आये थे, पर जलते हुए झाड़ुओं की मशालें हिलाते टोरियों ने उन्हें ऐसा नहीं करने दिया था, बल्कि उन पर ताने कसे थे। यह सब सुनते हुए मुझे अन्दाज़ नहीं था कि राजनीतिज्ञों को कभी-कभी ऐसी चीजें झेलनी पड़ती हैं। मेरी माँ यहीं से उनकी तबाही की शुरुआत मानती थीं। नशेबाज़ हमारे घर में इस्तेमाल होनेवाला शब्द नहीं था, मुझे नहीं लगता कि उन दिनों यह कहीं भी ख़ास इस्तेमाल होता था। पियक्कड़ शब्द का इस्तेमाल होता था, वह भी क़स्बे में।

मेरी माँ ने किराने के सामान के अलावा इस क़स्बे में ख़रीदारी बन्द कर दी थी, वह सामान भी वे रोबिना से फ़ोन करवाकर मँगवाती थीं। वह कई औरतों से, टोरियों और ताने कसनेवालों की पत्नियों से बात नहीं करना चाहती थीं।

वह किसी चर्च, दुकान या किसी के घर जाने के बारे में कहती, *मैं कभी उनके दरवाज़े पर नहीं जानेवाली।*

"इन लोगों के लिए वह बहुत *नफ़ीस* थे।"

यह बातें कहने के लिए उसके पास रोबिना के अलावा और कोई नहीं था। पर रोबिना एक तरह से ठीक थी। उसकी अपनी फ़ेहरिस्त थी लोगों की, जिनसे बात नहीं करनी थी दुकानों की, जिनमें क़दम नहीं रखना था।

"यहाँ सब जाहिल हैं। इन लोगों को बटोरकर कूड़े की तरह फेंक देना चाहिए।" रोबिना कहती।

और वह अपने भाइयों जिमी और दुवाल के साथ किये गये किसी अन्याय की बात बताने लगती। उन पर चोरी का अरोप लगाया गया था जब कि वे टॉर्च दुकान से बाहर ले जाकर सिर्फ़ यह देखना चाह रहे थे कि वो काम कैसे करती है।

क़स्बे की इमारतें पार करने के बाद मुझे देहात जाती सीधी सड़क पर मील-भर चलना होता था। उसके आख़िर में हमारा घर था, ईंटों से बनी एक बड़ी-सी इमारत जिसमें बाहर को उभरी खिड़कियाँ थीं। यह खिड़कियाँ मुझे हमेशा बुरी-सी लगती थीं, कीड़ों की आँखों की तरह बाहर को उभरी-सी। बरसों बाद, जब वह घर ढहा दिया गया तो मैं बहुत ख़ुश हुई थी; हमारी ज़मीन म्युनिसिपल हवाई अड्डे में बदल दी गयी थी। सड़क पर बस दो या तीन घर और थे, उनमें से एक स्टम्प ट्रॉय का था।

स्टम्प ट्रॉय शराब का तस्कर था जिसके दोनों पैर रायन की मिल में एक दुर्घटना में कट गये थे। कहते हैं कि रायन परिवार तस्करी में उसकी मदद करता था और उसे पुलिस के झंझट से बचाये रखता था ताकि वह उनके ख़िलाफ़ मुकदमा न ठोंके। शराब की तस्करी में वह खूब फला-फूला था और कभी पकड़ा नहीं गया था। उसका एक छोटा बेटा था हावर्ड, जो कभी-कभार स्कूल आ जाता था—पता नहीं किसकी सनक की वजह से—और जिस भी क्लास में जगह होती उसे बिठा दिया जाता, सबसे पीछे और सम्भव हो तो खाली सीटों के बीच में अकेले ताकि किसी विद्यार्थी की माँ शिकायत न कर सके। कोई ट्रएण्ट ऑफिसर (स्कूल से ग़ायब रहनेवाले बच्चों पर निगरानी रखनेवाले अधिकारी), अगर उन दिनों ऐसे कोई अधिकारी होते थे, इस मामले में सिर खपाई न करते। उन दिनों यह उम्मीद की जाती थी, बल्कि ज़रूरी था कि लोग जैसे हैं वैसे रहें और उन्हें सुधारा या बदला न जाये। हावर्ड ट्रॉय के सामने और पीठ पीछे भी अध्यापक उसका मज़ाक उड़ाते और उनका यह व्यवहार कभी असाधारण या क्रूर नहीं माना जाता था। इसके अलावा उसकी उपस्थिति की तरफ़ वे कोई ध्यान नहीं देते थे।

स्कूल में आने के एक दौर में वह हमारी क्लास में था, कुछ हट कर मेरे पीछे बैठा, और मैंने उसके साथ एक भलाई की थी, जो बाद में और उस समय भी मैं जानती थी कि ग़लती है। हम लोग बोर्ड पर से देख-देखकर कुछ उतार रहे थे। हावर्ड ट्रॉय कुछ नहीं कर रहा था। वह बिना पेन्सिल या काग़ज़ लिये ऐसे ही बैठा था। वह सदा कोई सामान लिये बिना स्कूल जाता था। पेन्सिलें, काग़ज़, रबर, रंग लेकर चलना उसके लिए ऐसा असम्भव होता जैसे पंख उगा लेना। वह सीधे सामने देख रहा था, शायद बोर्ड पर लिखे को पढ़ने या समझने की कोशिश करता, शायद किसी चीज़ को भी न देखता। उसके दिमाग़ से क्या गुज़र रहा था? मुझे यह सोचने में परेशानी हो रही थी। मुझे यह सोचकर और परेशानी होती कि सदा अपने को मूर्ख और पागल कहलाते सुनते-सुनते हावर्ड का भी उन बातों में विश्वास हो चला था और उन बातों के सच होने-न-होने से अब कोई फ़र्क़ नहीं पड़ता था। इस हद तक मैं कभी न गयी कि सोचूँ कि वह मेरी तरह था, बस उससे कुछ ऐसा डर लगने लगा था जैसे पहले कभी न लगा था।

उसकी आँखें बिल्ली की आँखों जैसी थीं। गोल, चमकती और क़रीब-क़रीब।

मैंने अपनी कापी बीचोबीच खोली ताकि सफ़ाई से, फाड़े बिना पन्ना निकाला जा सके, और यह पन्ना और एक गढ़ी हुई पेन्सिल उसकी ओर बढ़ायी। उसने उन्हें लेने के लिए हाथ नहीं हिलाया। मैंने चीज़ें उसके डेस्क पर रख दीं।

उसने धन्यवाद नहीं दिया न ही ज़रा भी ध्यान, पर बाद में मैंने देखा कि वह काग़ज़ पर पेन्सिल चला रहा था—बोर्ड से नक़ल करने के लिए या तस्वीरें बनाने के लिए या सिर्फ़ निरर्थक छल्ले बनाने के लिए, मुझे बिल्कुल मालूम नहीं।

यही वह ग़लती थी जो मुझे उसकी निगाह में ले आयी, और हमारे एक ही सड़क पर रहने की बात भी। मुझे सबक सिखाया जाना ज़रूरी था, शायद उसने ऐसा सोचा होगा। दुस्साहस के लिए। अहसान करने की जुर्रत के लिए या उसे किसी और तरह की, अप्रत्याशित कमज़ोरी की झलक मुझ में दिखी होगी।

किनारों पर जमी बर्फ़ की ऊँची दीवारों के बीच से सड़क गलियारे की तरह निकली थी। ताज़ी बर्फ़ के नीचे पुरानी बर्फ़ के ढेर थे सख़्त और गँदले। फावड़ों से बर्फ़ हटाकर साफ़ किये रास्ते पर कुत्तों के पेशाब की पीली धारियों के निशान थे। स्टम्प ट्रॉय के घर के रास्ते को मशीन से बर्फ़ हटाकर साफ़ रखा जाता था, और किसकी सुविधा के लिए, रोबिना पूछती। वह ज़्यादातर बातें ऐसी आवाज़ में पूछती थी जिसके जवाब पहले ही उसे मालूम होते थे। मैं जेब में चाकू लिये थी, रोबिना के बावर्चीखाने से चुराया चाकू। मैंने उसकी धार छूने के लिए अपना दस्ताना उतारा। अपने पिता के घर के रास्ते में, बर्फ़ के ढेर के पीछे छिपा, हावर्ड ट्रॉय कभी भी मेरा इन्तज़ार कर रहा हो सकता था। वह ऐसे निकलकर आता जैसे मेरे आगे-आगे चलनेवाला हो और उस तंग गलियारे में मेरा रास्ता रोक देता।

चुदेगी। तुझे चुदना है।

मैं उसके पास से सिर झुकाये, साँस खींचे निकलती जैसे कोई आग की दीवार से गुज़रे। ज़रूरी था उसकी तरफ़ न देखना, जल्दी न करना, और चाकू की धार को महसूस करते रहना। मैंने कभी नहीं सोचा कि वह मेरे पीछे भी आ सकता था। अगर वह फ़ौरन ही कोई हरकत नहीं करता तो वह बिल्कुल ही कोई हरकत नहीं करता। ख़तरा तो उस शब्द को कहने-सुनने में था।

वह सब अब समझाना मुश्किल है। मैं अब साइकिल चलाते चले जा रहे बच्चों को बेपरवाही के स्वर में कहती सुनती हूँ, "क्या बात है चोदू।" किसी पिता को चिल्लाते सुनती हूँ, "इस बहनचोद घास काटने की मशीन को रास्ते से हटाओ।" यह एक ऐसा शब्द था जिसका प्रयोग आपको नीचा दिखाने, आपको निरुपाय करने के लिए हो सकता था। इस शब्द को सुनना और यह दिखाना कि हमने सुन लिया है, अपने को निरुपाय और असमर्थ महसूस करना ही शर्मनाक था। यह शर्म दम-घुटाऊ

हो सकती थी। मैं सच कह रही हूँ। उस क्षण में नहीं जब सारा ध्यान सुरक्षित रहने और बच निकलने पर रहता है लेकिन बाद में, छिः कैसी लिज़लिज़ी शर्म की भावना, दिमाग़ में उठनेवाले कैसे बुरे-बुरे ख़याल। अपनी इस कमज़ोरी को पहचानना कितना शर्मनाक था, हम शर्म से कितने भरपूर हैं।

मैं कभी किसी को नहीं बता सकती थी, कभी किसी की मदद न माँग सकती थी। मैं कोई भी ख़तरा झेल लेती, किसी भी अपमान या चोट को बरदाश्त कर लेती, बजाय मुझसे जो कहा गया था वह दोहराने या मान लेने के। मैं जानती थी कि इस मामले में कोई मेरी मदद नहीं कर सकता था। मेरा साथ नहीं दे सकता था। तिस पर यह मानना कि यह सिर्फ़ मेरे साथ हो सकता था, कि हावर्ड ट्रॉय को पता चल जायेगा कि वह मुझे कैसे आतंकित करता था, कि यह कुछ हो जा सकने का संकेत था। इसलिए इसे सुनकर तुरन्त भुला देना, अनसुना कर देना ज़रूरी था पर वह मैं कभी कर नहीं पाती, इससे जुड़ी बातें और स्मृतियाँ कुछ समय के लिए लुप्त होकर मेरी स्मृति में कहीं और उभर आतीं।

रोबिना मुझे अपने साथ घर ले जाया करती थी। हम, जहाँ अब हवाई अड्डा है, उसके पीछे से झाड़ियों में से मील-डेढ़ मील चलकर उस छोटे से फार्म पर पहुँचते जहाँ खेतों के बीचोबीच पत्थरों के ढेर थे। हम सर्दियों के दिनों में भी जाते थे और रोबिना मुझे बर्फ़ पर पड़े निशान दिखाती थी जिन्हें वह भेड़ियों के पंजों के निशान कहती थी। वह एक क़िस्सा सुनाती कि एक बच्चे को स्लेज में बिठाया गया था, एक कुत्ता स्लेज खींच रहा था। कुत्ते ने जंगल में भेड़ियों को चिल्लाते सुना और वह बच्चे को स्लेज में लिये-लिये भेड़ियों के पास भाग गया था। जब कुत्ता भेड़ियों के पास पहुँचा तो वह भी भेड़िये में बदल गया था, और उन सबने मिलकर बच्चे को खा लिया था।

झाड़ियों के जंगल से गुज़रते हुए रोबिना का रोब बढ़ जाता था या वह, मेरी माँ के बावर्चीख़ाने में जो होता था, उससे एक अलग क़िस्म का रोब जमाने लगती थी। उसके लम्बे सपाट जिस्म पर बना रहनेवाला तनाव ज़रा ढीला हो जाता, वह क़ब्ज़ों पर झूलते दरवाज़े-सी डोलती, नियन्त्रित पर अगर कोई उसके रास्ते में आ जाये तो ख़तरनाक। उन दिनों वह बीसेक साल की रही होगी पर मुझे वह मेरी माँ जितनी ही उम्र की लगती थी, बल्कि बड़ी उम्र की अध्यापिकाओं और दुकानें सँभालनेवाली औरतों जितनी रोबीली। उसके बाल काले थे, माथे पर होते हुए कसकर पिनें लगाये हुए। उससे बावर्चीख़ाने की और पसीना सूखे कपड़े की गन्ध आती रहती। उसकी चमड़ी और बालों और कपड़ों और गन्ध में कुछ धूमिलता-सी थी, पर आपत्तिजनक नहीं। रोबिना की किसी बात पर आपत्ति करता, कौन होता इतना वज्र मूर्ख?

हमें एक पुल पार करना था, पुल भी क्या तीन लट्ठे ही थे यूँ ही रखे हुए। सन्तुलन बनाये रखने के लिए रोबिना ने बाँहें फैलायीं। उसकी पोशाक की वह बाँह जो आधी खाली थी, पानी के ऊपर किसी पक्षी के टूटे डैने की तरह फड़फड़ायी।

उसका सबसे बढ़िया क़िस्सा इस बारे में था कि कैसे, बरसों पहले वह अपनी माँ के साथ लगी फिरती थी जब उसकी माँ क़स्बे के घरों में काम करने जाती थी। एक घर में बिजली की कपड़े धोने-निचोड़ने की मशीन थी, उन दिनों एक नयी चीज़। पाँच साल की रोबिना कुर्सी पर खड़ी होकर निचोड़ने के बेलनों के बीच कपड़े डाल रही थी (मैं समझ गयी कि तब भी वह हर चीज़ को छेड़ने से बाज़ नहीं आती होगी, तब भी उसे ख़ुद को हर चीज़ का उस्ताद साबित करना ज़रूरी रहता होगा)। उसका हाथ और बाँह मशीन में आ गये। वह बाँह अब कलाई और कोहनी के बीच तक ही थी। वह उसे कभी नहीं दिखाती। वह हमेशा लम्बी बाहोंवाले कपड़े पहने रहती। पर मुझे लगता था कि ऐसा वह किसी शर्म की वजह से नहीं अपनी रहस्यमयता और महत्त्व को बढ़ाने के लिए करती थी। कभी-कभी छोटे बच्चे उसके पीछे लग लेते, "रोबिना अपनी बाँह दिखाओ।" उनकी पुकारें सम्मानपूर्ण कौतूहल से भरी होतीं। वह उन्हें थोड़ी देर पुकारने देती, फिर आँगन में घुस आयी मुर्गी की तरह दुर-दुर कर भगा देती। जैसा मैंने कहा, वह उन माहिर लोगों में से थी जो अपनी किसी अपंगता को श्लाघनीय बना सकते हैं और उपहास को स्तुति में बदल सकते हैं। मुझे सदा लगता कि उसने ऐसी बाँह का होना स्वयं चुना था ताकि सब पर रोब गाँठ सके।

उसकी बाँह का ठूँठ देखने की मुझे बेहद उत्कण्ठा थी। मैं सोचती थी कि वह सीधी लट्ठे की तरह कटी होगी। अनावरित हड्डी, पेशियाँ और रक्त वाहिनियाँ ताज़े कटे मांस के गीलेपन से चमकती हुई। मैं जानती थी उसे देख पाने की उतनी ही सम्भावना थी जितनी चाँद का पीछे का हिस्सा देख पाने की।

बाक़ी क़िस्से उसके परिवार के बारे में थे।

"दुवाल छोटा था तो एक दिन-भर छत पर चढ़ा रहा, वह छत पर खपरैल लगाने में मदद कर रहा था। उसे वहाँ होना नहीं चाहिए था क्योंकि उसका रंग बहुत साफ़ है, हमारे घर में सबसे साफ़, मुझे और फिण्डली, पहले और आख़िरी जन्मे को छोड़कर हमारे घर में सब गोरे हैं। किसी ने नहीं सोचा कि दुवाल को क्या हो सकता है या उसे हैट पहना दें, मैं ही सोचती पर मैं घर में नहीं थी, पर उसे हैट पहना भी दिया जाता तो वह उसे उतार देता, शायद इसलिए कि अगर कोई और हैट नहीं पहने था तो वही क्यों पहने। अच्छा फिर रात को खाना खाकर वह सोफे पर लेटा ज़रा झपकी लेने को। फिर ज़रा देर बाद उसने आँखें खोलीं और ज़ोर से बोला, *मेरे चेहरे से ये पर हटाओ।* अब हमें तो पर दिखें ना। हम हैरान, फिर वो उठ बैठा, हमें किसी को न देखता, हमें पहचान भी नहीं रहा था। कहे, *दादी मुझे पानी दे दो, दादी मेहरबानी करके मुझे पानी दे दो।* दादी तो थी ही नहीं, मर चुकी थी। पर उसकी बातें सुन यूँ लग रहा था कि दादी उसके पास ही बैठी हैं और हम सब तो कमरे में हैं ही नहीं।"

"क्या उसे लू लग गयी थी?"

उसने कड़ी, तिरस्कार भरी आवाज़ में उत्तर दिया, "उसे स्वर्ग के दृश्य दीख रहे थे।"

अपने घर के सब लोगों के बारे में, दुवाल और रोबिना के बाद पैदा हुए जिमी से लेकर पाँच साल के फिण्डली तक के बारे में वह एक ख़ास संजीदगी से बात करती थी कि ताकि आप समझ जायें कि उसके परिवार के सदस्य और उनकी समस्याएँ, उनकी बातचीत और उनके साथ हुए हादसे मामूली बातें नहीं थीं। उनके माध्यम से उसका ख़ुद का महत्त्व चमकता था या उसके माध्यम से उनका। मुझे लगा कि उनके सामने मेरी कोई हस्ती नहीं थी। अगर मेरा महत्त्व था तो रोबिना की मालकिन की बेटी होने के नाते। मुझे जलन नहीं होती थी।

झाड़ियों के जंगल से गुज़रते हुए हमें, कहीं दूर, चीड़ के फलों के गिरने की आवाज़ सुनायी देती और रोबिना कहती, "यह शायद दुवाल या जिमी या कोई और पेड़ हिला रहा है।" मुझे भी रोबिना जितना ही इन्तज़ार रहता उस बिना रंग-रोगन के एक ओर ज़रा से झुके मकान के दिखने का, जिसके क़रीब कोई छायादार पेड़ नहीं था, खर-पतवार भरे खेतों पर तिरता—सर्दी में बर्फ़ से भरे मैदान पर तिरता—जंगल साफ़ कर बनाये मैदान के बीच, ताल पर तैरती अकेली नाव-सा। हमें देखते ही उसमें से निकलकर बच्चे बिखर पड़ते, क़रीब-क़रीब सफ़ेद से बालोंवाले सिवाय फिण्डली के, ठण्ड से ज़मीन के जमकर सख़्त हो जाने तक नंगे पैर घूमते। वे शोर मचाते और हमें दिखाने के लिए पम्प के हैण्डल से लटकते; वे जान-बूझकर सहन में गर्द और मुर्गियों के परों से गुबार उड़ाते।

वे क़स्बे के स्कूल में नहीं जाते थे। उनका स्कूल झाड़ियों के जंगल से एक-दो मील चलने के बाद दूसरी दिशा में था। रोबिना बताती थी कि वे हमेशा ही स्कूल की छात्र संख्या का बड़ा हिस्सा होते थे। मैं उनके स्कूल को घर का ही एक हिस्सा बना देने की कल्पना करती थी, पम्प के तले ओक लगाकर पानी पीने और छत पर बैठकर आसपास का नज़ारा देखने की।

उनके लिए मैं एक नज़ारा थी, नया और अजूबा। और मैं उनके साथ एक नयी हस्ती अख़्तियार कर लेती। मैं अपना कोट पहनती और वे कॉलर पर लगी खाल को छूने की इजाज़त माँगते। मैं मटक-मटक कर चलती। यह सब जादू-सा लगता, नशा पी लेने जैसा। *मेरी बात सुनो,* मैं कहती। मैं उन्हें पहेलियाँ बुझाती। उन्हें खेल के नियम बताती जो मैंने दूसरों को खेलते देखकर सीखे थे। *रेड रोवर, टेक ए जाएण्ट स्टेप, स्टैच्यू।* वे चिथड़ों में लिपटे उद्दण्ड और दुस्साहसी बच्चे, जो क़स्बे के लोगों से सहमते तो थे पर ईर्ष्यालु नहीं थे, मुझे अपना नेता बना लेते। मैं मान जाती, मुझे यह स्वाभाविक ही लगता। हम और खेल खेलते : *लुका-छिपी, आण्टी आण्टी ओवर द शैण्टी।* उनके यहाँ पुराने टायर को रस्सी से बाँधकर बनाया झूला था। वे कहीं भी चढ़ जाते और उनके साथ रहते मैं भी ऐसा ही करती। हम एक खुले कुएँ पर फट्टा रखकर उस पर चलते थे। मैं निरन्तर ख़ुश रहती, या अब मुझे ऐसा लगता है। समस्या बस खाने की थी। रोबिना जो मेरी माँ के बावर्चीख़ाने में ऐसी-ऐसी पुण्डिग बनाती थी और ऐसे ग़ज़ब के

केक-पेस्ट्रियाँ और दूसरे व्यंजन, यहाँ अपने घर में रोटी के टुकड़े पर चिकनाई से लथपथ और अधपका ठण्डा बेकन का टुकड़ा लगा खाने को दे देने का कुछ नहीं सोचती। बच्चे इसे चबाकर झटपट निगल लेते, फिर और माँगते; वे हमेशा भूखे होते थे। मैं किसी को अपना हिस्सा दे देती पर शिष्टाचार से वे मना कर देते।

जिमी और दुवाल अच्छे जवान थे, मर्दों जैसे पर अब भी खिलवाड़ के शौकीन। कभी-कभी वे हमारे पीछे दौड़ते और हमारी बाँहे पकड़कर हमें चक्कर कटाते। इस पूरे दौरान वे एक शब्द नहीं बोलते और बड़े सख़्त से दिखते। या वे मेरे अगल-बग़ल खड़े हो जाते और कहते, "कुछ याद है, यही है न वह जिसे गुदगुदी नहीं लगती?"

"पता नहीं, कुछ याद नहीं।"

"मेरे ख़्याल से तो यही है।"

वे कुछ सोचते हुए सिर हिलाते। फिर बस उन्हें हिलना होता जैसे कि वे मुझे दबोचने ही जा रहे हों, और मैं घबराहट भरी ख़ुशी से चीखने लगती। मैं गुदगुदाये जाने या गुदगुदाने की धमकी के डर से नहीं चीखती थी। मुझे ख़ुशी उनमें से एक होने पर, उनके द्वारा स्वीकार कर लिये जाने पर होती थी। उनके डीलडौल के बावज़ूद मैं जिमी और दुवाल से नहीं डरती थी। यह अन्दाज़ हो जाने पर भी कि वे मेरा मज़ाक उड़ा रहे हैं, मैं कभी बुरा नहीं मानती। मुझे वे रहस्य-भरे पर साथ ही दयालु और सक्षम लगते, कुछ-कुछ सर्कस के मसखरों जैसे। वे मसखरों जैसे करतब सचमुच दिखा भी सकते थे। कभी-कभी वे चुपचाप ये करतब दिखाते भी, सहन की धूल में क़लाबाज़ियाँ खाते, छलाँगें लगाते। रोबिना कहती थी कि वे सर्कस में काम कर सकते हैं पर वे घर नहीं छोड़ना चाहते, उन्हें अपने घर से प्यार है। वे स्कूल भी नहीं जाते थे। वे उस दिन से नहीं गये थे जिस दिन अध्यापक ने बोर्ड साफ़ करने का झाड़न खिड़की से बाहर फेंक देने की वजह से जिमी की पिटायी की थी, और जिमी और दुवाल ने मिलकर—रोबिना का कहना था—टीचर को पीट दिया था। यह बरसों पहले हुआ था।

"यह किसकी सहेली है?" वे कहते। मेरी। मेरी। और दोनों मेरी वजह से मज़ाक-मज़ाक में झगड़ा करते, एक-दूसरे से मुझे छीनते और कसकर बाँहों में जकड़ते। मुझे उनकी गन्ध, जो खलिहान और इंजनों और सिगरेटों की थी, भली लगती।

उनके दुश्मन थे जिन्हें उस अध्यापक की तरह आसानी से ठिकाने नहीं लगाया जा सकता था। कई दुकानदारों ने उन पर इल्ज़ाम लगाये थे। उनका एक दुश्मन स्टम्प ट्रॉय था, मैं उसे बहुत अरसे से, जिमी और दुवाल और इसलिए रोबिना के भी, दुश्मन के तौर पर जानती थी। उसके बेटे हावर्ड ट्रॉय के मेरे दुश्मन बन जाने के भी पहले से। पर तब तक मैंने इस मसले पर ज़्यादा ध्यान नहीं दिया था।

रोबिना कहती थी स्टम्प ट्रॉय ने पुलिस को जिमी और दुवाल के पीछे लगा दिया था क्योंकि वे एक शनिवार को उसके घर के सामने खड़ी मोटरों में से एक से पेट्रोल निकाल रहे थे। यह सच था कि वे पेट्रोल निकाल रहे थे—उस मोटर के लिए जो उनके

घर के सामने के रास्ते पर अक्सर मरम्मत के लिए खुली खड़ी रहती थी—पर वह तो एक ऐसे आदमी की मोटर में से निकाल रहे थे जिसने उनसे काम कराकर पैसे नहीं दिये थे और वे उससे ऐसे ही हिसाब बराबर कर सकते थे। रोबिना कहती थी कि इससे पहले से भी स्टम्प उनके बारे में अफ़वाहें फैलाता रहा था, और उसी ने डंगाननवाले गिरोह को जिमी और दुवाल को पैरामाउण्ट डान्स हॉल के बाहर घेरकर पीटने के लिए पैसा दिया था—जिमी और दुवाल भी एक बार में तीन-तीन से ज़्यादा को नहीं पीट सकते थे।

अब मैं सोचती हूँ कि शराब की तस्करी के काम में वे लोग प्रतिद्वन्द्वी या झगड़ा कर अलग हो गये सहयोगी रहे होंगे। मेरी माँ, जैसा कि स्वाभाविक था, शराब पीने के विरुद्ध थी और मेरी माँ के सामने रोबिना का भी यही विचार लगता था। वह कहती थी कि उसके पूरे परिवार ने शराब न पीने का व्रत लिया है, यह व्रत उसकी दादी ने दिलवाया था। मुझे यह बढ़ा-चढ़ाकर बखानी गयी बात लगती थी। सच्चाई जो भी हो, स्टम्प ट्रॉय ने जिमी और दुवाल को पुलिस-हवालात के चक्कर में फँसा दिया था तथा उन्हें और भी झंझटों में फँसा सकता था। वे दोनों उससे नफ़रत करते थे।

"वे वाक़ई नफ़रत करते हैं उससे। अगर किसी अँधेरी रात को स्टम्प ट्रॉय उन्हें सड़क पर मिल जाय तो उसे याद रहेगा कि किसी से दुश्मनी गाँठी थी।"

"वह सड़क पर कैसे निकलेगा?"

"यही तो बात है, उसकी क़िस्मत अच्छी है कि वह नहीं निकल सकता।"

"जिमी और दुवाल स्वभाव के अच्छे हैं," रोबिना कहती। "वे बुरे लड़के नहीं हैं पर अगर कोई उनसे चालबाज़ी करे तो वे भूलते नहीं। फिर वे उसे नहीं छोड़ते।"

सज़ाएँ। मैंने ख़ुद हावर्ड ट्रॉय की आँखों को कुचलने के बारे में सोचा। उसकी आँखों में सुए घुसेड़ने के बारे में। सुए मेरी जूतियों में लगे होंगे, तीखे और लम्बे। उसकी आँखों के कोए बाहर को उभरे होंगे, असुरक्षित, उलटे पतीलों जैसे, और मैं उन पर चलूँगी, उन्हें छेदती, चपटा करती, लहूलुहान करती, शान्त क़दमों से। यह सब मेरे देखे और सपनों जैसा साफ़-सुथरा और जादू-भरा नहीं था कि मन-ही-मन एक शब्द कहा और उसे भस्म कर दिया। मैं चाहती कि उसका सिर धड़ से जुदा किया जाये, तरबूज़ के गूदे से पिलपिले मांस से बहता ख़ून, हाथ-पैर नोच डाले जायें, आरे, कुल्हाड़े, छुरे और हथौड़े से उसके जिस्म की काट-पीट की जाये। अगर मैं उस पर जेब में रखे चाकू से वार कर पाती तो चीरा नहीं लगाती वैसा गोल छेद करती जैसा कि मेपल के पेड़ों से रस चुआने के लिए किया जाता है, मैं चाकू अन्दर गहराई तक घुसेड़ती और पीप-मवाद, हर तरह का ज़हर फूटकर बह निकलता, सब-कुछ निकल बहता।

आग घर में ऐसे भरी थी जैसे फोड़े में लहू भरा होता है। हर पल लगता था कि फट जायेगा पर चमड़ी अब भी टिकी थी। चमड़ी स्टम्प ट्रॉय के मकान की दीवारें और छत थीं। लकड़ी इतनी पतली लग सकती थी!

"अब छत की बारी है।" लोग कह रहे थे, और, "क़िस्मत अच्छी है, हवा नहीं चल रही।"

मुझे समझ में नहीं आया कि इसमें अच्छी क़िस्मत जैसा क्या या अच्छा क्या हो सकता है? वह घर जिसे देखने की मैंने कभी इच्छा या हिम्मत नहीं की थी, किसी बच्चे द्वारा बनाये चित्र में बने घर-सा साधारण निकला–बीच में दरवाज़ा, अगल-बगल दो सँकरी खिड़कियाँ और दरवाज़े के ऊपर एक खिड़की। निचली मंज़िल की दोनों खिड़कियाँ हावर्ड ट्रॉय ने अन्दर घुसने की कोशिश में तोड़ दी थीं। लोगों ने उसे वापस खींच लिया था। अब वह जलते घर के सामने की ज़मीन पर बैठा था। पराजित, टूटा हुआ लगता, बिल्कुल जैसा वह स्कूल में होता था।

क़स्बे से आग बुझानेवाला इंजन आ गया था, लेकिन जब तक वे वहाँ पहुँचे, आग बुझानेवालों के लिए हवा न चलने का शुक्र देने के अलावा करने को कुछ नहीं बचा था। उन्होंने सीढ़ियाँ निकाली थीं पर उन्हें कहीं लगाया नहीं। कुछ समय बाद उन्होंने एक नलके में से जो कि कुछ दूर पर क़स्बे की सीमा के अन्दर था, पानी जमाकर लिया और मकान के ढाँचे, बाड़ और पाख़ाने पर पानी छिड़का। उन्होंने लपटों पर भी पानी डाला पर यह बेकार का बेवकूफ़ी भरा यत्न लग रहा था। "इससे बेहतर तो तुम लोग दूर खड़े होकर उस पर थूको," रोबिना, जो बहुत उत्तेजित थी, चिल्लायी। वह ख़ुद किसी जलते शहतीर-सी थी, सनसनाती और चिटखती। वह गेट के पास खड़ी थीं जहाँ एक बड़ी-सी फोरसाइदिया की झाड़ी मौसम से पहले ही फूल उठी थी। वह मुझे अपने साथ ही रखे थी। मेरी माँ जो हमें मोटर में यहाँ लायी थी, सड़क पर कुछ दूर मोटर में बैठी थी। इसका मतलब कि यह नज़ारा वह भी देख रही थीं पर भीड़ के साथ खड़े होकर नहीं।

मैं थी जिसने सबसे पहले ऊपर की मंज़िल की खिड़की से आग को देखा था, रात के शामियाने के एक कोने पर लाली, क़स्बे की रोशनियों की दमक से अलग, गर्म रोशनी का स्रोत। यह जलता मकान था, अपनी दरारों और खिड़कियों से ऐसी ग़ज़ब की रोशनी फैलाता।

मुझे लगा कि रोबिना की परेशानी यह है कि वह इस आग के मामले में कुछ नहीं कर सकती थी। वह आग बुझानेवालों पर रोब नहीं झाड़ सकती थी। उसने कोशिश तो की पर वे वैसे ही चुपचाप काम करते रहे, बिना किसी जल्दबाज़ी के। लोग जो बातचीत कर रहे थे कम-से-कम उसमें वह दखल दे नहीं सकती थी।

"अच्छी बात है कि अन्दर कोई नहीं है।" किसी देर से आनेवाले ने कहा। और रोबिना सख़्ती से बोली, "तुम्हें पता नहीं यह किसका घर है?"

साफ़ था कि कई लोगों को नहीं मालूम था।

"तुम्हें पता नहीं यहाँ कौन रहता है? स्टम्प ट्रॉय।"

बात पूरी साफ़ नहीं हुई, इसलिए वह फिर बोली।

"स्टम्प ट्रॉय जिनकी टाँगें नहीं हैं। वह बाहर कैसे निकलेगा? वह अभी अन्दर ही है।"

"भगवान्," एक आदमी भक्तिभाव से बोला, "हे भगवन्, वह तो भुन जायेगा।"

आग के जलने से बड़ी विचित्र आवाज़ें आ रही थीं जैसे तख़्ते आपस में रगड़ खा रहे हों, य़ा घास काटने की मशीन कांक्रीट के फ़र्श पर घसीटी जा रही हो। मैंने कभी न सोचा था कि जलती आग से ऐसी शोर-भरी ज़ोरदार आवाज़ें आ सकती हैं। क्या इस कोलाहल के अन्दर फँसा स्टम्प ट्रॉय चिल्ला रहा था, क्या वह मदद की गुहार कर रहा था? अगर ऐसा था तो आग का शोर इतना था कि कोई उसकी आवाज़ नहीं सुन पा रहा था।

रात ज़्यादा नहीं हुई थी, ज़्यादातर लोग अभी सोने नहीं गये थे या फिर बिस्तरों से निकल आने के लिए तैयार रहे होंगे। अब तक सड़क मोटरों से भर गयी थी। काफ़ी लोग मोटरों में बैठे देख रहे थे, लेकिन बहुत सारे लोग बाहर भी थे, आग बुझानेवालों के पीछे घूमते या बाड़ से लगे खड़े। उनके चेहरे आग की रोशनी में दमकते। बच्चे तक दौड़-भाग नहीं कर रहे थे, आग ने उनका ध्यान बँटा लिया था। मैंने रोबिना के छोटे भाई-बहनों को, कम-से-कम उनमें से कुछ को, देखा। उन्होंने अपने घर से आग को देखा होगा—अब तक तो आकाश में दूर से दिखती विराट् मशाल होगी—और रात में झाड़ियाँ पार करके चलते हुए आग तक आ पहुँचे थे। रोबिना ने भी उन्हें देखा और फ़ौरन आवाज़ लगायी।

"फ्लॉरेन्स। कार्टर! फिण्डली! तुम इससे पीछे रहो!"

वे तो वैसे ही पीछे खड़े थे, वे इतने नज़दीक नहीं थे जितने कि हम थे।

उसने नहीं पूछा कि जिमी और दुवाल कहाँ हैं, अवश्य ही वे ऐसा दृश्य देखने के अवसर नहीं गँवाना चाहते। मैंने उसकी ओर से चिल्लाकर पूछा।

"फ्लॉरेन्स, जिमी और दुवाल कहाँ हैं?"

रोबिना ने अपनी समूची बाँह को घुमाकर मेरे चेहरे पर मारा। ऐसा करारा प्रहार मुझपर न हुआ था, न होने की सम्भावना थी। यह इतना अचानक था कि मुझे लगा कि इसका आग से कुछ सम्बन्ध है (क्योंकि लोग बराबर कह रहे थे, "ध्यान रखो, पीछे रहो, बस अब यह ढहने ही वाला है, उड़ते तख़्तों से बचना।") या फिर, रोबिना की बाँह किसी और आघात से मुझे बचाने के लिए उठी थीं। उसी क्षण छत आख़िर ढह गयी, और लोग पीछे को दौड़े। लपटें आकाश चूम रही थीं। करीबन इसी समय सहन के एक और हिस्से से एक चीख सुनायी दी हालाँकि मुझे बाद तक समझ नहीं आया था कि इस चीख का कारण क्या था। उस हुल्लड़ से मैं इतना चकरा गयी थी कि मुझे

यहाँ तक लगा कि इसका सम्बन्ध रोबिना के मुझ पर हाथ उठाने से है। यह चीख असल में हावर्ड ट्रॉय के लिए थी जो झपटकर लपटों से भरे, ढहते हुए दरवाज़े से अन्दर घुस गया था। अगर उसका इरादा किसी को बचाने का था तो उसके लिए बहुत देर हो चुकी थी और उसके ख़ुद के बचाये जाने के लिए भी।

बाद में लोगों ने इसके लिए अनेक स्पष्टीकरण दिये। एक यह था कि वह दूसरी तरफ़ भागना चाहता था पर उस गड़बड़ी में मतिभ्रम हो जाने से आग में ही जा कूदा। एक यह कि उसने अपने पिता को पुकारते सुना था और यह सोचकर कि उसे अब भी बचाया जा सकता है, अन्दर घुस गया था। या उसे लगा था कि उसने पुकार सुनी है। पर तब तक तो स्टम्प ट्रॉय चिल्लाने लायक़ रहा ही नहीं होगा। यह कहानी जो हावर्ड ट्रॉय को हीरो बना देती, पर अधिक लोकप्रिय नहीं हुई, हालाँकि कुछ लोग जिनमें मेरी माँ भी शामिल थी, यही कहते रहे।

एक और वर्णन यह था कि आग ख़ुद हावर्ड ट्रॉय ने लगायी थी, शायद अपने पिता से झगड़ने के बाद या शायद बिना किसी ख़ास कारण के, सिर्फ़ यह दिखाने के लिए कि वह ऐसा कर सकता है, कि लोगों का ख़्याल सही था कि उसका दिमाग़ कुछ ख़राब था और किसी-न-किसी दिन वह कुछ गड़बड़ कर डालेगा। पेट्रोल के एक डिब्बे की वजह से इस मत को समर्थन प्राप्त था। वे लोग जिन्हें विश्वास था कि आग लगायी गयी है, तर्क देते कि स्टम्प ने ही आग लगायी या लगवायी होगी, बीमे की रकम डकारने के लिए। उसका इरादा घर से बाहर रहने का रहा होगा या उसे आशा रही होगी कि हावर्ड उसे निकाल लेगा, और हावर्ड कायरता या हाथ-पाँव फूल जाने की वजह से उसकी योजना पूरी नहीं कर पाया था। फिर ग्लानि से या अधिकारियों का सामना करने के डर से, हावर्ड आग में कूद गया था।

पर ये सब स्पष्टीकरण बाद में मिले थे। उस समय तो लोग सिर्फ़ जिन्होंने लड़के का आग में कूदना नहीं देखा था उन्हें बताने में लग गये। मुझे ख़ुद हैरानी नहीं हुई थी। आग लगने और मेरे चेहरे पर पड़े थप्पड़ ने मुझे कुछ समय के लिए अनुभूति-शून्य कर दिया था। मैंने चेहरे पर हाथ लगाकर देखा, हैरानी थी कि मेरे दाँत हिल नहीं गये थे; सिर्फ़ जहाँ दाँत का कोना होंठ में गड़ गया था वहाँ से ज़रा-सा ख़ून निकला था।

एकदम से लगा था कि आग से रोबिना का मन तंग आ गया है। वह अपने साथ घसीटती हुई मुझे गेट से बाहर और सड़क पर ले आयी थी। माँ की मोटर कहीं नहीं दिखी।

"वह हमसे पहले ही घर चली गयीं", "रोबिना" बोली। "मैं उन्हें दोष नहीं देती। ये मूरख चाहें तो रात-भर खड़े रहें। मैं जानती हूँ वे किसका इन्तज़ार कर रहे हैं। वे लाश," उसने अपनी ग़लती सुधारी, "लाशें देखने की फ़िराक़ में हैं। करें इन्तज़ार।"

मैंने जवाब नहीं दिया, न एक बार भी मुड़कर आग की तरफ़ देखा। मैं आगे चल रही थी। एक बार रोबिना ने मुझे धक्का देकर एक तरफ़ कर दिया, गड्ढे में गिरने से बचाने के लिए। ज़ब उसने मुझे छुआ मैं चिहुंक पड़ी थी।

"तुम तो यों चल रही हो जैसे नींद में हो। मैंने तुम्हें सिर के बल गड्ढे में गिरने से बचाने के लिए पकड़ा था।"

जब मोटरों की क़तार ख़त्म हो गयी और रास्ता ज़रा चौड़ा हो गया तो रोबिना आगे आकर मेरे साथ-साथ चलने लगी। मुझे लगा कि वह अगर एक ही समय पर मेरे चारों तरफ़ हो सकती, आगे भी, पीछे भी और अगल-बग़ल भी तो वह यही करती। वह मुझे हर तरफ़ से घेर कर मेरे अन्तरतम में झाँकती रहती जब तक कि उसे जो भी वह ढूँढ़ रही थी न मिल जाता और उसे वह अपने अनुसार क़रीने से न लगा लेती। फ़िलहाल उसने कहा, "अब अगर तुम इस तरह की मामूली चीज़ों से परेशान हो जाओगी तो इस दुनिया में तुम्हारे लिये तमाम झंझट होंगे।"

मैं किसी भी तरह रोबिना को तंग या परेशान करने की कोशिश नहीं कर रही थी। मेरा इरादा जवाब देने का था। कुछ समय तक मुझे लगा था कि मैंने जवाब दिया है, जैसे कभी-कभी हल्की नींद में ही आप ख़ुद से कुछ करने के लिए कहते रहते हैं—खिड़की बन्द करने के लिए या बत्ती बुझाने के लिए—और आख़िर नींद में ही ख़ुद को विश्वास दिला देते हैं कि आपने वो काम सचमुच कर लिया है। और ऐसी नींद के बाद आप पक्केतौर पर नहीं जान पाते कि सचमुच क्या हुआ था, और क्या आपने सपने में देखा था। बाद में मुझे कभी पता नहीं चल पाया कि रोबिना सचमुच बीच-बीच में बड़ी परायी-सी नर्म और परेशान आवाज़ में मुझ से बोल रही थी या नहीं, कोई धमकी देती या वादा करती, कभी डराती और कभी आश्वस्त करती।

या उसने कभी कहा भी था, "सुनो, मैं तुम्हें अपनी बाँह दिखाऊँगी।" अगर उसने कहा था तो मैंने उसका जवाब नहीं दिया था।

जब मैं हाईस्कूल में थी या कॉलेज में पढ़ते समय सप्ताहान्त में घर आती तो कभी-कभी बाज़ार में रोबिना को घूमते देखती थी, उसकी पोशाक की फड़फड़ाती बाँह, उसकी सही-सलामत झूलती बाँह, उसके लम्बे डग जिनसे सदा लगता था कि वह ढाल पर उतर रही है। अरसे से वह हमारे यहाँ काम नहीं कर रही थी। जब मेरे पिता घर लौटे और अपने साथ एक ऐसी नर्स ले आये जो अपने ढंग से बावर्चीख़ाना चलाना चाहती थी, तो उसके लिए कोई जगह नहीं बची, न उसकी तनख़्वाह के लिए पैसा। मैं जब उसे देखती तो मुझे अपने बचपन की याद आ जाती, आतंक और लज्जा से भरे अपने अतीत की। क्योंकि मैं अब बदल गयी थी। मेरा माहौल बदल गया था, इसलिए मैं मानती थी कि क़िस्मत साथ दे और ज़रा क़ायदे से ज़िन्दगी चलाऊँ तो मैं भी बाक़ी लोगों जैसी ही बन सकती हूँ। और असल में मैंने यही किया भी।

अज़ीब-सी लगती थी मुझे रोबिना; कुछ बेढंगी, कुछ झक्की और बहुत साफ़-सुथरी भी नहीं। फिर भी मैं उससे बोल लेती, मैं उससे बात करने को तैयार थी। पर वह अपना

सिर दूसरी तरफ़ घुमा लेती और मुझसे कभी नहीं बोलती, वह मुझे दिखाती कि मैं भी उन्हीं लोगों से मिल गयी हूँ जिन्होंने उसके साथ बुरा किया था।

वह अब शायद मर गयी होगी, रोबिना। जिमी और दुवाल भी मर गये होंगे, हालाँकि इसकी कल्पना करना मुश्किल है। मेरे रिटायर होने में कुछ साल बाक़ी हैं। मैं विधवा हूँ, एक सरकारी अधिकारी, एक अपार्टमेण्ट इमारत की अट्ठारहवीं मंज़िल पर रहती हूँ। मुझे अकेले रहते बुरा नहीं लगता। सन्ध्या समय मैं पढ़ती हूँ, मैं टेलीविज़न देखती हूँ। नहीं, हमेशा ही ऐसा नहीं होता। कभी-कभी मैं अँधेरे में बैठी रहती हूँ। ह्विस्की और पानी पीती, बिना प्रयोजन या तारतम्य के, पर साथ ही अब एक सुकून से ऐसी ही चीज़ों के बारे में सोचती जो मैं भूल गयी थी या बहुत अरसे से जिनके बारे में सोचा नहीं जा पाता था।

जब इसे याद रख पानेवाले सब मर जायेंगे, तब मुझे लगता है कि आग की कहानी भी ख़त्म हो जायेगी, ऐसा हो जायेगा मानो उस दरवाज़े के बीच में से होकर कोई दौड़ा ही नहीं।

●

माराकेश

किनारे के बरामदे में सीधी पीठवाली कुर्सी पर बैठी हुई डोरोथी मेवे खा रही थीं। घरेलू सामान की दुकान में रखी मशीन से मेवे ख़रीदने की उसकी आदत हो गयी थी। काग़ज़ के जिस सफ़ेद थैले में से उन्हें निकाल कर खा रही थी उस पर एक गिलहरी की तस्वीर थी। सत्तर की उम्र में सीने के दर्द की वजह से मजबूरन उसे सिगरेट छोड़नी पड़ी थी। स्कूल बोर्ड उससे कभी यह काम नहीं करवा पाया था। विद्यार्थियों के अभिभावकों के दस्तख़तोंवाले आवेदन-पत्र का भी कुछ असर न हुआ था। गोर्डी लोमेक्स—जिसकी अब मृत्यु हो चुकी थी—यह आवेदन उसके पास लाया था जो पहले स्कूल बोर्ड को भेजा गया था। उसने आवदेन-पत्र को ऐसे पढ़ा मानों हिज्जे जाँच रही हो, फिर दृढ़ता से कहा, "उनसे कहो, मुझमें केवल एक ही ख़राब आदत है।" और गोर्डी ने वापस जाकर उन्हें बता दिया।

"वह कहती है उसमें सिर्फ़ एक ही ख़राब आदत है।"

वायोला ने भविष्यवाणी की थी कि मेवे खाने से डोरोथी मोटी हो जायेगी, पर डोरोथी को कोई भी चीज़ मोटा नहीं कर सकती थी। वायोला को नाराज़गी यह भी थी कि वह ख़ुद ऐसा नहीं कर सकती थी, मेवे और सेब नहीं खा सकती थी। उसके कुछ दाँत नकली थे।

फ़िलहाल डोरोथी अकेली थी। वायोला जानेट को साथ ले क़ब्रिस्तान तक गयी थी। सुबह-सवेरे, नाश्ते से पहले उसने डेल्फिनिअम्स की क्यारी में उगे सब फूलों को काट लिया था। आजकल डेल्फिनिअम्स ख़ूब खिल रहे थे, हर तरह के हलके-गहरे नीले और जामुनी रंगों में। वह एक गुलदस्ता अपने पति की क़ब्र के लिए, एक डोरोथी के पति की क़ब्र के लिए (डोरोथी के पति की क़ब्र का ज़िम्मा भी उसी ने ले लिया था क्योंकि डोरोथी क़ब्रिस्तान के आसपास कम ही जाती थी) और एक उनके माता-पिता के लिए ले जाना चाहती थी।

नाश्ते के समय उसने जानेट से कहा, "मैंने सोचा तुम शायद 'आख़िरी पड़ाव' तक मोटर में सैर करना चाहो।" यह नाम उसके पति ने दिया था, मज़ाक में। स्वाभाविक था जानेट को पता नहीं हो वह किस बारे में बात कर रही थी। वायोला ने यह बात ज़रा स्वर दबाकर, ज़रा शर्माकर एक अदा से कही थी, जैसा कि वह अक्सर करती थी। अपने ऐसे व्यवहार पर उसका कोई बस न था। पन्सारी की दुकान पर कैशियर से,

गैराज में मैकेनिक से, लॉन में घास काटनेवाले किशोर से बात करते वक़्त चाँदी से लहरदार बालोंवाले सर को झुकाकर वह शिकायतें-सी बुदबुदाती रहती, जो अधिकांश में अनसुनी रह जातीं। डोरोथी को सदा झेंप आती। वायोला की मूर्खता को ढाँपने के लिए उसे ज़्यादा रूखा और संक्षिप्त होना पड़ता, जो कि वैसे शायद वह नहीं होती।

डोरोथी ने कहा, "उसका मतलब है क़ब्रिस्तान।"

अपनी प्यारी मुस्कराहट के साथ जानेट ने कहा, "ओह, मुझे क़ब्रिस्तान बहुत अच्छा लगता है।"

बिना दूध मिली कॉफी से भरे प्याले में डोरोथी ऐसे झाँक रही थी मानों वह कुआँ हो। उसने कहा, "इसमें अच्छा लगनेवाली क्या बात?"

जानेट ने उत्साह से कहा, "मुझे वहाँ का नज़ारा अच्छा लगता है। और पुरानी क़ब्रों पर लगे पत्थर। उन पत्थरों पर ख़ुदे नाम और विवरण पढ़ना मुझे अच्छा लगता है।"

"डोरोथी को लगता है मैं मनहूस हूँ।" वायोला ने बात लगायी।

"मुझे ऐसा कुछ नहीं लगता।" डोरोथी ने कहा, और कुछ याद आते ही चमक उठीं, "क़ब्रिस्तान में शीशे की बोतलें ले जाना मना है।" उसने उन गुलदस्तों पर नज़र दौड़ायी जिन्हें वायोला ने बोतलों में सजाकर रखा था। "तुम्हें इनको निकालकर आइसक्रीमवाले प्लास्टिक के डिब्बों में लगाना पड़ेगा।"

वायोला ने कहा, "मना है? आख़िर क्यों?"

डोरोथी ने एक सुकून के साथ जवाब दिया, "लोगों द्वारा तोड़-फोड़ और कूड़ा फैलाने के कारण। मैंने रेडियो पर सुना था।"

जानेट डोरोथी की पोती थी। जानेट को दो वृद्धाओं के साथ देखकर—और ज़्यादातर वायोला के साथ देखकर जो अब भी अपनी कार चलाती थी—क़स्बे के लोग अक्सर इस बात से अनजान रहते थे। उन्हें लगता था कि वह कोई दूर की रिश्तेदार है। हालाँकि सारा जीवन डोरोथी इसी क़स्बे में या इसके आसपास रही थी मगर अब किसे याद था कि वह विधवा हो गयी थी, एक छोटे से लड़के को पालने-पोसने की ज़िम्मेदारी के साथ, कि उसके बेटे का नाम बॉबी था, कि वह यहीं चार साल तक हाईस्कूल गया था और पहले महायुद्ध के अन्तिम सालों में दह काम की तलाश में पश्चिम के प्रान्तों की ओर चला गया था। अपने विधवा होने के समय से लेकर रिटायर होने तक डोरोथी ने क़स्बे के स्कूल में कक्षा सात को ही पढ़ाया था और इसीलिए लोग भूल गये कि उसकी अपनी कोई व्यक्तिगत ज़िन्दगी भी रही थी। अनेक परिवर्तनशील, दोलायमान जीवनों के बीच वह एक स्थिर नक्षत्र की तरह हो गयी थी। बाज़ार या सड़क पर उसे आते-जाते देखकर ट्रक के ड्राइवरों, दुकानदारों, बच्चों की गाड़ियाँ धकेलती माताओं को—और अब तो बच्चों की गाड़ियाँ धकेलती दादियों-नानियों को भी—उसका गणित के सवाल और हिज्जों के सबक पढ़ाना, और कक्षा में उसका गम्भीर पर सहृदय व्यवहार याद आ जाता। वह ख़ुद उस कक्षा, जिसमें उसने अपने जीवन के इतने साल काट दिये

थे, के बारे में बहुत कम ही सोचती थी। और वह उसे देखने जा भी तो नहीं सकती थीं क्योंकि पाँच साल पहले स्कूल का पुराना भवन गिराकर एक आधुनिक शैली का अनाकर्षक भवन खड़ा कर दिया गया था; लेकिन क़स्बे के लोगों के ज़ेहन में वह और पुराने स्कूल का भवन एक ही थे और वे उसे अभी तक स्कूल की अध्यापिका के रूप में ही देखते थे। उसके नाम के आगे लगा 'श्रीमती' सम्बोधन किसी को दिखावे को दी गयी पदवी की तरह अर्थहीन था।

उसका लड़का, बॉबी, ब्रिटिश कोलम्बिया प्रान्त के किसी बीहड़ हिस्से में महायुद्ध से पहले ही मोटर दुर्घटना में मारा गया था। पर उसे विवाह करने और एक पुत्री का पिता बनने का समय मिल गया था। वह थी जानेट। जानेट की माँ, जिससे डोरोथी आज तक नहीं मिली थी, उसके बाद वैनकूवर चली गयी थी और कुछ ही सालों में उसने फिर शादी कर घर बसा लिया था। उसका परिवार बाद में काफ़ी बड़ा हो गया। जब जानेट चौदह साल की थी तो वह पहली बार अपनी दादी के पास गर्मी का एक महीना बिताने के लिए ट्रेन पर पूर्व की ओर आयी। उसके बाद कुछ सालों तक वह हर गर्मियों में वहीं चली आती। सफर ख़र्च डोरोथी और जानेट का सौतेला पिता बराबर-बराबर बाँट लेते। डोरोथी का उसके पिता के साथ पत्र-व्यवहार चलता था। उसने यह बताया था कि माँ और बेटी और माँ के अनेक बच्चों के बीच कुछ स्वभावगत मनमुटाव था; अच्छा था कि उन्हें एक-दूसरे से कुछ छुट्टी दी जाये। समझदार आदमी लगता था। अब उसकी भी मृत्यु हो चुकी थी। अपनी माँ और उसके परिवार से अब जानेट का मिलना-जुलना न के बराबर था।

पर उसने डोरोथी के पास आना जारी रखा, और जब वायोला भी वहीं रहने लगी तो डोरोथी और वायोला के पास। उसे कॉलेज में जाने की स्कॉलरशिप मिली थी। वहाँ उसने एम.ए. किया, फिर पी-एच.डी. और फिर उसी कॉलेज में पढ़ाने का काम मिल गया। वह अक्सर यात्रा करती रहती। डोरोथी के यहाँ वह कभी एक हफ़्ते से ज़्यादा नहीं ठहरती थी, और कभी-कभी तो केवल तीन-चार दिन ही। उसे अन्य नगरों में अपने मित्रों से भी मिलना होता था, वैसी ही व्यवस्था करके वह आती थी। डोरोथी को लगता था कि अपने एक समान चलते जीवन से वह काफ़ी उकता गयी थी।

जब वह पहली बार छोटी उम्र में वहाँ आयी तो जानेट के बाल छोटे और भूरे थे। बाद में वे सन के से रंग के पीले हो गये थे। एक साल जब वह आयी तो उसके बाल इस तरह फुलाकर बने थे मानों उसके सिर पर बुलबुलों का ढेर लगा हुआ हो। उन दिनों वह अपनी पलकों के ऊपर भवों तक नीला रंग लगा लेती, सन्तरी और जामुनी, पीले और लाल रंगों के डिज़ाइनों में छपी लम्बी चुस्त पोशाकें पहनती। बचपन में सीधे-सादे कपड़े पहननेवाली गम्भीर लड़की का ऐसे भड़कीले, शरीर पर कसे वस्त्र पहनना सबको हैरान कर देनेवाला था। उससे और अधिक हैरानी होती थी उसे अब देखकर। उसने बाल बढ़ा लिये थे और या तो वह उनकी एक चोटी बनाती या अपने

घुँघराले और हल्के पीले बालों को खुला छोड़ देती थी। वह जीन्स, देहाती औरतों जैसा ब्लाउज़ और मनकों तथा तरह-तरह की धातुओं के ज़ेवर पहनती थी। पैर ज़्यादातर नंगे। कभी वह विभिन्न डिजाइनों में छपे कपड़ों से बनी, ऊँची, बचकानी पोशाकें भी पहनतीं, बच्चों के खेलने के कपड़ों जैसी, जिनमें उसकी उघड़ी पीठ से ज़ाहिर होता कि वह नीचे अँगिया नहीं पहने है। उसकी ज़रूरत भी नहीं थी। वह तीस साल की थी पर उसका बदन ग्यारह साल की बच्ची का-सा था।

वायोला ने धीरे से कहा, "क्या ख़्याल है, वह हिप्पी बनने की कोशिश में है? पढ़ाते वक़्त यह सब ज़रूर हास्यास्पद लगता होगा।" वायोला को सामने मुस्कराते हुए पीठ में छुरा भोंकने में महारथ हासिल थी। बैंकर की पत्नी के रूप में उसके सामाजिक जीवन ने उसे इसका अभ्यस्त बना दिया था। वास्तव में उसकी बात का निशाना डोरोथी थी, क्योंकि जानेट डोरोथी की पोती थी। डोरोथी और वायोला, दोनों साथ रहने की इस व्यवस्था से काफ़ी सन्तुष्ट थीं। यह क़िफायती थी, इससे एक-दूसरे का साथ रहता था, और साथ ही किसी दुर्घटना या बीमारी-तक़लीफ़ में मदद भी मिल सकती थी। उन्हें एक-दूसरे की संगति में वही आराम मिलता था जो दो लड़ाकू बच्चों या बेमेल पर बहुत वर्षों से साथ रह रहे पति-पत्नी को मिलता है, एक ऐसा आराम जो इतना अस्पष्ट और अव्यक्त था कि ऊपरी सतह पर—कम-से-कम ऐसा महसूस होता था—ज़्यादातर खीझ, एक-दूसरे का विरोध और दूसरे की चालों के प्रति सजगता ही नज़र आती थी।

डोरोथी ने कहा, "आजकल कॉलेजों में इसी तरह के कपड़े पहने जाते हैं।"

"अध्यापकगण भी?"

"इससे कोई फ़र्क़ नहीं पड़ता।"

"पता नहीं वह कभी शादी करेगी या नहीं?" वायोला ने कुछ सोचकर कहा।

डोरोथी ने इन नये तरह के वयस्कों की तस्वीरें कुछ पत्रिकाओं में देखी थीं जिन्हें देखकर लगता था कि उन्होंने वयस्कता को छुट्टी दे दी है। जानेट उस तरह की पहली लड़की थी जिसे उसने क़रीब से देखा था। पहले लड़के-लड़कियाँ वयस्कों की तरह दीखने की कोशिश करते थे जिसका नतीज़ा अक्सर काफ़ी बचकाना होता था। और अब वयस्क आदमी-औरत किशोर दीखने की कोशिश कर रहे थे, शायद तब तक, जब तक कि वे बिल्कुल बुढ़ापे के कगार पर न आ जायें। जानेट के चेहरे पर अभी से बच्ची का एक वृद्धा में बदलना देखकर अजीब-सा लगता था। कभी वह अपनी उम्र से दस बरस छोटी लगती थी, बिना प्रसाधन के चेहरे पर नवयुवती जैसे भाव, साफ़-सुथरी, कुछ खोई-सी और अपने में मगन। पर कुछ ही समय बाद रोशनी दूसरी तरफ़ से पड़ने, या कोई मानसिक या शारीरिक बदलाव होने से वही चेहरा नीलों से भरा, कुछ सिकुड़ा और मुर्दा-सा, और आँखों के नीचे की झुर्रियाँ गहरी हो जातीं। जीवन की एक अवस्था से दूसरी अवस्था के बीच के बहुत-कुछ अनुभव निस्सन्देह कहीं छूट गये थे।

बरामदे में बैठी डोरोथी को लगा कि इससे पहले की गर्मियों में सामने की सड़क की ऐसी दुर्दशा कभी न हुई थी। पेड़ों के कट जाने की वजह से सड़क नंगी-सी लग

रही थी। पिछले पतझड़ में म्युनिसिपलिटी के आदमी आये थे और उन्होंने सड़क पर सालों से लगे उन ऊँचे और छायादार एल्म वृक्षों को काट दिया था जिनकी शाखाएँ बहुत से घरों की ऊपरी मंज़िल की खिड़कियों को छूती थीं और कमरों में अपनी छाया से अँधेरा कर देती थीं और अक्टूबर में सामने के लान को झड़ी सूखी पत्तियों से ढँक देती थीं। इन सभी वृक्षों में बीमारी लग चुकी थी, कुछ तो अधमरे हो गये थे और बर्फीले तूफानों में वे ख़तरनाक साबित हों, इससे पहले उन्हें काट देना ज़रूरी था। सर्दियों में यह पता नहीं चल पाया था कि कितना बदलाव आया था, क्योंकि तब सड़क के नज़ारे में पेड़ नहीं, सड़क के दोनों ओर लगे बर्फ़ के ऊँचे-ऊँचे ढेर मुख्य थे। पर अब डोरोथी ने बहुत बड़ा फ़र्क़ महसूस किया। बड़े-बड़े घने वृक्षों की वजह से मकान एक-दूसरे से अलग और उनके सामने के लॉन ज़्यादा बड़े लगते थे; यहाँ-वहाँ मरम्मत किया संकीर्ण फुटपाथ भी किसी नदी की तरह रोशनी और छाया में लहराता रहता था।

जानेट ने यह देखते ही बिसूरना शुरू कर दिया था। अपनी क्रीम रंग की विदेशी मोटर से बाहर क़दम रखते ही उसने कहा, "पेड़। ख़ूबसूरत पेड़। किसने काटा उन्हें?"

डोरोथी ने कहा, "म्युनिसिपलिटी ने।"

"और कौन करेगा ऐसा काम।"

अपनी पोती के बिना गर्मजोशी के गले लगने और चुम्बन के रूप में गाल-से-गाल सटाने के बाद डोरोथी ने कहा, "उनके पास और कोई चारा भी तो नहीं था। पेड़ों में डच एल्म बीमारी लग गयी थी।"

"यही चीज़ हर जगह हो रही है।" जानेट ने उसकी बात पर ध्यान न दे टोककर कहा, "यह सब उसी विनाश का एक हिस्सा है। पूरा देश एक कचरे के ढेर में बदलता जा रहा है।"

डोरोथी उससे सहमत नहीं हो पायी। वह देश के बारे में तो कुछ नहीं कह सकती थी पर यह क़स्बा तो कचरे के ढेर में बिल्कुल नहीं बदला था। बल्कि किन्समैन सभा के सदस्यों ने नदी के पास एक बंजर पड़ी ज़मीन को साफ़कर वहाँ एक ख़ूबसूरत पार्क बना दिया था। ऐसे पार्क की पिछले सौ सालों से इस क़स्बे में कमी थी। उसे पता था कि पिछली सदी के दौरान इस डच एल्म बीमारी ने यूरोप में एल्म के सभी पेड़ों का सफ़ाया कर दिया था और अब यह बीमारी पिछले पचास वर्षों से इस महाद्वीप में फैलती जा रही थी। ईश्वर जानता है कि वैज्ञानिकों ने इसका इलाज ढूँढ़ने के लिए भरसक यत्न किया था। उसे लगा कि यह सब बताना चाहिए। जानेट बहुत हलके से मुस्करायी, हाँ, पर तुम्हें नहीं पता क्या हो रहा है, यह विनाश हर जगह है, औद्योगीकरण और विकास जीवन के सत्त्व को नष्ट कर रहे हैं।

क्या कहने, डोरोथी ने सोचा। वह भूल गयी थी कि हर बात को निराशावादी तरीक़े से देखने की जानेट की आदत पर उसे कैसे गुस्सा आता था। गुस्सा आने पर वह उन बातों का भी समर्थन करने लगती जिनके बारे में उसका अन्दाज़ा था कि उसे कुछ नहीं

पता और जिनकी सफ़ाई में कुछ कहना उसका काम नहीं था। जीवन का सत्त्व। न वह ख़ुद इस तरह की बातें सोचती, न कभी ऐसे लोगों से मिलती जो इस तरह की बात करते थे। जानेट को समझना अपने आप में एक समस्या थी।

"उसके पास इतनी बढ़िया गाड़ी है," वायोला ने कहा था। "पढ़ी-लिखी है, नौकरी पर लगी है, अपने सिवा और कोई नहीं जिस पर पैसा ख़र्च करना हो, और दुनिया-भर घूम चुकी है—हमारे लिये यह सब सपना नहीं था क्या—और फिर भी वह ख़ुश नहीं है।"

वायोला ने ज़रूर सोचा होगा कि जानेट नाख़ुश और कटु इसलिए हो गयी थी क्योंकि अभी तक वह किसी पुरुष को आकर्षित कर उससे शादी करने में नाकामयाब रही थी। डोरोथी को ऐसा नहीं लगता था और उसे सही-सही मालूम भी नहीं था कि नाख़ुश या कटु जैसे शब्द वह व्यक्त कर सकते थे जो जानेट थी। जानेट के लिए किशोरी शब्द उसके दिमाग़ में आया, पर उससे भी पूरी बात स्पष्ट नहीं होती।

डोरोथी को ख़ूब याद था—जब वह छोटी थी तब एक दिन अपने पिता के खेत के बग़ल की ज़मीन पर घास में लेटकर ज़ोर-ज़ोर से रोयी थी, और क्यों? क्योंकि उसके पिता और भाई एक बाड़, टूटी-फूटी सड़ गये लट्ठों की एक बाड़ की जगह काँटेदार तार लगा रहे थे। किसी ने उसके विरोध पर ध्यान नहीं दिया और कुछ समय बाद वह उठी, आँसू पोंछकर चेहरा धोया और धीरे-धीरे काँटेदार तार की आदी हो गयी। तब उसे बदलाव कितना बुरा लगता था, तब पुरानी चीज़ों से कितना लगाव था, पुरानी सड़ी काई से भरी रमणीक चीज़ें। अब वह खुद भी बदल गयी थी। सुन्दर चीज़ों से उसे अभी भी लगाव था, यह सही था, पर सुन्दरता अब रोज़मर्रा के जीवन का अंग बन गयी थी। उसका अपना कोई महत्त्व न था, न ही पुरानी, परिचित चीज़ों का। सड़क के पार बने वे मकान पिछले चालीस वर्षों से उसके घर के मुहल्ले के मकान ही थे और कुछ नहीं। जब वह छोटी थी तब इस क़स्बे में आना बड़ी बात थी। तब ये मकान क़स्बे के जाने-पहचाने क्षेत्र का एक भाग थे। जब उसका परिवार देहात से क़स्बे में आता तो वे घोड़ागाड़ी को मेथोडिस्ट गिरजे के अस्तबल में छोड़ने के लिए इसी सड़क से निकलकर जाते थे। लेकिन अगर वे सभी घर ढहा दिये जायें, उनकी बाड़ें बग़ीचे और सब्जियों की क्यारियाँ और सेब के पेड़ और आगे-पीछे बनी तमाम चीज़ें सपाटकर उनकी जगह एक बाज़ार खोल दिया जाये, तो वह अपनी आँखें नहीं बन्द कर लेगी। नहीं, वह ऐसे ही बैठी रहेगी, ऐसे ही चारों तरफ़ देखेगी। वह सामने से गुज़रते लोगों और मोटरों के ताँते को, जगमगाते-झिलमिलाते बिजली के बड़े-ऊँचे सूचनापटों को और नये बने, दुकानों से भरे बाज़ार के भवन को खाली, बुझी आँखों से नहीं, बल्कि एक गहरी उत्सुकता से देखेगी। देखने के लिए कोई भी चीज़ काफ़ी थी; सुन्दर या बदसूरत अब कोई मायने नहीं रखता था, क्योंकि हर चीज़ में कुछ नयापन था। उम्र बढ़ने के साथ-साथ यह अनुभूति भी बढ़ी थी, पर यह निरपेक्षता या संसार त्याग देने की अनुभूति

न थी; यह उसके बिल्कुल विपरीत थी, यह उसे परेशान-सा कर समझने-सोचने के लिए मजबूर कर देती।

वायोला ने एक-दो बार उससे कहा भी था, "ऐसा नहीं लगता कि तुम कोई आनन्ददायक बातें सोच रही हो। आनन्ददायक विचार जवान बनाये रखते हैं।"

"ऐसी बात है?" डोरोथी ने कहा, "तो ठीक है। मैं जवान भी रही हूँ।"

पेड़ों के न रहने से अब मेयो स्ट्रीट और आर्थर स्ट्रीट तक भी देखा जा सकता था। डोरोथी ने ब्लेयर किंग को नुक्कड़ से मुड़कर दफ़्तर से घर पैदल आते हुए देखा। वह रेडियो स्टेशन में काम करता था जो पास ही था। रेडियो स्टेशन में काम करनेवाले ज़्यादातर लोगों की तरह वह भी इस क़स्बे का नहीं था और सम्भावना थी कि कुछ ही सालों में कहीं और चला जायेगा। उसने और उसकी पत्नी ने डोरोथी के साथवाला मकान किराये पर लिया था, पर उसकी पत्नी वहाँ नहीं थी। कई हफ़्तों से वह अस्पताल में थी।

जानेट की कार पर प्रान्त के बाहर की लाइसेंस प्लेट देखकर ब्लेयर किंग ज़रा ठिठका।

"यह मेरी पोती की है, जो हमसे मिलने आयी हुई है।"

उसने पुकारकर ऐसा क्यों कहा? वायोला और वह किंग दम्पति को अच्छी तरह नहीं जानते थे; उनमें ऐसा कोई आना-जाना भी नहीं था। पति का व्यवहार तो पेशेवर लोगों जैसा, कुछ मैत्रीपूर्ण था पर उसकी पत्नी का व्यवहार रूखा था। अपने मकान के आगे या पीछे वे बाग़वानी भी नहीं करते थे। बीमार होने तक उसकी पत्नी क़स्बे की लाइब्रेरी में काम करती रही। डोरोथी और वायोला उसे अपने घर की बजाय लाइब्रेरी में ज़्यादा देखते थे। वह कॉलेज की लड़कियों-सी स्कर्ट और स्वेटर पहनती थीं और अपने कन्धे तक लम्बे बालों को क्लिप से सँभाले रहतीं (वह पन्द्रह साल पहले की कॉलेज की विद्यार्थी लगती, जानेट की तरह वह समय के साथ नहीं बदली थी)। उसकी आवाज़ मन्द और बोलने का ढंग सुसंस्कृत था जो क़स्बे के कई लोगों को कुछ तिरस्कारपूर्ण लगता था। किसी के चेहरे पर एक साथ ऐसा विश्वास और घरेलूपन डोरोथी ने कम देखा था।

वायोला ने कहा, "अक्सर रूपवान पुरुष ऐसी ही लड़की को पसन्द करते हैं। क्या वे चेहरे-मोहरे पर ध्यान इसलिए नहीं देते क्योंकि वे स्वयं इतने आकर्षक होते हैं?"

एक पड़ोसी की तरह सज्जनता में ब्लेयर किंग बरामदे तक आया पर नीचे खड़ा रहा। उसने अपना पैर सीढ़ी की पदान पर रख घुटने पर हाथ टेक लिया। वह देखने में सुन्दर था पर उसका रूप-रंग अब ढल रहा था। उसकी मुस्कराहट, उसकी आवाज़ की तरह सुसंस्कृत और यन्त्रवत् थीं। पत्नी की बीमारी की परेशानी का असर उस पर दीख रहा था।

"मैं आते-आते मन-ही-मन इस मोटर की प्रशंसा कर लेता हूँ।"

"उसने यह मोटर पिछले साल यूरोप में ख़रीदी थी, फिर जहाज़ से वापस ले आयी। आपकी बीवी कैसी हैं?" डोरोथी को यह पूछने में कोई परेशानी नहीं हुई, हालाँकि उसे पूरा क़िस्सा पता था : नैन्सी किंग कैंसर से मरनेवाली थी। छत्तीस की उम्र में किसी की मौत दुःखद हो सकती है लेकिन, सच पूछो तो अब डोरोथी के लिए दुःखद शब्द का कोई अर्थ नहीं रह गया था। उसने महज़ बातचीत करने के लिए यह सवाल पूछा था।

"फ़िलहाल तो उसे ज़्यादा तक़लीफ़ नहीं है।"

"अस्पताल में तो ख़ूब गर्मी होगी?" वह उससे बात करती रही क्योंकि उसके दिमाग़ में एक विचार घूम रहा था।

"अस्पताल का नया हिस्सा सारा वातानुकूलित है।"

डोरोथी ने कहा, "पड़ोस के ब्लेयर किंग से बात हुई थी। मैंने उसे शाम को यहाँ बुलाया है।"

वायोला ने कहा, "तुम लोगों को निमन्त्रण दे रही हो। अगला क़दम क्या होगा? आसमान का टूटना?"

बाद में उसने कहा, 'पता नहीं हम उसे खाने-पीने के लिए क्या देंगे? शायद उसे शराब की उम्मीद हो। ये रेडियोवाले शाम को बाहर जाते हैं तो चाय नहीं पीते।"

जानेट ने कहा, "रेडियोवाले? खूब नाम दिया आपने। मीडिया के क्षेत्र में काम करनेवालों जैसा नाम।"

डोरोथी ने कहा, "वह शेरी की बोतल कहाँ है?" डोरोथी शराब नहीं पीती थी; उसने सच ही बताया था कि सिगरेट पीना ही उसकी सिर्फ़ एक बुरी आदत है, लेकिन अपने बैंकर की पत्नी के रूप में मेहमाननवाज़ी के दिनों के बाद से वायोला को शेरी पसन्द आने लगी थी और अब अक्सर वह घर में शेरी की बोतल रखती थी।

वायोला ने जानेट का समर्थन लेने को कहा, "हम उसे शेरी कैसे दे सकते हैं? तुम तो जानती हो शेरी को कुछ लोग क्या कहते हैं? ***बूढ़ी औरतों का पेय।"***

जानेट ने सान्त्वना देते हुए कहा, "मैं शराब की दुकान तक चली जाऊँगी और जिन की एक बोतल ले आऊँगी और कोई टॉनिक सोडा भी, देखूँगी कुछ नींबू मिल जायें तो। गर्मी की रात में यह बहुत अच्छा रहेगा। जिन और टॉनिक से तो किसी को एतराज़ नहीं हो सकता।"

वायोला को अब भी तसल्ली न हुई। "वह कुछ खाना भी तो चाहेगा।"

डोरोथी ने कहा, "खीरे के सैण्डविच।"

जानेट को बात पसन्द आयी, "बहुत ख़ूब। बिल्कुल ऑस्कर वाइल्ड के नाटक की तरह। मैं एक ख़ीरा भी ले आऊँगी।" उसने गुनगुनाते हुए फिर से अपने बाल बनाये–

वह आधे घण्टे के लिए अकेले बाहर रहने पर ख़ुश थी क्या? और गाते हुए अपनी मोटर की तरफ़ दौड़ी, "जिन और टॉ–नि–क, नीं–बू और–ख़ीरा–"

वायोला ने कहा, "वह बाज़ार तक नंगे पाँव जा रही है।"

अपराह्न में जानेट पिछवाड़े के लॉन में अँगिया-जाँघिया पहने धूप में लेटी हुई थी। शुक्र था, वायोला उसे नहीं देख सकती थी। वरना वायोला ने कहा होता, "क्या इसी को बिकिनी कहते हैं? मुझे तो लगा वह बदन पर दो रिबन बाँधे हुई है।"

पर वायोला का कमरा घर के सामने की तरफ़ था और डोरोथी का पीछे की तरफ़। वे हमेशा दोपहर में एक झपकी ले लेती थीं। इससे दिन का काम ठीक-ठाक बँटा रहता था। डोरोथी जब पढ़ाती थी तो दोपहर की नींद उसे गर्मियों का सुख लगती थी। अध्यापन के आख़िरी सालों में वह थकावट महसूस करने लगी थी। उसे गर्मी की पूरी छुट्टियाँ भी नहीं मिलती थीं क्योंकि अपनी अनन्त बुद्धिमत्ता के एक प्रदर्शन में शिक्षा विभाग ने यह निश्चय किया था कि उसे टोरोण्टो जाकर कहीं कमरा किराये पर लेकर तीन हफ़्ते तक पढ़ाने के नये तरीकों में प्रशिक्षण लेना होगा ताकि वह उन नये तरीकों का अपनी कक्षा में इस्तेमाल कर सके। (उसने ऐसा कुछ नहीं किया, और हमेशा की तरह सफलतापूर्वक पढ़ाती रही।) जब वह टोरोण्टो से घर आती तो वहाँ जानेट होती। पर जानेट ने उसके जीवन के ढर्रे में कोई बाधा नहीं डाली, और वह रोज़ाना दोपहर को एक झपकी के लिए ऊपर चली जाती। कभी-कभी वह कल्पना करती कि जानेट उस समय बैठक में कोई किताब पढ़ रही होगी या बरामदे में झूले में बैठी होगी, बीच-बीच में अपने पैर के हलके धक्के से झूला चलाती, और वह सोचती क्या वह बच्ची ख़ुश थी, क्या उसे जानेट के लिए और कुछ करना चाहिए—नये स्वीमिंग पूल में ले जाना या टेनिस सीखने के लिए उसका नाम दर्ज करवा देना। तब उसे याद आता कि जानेट अब इतनी बड़ी थी कि उसके साथ जाने की ज़रूरत नहीं थी, और अगर उसे टेनिस सीखना होगा तो वह खुद ज़रूर इस बारे में पूछेगी। जानेट को ज़्यादातर तरह-तरह की किताबें पढ़ना पसन्द था। ठीक वैसे ही जैसे छुटपन में, और अब भी, डोरोथी को पढ़ना पसन्द था। यह उन दोनों के लिए बहुत स्वाभाविक होता कि वे साथ खाना खाते वक़्त अपनी-अपनी किताबें पढ़ती रहें। अब लगता था कि जानेट ने पढ़ना बहुत कम कर दिया है। शायद इतनी शिक्षा प्राप्त करने की पढ़ाई के बाद वह किताबों से थक गयी थी।

उन दिनों डोरोथी में इतनी उत्सुकता नहीं थी। कक्षा में उसने इससे ज़्यादा जानने की कोशिश कभी नहीं की थी कि उसके छात्रों ने गणित और हिज्जे के नियमों को, इतिहास, विज्ञान और भूगोल के उन तथ्यों को समझ लिया है या नहीं, जिन्हें पढ़ाना उसका कर्त्तव्य था। तब उसे जानेट कुछ शर्मीली, गम्भीर लड़की लगती थी, अपने विद्यार्थियों से थोड़ी बड़ी। उसे पढ़ाकू कहा जा सकता था हालाँकि यह शब्द काफ़ी पुराना

पड़ गया था। उसने इस बारे में ख़ास सोचा-विचारा न था, पर उसे विश्वास था कि जानेट उसके अपने जीवन का ही एक सिलसिला थी। अब ऐसा कुछ नहीं लगता था। वह सम्बन्ध या तो टूट गया था या नज़र नहीं आता था। कुछ देर तक डोरोथी अपने कमरे की खिड़की से अपनी पोती के धूप लगने से भूरे हुए, छरहरे बदन को ऐसे देखती रही मानों वह घास पर बना कोई संकेत हो जिससे इस उत्सुकता का समाधान हो जायेगा।

किनारे के बरामदे में बैठे, जिन पीते ब्लेयर किंग ने परेशानी भरी आवाज़ में कहा, "और एम-1 पथ पर–" वह जानेट से बात कर रहा था। डोरोथी बातचीत को ध्यान से सुन रही थी पर उसे पूरी बात समझ न आ रही थी।

"ओह, एम-1 पथ! वह तो मेरी ज़िन्दगी का सबसे बुरा अनुभव था, धुन्ध में लन्दन तक ड्राइव करना, और धुन्ध में भी वे साठ मील घण्टे की रफ़्तार रखते हैं, उससे कम तो कर ही नहीं सकते, घना धुन्ध और दस फीट तक भी नहीं दीख पड़ता। एक दोस्त और मैंने एक कैम्पर मोटर किराये पर ली थी, और मुझे तो कैम्पर चलाने की आदत भी नहीं थी। और हम लोग एक गोल चौराहे में फँसकर रह गये, निकल ही नहीं पाये। हम क़तई यह नहीं देख सकते थे कि कहाँ से निकलना था, बस लगातार गोल-गोल घूमते जा रहे थे। जैसे हम कॉलेज के छात्रों द्वारा अभिनीत गूढ़ पर अस्पष्ट प्रतीकों से भरे किसी नाटक का अंग हों।"

क्या ब्लेयर किंग को यह सब समझ में आ रहा था? लगता तो था। वह जानेट की तरफ़ देखता, हामी भरता, सहमति में सिर हिला रहा था। डोरोथी ने किसी कैम्पर, दोस्त या एम-1 पथ के बारे में आज पहली बार सुना था। अपनी दादी और वायोला को जानेट ने यूरोप के बारे में सिर्फ़ इतना ही बताया था कि ज़्यादातर जगहें पर्यटकों से भरी पड़ी थीं। ग्रीस के घरों में सर्दियों में सीलन से बुरा हाल हो जाता था, और वहाँ के सागर के निकट के कुछ गाँवों में स्थानीय मछुआरों द्वारा पकड़ी मछलियों से सागर से दूर एथेन्स नगर से लायी गयीं बर्फ़ में रखी मछली सस्ती थीं। उसने कुछ समुद्री जन्तुओं के बारे में बताया जो उसने वहाँ खाये थे, जब तक कि वायोला ने नहीं कहा कि बस करो, मेरा जी मितला रहा है।

वह दोस्त पुरुष था या महिला? डोरोथी जानती थी कि वायोला यही सोच रही होगी।

तीन साल पहले ब्लेयर किंग और उसकी पत्नी ने छह महीने यूरोप में बिताये थे। वह बात-बात में अपनी पत्नी का नाम लेता। नैन्सी और मैं। नैन्सी ने स्विटज़रलैण्ड में ड्राइविंग की। नैन्सी को साँड़ों से लड़ाई का पुर्तगाली तरीक़ा पसन्द था। बीच-बीच में वायोला अपने पति के साथ ब्रिटेन में बिताये तीन हफ़्तों के बारे में बताती। डोरोथी बैठकर सुनती और अपने जिन और टॉनिक के गिलास से चुस्कियाँ लेती रहीं जिसका स्वाद उसे पसन्द नहीं आया था। वह सोच रही थी कि जानेट ने वायदा किया था कि

वह जिन क़िफायत से डालेगी। पर उसे कोई शिकायत नहीं थी, चाहे लोग जो बात कर रहे थे उसे पूरी समझ में न आ रही थी। वह यही तो मना रही थी—कि ब्लेयर किंग वैसा ही निकले जैसे लोगों से मिलने की आदत जानेंट को थी, जिससे वह बात कर सके, और इस बातचीत को सुनकर वह ख़ुद जानेट के व्यक्तित्व के बारे में जितना जानती थी उससे कुछ और अधिक जान सके। इसलिए वह ध्यान लगाने का यत्न करती बैठी रहीं। सिर्फ़ उनकी आवाज़ों पर ही ध्यान दिया जा सकता था क्योंकि अब बरामदे में अँधेरा हो गया था। डोरोथी ने पूछा था, क्या बत्ती जला दूँ, और जानेट ने कहा था, नहीं, नहीं, तब ऐसा लगेगा कि हम एक छोटे-से गर्म बक्से में बन्द हैं और मच्छर मढ़ी जाली पर दस्तक दे रहे हैं।

उसने ब्लेयर किंग से कहा, "अँधेरे में बैठना मुझे बुरा नहीं लगता और आपको?" और डोरोथी को उसके स्वर में कुछ खटका। क्या था वह—अहंकार, उस मर्द के लिए सम्मान या अनादर की भावना है—यह उसने बाद में सोचने के लिए टाल दिया था।

उसके बाद विभिन्न प्रकार के भोजनों और पेयों, बीमारी और दवाइयों के बारे में बातचीत चलती रही। जानेट ने क्रीट के एक सिरफिरे डॉक्टर के बारे में बताया कि अगर कोई विदेशी महिला उसके पास इलाज के लिए आती तो वह पहले से ही मान लेता कि गर्भपात के लिए आयी है। यहाँ तक कि उसे गला ख़राब होने के इलाज के लिए राज़ी करने में बहुत कठिनाई हुई थी। ब्लेयर किंग ने स्पेन के एक डॉक्टर के बारे में बताया जिसने नैन्सी के पेट की ख़राबी के लिए जुलाब मिली ऐसी दवाई दे दी थी कि दो घण्टे बाद, अलहमरा मस्जिद में, वह दर्द से हताश और दुहरी हो गयी थी।

"नैन्सी स्पेन के बारे में यही याद करती है। उस निहायत ख़ूबसूरत जगह, जिसकी तस्वीरें हम सबने देखी हैं और जहाँ नैन्सी सबसे ज़्यादा जाना चाहती थी, वहाँ हम एक ही बात सोच सकते थे—महिलाओं के शौचालय कहाँ हैं?"

जानेट ने गम्भीरता का ढोंग करते हुए कहा, "आह, हमारी बुनियादी ज़रूरतें। ये ज़रूरतें इतनी असुविधाजनक हैं पर इतनी महत्त्वपूर्ण हो जाती हैं कि क्या कहें। मुझे याद है जब मुझे पेचिश हुई। ग्रीस ले जानेवाली नाव पर।"

आजकल क्या स्त्री-पुरुष इसी तरह बातें करते हैं? डोरोथी को लगा, वायोला ज़रूर यही सोच रही होगी। और यह : *'हैरानी की बात नहीं है कि इसकी शादी नहीं हुई।'*

"हाँ, नैन्सी के लिए भी। नैन्सी के व्यवहार में एक गरिमा है। तुम उससे मिली नहीं हो। उसमें ऐंठ जैसी कोई चीज़ नहीं है, पर भई, मैं ख़ुद उसे कभी गुलछर्रे उड़ानेवाली तितली समझता था।"

"आह!" जानेट ने सराहना और उपहास के ऐसे मिले-जुले ढंग से कहा जिसका शायद ब्लेयर किंग को आभास न था, वह अपनी पत्नी के बारे में वैसे ही बात करता रहा। जानेट क्या करना चाहती थी? यह इश्क़बाज़ी थी या चुहल का नया अन्दाज़? उसके हाव-भाव और ज़ोर-शोर से बातचीत करने के बावज़ूद जानेट के व्यवहार के तले

में कहीं एक चुप्पी, एक समर्पण की भावना थी। डॉक्टरों के बारे में बात करते-करते वे उन जगहों के बारे में बात करने लगे जहाँ लोग दिन-दहाड़े लूट लेते थे या फिर वे जगहें जहाँ सामान से भरी मोटरें दरवाज़ों के ताले बन्द किये बिना सड़क पर कई दिनों तक सुरक्षित छोड़ी जा सकती थीं। ''उत्तरी अफ्रीका में मेरी हर चीज़ चोरी हो गयी थी'', जानेट ने कहा, ''जबकि मेरे कैम्पर में ताला लगा था। उस वक़्त मैं अकेली थी, अपने मित्र से मैं अलग हो गयी थी और मेरा दिल इस बात से भी दुःख रहा था।'' *तो, वह एक आदमी था,* डोरोथी ने सोचा, पर तुरन्त ख़ुद को सुधारा और सोचा, *लड़की भी हो सकती थी और उन दोनों के बीच...।* कभी-कभी उसे लगता कि अच्छा होता वह नये रहन-सहन और नये तौर-तरीक़े जानने के लिए वे सब किताबें न पढ़ती।

''माराकेश की बात है।'' जानेट ने कहा, ''वहाँ मेरी हर चीज़ चोरी हो गयी थी। ख़ूबसूरत चीज़ें, मोराको की पोशाकें, कपड़े जो मैंने अपने दोस्तों के लिए खरीदे थे, ज़ेवर भी। मेरा अपना कैमरा और सामान तो गया ही। मैं अपने कैम्पर में बैठी रही, और ख़ूब रोयी। तब दो युवा अरबी लड़के, नहीं लड़के नहीं, अरबी मर्द—पर वे बहुत दुबले-पतले थे और पहले तो वे मुझे अपनी उम्र से काफ़ी छोटे लगे—वे नज़दीक आये, मुझे देखकर रुके और मुझसे बात करने की कोशिश की। एक तो अच्छी-ख़ासी अंग्रेज़ी बोल लेता था। पहले तो मैंने उनसे बात ही नहीं की, मुझे सभी अरबों, मोराको के सभी लोगों से नफ़रत हो गयी थी। मेरी चीज़ें चोरी हो जाने का दोष मैंने व्यक्तिगत तौर पर उन पर डाल दिया था। मैं बताना नहीं चाहती थी कि मेरे साथ क्या हुआ पर मेरे वे पीछे पड़े रहे—या जो आदमी बात कर रहा था वो—जब तक कि मैंने बहुत रूखे तरीक़े से सारी बातें नहीं बतायी। उन्होंने कहा, मुझे पुलिस के पास जाना चाहिए। मैंने कहा, ज़रूर, सम्भवतः उन लोगों ने पुलिस की निगरानी में ही चोरी की होगी। पर आख़िरकार उन्होंने मुझे जाने के लिए राज़ी कर ही लिया। वे कैम्पर में बैठ गये और रास्ता बताने लगे। मेरे दिमाग़ में यह ज़रूर आया था कि वे मुझे शायद पुलिस के पास नहीं, कहीं और ले जा रहे थे और मैं निहायत मूर्खता का काम कर रही हूँ, पर मुझे वाक़ई परवाह नहीं थी। और मालूम है, मुझे उस आदमी पर विश्वास हो चला था जो मुझसे बात कर रहा था क्योंकि उसकी आँखें नीली थीं। क्या बेवकूफ़ी भरा पूर्वाग्रह, नात्सी लोगों की आँखें नीली होती थीं। पर उसकी आँखें मुझे सान्त्वना दे रही थीं। और मैं उनके कहे अनुसार करती रही, तब भी जब हमें कैम्पर से उतरकर अरबों के मोहल्ले की उन तंग टेढ़ी-मेढ़ी बदबूदार गलियों से गुज़रना पड़ा और जब मुझे निश्चित रूप से पता चल गया था कि हम पुलिस के पास नहीं जा रहे हैं पर तब उस भूलभुलैया में वापस अपना रास्ता मैं वैसे भी नहीं ढूँढ़ सकती थी। मैंने कहा, तुम मुझे पुलिस के पास नहीं ले जा रहे ना, और उन्होंने कहा, नहीं। वहाँ थोड़ी देर बाद चलेंगे, नीली आँखोंवाला बोला, अभी मैं तुम्हें घर ले जा रहा हूँ अपनी माँ से मिलवाने।''

ायोला ने सान्त्वना के स्वर में कहा, ''चलो एक बात तो उसने अच्छी की।'' पर ब्लेयर किंग हँसा।

"मुझे मालूम है। अपनी माँ से मिलवाऊँगा! और अपनी बहन से, उसने कहा। आख़िरकार हम एक मकान या एक दरवाज़े के पास पहुँचे, कम-से-कम एक दरवाज़े पर ही मेरा ध्यान गया क्योंकि आप जानते ही हैं इन गलियों में कैसे घरों की दीवारें एक साथ मिली होती हैं। और अन्दर एक कमरा जहाँ एक सोफा और ख़ूब रोशनदार एक बल्ब के सिवाय कुछ नहीं था। एक मिनट बैठो, उसने कहा और वह दूसरे दरवाज़े से अन्दर चला गया। उसका दोस्त वहीं रहा। मुझे वह दोस्त बिल्कुल अच्छा नहीं लगा था। मनहूसियत भरा चेहरा, बात भी नहीं कर रहा था। मैं उस सोफा पर बैठ गयी और बहुत देर बाद आदमी नम्बर एक वापस आया और उसने कहा कि अफ़सोस है उसकी माँ और बहन सो गयी हैं। फिर बोला कि वह कुछ भोजन लाने बाहर जा रहा है। मैंने कहा मुझे वापस छोड़ दो, उसने कहा बाद में। तो उसने मुझे फिर अपने दोस्त के साथ छोड़ दिया और वह गया ही था कि यह गोलमाल शुरू हो गया। उसका दोस्त सोफा पर मेरे पास आ बैठा और उसने मेरे हाथों और बाँहों को सहलाना शुरू कर दिया और बात करने की कोशिश की। मैंने संयत रहने की कोशिश की और इधर-उधर की बात करती रही पर घबरा मैं रही थी। अब मुझे विश्वास हो चला था कि उन दोनों ने मिलकर मुझे फाँसने के लिए यह चाल चली थी। अब घबराहट से मेरी जान निकल रही थी। सोफा पर मुझे दबाकर उसने मेरे ऊपर चढ़ना शुरू कर दिया तो मुझे खड़ा होना पड़ा, और तब उसने सारी बहानेबाज़ी छोड़कर मुझे दीवार के सहारे कर एक चाकू निकाल लिया—"

वायोला चिल्लायी, "हाय! तुम ऐसे देश में गयी कैसे?"

"और उसने चाकू मेरे गले से लगा दिया और मुझसे कुछ करने को कहा—अब वह इशारों से और हाथ लगाकर स्पष्ट बता रहा था कि क्या चाहता था। पर मैं सिर्फ़ नहीं, *नहीं* कहती रही और किसी भी चीज़ की तरफ़ देखने से इन्कार कर दिया।"

ब्लेयर किंग ने ऐसे कहा जैसे मज़ाक कर रहा हो, "पर तुम्हारे गले पर तो चाकू रखा था।"

"मुझे लगा था कि वह सिर्फ़ धमकी दे रहा है। पता नहीं मुझे ऐसा क्यों लगा। इतने में नीली आँखोंवाला वापस आ गया। वह वास्तव में ख़ाना ख़रीदने ही गया था; उसके पास कुछ पनीर वगैरह था और जब उसने देखा कि क्या हो रहा है तो उसे बहुत गुस्सा आया, या उसने दिखाया कि वह गुस्से में है। दूसरे ने चाकू हटाकर जेब में रख लिया। नीली आँखोंवाले ने बहुत विनय से माफ़ी माँगी और फिर हम सबने बैठकर खाना खाया। अविश्वसनीय लगता है अब यह सब। फिर नीली आँखोंवाले ने कहा कि वह मुझे वापस पहुँचा देगा। और उसने ऐसा किया भी। उसका व्यवहार बहुत विनम्र था। वापस जाते हुए उसने मेरे सामने शादी का प्रस्ताव भी रखा।"

यह कहते उसकी आवाज़ झेंप से डूबी हुई थी, जैसा कि इस क़िस्से के किसी हिस्से में नहीं हुआ था।

"वह शायद उम्मीद कर रहा था कि मैं उसे विदेश जाने में मदद करूँगी वगैरह। या शायद यह अरब विनम्रता का कोई नमूना था। जब तक मैं वहाँ रही, वह हर रोज़ होटल आता रहा और मुझसे शादी करने को कहता रहा। उसने कहा, उसे कहना ही था कि वह मुझसे प्रेम करता है।"

इस क़िस्से में क्या है जो बताया नहीं जा रहा? डोरोथी ने सोचा। उसे उन बच्चों की आवाज़ें सुनने का ख़ूब अनुभव था जो पूरी बात नहीं बताते। शायद जब वह होटल वापस आयी हो तो उस नीली आँखोंवाले अरब के साथ सोयी हो। शायद वह अरबी मुहल्ले के उस मकान में उन दोनों के साथ सोयी हो। या उससे भी ज़्यादा कुछ हुआ हो। शायद वह उससे प्रेम करती हो। शायद यह पूरा क़िस्सा ही मनगढ़न्त हो।

जानेट ने ग़लती मानने के अन्दाज़ में कहा, "मुझे लगता है मैं उससे थोड़ा बहुत प्रेम करने लगी थी। हमारी भावनाओं के साथ उन देशों में बहुत अजीब-सी बात होने लगती है। और ख़ासतौर पर जब हम अकेले हों।"

ब्लेयर किंग इससे सहमत था, "अजीब बातें हो सकती हैं।"

"बेशक यह बताना नामुमकिन होता है कि वे लोग हमारे बारे में क्या महसूस करते हैं। नामुमकिन।"

ब्लेयर किंग और उसने लगभग पूरी बोतल जिन पी ली थी। डोरोथी सोने के लिए तैयार हो गयी। हालाँकि वह जल्दी सो जाती थी, न वो थकी थी, न नींद आ रही थी, बल्कि कुछ उलझन-सी हो रही थी। अगर एक पेग पीने से मुझे ऐसा हो जाता है, उसने सोचा, तो बेहतर यही है कि मैं यह आदत न डालूँ। उसने वायोला को बाथरूम जाते, फिर वापस अपने कमरे में जाकर दरवाज़ा बन्द करते हुए सुना। उसने वायोला के कमरे की बत्ती के बुझने की आवाज़ सुनी। उसने अपने कमरे की बत्ती भी बुझा दी। जानेट नीचे सो रही थी। घर में कोई आवाज़ नहीं।

डोरोथी अपनी लम्बी सोने की पोशाक पहने बिस्तर पर बैठ गयी। दिन-भर सिर के ऊपर जूड़े में बँधे बाल अब खोल देने पर एक सख़्त सफ़ेद झाड़ की तरह कन्धों पर फैले थे। बाल अब भी घने थे। थोड़ी देर के बाद वह शीशे में अपना बूढ़ा चेहरा देख सकती थी। चाँद उग आया था। वह बच्चों की कहानियों की डरानेवाली बूढ़ी डायन जैसा कोई चरित्र लग रही थी। ऐसा दीखना उसके निश्चय करने के लिए काफ़ी था कि नीचे जाकर ख़ुद को सामान्य करने के लिए एक गिलास दूध या एक प्याला चाय ले।

अपने पुराने उन्नाबी रंग के ड्रेसिंग गाउन को कपड़ों के ऊपर पहनकर वह नंगे पैर ही नीचे चली गयी। उसने कोई बत्ती नहीं जलायी। मकान के पीछे के कमरों में वह चाँद की रोशनी से और सामने के कमरों में सड़क पर लगी बत्ती की रोशनी से देख सकती थी। सामने का दरवाज़ा खोल वह सीढ़ियाँ उतर गयी। पाँवों में उलझती रात की पोशाक पर ड्रेसिंग गाउन पहने घर के सामने खड़ी डोरोथी ने सोचा, अगर कोई देख

सके तो? उसने घास पर चलते घर की परिक्रमा की। घास बहुत गीली थी। अगस्त की ओस। वह स्पिरिआ की झाड़ियों की बग़ल हो फूलों की क्यारी के पास आकर खड़ी हो गयी जिसमें से सभी डेल्फिनिअम्स काट लिये गये थे। उसके सहन और किंग परिवार के सहन के बीच कोई दीवार या बाड़ नहीं थी। क्यारी के दूसरी तरफ़ ही पड़ोसी के लॉन की सूखी, छितरी घास शुरू हो जाती थी।

किंग दम्पति के पिछवाड़े का बरामदा शीशे से मढ़ा था। इसमें बत्ती जली हुई थी। यह बरामदा कुछ ही साल पहले दुबारा बनवाया गया था और इसकी खिड़कियाँ अब फ़र्श तक आती थीं।

पौधों पर पैर न रखने की कोशिश करते हुए डोरोथी फूलों की क्यारी पार कर गयी। वह अब पड़ोसी के लॉन पर खड़ी थी। बरामदे में जलती बत्ती के प्रकाश में उसे दो आकृतियाँ दिखायी दीं, और जब वह और नज़दीक गयीं तो देखा कि आकृतियाँ जानेट और ब्लेयर किंग की थीं। जानेट किसी गद्देदार चौकी जैसी चीज़ पर झुकी हुई थी। वह अपने सिर के ऊपर से अपना कढ़ाईदार ब्लाउज़ उतार रही थी। फिर वह निर्वसन थी। एक तरफ़ खड़ा ब्लेयर किंग अपने कपड़े एक-एक करके उतार रहा था। ठीक तो है, आजकल ऐसा करना आम बात थी। यह सब डोरोथी ने ही शुरू किया था पर उसे परेशान होने की ज़रूरत नहीं। कल तक वे ख़ुद ही इसे भूल जायेंगे। या फिर सप्ताह भर में। कौन कहेगा कि वे एक-दूसरे से प्रेम करते हैं, वे तो किसी नाविक की तरह नशे में धुत्त थे।

अपना चेहरा जानेट के चेहरे से सटा ब्लेयर किंग उसके सामने घुटनों के बल बैठ गया। वह उसके ऊपर झुकी-सी उसका सिर अपने हाथों में लिये थी। बरामदे की रोशनी में उसका धूप में तपा सुनहरी आभा लिये शरीर और ब्लेयर किंग का उघड़ा सफ़ेद शरीर एक-दूसरे से चिपके नज़र आ रहे थे। डोरोथी ने आख़िरकार होश सँभाला। उन दोनों को देखकर वह जैसे सकते में आ गयी थी। अपने कपड़े और अपनी जानी-पहचानी (या जितनी डोरोथी जान सकी थीं) भाव-भंगिमाएँ एक तरफ रख देने के बाद वे दोनों उसे एक साथ परिचित और अपरिचित भी लग रहे थे। जैसे कि म्यूज़ियम में रखी मूर्तियाँ। पर उनकी विलक्षण मुद्रायें और अंगों का हिलना-डुलना (अगर वे उन्हें पल-भर के लिए स्थिर कर पाती तो भी) मूर्तियों के से न थे। अगर वह अपनी उसी पुरानी, स्कूल के मैदानवाली आवाज़ में पुकार सकती "रोको, फ़ौरन रुक जाओ" तो वह डाँट से अधिक एक चेतावनी होती। अपने निर्भीक व्यवहार के बावज़ूद वे दोनों असहाय लग रहे थे, किसी नदी की धारा में बहते जाते बेड़े पर फँसे लोगों जैसे असहाय और हताश। और कोई भी उन्हें पुकार कर चेतावनी न देगा। शीशे के पीछे एक-दूसरे की बाँहों में बँधे वे, निःशब्द, एक साथ गिरते और सँभलते, एक-दूसरे में समा जाने का यत्न करते।

अब उसने ध्यान दिया कि उसका पूरा शरीर काँप रहा था, घुटने कमज़ोर हो चले थे और सिर मानों भीतर से कोई कूट रहा हो। उसने सोचा, शायद दिल के दौरे की

शुरुआत में ऐसा ही लगता हो। किसी दूसरे के लॉन पर बिस्तर के कपड़े पहने दिल का दौरा पड़ना कितना लज्जाजनक होगा। वह फूलों की क्यारी की बग़ल से होती घूमकर वापस घर के सामने आ गयी। चलने से जी कुछ हलका हुआ, और जब तक वह सीढ़ियों तक पहुँची, उसे सन्तोष हो गया कि उसे आख़िरकार दौरा नहीं पड़नेवाला है। सीढ़ियों पर बैठ उसने आँखें बन्द कर लीं, ख़ुद पर नियन्त्रण पाने के लिए।

उसकी पलकों के भीतर फ़ौरन एक-दूसरे से जुड़ी हुई दो सम्पूर्ण आकृतियाँ उभर आयीं, चॉक से बनी उन रेखाकृतियों जैसी जो वह पर्व-त्योहार के अवसर पर ब्लैक बोर्ड पर बना देती थी।

अगर वायोला ने यह सब देख लिया होता तो क्या होता? उसकी बरदाश्त के बाहर होता। इसके लिए हौसला ज़रूरी है और कुछ अंश कृतज्ञता की भावना भी, अगर कोई अपने जीवन के अन्त में ऐसी ताक-झाँक करनेवाली महिला में परिवर्तित हो रही हो तो।

स्पेनिश महिला

प्रिय ह्यू और मार्गरेट ,

पिछले कुछ हफ़्तों मैं अक्सर अकेले रहकर हम सब के बारे में सोचती रही हूँ, और कुछ नतीजों पर पहुँची हूँ जो शायद बहुत मौलिक नहीं हैं लेकिन फिर भी रोचक हैं:

1. किसी एक से विवाह सम्बन्ध पुरुषों और स्त्रियों की सहज अवस्था नहीं है।

2. हम लोगों को ईर्ष्या इसलिए होती है क्योंकि हम अपने को अकेला छोड़ दिया गया महसूस करते हैं। यह बेतुकी बात है क्योंकि मैं अपनी देखभाल कर पाने में सक्षम वयस्क हूँ। मुझे, शब्दशः निस्सहाय छोड़ा नहीं जा सकता। और हम इसलिए भी ईर्ष्या करते हैं–मैं ईर्ष्या का अनुभव करती हूँ–क्योंकि मेरा तर्क यह है कि अगर ह्यू मार्गरेट से प्रेम करता है तो वह मुझसे कुछ छीनकर उसे दे रहा है–उस प्रेम के अतिरिक्त जो वह मेरे प्रति अनुभव करता है–या वह मेरे प्रति प्रेम का अनुभव नहीं करता, उसके प्रति करता है। अगर दूसरी बात सच भी हो तो इसका मतलब यह नहीं निकलता कि मैं प्रेम किये जाने लायक़ नहीं हूँ। यदि मैं अपने आप में मज़बूत और ख़ुश रह सकूँ तो मेरे आत्म-गौरव के लिए ह्यू का प्रेम ज़रूरी नहीं है, और यदि ह्यू मार्गरेट से प्रेम करता है तो मुझे ख़ुश होना चाहिए कि उसके जीवन में यह ख़ुशी है। न ही मैं उससे किसी क़िस्म की माँग कर सकती हूँ–

प्रिय ह्यू और मार्गरेट,

जो बात मुझे पीड़ा पहुँचाती है वह सिर्फ़ यही नहीं है कि तुम लोगों का प्रेम-प्रसंग चल रहा था, बल्कि यह कि तुमने मुझे इतनी सफ़ाई से धोखा दिया। यह पता चलना कि वास्तविकता की हमारी धारणा वास्तव में वास्तविकता नहीं है, भयावह होता है। मार्गरेट का हर समय घर में बने रहना और हम तीनों का एक साथ हर जगह जाना और मार्गरेट का मेरी दोस्त होने का दिखावा, बेवज़ह का छल ही था न? जब हम लोग इकट्ठे होते थे तो तुम लोग आँखों-ही-आँखों में कितनी बार मुझ पर बेरहमी से हँसते रहे होगे। यह सारा तमाशा तुम लोगों ने अपनी तफ़रीह के लिए आयोजित किया था और मेरे बेवकूफ़ बनने ने तुम्हारे प्रेमालाप को कुछ और चटपटा ही बनाया। मैं तुम दोनों से नफ़रत करती हूँ। मैं ऐसा कभी नहीं कर सकती थी। मैं कभी किसी को,

जिससे मैंने प्रेम किया था और जिससे मेरा विवाह हुआ था या उसे भी जिसने मुझसे अच्छा व्यवहार किया था और मेरी दोस्त रही थी, बेवकूफ़ नहीं बना सकती थी—

मैं उन चिट्ठियों को फाड़ देती हूँ, दोनों को, और मरोड़-मराड़कर रद्दी काग़ज़ फेंकने के लिए रखी नन्हीं टोकरी में डाल देती हूँ। कमरे की हर चीज़ सुनियोजित है। धातु और कपड़े की इस कोठरी में एक मनुष्य बिना असुविधा और परेशानी के जीवन बिता सकता है। ट्रेन कैलगरी से पश्चिम की ओर जा रही है। मैं भूरी समुद्री तरंगों जैसी शुष्क धरती को पर्वत श्रेणी के शुरू की छोटी-छोटी पहाड़ियों में परिवर्तित होते देखते लगातार रोते बैठी हूँ। जीवन पत्रिकाओं में छपती विडम्बनापूर्ण कथा-कहानियों जैसा नहीं है, वह है दोपहार में प्रसारित टेलीविज़न सीरियलों जैसा जिसके घिसे-पिटे, अमौलिक कथानक ही किसी को रुला देने के लिए काफ़ी हैं।

महिला मित्र। रखैल। मेरी जानकारी में तो आजकल रखैल शब्द कोई इस्तेमाल नहीं करता। पुरानी तर्ज़ के उस शब्द से जुड़ी रहस्य और विरह वेदना की कहानियों की वे तमाम सम्भावनाएँ भी अब पूरी तरह लुप्त हो चुकी हैं। महिला मित्र शब्द मुँहफट है, नया है, पर इसमें एक दिखावटी भोलापन है, यह पूरी बात नहीं कहता। वायलेटा कभी किसी की महिला मित्र नहीं हो सकती थी। पर नैल ग्विन हो सकती थी, वह ज़्यादा नये ज़माने की थी।

एलिज़ाबेथ टेलर : रखैल

मियाँ फैरो : महिला मित्र

ठीक ऐसा ही कोई खेल ह्यू और मार्गरेट और मैं पुराने दिनों की शामों में ले बैठते। ज़्यादा सम्भावना इस बात की थी कि मार्गरेट और मैं शुरू करते, ह्यू पहले तो दिलचस्पी लेता फिर हमारे उसमें रम जाने पर खीझता।

मार्गरेट पर दोनों ही शब्द नहीं फबते।

पिछले वसन्त में हम उसके लिए एक नयी पोशाक ख़रीदने बड़ा बाज़ार गये। उसकी सोच-समझकर चीज़ें ख़रीदने और पैसे ख़र्च करने की प्यारी आदत ने मेरा दिल छू लिया। वह पैसेवाली है, अपनी बूढ़ी माँ के साथ अपलैण्ड्स में रहती है, पर वह छह साल पुरानी, चोटें लगी रेनो मोटर चलाती है, घर से खाना लेकर स्कूल जाती है, वह किसी को ठेस नहीं पहुँचाना चाहती।

मैंने उसे गहरे हरे रंग पर सुनहरी रूपहली कढ़ाईवाली एक लम्बी पोशाक ख़रीदने के लिए मनाने की कोशिश की।

उसने कहा, "इसमें मैं कोठेवाली-सी लगूँगी, या वैसा दिखने की कोशिश करती कोई, जो और भी बुरा होगा।"

उस दुकान से निकलकर हम एक डिपार्टमेण्ट स्टोर गये जहाँ उसने गुलाबी रंग की एक ऊनी पोशाक ख़रीदी, कोहनी से कुछ नीचे तक बाँहोंवाली, जिसकी पेटी और बटन

भी उसी कपड़े से बने थे, वैसी ही पोशाक जैसी वह हमेशा पहनती थी, जिसमें उसकी लम्बी, सपाट छातीवाली काया सदा की तरह रूखी, शर्मीली और अड़ियल लगती थी। फिर हम पुरानी किताबों की दुकान में गये और एक-दूसरे के लिए उपहार ख़रीदना तय किया। मैंने उसके लिए *लाला रुख* खरीदी और उसने मेरे लिये *द प्रिन्सेस* जिसमें से हमने सड़क पर चलते एक-दूसरे को पढ़कर सुनाया :

आँसू, निरर्थक आँसू, क्या है इनका मतलब, मैं न जानूँ...

हम लोग अक्सर अपने में मस्त किशोरियों की तरह खिलखिलाया करतीं। अब सोचती हूँ, क्या यह व्यवहार सामान्य था? हम सड़क पर चलते लोगों के बारे में क़िस्से गढ़तीं। एक बार हम ऐसे बेतहाशा हँस रही थीं कि हमें बस-स्टॉप की बेंच पर बैठ जाना पड़ा, जब बस आयी हम तब भी हँस रही थीं और उसे आगे जाने का इशारा कर दिया। हिस्टीरिया के निकट थीं हम। हम उस पुरुष के कारण एक-दूसरे के प्रति आकर्षित थीं, या एक-दूसरे के कारण उस पुरुष के प्रति। मैं बातें करने से, हँसने से थककर घर पहुँचती और ह्यू से कहती, "यह बड़ी अजीब बात है। बरसों हो गये, मुझे ऐसी दोस्त नहीं मिली।"

खाने की मेज़ पर बैठे, जहाँ वह अक्सर हमारे साथ बैठती थी, उसने बताया था कि वह अब मार्ज नहीं, मार्गरिट कहकर पुकारा जाना चाहती है। सब लोग, दूसरे अध्यापक भी, मार्ज कहकर ही पुकारते हैं उसे। वह ह्यू के स्कूल में जहाँ, ह्यू प्रिन्सिपल है, अंग्रेज़ी और शारीरिक शिक्षा पढ़ाती है। वे कहते हैं कि मार्ज होनेकर, एक बार आप उसे जान जायें, बड़ी अच्छी लड़की है; सचमुच मार्ज ग़ज़ब की इन्सान है, और उनके कहने के ढंग से पता चल जाता है कि उसका चेहरा-मोहरा क़तई सुन्दर नहीं है।

"मार्ज इतना अटपटा-सा नाम है, ठीक मेरे जैसा। मेरा ख़्याल है कि मार्गरिट बुलाये जाने से मैं कुछ शालीन अनुभव करूँगी," उसने खाने की मेज़ पर कहा। हँसी में कही उस बात के पीछे झलकती आशा से मुझे कुछ विस्मय हुआ, और कुछ फिक्र भी जैसे किसी को अपनी बेटी के लिए होती और बाद में, मैं हमेशा याद रखती थी मार्गरिट कहना। पर ह्यू ने परवाह नहीं की, वह मार्ज कहता रहा।

"मार्गरिट की टाँगें काफ़ी सुडौल हैं। उसे थोड़ी ऊँची स्कर्टें पहननी चाहिए।"

"बहुत गठीली हैं खिलाड़ियों जैसी।"

"उसे बाल लम्बे रखने चाहिए।"

"बाल हैं तो सही, चेहरे पर।"

"कैसी ओछी बात कह रहे हो।"

"इसमें भला बुरा क्या! मैंने सच्चाई बयान की है।" यह सच्चाई है। मागरिट के गालों पर कानों के पास और होठों के छोरों पर नर्म रोयें हैं। उसका चेहरा किसी गोरे, धूप से चित्ती पड़े, बारह साल के लड़के जैसा है। देखने में वह सचेत, बुद्धिमत्ती, एक नाज़ुक से ढंग से हृष्ट-पुष्ट और अक्सर झेंपी हुई लगती है। कुछ है मागरिट में बहुत ही आकर्षक, मैं अक्सर कहती, और ह्यू कहता हाँ, वह एकदम उसी क़िस्म की औरत है जिसके बारे में दूसरी औरतें कहती हैं कि कुछ है उसमें बहुत आकर्षक और वे ऐसा क्यों कहती हैं? वह पूछता। क्योंकि उससे वे कोई ख़तरा महसूस नहीं करतीं।

कोई ख़तरा नहीं।

हमारे अलावा दूसरे लोग भी झूठ बोल लेते हैं, यह पता चलने पर आश्चर्य क्यों होता है?

हम युवा अध्यापकों को घर बुलाते थे। जीन्स पहने युवक, युवतियाँ भी जीन्स पहने होतीं या चमड़े की छोटी स्कर्टें। सभी के बाल लम्बे, धीमे स्वरों में बात करते, गर्ममिज़ाज नहीं पर आलोचनापूर्ण। अध्यापक अब बदल गये हैं। मागरिट घुटनों तक की गुलाबी ऊनी पोशाक पहने, टाँगें असुविधा से मोड़े एक चौकी पर बैठी रही जो उसके क़द के लिए नीची थी। उसने कॉफी परोसने में मदद की और पूरी शाम बीस शब्द भी नहीं बोली। मैं अपनी रंग-बिरंगी, लम्बी पोशाकों में से एक पहने घुलने-मिलने, सब से बात करने की कोशिश कर रही थी। मैंने हर तरह की बातचीत करने, फैशनेबुल चीज़ों के बारे में युवा लोगों की तरह बात करने की ख़ास कोशिश की। मैं यह सब किसी के लिए कर रही थी। मागरिट के लिए? ह्यू के लिए? ह्यू को असली मज़ा आया युवा लोगों के अन्दाज़ में मागरिट की बातें सुनकर, जब सब जा चुके थे।

"मुश्किल तो यह है कि मुझे पता नहीं मैं लोगों को समझ पाती हूँ या नहीं। मुझे यह भी पता नहीं कि मैं यह समझ पाने की प्रक्रिया समझ पाती हूँ। मेरा मतलब है, मुझे कई बार लगता है कि मैं मस्तिष्क की गलियों में भटक गयी हूँ..."

मागरिट की बातें सुनकर मुझे संकोच भी हुआ और हँसी भी आयी। वैसी ही मिली-जुली भावना जैसी किन्हीं माँ-बाप को अनुभव होती है जब उनका सुशील-शिष्ट बच्चा गुमान से भरे मेहमानों के चले जाने के बाद उनकी नक़ल उतारता है। लेकिन ऐसा कभी ठण्डा कभी गर्म व्यवहार मागरिट और ह्यू के बीच कहीं ज़्यादा था। ह्यू को मागरिट की हाज़िरजवाबी, उसकी सर्वव्यापी सन्देह की प्रवृत्ति और कभी-कभी पाखण्ड करने की आदत पसन्द थी। अब सोचने पर वे सब मुझे कोई अच्छी आदतें नहीं लगतीं। ह्यू और मागरिट दोनों का स्वभाव कुछ शर्मीला है, दोनों अधिक मिलनसार नहीं, दोनों झेंपू हैं। पर अन्दर से दोनों सर्द हैं, हम जैसे सबसे चुहल और इश्क़ की मज़ाकिया बातें करनेवालों से कहीं ज़्यादा सर्द। वे अपनी भावनाएँ प्रकट नहीं करते, न किसी से

ज़्यादा प्यार-मुहब्बत न किसी से पूरी दुश्मनी, ऐसे लोग जिनकी चमड़ी मैं नाखूनों से चीथूँ तो मेरी ही उँगलियाँ लहूलुहान होंगी। चीखते-चीखते मेरा गला फट जाये पर उनका आत्मनियन्त्रण ढीला नहीं पड़ेगा, उनके मक्कारी से छिपाये चेहरों का भाव नहीं बदलेगा। दोनों सुनहरे बालोंवाले, दोनों के चेहरे बात-बात में लाल हो जानेवाले, दोनों तानों-व्यंगों से भरे।

उनके दिलों में मेरे लिये दुर्भावना है।

नहीं, यह बेकार की बात है। मेरे लिये कुछ नहीं है। सब-कुछ एक-दूसरे के लिए है। *प्रेम।*

मैं देश के विभिन्न भागों में अपने रिश्तेदारों से मिलकर आ रही हूँ। यह वे लोग हैं जिनसे मैं एक खिझाऊ, कठिनाई से व्यक्त किये जा सकनेवाले, सहानुभूति के बन्धनों से बँधी अनुभव करती हूँ और जिनकी मृत्यु का भय मुझे उतना ही सताता है जितना अपनी मौत का। पर मैं उन्हें कुछ नहीं बता सकती और वे मेरे लिये कुछ नहीं कर सकते। वे मुझे मछली का शिकार करने और रात के खाने पर बाहर ले गये, और शहर घुमाकर ऊँची इमारतों से नज़ारे दिखाने, और वे क्या कर सकते थे? वे मुझसे कभी भी बुरी ख़बर नहीं सुनना चाहते। वे मेरी ज़िन्दादिली, मेरी अच्छी शक्लसूरत और मेरी कुछ साधारण उपलब्धियों की वजह से मेरी क़द्र करते हैं—मैंने कहानियों के एक संग्रह और बच्चों की कुछ किताबों का फ्रेंच से अंग्रेजी में अनुवाद किया है, वे पुस्तकालयों में किताबों की जिल्दों पर मेरा नाम देख सकते हैं—और उनमें से बूढ़े और दुर्भाग्य के मारे, ख़ासकर मानते हैं कि मेरा फ़र्ज़ बनता है कि उन्हें मिलूँ और अपनी क़द्र का अवसर दूँ। कम-से-कम मेरी सफलता और ख़ुशहाली देख उन्हें लगता है कि जीवन में सिर्फ़ निराशाएँ ही नहीं भरी हैं।

सो यह रहा रिश्तेदारों और उनसे मुलाक़ात का हाल।

मान लो कि मैं घर लौटूँ और वे दोनों वहाँ हों, मैं अन्दर जाऊँ और उन्हें एक साथ बिस्तर में पाऊँ, ठीक अख़बार में 'डियर ऐबी' स्तम्भ में छपनेवाले पत्रों की तरह (जिन्हें पढ़कर अब मैं कभी नहीं हँसूँगी)? मैं आलमारी तक जाऊँ और अपने बाक़ी कपड़े निकालकर बक्से में रखते हुए, बड़ी तरकीब से सिर्फ़ बिस्तर को सम्बोधन कर बात करूँ।

"कॉफी पियोगे? मेरे ख़्याल से काफ़ी थक गये होगे..."

उन्हें हँसाने के लिए। उन्हें हँसाने के लिए जैसे वे मेरी तरफ़ बाँहें फैलाकर मुझे बिस्तर पर बैठने का निमन्त्रण दे रहे हों।

या, हो सकता है, मैं बेडरूम में जाऊँ और एक भी शब्द बोले बिना जो भी मिले उठा लूँ—फूलदान, लोशन की शीशी, दीवार पर से कोई तस्वीर, जूते, कपड़े, ह्यू का टेपरिकार्डर—और इन चीज़ों को बिस्तर पर, खिड़की में, दीवार पर दे मारूँ; फिर चादरें फाड़ दूँ और गद्दे को लतियाऊँ और चीखूँ और उनके चेहरों पर थप्पड़ मारूँ और उनकी नंगी देहों को बाल काढ़ने के ब्रश से पीटूँ। जैसा कि *गॉड्स लिट्ल एकर* में पत्नी करती

है। यह किताब मैंने प्रेयरी प्रान्तों में मोटर से की एक लम्बी, धूल-भरी यात्रा के दौरान ह्यू को बड़े ढंग से पढ़कर सुनायी थी।

शायद हमने उसे यह बताया हो। ऐसे कई क़िस्से, हमारे रोमांस के और हमारी मधुयात्रा के भी, उसे सुनाये गये थे। शान बघार रही थी मैं। ह्यू क्या कर रहा था यह जानने का मेरे पास कोई उपाय नहीं है।

एक चीख निकलती है, मेरे अन्दर से, ग़ज़ब का विरोध।

मैं अपने खुले मुँह पर अपनी बाँह रख लेती हूँ और दिल में उठते दर्द को थामने के लिए अपनी बाँह में दाँत गड़ा देती हूँ, फिर उठकर डिब्बे में लगे वाश बेसिन में मुँह धोती हूँ, चेहरे पर पाउडर लगाकर बालों में कंघी फेरती हूँ, फिर भवें सँवारकर बाहर निकलती हूँ।

इस कॉरीडोर ट्रेन के डिब्बों को अन्वेषियों या पर्वतों या झीलों को नाम दिये गये हैं। जब बच्चे छोटे थे और ह्यू और मैं तंगहाल थे, मैं अक्सर ट्रेन में सफर करती थी क्योंकि ट्रेन में छह साल से छोटे बच्चों का टिकट नहीं लगता था। मुझे याद है डिब्बों के बीच के भारी दरवाज़ों पर लिखे नाम, और कैसे मुझे उन्हें धकेलकर खुला रखना पड़ता था और गिरते-पड़ते बच्चों को उनमें से गुज़रने को कहना पड़ता था। एक से दूसरे डिब्बे में जाते मैं घबरायी रहती थीं जैसे कि बच्चे गिर पड़ेंगे, हालाँकि मैं जानती थी कि ऐसा नहीं होगा। रात को मुझे उनकी बग़ल में ही सोना पड़ता था और दिन में जब मैं बैठती तो वे मेरी गोदी में चढ़ते और कन्धों से लटके रहते, मेरी देह उनके घुटनों, कोहनियों और पैरों से कुचली-सी रहती। तब मैं सोचती थी कि अकेले सफर करना कितना सुखद होगा, खाने के बाद आराम से कॉफी पीते खिड़की से बाहर देखना, रेस्तराँवाले डिब्बे में जाकर एक पेग शराब पी सकना। अब मेरी एक बेटी यूरोप में हिचहाइक कर रही है और दूसरी विकलांग बच्चों के एक कैम्प में सलाहकार है और चिन्ता और उलझन के वे दिन, जो लगते थे कि बीतेंगे ही नहीं, अब लगता है कभी थे ही नहीं।

मैंने अब तक ध्यान नहीं दिया पर हम पहाड़ों में पहुँच गये हैं। मैं पीने को जिन और टॉनिक सोडा मँगवाती हूँ। काँच के गिलास की परछाईं से सफ़ेद मेज़पोश पर रोशनी का एक दायरा बन जाता है। मुझे लगता है कि मेरा पेय निर्मल, पवित्र और स्वास्थ्यवर्द्धक हो गया है पहाड़ों के गर्भ से निकलते पानी की तरह।

मैं गहरे घूँट भर उसे पीती हूँ।

रेस्तराँवाले डिब्बे से ऊपर बने शीशे मढ़े गुम्बद को सीढ़ियाँ चली गयी हैं जहाँ कैलगरी से ही लोग जमे बैठे हैं, पहाड़ों का इन्तज़ार करते। देर से आनेवाले बैठने लायक़ जगह की आशा में सीढ़ियाँ चढ़ते हैं, गर्दन उचकाकर झाँकते हैं और निराशा से कुड़कुड़ाते हुए नीचे आ जाते हैं।

"वह जो बैठे हैं न, हफ़्ते भर वहीं जमे रहेंगे," पगड़ीनुमा टोपी पहने एक मोटी औरत मुड़कर बच्चों के एक झुण्ड से, जो शायद उसके नाती-पोते हैं, कहती है। सीढ़ियाँ

उसकी देह की परिधि से पटी हैं। हममें से काफ़ी सारे मुस्कराते हैं, जैसे कि इस बूढ़ी औरत का आकार, उसकी ऊँची आवाज़ और उसका व्यवहार हम लोगों के सामने हँसने के लिए पेश किया गया हो।

डिब्बे में थोड़ा आगे, खिड़की की तरफ़ पीठ किये अकेला बैठा एक आदमी मेरी तरफ़ देखता है, मुस्कराता हुआ। उसका चेहरा मुझे बीते ज़माने के किसी फ़िल्म अभिनेता की याद दिलाता है। पुराने फैशन की ख़ूबसूरती, चेहरे पर ओढ़ा हुआ आकर्षण जो पल में लुप्त भी हो सकता है। अभिनेता डेना एण्ड्रूज़ जैसा कोई। सरसों से पीले कपड़े जो मुझे बहुत नहीं भाते।

वह मेरे पास आकर नहीं बैठता लेकिन बीच-बीच में मेरी तरफ़ देखता रहता है। डिब्बे से निकलती हूँ तो मैं अपनी पीठ पर उसकी निगाहें महसूस करती हूँ। क्या वह मेरे पीछे आयेगा? अगर आया तो? अभी मेरे पास उसके लिए समय नहीं है, मैं उसकी तरफ़ ध्यान नहीं दे सकती। जब मैं किशोरी थी और बाद में शादी के शुरू के सालों में भी मैं किसी भी आदमी के लिए तैयार रहती थी। भीड़ में मेरी तरफ़ देखता कोई भी आदमी, कक्षा में मुझ पर नज़र टिकानेवाला कोई भी अध्यापक, पार्टी में दिखा कोई अजनबी, जब मैं अकेली होती तो उस प्रेमी में बदल जाता जिसकी मुझे हमेशा तलाश रहती थी—उद्दाम, बुद्धिमान्, कुछ कठोर पर दयालु और जो मेरा जोड़ा होता उन सरल, सन्तोषजनक, विस्फोटक दृश्यों में जिसकी कल्पना करने के बारे में हम सब जानते हैं। बाद में, शादी के कुछ साल बाद, मैंने उन कल्पनाओं को मूर्त रूप देने का यत्न किया। पार्टियों में, इतालवी ढंग से कटे बालों और उघड़े कन्धों पर पतली तनीवाली काली पोशाक पहने मैं उस आदमी को तलाशती जो मुझसे प्रेम करने लगेगा, मुझे उमड़ते ज्वालामुखी के से प्रेमोन्माद में सराबोर कर देगा। ऐसा क़रीब-क़रीब हो ही गया था पर देखिये, मामला इतना सीधा-सादा नहीं है, जितना मुझे अब दुःख से बिसूरते, धोखा खाने की अनुभूति से भरे देख कोई भी मान सकता है। नहीं। पुरुषों ने मुझ पर ऐसे निशान छोड़े हैं जिन्हें ह्यू से छिपाने की फिक्र मुझे नहीं करनी पड़ती थी, मेरी देह के कितने ऐसे हिस्से हैं जिन पर वह कभी नज़र नहीं डालता था। मैंने भी उतनी सफ़ाई से झूठ बोले हैं जितनी सफ़ाई से मुझसे झूठ बोला गया है। रतिक्रिया के समय पुरुष मेरे कुचाग्रों और अपेण्डिक्स के ऑपरेशन के चीरे के निशान और मेरी पीठ के मस्सों की तारीफ़ करते नहीं थकते। और जैसा कि उनके लिये उचित था, मुझसे यह भी कहते, "अब इस प्रेम सम्बन्ध से कोई उम्मीदें न पाल बैठना," और यहाँ तक कि, "मैं सचमुच अपनी पत्नी से बहुत प्रेम करता हूँ।" कुछ अरसे बाद मैंने यह सब करना छोड़ दिया और बिना किसी को बताये एक मनोचिकित्सक से मिली जिसने मुझे समझाया कि मैं ह्यू का ध्यान खींचने की कोशिश कर रही थी। उसने सलाह दी कि मैं घर में सहिष्णुता, चतुराई और सेक्सी व्यवहार से काम लेकर ह्यू का ध्यान पाने की कोशिश करूँ। मैं उससे बहस नहीं कर पायी, न ही मैं उसके सुझावों से सहमत हो

पायी। मुझे लगा कि वह ह्यू का चरित्र समझ नहीं पाया, वह यह मानकर सुझाव दे रहा था कि ह्यू के कई इन्कार मेरे ठीक से माँग पेश न करने, अपनी बात न समझा सकने का परिणाम थे। मुझे वे इन्कार हर झगड़े के आदि व अन्त भी लगते हैं। मैं सोच नहीं पाती थी कि कौन-सी रणनीति उन्हें बदल सकेगी। पर वह काफ़ी सयाना था। उसने कहा कि उसके ख़्याल से मैं अपने पति के साथ रहना चाहती थी। उसका विचार बिल्कुल सही था; मैं किसी और सूरत के बारे में सोच तक नहीं पा रही थी।

ट्रेन फील्ड में रुकती है, ब्रिटिश कोलम्बिया की सीमा के ज़रा अन्दर। मैं उतरकर पटरी के साथ-साथ चलने लगती हूँ। हवा में गर्मी है।

"ज़रा ट्रेन से उतरकर टाँगें सीधी करना अच्छा लगता है न?"

मैं क़रीब-क़रीब नहीं ही पहचान पाती उसे। उसका क़द छोटा है, जैसे कि मेरे ख़्याल में वे ख़ूबसूरत फ़िल्म स्टार भी अक्सर होते थे। उसके कपड़े सचमुच पीले रंग के हैं। मतलब उसका कोट और पैण्ट पीले हैं, उसकी कमीज़ लाल रंग की है। उसके जूते लाल-भूरे। उसकी आवाज़ उन लोगों जैसी है जिन्हें अपने काम के सिलसिले में रोज़ तरह-तरह के लोगों से मिलना होता है।

"उम्मीद है आप मेरे पूछने का बुरा नहीं मानेंगी। आप की राशि सिंह है?"

"नहीं।"

"मैंने इसलिए पूछा क्योंकि मैं मेष राशि का हूँ। मेष राशिवाले अक्सर सिंह राशिवालों को पहचान लेते हैं। यह राशियाँ एक-दूसरे से मेल खाती हैं।"

"मुझे ख़ेद है।"

"आपको देखकर लगा कि आपसे बात करना रोचक रहेगा।"

मैं ख़ुद को अपनी कोठरी में बन्दकर अपनी पत्रिका पढ़ने लगती हूँ, शराब और पुरुषों के जूतों के विज्ञापनों तक पढ़ डालती हूँ। पर मुझे बुरा लगता रहता है। शायद उसका आशय, उसने जो कुछ कहा, उससे ज़्यादा कुछ नहीं था। बातें करने के लिए मैं अच्छी उम्मीदवार हूँ। कारण यह है कि मैं बैठी सुनती रहतीं हूँ। इसका कारण वे लेख हो सकते हैं जिन्हें मैं अपनी किशोरावस्था में पढ़ा करती थी (जब 'लोकप्रियता' शब्द लिये कोई भी शीर्षक मुझे पहले सर्द और फिर पढ़ने पर मजबूर भी कर दिया करता था) जिनमें से सबसे बातचीत कर सकने की कला को सीखने के सुझाव रहते थे। वो मैं अब नहीं करना चाहती। लेकिन किसी ऐसे जने से बातचीत करते जिन्हें अपने बारे में ग़लतफ़हमियाँ हों—लोगों को अक्सर होती हैं—या जो दुनिया-भर की छोटी-मोटी बातें सुनाने पर तुल जायें, मुझ पर सन्नाटा-सा छा जाता है और मैं हिल नहीं पाती। मैं तो उठकर चल दूँ, ह्यू कहता, और तुम्हें भी यही करना चाहिए।

"आप से यह पूछना कि क्या आप सिंह राशि की हैं तो सिर्फ़ बात शुरू करने के लिए था। मैं जो पूछना चाहता था, वह दूसरी ही बात थी पर समझ नहीं पा रहा था कैसे कहूँ। आपको देखते ही लगा कि मैंने पहले भी कहीं देखा है।"

"मुझे तो नहीं लगता कि आपने मुझे पहले कहीं देखा है।"

"मेरा विश्वास है कि हम एक से अधिक जीवन जीते हैं।"

क्या उसका आशय भिन्न प्रकार के अनुभवों, एक ही जीवन में कई जीवन जीने जैसे अनुभवों से है? शायद वह अपनी पत्नी को दिये धोखों का औचित्य बतानेवाला है, यदि उसकी पत्नी है तो।

"मेरा विश्वास है इससे पहले मेरा जन्म हुआ है और मैं इससे पहले मरा भी हूँ। यह सच है।"

देखा? मैं ह्यू से कहती हूँ। मेरे दिमाग़ में उसे सुनाने के लिए इस आदमी के बारे में कहानी बन रही है। *ऐसा कोई-न-कोई मुझे हमेशा मिल जाता है।*

"आपने कभी रॉसीक्रूशन सम्प्रदाय के बारे में सुना है?"

"वे ही जो अपने जीवन पर नियन्त्रण रखने के बारे में विज्ञापन छपवाते हैं।"

व्यंग्य व्यर्थ हो जाता है पर वह मेरी बात में अगम्भीरता का पुट भाँप लेता है। किसी नये बने मुसलमान की तरह वह ज़ोर-शोर से समझाने लगता है।

"छह साल पहले मैंने भी वह विज्ञापन देखा था। मेरी हालत ख़राब थी तब। बीवी से तलाक हो गया था। मैं बेहद पी रहा था उन दिनों। पर आफत सिर्फ़ यही नहीं थी। समझीं आप? असली झंझट यह नहीं था। मैं बैठा सोचता रहता, आख़िर मैं यहाँ हूँ क्यों? धर्म-पूजा वगैरह छोड़ दी थी। आत्मा में भी मेरा विश्वास नहीं रह गया था। आत्मा हो-न-हो फ़र्क़ क्या पड़ता। आप समझ रही हैं न?

"फिर मैंने लिखकर उनका साहित्य मँगाया, उनकी सभा में जाने लगा। पहली बार जब गया तो मुझे डर था कि किन सिरफिरों के झुण्ड से पाला पड़े। मुझे पता नहीं था कि मैं क्या आशा करूँ, समझीं न! पर जब मैंने उन लोगों को देखा तो दंग रह गया। प्रभावशाली लोग, अमीर लोग, अच्छे पढे-लिखे ऊँची नौकरियोंवाले लोग। सब सुसंस्कृत, आला दर्जे के। यह विचारधारा कोई सनक नहीं है। यह जानी हुई, वैज्ञानिक ढंग से साबित बात है।"

मैं बहस नहीं करती।

"एक सौ चवालीस बरस। एक जीवन की अवधि इतनी ही होती है। मानों आप या मैं सत्तर बरस के होकर मर जायें, कितने बचे--चौहत्तर बरस, हमारी आत्मा के फिर से जन्मने में चौहत्तर बरस बचते है।"

"आप को अपना याद है?"

"मतलब एक जन्म से दूसरे जन्म तक? आपको पता ही है कि साधारण लोगों को कुछ भी याद नहीं रहता। पर एक बार जब चेतना किसी जाग जाती है, एक बार जब किसी को पता चल जाता है कि मामला क्या है, तब याद आने लगता है। मुझे सिर्फ़ एक जीवन के बारे में पक्की तरह मालूम है। स्पेन और मैक्सिको में। मैं कॉन्क्विस्टाडोर्स (स्पेनिश योद्धाओं) में से एक था। कॉन्क्विस्टाडोर्स के बारे में पता है न?"

"हाँ।"

"अजीब बात है। मुझे हमेशा से मालूम था कि मैं घोड़े पर सवारी कर सकता हूँ। कभी घोड़े पर नहीं बैठा था, शहर में बड़ा हुआ था मैं, हमारे पास घोड़ा रखने के साधन भी न थे। पर मुझे पता था। फिर दो साल पहले, होटल वैनकूवर में रॉसिक्रूशन कॉन्फ्रेन्स में एक आदमी मेरे पास आया, कैलिफोर्निया से था वह, और बोला, *तुम वहाँ थे। तुम उनमें से एक हो।* मैं समझ नहीं पाया कि वह क्या कह रहा है। *स्पेन में,* वह बोला, *हम साथ-साथ थे।* उसने कहा कि मैं उन लोगों में से था जो स्पेनिश सेनाओं के साथ मेक्सिको गये थे और वह स्पेन में ही रह जानेवालों में से था। उसने मेरा चेहरा पहचान लिया था। और सबसे अजीब बात बताऊँ? जब वह झुककर मुझ से बात करने लगा तो मुझे ऐसा आभास हुआ कि वह शिरस्त्राण पहने है, वैसा ही जिसमें पंखों की कलगी लगी होती है और मुझे लगा कि उसके बाल लम्बे और काले हैं जबकि उसके बाल छोटे और सफ़ेद थे। यह सब उसके एक शब्द भी कहने से पहले। है न ग़ज़ब की बात?"

हाँ। ग़ज़ब की बात। पर ऐसी बातें मैंने पहले भी सुनी हैं। मैंने ऐसे लोगों के बारे में सुना है जो अपने आसपास अलौकिक देहों को मँडराते देखते हैं, जो ज्योतिष के हिसाब से दिनचर्या चलाते हैं, जिन्होंने अपने नाम और पते-ठिकाने बदले हैं ताकि उनके नये नामों के जोड़-तोड़ से बना तन्त्र उनके लिए शुभ हो सके। लोग संसार में हर तरह के विश्वास लिये जीते हैं और मैं समझ पाती हूँ क्यों।

"शर्त लगाती है कि आप भी वहाँ थीं?"

"स्पेन में?"

"स्पेन में। मैंने जैसे ही आपको देखा जान गया था। आप एक स्पेनिश महिला थीं। शायद आप भी स्पेन में पीछे रह गयी थीं। अब समझ में आता है कि आपको देखकर मुझे क्या लगा। जब मैं आपको देखता हूँ—मेरी बात को अन्यथा न लें, आप अभी भी बहुत आकर्षक हैं—मैं आपको अब जितनी हैं उससे कहीं कम उम्र की देख पाता हूँ। यह शायद इस वजह से है कि जब मैं आपको छोड़कर गया था तो आप बस बीस-इक्कीस साल की थीं। और उस जन्म में मैंने आपको फिर नहीं देखा। आप मेरे कहे का बुरा तो नहीं मान रही न?"

"नहीं। नहीं, मैं कैसी दिखती थी, यह सुनना रोचक लग रहा है।"

"मुझे मालूम था कि जीवन में ज़रूर और भी कुछ है। स्वभाव से मुझे सांसारिक चीज़ों से कोई लगाव नहीं। इसलिए मैं बहुत सफल नहीं रहा। मैं ज़मीन-इमारतों की ख़रीद-फ़रोख़्त का दलाल हूँ। शायद मैं अपने धन्धे की तरफ़ उतना ध्यान नहीं देता हूँ जितना सफल होने के लिए देना चाहिए। पर क्या फ़र्क़ पड़ता है। मेरा अपने सिवाय है ही कौन?"

मेरा भी अपने सिवाय कोई नहीं। और मैं सोच नहीं पा रही कि क्या करूँ। मैं सोच नहीं पा रही कि इस आदमी का क्या करूँ सिवाय ह्यू के लिए कहानी बना देने के, जिसकी अजीबोग़रीब बातें चुटकुलों की तरह कही जा सकें। ह्यू जीवन को इस तरह देखे जाना पसन्द करता है, अभिभूत होकर नहीं। निरावरण भावनाओं को वह अनदेखा करता है, निरावरण देह की तरह।

"तुम मुझसे प्रेम करते हो, तुम मार्गरिट से प्रेम करते हो, तुम हम दोनों से प्रेम करते हो?"

"मुझे नहीं मालूम।"

वह एक पत्रिका पढ़ रहा था। जब भी मैं उससे बात करती हूँ वह पढ़ने लगता है। यह शब्द उसने ऊबी, थकी, मुश्किल से ही सुनायी देनेवाली आवाज़ में कहे। पत्थर पसीजने जैसी बात।

"मैं तुम्हें तलाक दे दूँ। तुम उससे शादी करना चाहोगे?"

"मुझे नहीं मालूम।"

इस बारे में मार्गरिट से बात छेड़ी तो उसने बात उन चीनी मिट्टी के प्यालों की तरफ़ मोड़ दी जो उसने हाल ही में हमें भेंट किये थे, और आशा व्यक्त की कि मैं गुस्से में उन्हें फेंक नहीं दूँगी क्योंकि अगर कभी वह इस घर की मालकिन बनी तो यह प्याले उसके लिए बड़े काम के रहेंगे। यह सुनकर ह्यू मुस्कराया, उसने चैन की साँस ली। हँसी-मज़ाक चलता रहे तो हम सब झेल जायेंगे। क्या ऐसा होगा?"

हमारे विवाहित जीवन का सबसे सुखद क्षण तय करने में मुझे कोई कठिनाई नहीं होती। यह उत्तरी मिशिगन की बात है, बच्चे छोटे थे, हम घूमने आये थे। बादलों से घिरे आकाश के नीचे एक फटीचर-सा मेला लगा था। बच्चे खिलौने जैसी छोटी रेल की सैर करने लगे। हम एक पिंजड़े के सामने आ खड़े हुए जिसमें एक मुर्गी थी। एक तख़्ती पर लिखा था कि यह मुर्गी पियानों बजा लेती है। मैंने कहा कि मैं मुर्गी को पियानो बजाते सुनना चाहूँगी, ह्यू ने फट से एक सिक्का पिंजड़े के किनारे लगे बक्से में डाला। हुआ यह कि जैसे ही सिक्का गिरा, उसके भार से एक छेद से मक्का का एक दाना एक नन्हें पियानों की पट्टियों पर गिरा, मक्का का दाना चुगते हुए मुर्गी की चोंच से एक पट्टी दबी और एक हलका-सा स्वर निकला। मैं इस धोखाधड़ी पर भौंचक्क रह गयी; पता नहीं क्यों मैंने सोचा था कि *मुर्गी सचमुच पियानो बजायेगी।* पर ह्यू का सिक्का डालना, उसके स्वभाव के विपरीत ऐसी मस्ती, ऐसी ग़ज़ब की बात थी, जो ज़रूरत या सन्तोष की किसी भी चरम सीमा पर उसने कभी भी जो किया या कहा था, उससे कहीं बढ़कर प्रेम की घोषणा लगी थी। यह चकित कर देनेवाला और क्षणिक था—जैसे दुर्लभ रंगोंवाला एक नन्हा-सा पक्षी, दृष्टि के एक कोने में, पास ही बैठा, जिस पर भरपूर नज़र डालने की हिम्मत नहीं जुटा पाते हम। उस एक क्षण में, एक-दूसरे के लिए हमारी भावनाएँ एकदम निर्दोष थीं, हमारे झगड़े, हमारी खींचातानी

अवास्तविक लगने लगी थीं। शायद एक दरवाज़ा खुला था। लेकिन हम उसमें से गुज़र नहीं पाये।

सबसे दुःखद क्षण मैं कभी नहीं बता सकती। हमारे सब झगड़े एक-दूसरे में घुलमिल जाते हैं और असल में उसी एक झगड़े की पुनरावृत्तियाँ हैं जिसमें हम एक-दूसरे को जैसे हैं वैसे होने की सज़ा देते रहते हैं—मैं शब्दों से और ह्यू मौन से। इससे ज़्यादा की हमें कभी ज़रूरत नहीं पड़ी।

वही एक व्यक्ति है जिसे दुःख पाते देखना मुझे बुरा नहीं लगेगा। उसे घोड़ों द्वारा कुचले जाते, दर्द से तड़पते देखने में मुझे कोई एतराज़ नहीं होगा, ताकि मैं कह सकूँ, अब पता चला न, अब देखो तुम। हाँ। उसकी चरम पीड़ा के क्षण में मैं उसे अपनी सन्तुष्ट निर्लिप्त मुस्कान दिखाऊँगी; ज़रूर दिखाऊँगी मैं।

"जब यह समझ में आया तो मुझे ऐसा लगा जैसे कि नये जीवन की शुरुआत हो।"

आजकल लोग नयी शुरुआतों में विश्वास करते हैं। एकदम जीवन के अन्त तक। ऐसा तो होना ही चाहिए। एक नये व्यक्ति के साथ फिर से शुरुआत, आपका पुराना स्वभाव सिर्फ़ आपको ही पता रहे; ऐसा करने से कोई किसी को नहीं रोक सकता। उदार लोग दूसरों को मौक़ा देते हैं, अपनी शुभकामनाओं के साथ। क्यों नहीं? ऐसा तो हर हाल में होना ही है।

ट्रेन रेवेलस्टोक से आगे आ गयी है। पहाड़ धीरे-धीरे पीछे छूटते जा रहे हैं। रेस्तराँ वाला डिब्बा कुछ समय से मेरे और रॉसिक्रूशन के अलावा खाली ही पड़ा है। बैरों ने सफ़ाई कर दी है।

"मुझे वापस अपने डिब्बे में जाना होगा।"

वह मुझे रोकने की कोशिश नहीं करता।

"आपसे बातें कर बड़ा अच्छा लगा और मुझे उम्मीद है आप मुझे पागल नहीं समझेंगी।"

"नहीं, नहीं, बिलकुल नहीं।"

वह अपनी जेब से कई पर्चे निकालता है। "समय मिले तो शायद आप इन्हें देखना चाहें।"

मैं उसे धन्यवाद देती हूँ।

वह उठता है, सम्मान से हलका-सा झुकता भी है, स्पेनिश ढंग की शालीनता से।

मैं वैनकूवर के स्टेशन पर अकेली उतरी, अपना सूटकेस उठाये, रॉसिक्रूशन कहीं ग़ायब हो गया है जैसे कि वह मेरी कल्पना रहा हो। शायद वह वैनकूवर तक नहीं आया, ठण्डी भोर में शायद फ्रेज़र वैली के किसी क़स्बे में उतर गया।

मुझे लेने कोई नहीं आया, किसी को पता नहीं था कि मैं आ रही हूँ। स्टेशन के अन्दर का आधा हिस्सा लगता है तख़्ते लगाकर बन्द कर दिया गया है। अब भी, जब

दिन में दो में से एक बार कुछ चहल-पहल रहती है, यह जगह गुफा-सी लगती है, उजाड़। इक्कीस बरस पहले मुझे ह्यू यहाँ मिला था, सुबह के इसी समय में। तब भीड़ और शोर भरी थी यह जगह। मैं उससे शादी करने के लिए यहाँ आयी थी। वह फूल लिये था जो, जब उसने मुझे देखा तो उसके हाथों से गिर गये थे। उन दिनों उसमें आत्मविश्वास कुछ कम होता था, पर तब भी वह कम ही बोलता था। झेंप से लाल चेहरा, हास्यास्पद ढंग से गम्भीर दिखता, अपनी भावनाओं को किसी व्यक्तिगत पीड़ा की तरह धीरज से सहता। जब मैं उसे छूती, उसे आलिंगन में लेती तो भी उसका शरीर शिथिल नहीं होता था। मैं उसकी गर्दन की अकड़ी नसों को अनुभव कर पाती थी। वह आँखें बन्द कर लेता और अपने में लिप्त हो जाता। उसने शायद होनी पहले ही देख ली थी : मेरा कढ़ाईदार रंग-बिरंगी पोशाकें पहनना, लोगों से उस उत्साह से बातचीत, हरजाईपना। मैं भी अक्सर उस पर दयालु होने को तैयार नहीं होती थी। उसके फूलों के गिराने पर मेरी खीझ, स्वागत के उसके अटपटे ढंग पर मेरी अप्रसन्नता, उसकी ग़ैरदुनियादारी जो मेरी अव्यावहारिकता से कहीं अधिक थी, देख कर मेरी निराशा—अपने दिल में उठते असन्तोषों की झलक उसे दिखाने से मैं भी नहीं चूकी थी। इस विवाह में ग़लतफ़हमियों की पर्तों पर पर्तें हैं, घड़ी चूकने की ग़लतियाँ, एक-दूसरे पर दुर्व्यवहार के दोषारोपण, कोई इसकी थाह नहीं पा सकता।

पर हम सीधे एक-दूसरे की तरफ़ बड़े; एक-दूसरे को कस कर थामे रहे। उठा लिये गये फूल अब हमारे बीच कुचल गये। हम चमत्कारी रूप से डूबने से बचा लिये गये लोगों की तरह एक-दूसरे से चिपके रहे और आख़िरी बार नहीं। यह फिर हो सकता है; यह बार-बार हो सकता है और हर बार वही एक भूल होगी।

आ-आ-ह-!

एक चीख रेलवे स्टेशन में भर जाती है, सचमुच की चीख, मेरे बाहर कहीं से आती। मैं देखती हूँ कि और लोग रुक गये हैं, उन्होंने भी चीख सुन ली है। चीख किसी दूसरे की है, भयावह शिकायतों से भरी। लोग खुले दरवाज़ों की तरफ़ देखते हैं, हेस्टिंग्स स्ट्रीट की तरफ़ जैसे कि वे उधर से दण्ड स्वरूप कोई वज्राघात होने की आशा कर रहे हों। पर अब दिखायी देता है कि चीख एक बूढ़े आदमी से आ रही है, एक बूढ़ा जो बाक़ी बूढ़ों के साथ स्टेशन के एक छोर पर बेंच पर बैठा था। कभी यहाँ बहुत-सी बेंचें होती थीं। अब बस एक है जिस पर बैठे बूढ़ों पर उतना ही ध्यान जाता है जितना पुराने अख़बारों पर। इस चीख को निकालने देने के लिए बूढ़ा खड़ा हो गया है। यह चीख जो दर्द से ज़्यादा गुस्से और आतंक की चीख है। चीख मन्द पड़ते-पड़ते वह कुछ मुड़ता है, लड़खड़ाता है, ऊपर उठी बाँहों और खुली उँगलियों से हवा पकड़ने की कोशिश करता गिर जाता है और फ़र्श पर छटपटाता हुआ पड़ा रहता है। बेंच पर बैठे बाक़ी बूढ़े उसकी मदद के लिए हिले तक नहीं। उनमें से कोई भी नहीं उठा है, दरअसल वे उसकी तरफ़

देखे बिना तक अख़बार पढ़ते रहते हैं या अपने पैरों को ताकते रहते हैं। छटपटाहट रुक जाती है।

वह मर गया है, मैं जानती हूँ। गहरे रंग का सूट पहने कोई अधिकारी या मैनेजर-सा एक आदमी उसे देखने बाहर आता है। कुछ लोग अपना सामान उठाये चलते जा रहे हैं जैसे कुछ हुआ ही नहीं है। वे उस तरफ़ देखते तक नहीं। मेरे जैसे कुछ लोग जहाँ बूढ़ा पड़ा है वहाँ तक आते हैं और रुक जाते हैं जैसे कि वह किसी ख़तरनाक क़िस्म की किरणें छोड़ रहा है।

"ज़रूर दिल की तक़लीफ़ रही होगी।"

"फ़ालिज़ पड़ा है।"

"ख़तम हो गया है क्या?"

"और क्या। देखो वह उस पर कोट डाल रहा है।"

अधिकारी अब कमीज़ पहने खड़ा है। कोट धुलवाने के लिए भिजवाना पड़ेगा। मैं काफ़ी प्रयास करके मुड़ती हूँ और स्टेशन के प्रवेश द्वार की तरफ़ बढ़ती हूँ। ऐसा लग रहा है कि मुझे जाना नहीं चाहिए; जैसे कि उस मरे हुए आदमी की मरते दम की चीख मुझसे कुछ माँग रही है पर मैं सोच नहीं पा रही कि क्या है वह। उस चीख से ह्यू और मार्गरेट, रॉसिक्रूशन और मैं हर जीवित व्यक्ति पीछे धकेल दिया गया है। हम जो कहते और महसूस करते हैं, अब सच नहीं लगता, कुछ-कुछ बेकार-सा ही लगता है। जैसे कि हममें बहुत पहले चाभी भरी गयी थी और हम अनियन्त्रित रूप से घरघराते हुए चक्कर काट रहे हैं, पर एक स्पर्श से रुक जायेंगे और एक-दूसरे को पहली बार देखेंगे, द्वेषरहित और स्थिर। यह एक सन्देश है; मैं सचमुच मानती हूँ कि यह एक सन्देश है, पर मैं समझ नहीं पा रही कि मैं इसे दूसरों को कैसे बताऊँ।

●

सर्द हवा

मेरी दादी के सोने के कमरे की खिड़की से कनेडियन पैसेफिक रेलवे की लाइनों के उस पार वावानाश नदी का नरकुलों से भरा विस्तार दिखायी दे जाता था। अब नदी बिल्कुल जमी हुई थी, हर तरफ़ पदचिह्न-विहीन हिम। तूफ़ानी दिनों में भी, रात के खाने के वक़्त से पहले ही बादल छँट जाते और फिर रक्तिम सूर्यास्त होता। साइबेरिया की तरह, मेरी दादी झुँझलाकर कहती, लगता है जैसे हम किसी बियाबान के एक छोर पर रह रहे हों। पर वहाँ सभी तरफ़ खेत थे और झाड़ियों के हलके जंगल, कहीं बियाबान नहीं था, बाड़ों के खम्भे बर्फ़ में दब जाने से ज़रूर छुप गये थे।

दोपहर से पहले ही तूफ़ान शुरू हो गया, जब हम रसायन विज्ञान की क्लास में थे और तूफ़ान बढ़ने के साथ हमारी आशाएँ भी बढ़ती गयीं कि ज़रूर कुछ तहस-नहस होगी, सड़कें बन्द होंगी, यातायात बन्द हो जाने से चीज़ों की कमी हो जायेगी और लोगों के घर न जा सकने के कारण स्कूल के भवन की कॉरीडोर में बिस्तर बिछाये जायेंगे। मैं कल्पना करने लगी कि विपदा के उस वातावरण में मेरी झिझक ग़ायब हो जायेगी, और जब बिजली चली जाने के कारण मोमबत्ती की रोशनी में सनसनाती हवा की पृष्ठभूमि में हौसला बनाये रखने के लिए गीत गाये जा रहे होंगे, मैं मिस्टर हार्मर के साथ एक कम्बल में सिमटी रहूँगी। मिस्टर हार्मर एक जूनियर अध्यापक थे, स्कूल सभा में जिनका ध्यान खींचने की मैं अक्सर कोशिश करती थी। उनका आलिंगन पहले तो ढाढ़स बँधानेवाला और दोस्ताना होगा, लेकिन मोमबत्तियाँ बुझा दी जाने के बाद के अन्धकार में यह आलिंगन गूढ़ और आवेगपूर्ण भी हो जायेगा। ऐसा कुछ नहीं हुआ पर हमारी छुट्टी जल्दी हो गयी और बीच दोपहर में स्कूल बसें बत्तियाँ जलाकर हमें छोड़ने निकल पड़ीं। सामान्यतः मैं क़स्बे के पश्चिम के पहले मोड़ तक के लिए व्हाइट चर्च जानेवाली बस लेती थी और वहाँ से झाड़ियों के जंगल के किनारे अपने घर तक लगभग तीन-चौथाई मील पैदल चली जाती थी। इस रात, जैसा हर सर्दी में दो या तीन बार करती थी, मैं क़स्बे में अपनी दादी के घर ठहरने चली गयी।

इस घर की ड्योढ़ी का कमरा लकड़ी से मढ़ा था, पॉलिश से महकता-चमकता, आरामदेह जैसे किसी अखरोट के छिलके के भीतर का माहौल हो। भोजनकक्ष में एक पीला लैम्प जल रहा था। मैंने स्कूल से मिला काम किया—घर में इसकी मैं परवाह भी नहीं करती थी क्योंकि वहाँ न तो इसके लिए जगह थी न ही वक़्त। मेरे काम शुरू

करने के पहले मैज मौसी ने खाने की मेज़ पर मेज़पोश को बचाने के लिए अख़बार बिछा दिया था। मैज मौसी मेरी दादी की बहन थी, वे दोनों विधवा थीं।

मैज मौसी इस्तरी कर रही थीं (वे सभी चीज़ों पर इस्तरी करती थीं, जाँघिया-बनियान से लेकर रसोई में इस्तेमाल आनेवाले झाड़नों तक) और मेरी दादी रात के खाने के लिए गाजर की पुण्डिग बना रही थी। बढ़िया महक भरी थी। इस नज़ारे की ज़रा हमारे घर से तुलना कीजिये। सिर्फ़ रसोई-घर ही वहाँ एक गर्म कमरा था; हमारे पास लकड़ी जलानेवाला स्टोव था। मेरा भाई लकड़ी लाता और फ़र्श पर बिछे लिनोलियम पर गन्दी बर्फ़ के निशान छोड़ देता। मैं उसे ख़ूब कोसती। गन्दगी और अव्यवस्था की धमाचौकड़ी मची रहती थी। मेरी माँ अक्सर एक सोफे पर लेटकर अपने दुःखों और शिकायतों का पुलिन्दा खोलती। जब भी सम्भव होता, मैं उससे बहस करती और आख़िर में वह मुझसे यही कहती कि जब मेरे अपने बच्चे होंगे तब मुझे पता चलेगा। उस समय हम अण्डे बेचने का काम कर रहे थे और हर जगह अण्डों की टोकरियाँ रखी रहतीं। अण्डों पर फूस के तिनके, पंख और मुर्ग़ियों का मल लगा रहता, जिन्हें बाद में साफ़ किया जाता। मेरा विश्वास था कि मुर्ग़ियों के बाड़े की गन्ध घर में जूतों और कपड़ों द्वारा ऐसी बस गयी थी कि इससे छुटकारा पाना मुश्किल था।

खाने के कमरे में मैं दो गहरे रंगों में बने तैल चित्र देख सकती थी। ये मेरी दादी की दूसरी बहन ने बनाये थे जिसकी अधेड़ावस्था में ही मृत्यु हो गयी थी। एक चित्र में नहर के किनारे एक छोटा-सा घर बना हुआ था, और दूसरे में एक कुत्ता मुँह में एक चिड़िया पकड़े। मेरी माँ ने एक बार कहा था कि कुत्ते के अनुपात में चिड़िया का आकार बड़ा था।

मेरी दादी ने कहा, "पर इसमें टीना की कोई ग़लती नहीं थी। उसने तो यह चित्र एक कैलेण्डर से नक़ल किया था।"

मैज मौसी ने सराहना भरे स्वर में कहा, "वह बहुत क़ाबिल थी पर शादी होने पर उसने यह सब छोड़ दिया।"

उस कमरे में एक फ़ोटो भी थी। फ़ोटो थी दादी, मैज मौसी, उनके माता-पिता, यह बहन जो मर गयी थी, और एक दूसरी बहन की जिसने एक कैथोलिक से शादी कर ली थी जो उसके मरने के ही बराबर था हालाँकि बाद में उससे सुलह हो गयी थी। मैंने एक सरसरी निगाह डालने के अलावा कभी इस तस्वीर पर ध्यान नहीं दिया था पर मेरी दादी की मौत और मैज मौसी को वृद्धों के गृह में डाल दिये जाने के बाद (जहाँ वह अब भी रहती हैं, अब भी जिये जा रही हैं, अब उसे पहचाना भी नहीं जा सकता, न ही वह किसी को पहचान सकती हैं, अपने से बिल्कुल बेखबर, एक छोटे से बन्दर की तरह सूखा शरीर, सारी स्मृतियों और चिन्ताओं से परे और आज़ाद), मैंने उसे उबार लिया और तब से जहाँ मैं जाती हूँ उस तस्वीर को अपने साथ रखती हूँ।

माता-पिता बैठे हुए हैं। माँ काले रेशम की पोशाक में, दृढ़ चेहरा बिना मुस्कान, बीच की माँग निकाले, हलके बाल, उभरी कान्तिहीन आँखें। पिता के अब तक ख़ूबसूरत चेहरे पर दाढ़ी, घुटनों पर हाथ रखे, बुज़ुर्ग की गरिमा। अपने जवानी के दिनों की याद कराती आयरिश ढंग की मुद्रा, क्योंकि अपने अतीत से बचकर कहाँ जाते?

अपनी जवानी में वे मयखानों में जाने-पहचाने थे। अपने बच्चों के जन्म के बाद भी वे अपने पीने और मौज-मस्ती करने के लिए मशहूर थे। लेकिन उन्होंने यह सब छोड़ दिया, अपने दोस्तों से पीठ फेर ली और तभी खेती के लिए खुले ह्यूरोन क्षेत्र में ज़मीन प्राप्त करने के लिए अपने परिवार को यहाँ ले आये। यह फ़ोटो उनकी उपलब्धियों की सनद थीं। अच्छा खाता-पहनता, प्रतिष्ठित लगता परिवार, रेशम की पोशाक में समृद्ध लगती पत्नी, अच्छे क़द-काठी की बेटियाँ।

पर वास्तव में उनकी पोशाकें बहुत बुरी लग रही हैं; झालरों से भरी और गँवारू। सिर्फ़ मैज मौसी की पोशाक उस पर फब रही है : सादी पर चुस्त, गरदन तक ऊँची काले रंग की जिस पर शायद कुछ सलमे का काम भी था। वह उसे बड़े ढंग से पहने, सिर को एक तरफ़ झुकाये, कैमरे की तरफ़ देखते बिना किसी झेंप के मुस्करा रही हैं। वह काफ़ी अच्छी सिलाई करती थी और यह समझकर कि उस पर क्या जँचेगा, अपनी पोशाक ख़ुद ही बनायी होगी। पर सम्भव है उसने ही अपनी बहनों के कपड़े बनाये हों और उनसे क्या समझा जाये? मेरी दादी कुछ फूली हुई बाज़ुओं, बड़े मख़मली कॉलर और मख़मल की मगज़ी लगी छोटी जाकेटवाली पोशाक पहने हैं जो कमर पर कुछ तिरछी-सी दिखती है। पोशाक उस पर बिल्कुल नहीं जँच रही, बल्कि उसका चेहरा झेंप से तना कुछ हँसता और कुछ क्षमा-याचना करता-सा लग रहा है। वह कुछ मरदानी भी लग रही है, सिर के ऊपर लपेटे हुए बाल आगे की ओर झुके हुए मानों अभी खुलकर नीचे आ जायेंगे। पर उसने शादी की अँगूठी पहनी हुई हैं; मेरे पिता का तब जन्म हो चुका था। उस समय तक सिर्फ़ उसी की शादी हुई थी; बहनों में वह सबसे बड़ी थी, और सबसे लम्बी भी।

रात के खाने के समय मेरी दादी ने कहा, "तुम्हारी माँ कैसी है?" और तभी मैं उदास हो गयी।

"ठीक है।"

वह ठीक नहीं थी, वह कभी ठीक नहीं होंगी। उसको एक लाइलाज बीमारी थी जो धीरे-धीरे बढ़ती जा रही थी।

"बेचारी," मैज मौसी ने कहा।

मेरी दादी ने कहा "उसकी बात फ़ोन पर समझने में मुझे बहुत मुश्किल होती है। लगता है जितनी उसकी आवाज़ ख़राब होती जा रही है उतना ही वह बोलना चाहती है।"

मेरी माँ के स्वर तन्तु में आंशिक रूप से लकवा मार गया था। कभी-कभी मुझे उसकी बात दूसरों को समझानी पड़ती जिससे मैं शर्म से बौखला जाती थी।

मैज मौसी ने कहा, "अगर वहाँ वह अकेलापन महसूस करती है तो क्या हैरानी। बेचारी।"

मेरी दादी ने कहा, "अगर लोग उसे समझ ही नहीं पाते तो कोई फ़र्क़ नहीं पड़ता कि वह कहाँ रहे।"

तब मेरी दादी ने हमारे घर के काम-काज का पूरा ब्योरा माँगा। क्या हमने सारे कपड़े धो लिये थे, उन्हें सुखा लिया था, इस्तरी कर ली थी और केक आदि पकाये गये थे? मेरे पिता के मोज़ों में रफ़ू हो गयी? वह मदद करना चाहती थी। वह बिस्कुट और केक बना देगी, मिष्टान्न भी, मोज़े ले आना, वह रफ़ू कर देगी। इस्तरी भी। जैसे ही सड़कें साफ़ हो जायेगीं वह एक दिन के लिए हमारे घर मदद करने के लिए आयेगी। मुझे यह सोचकर संकोच होता था कि हमें मदद की ज़रूरत है, और मैं ख़ासतौर पर कोशिश करती थी कि वह हमारे घर न आये। दादी के आने से पहले मैं थोड़ी-बहुत घर की सफ़ाई करती, अलमारियों में भरे सामान को ऊपर-ऊपर से सजातीं और किसी गृहस्थिन के लिए कलंकस्वरूपी चीज़ों को वाश बेसिन के नीचे या बिस्तरों के नीचे सरका देती, मसलन एक कढ़ाई जिसे मैं साफ़ नहीं कर सकी थीं, फटे-उधड़े कपड़ों की एक टोकरी जिनके बारे में उसे बताया था कि मैंने मरम्मत कर दिये थे। लेकिन मैं कभी भी पूरी तरह से सफ़ाई नहीं कर पायी, सामान की साज-सँभाल सदा बेतरतीब होती, छुपाये कलंक हर बार सामने आ जाते और ज़ाहिर हो जाता कि व्यवस्था, सफ़ाई और गृहस्थी की शालीनता का वो आदर्श रखने में हम कितने नाकामयाब हैं, जिसमें मुझे भी किसी और जितना विश्वास था। पर सिर्फ़ विश्वास करना ही काफ़ी नहीं था। और मुझे अपने पर ही नहीं अपनी माँ के लिए भी शर्म आती।

"तुम्हारी माँ की सेहत ठीक नहीं है, वह काम ठीक-ठाक नहीं कर पातीं।" दादी के स्वर में उसका यह सन्देह स्पष्ट था कि जाने कितने काम हुए भी हैं या नहीं।

मैं घर के बारे में हमेशा अच्छी बातें बताने की कोशिश करती। पहले, जब कभी-कभी यह बातें सच भी होती थीं, तो मैं कहा करती थी कि माँ ने चुकन्दर का अचार बनाया है या वह पुरानी घिसी चादरों को बीच से फाड़कर उनके बाहरी किनारे जोड़कर सीने में मशगूल हैं ताकि वे चादरें ज़्यादा दिन चल सकें। दादी को मेरी चाल समझ आ जाती और वे इस पूरी तस्वीर की असत्यता को भाँप लेतीं (पूरी असत्य पर आंशिक रूप से सही), वह कहती, अच्छा, क्या वाक़ई कर रही है?

मैंने कहा, "वह रसोई की आलमारियों पर रोगन कर रही है।" यह झूठ नहीं था। मेरी माँ आलमारियों पर पीला रंग कर रही थी और हर दराज़ तथा दरवाज़े पर वह कुछ सजावट भी कर रही थी, फूल या मछलियाँ या नाव या झण्डा भी। हालाँकि उसके हाथ और बाँहें काँपती थीं, थोड़े समय के लिए बुरुश पर उसका पर्याप्त नियन्त्रण रहता। इसलिए ये डिज़ाइन बुरे नहीं बनाये गये थे। फिर भी उनमें ऐसा कुछ अनगढ़ और खटकनेवाला था जो मेरी माँ के बीमारी से जकड़े शरीर और उसके मस्तिष्क पर पड़े

असर को जतलाता था। ऐसी बेतुकी बातें जान कर दादी को परेशानी होगी, इसलिए मैंने उन्हें इस सबके बारे में कुछ नहीं बताया। मेरी दादी और मैज मौसी का ज़्यादातर लोगों जैसे विश्वास था कि जितना भी सम्भव हो घर को दूसरे लोगों के घरों जैसा ही दीखना चाहिए। घर को सँवारने में माँ के किये कुछ मौलिक यत्नों को देखने के बाद मुझे भी इस धारणा में विश्वास हो चला था।

फिर रंग, बुरुश और तारपीन का तेल साफ़ करने का ज़िम्मा मुझ पर छोड़ दिया जाता क्योंकि माँ तब तक काम करती, जब तक कि वह थक कर निढाल न हो जाती, और फिर कराहते हुए सोफा पर लेट जाती।

मेरी दादी ने कुछ गुस्से और मीन-मेख निकालने के सन्तोष के साथ कहा, "हाँ, वह हमेशा ऐसे काम में लग जाती है जो, उसे मालूम होना चाहिए, उसे थका देगा और वह कोई ऐसा काम नहीं कर पायेगी जो ज़रूरी है। वह आलमारियाँ रंग रही होगी जब कि उसे तुम्हारे पिता का रात का खाना तैयार करना चाहिए।"

इससे ज़्यादा सही शब्द कभी नहीं बोले गये थे।

मौसम के बावजूद रात के खाने के बाद मैं बाहर घूमने गयी। क़स्बे में आया बर्फानी तूफ़ान मुझे तूफ़ान-सा नहीं लगा। घरों और इमारतों की वजह से कुछ नज़ारा नहीं दीखता। मैं अपनी दोस्त बेटी गॉस्ली से मिली, वह भी मेरी तरह इस रात क़स्बे में अपनी विवाहित बहन के साथ रह रही थी। हम दोनों ख़ुश और कुछ उत्तेजित भी थे कि हम भी क़स्बे में शाम को बाहर घूमने निकल सकते हैं। गाँव में तूफ़ान के तेज़ झोंके अँधेरे बियाबान के कारण हमें घर में ही बैठने को मजबूर कर देते थे। यहाँ एक-दूसरे से जुड़ी सड़कें थीं, और उन पर क्रम से लगी बत्तियाँ, मनुष्यों द्वारा सोद्देश्य रचनाएँ जिनका नतीजा चारों ओर स्पष्ट था। कर्लिंग खेलने के हॉल में लोग कर्लिंग कर रहे थे, क्रीड़ांगन में बर्फ़ पर स्केटिंग कर रहे थे, लिसियम थिएटर में सिनेमा देख रहे थे, बिलियर्ड खेल रहे थे, दो रेस्तराँ लोगों से भरे हुए थे। इनमें से ज़्यादातर गतिविधियों में हम कम उम्र या लड़की होने या पैसा न होने की वजह से भाग न ले सकते थे। पर हम लोग इधर-उधर घूम सकते थे, 'ब्लू आउल कैफे' में नींबू और कोका कोला पी सकते थे—सबसे सस्ती चीज़—और वहाँ काम करनेवाली हमारी जानकार एक लड़की से बात करते हुए, कौन आया, कौन गया—यह सब देख सकते थे। बेटी और मैं किसी तरह क़स्बे के गणमान्य लोगों में नहीं कहे जा सकते थे। हम दोनों तमाशबीनों की तरह एक ओर बैठे बहुत देर तक अपने से ज़्यादा शक्तिशाली और सौभाग्यशाली लोगों के बारे में बात करते, उनके जीवन के उतार-चढ़ावों का अन्दाज़ा लगाते और उनके कार्यकलापों की नैतिकता को कठोरता से जाँचते रहे। हमने एक-दूसरे से कहा कि दस लाख डालर मिलें तब भी हम कुछ ख़ास लड़कों के साथ घूमने नहीं जायेंगे, जब कि सच यह था कि अगर वे लड़के हमारा नाम लेकर ही पुकारते तो हम ख़ुशी में झूम उठते। कौन-सी लड़की गर्भवती हो सकती है, हमने इस बारे में भी बात की। अगले साल की सर्दियों

में बेटी एक पड़ोस के किसान से गर्भवती हो गयी जो हकलाता था और जिसके पास शुद्ध नस्ल की क़ीमती गाये थीं। बेटी ने उसके बारे में मुझसे कभी एक शब्द न कहा था। उसके बाद कुछ शर्म से और कुछ विवाहित होने के गर्व से भी वह अपने नये जीवन में लीन हो गयी और तब वह घरेलू बातों, बच्चों के कपड़े, सुबह को जी मितलाना—इसके अलावा कोई बात ही नहीं करती थी। इससे मुझे विस्मय भी होता था और जलन भी।

हम उस घर के सामने से गुज़रे जहाँ मिस्टर हार्मर रहते थे। ऊपर की खिड़कियाँ उन्हीं के कमरे की थीं। बत्तियाँ जली हुई थीं। शाम को वे क्या करते थे? शहर में जो भी मनोरंजन हो सकता था, उसका फ़ायदा वे नहीं उठाते थे, सिनेमाघर या हॉकी खेलने के हाल में भी वे नहीं दिखायी देते थे। न वे ज़्यादा लोकप्रिय थे। यही वजह थी कि मैंने उन्हें अपने लिये चुना था। मुझे यह सोचकर अच्छा लगता था कि मेरी रुचि कुछ ख़ास है। उनके हलके पीले सुन्दर बाल, हलकी मूँछें, चमड़े के पैबन्द लगे पुराने कोट में उनके तंग कन्धे, कक्षा में शारीरिक बल प्रयोग की धमकी की जगह गुस्सैल शब्दों का प्रयोग। एक बार मैंने उनसे बात की थी—सिर्फ़ एक ही बार मैंने उनसे बात की थी—शहर के पुस्तकालय में। उन्होंने मुझे वेल्श खदान मज़दूरों पर एक उपन्यास पढ़ने का सुझाव दिया था, जो मुझे पसन्द नहीं आया था। उसमें कोई सेक्स नहीं था, सिर्फ़ था हड़तालों, यूनियनबाज़ी और पुरुषों का विवरण।

उनके घर से गुज़रते, उनकी खिड़कियों के नीचे यूँ ही टहलते हुए, मैंने उनमें सीधे-सीधे अपनी दिलचस्पी नहीं दिखलायी बल्कि उनकी खिल्ली उड़ायी, उन्हें जनखा और संन्यासी जैसे नाम दिये, उन पर बुरी आदतें और व्यसन होने का आरोप लगाया जिनकी वजह से वे शाम को घर में ही बने रहते थे। बेटी ने कुछ देर मेरा साथ दिया लेकिन वह यह न समझ पा रही थी कि मैं इस बात का इतना बतंगड़ क्यों बना रही हूँ। अब उसकी दिलचस्पी बनाये रखने के लिए मैंने उसे छेड़ना शुरू किया। मैंने यह विश्वास करने का बहाना किया कि बेटी मिस्टर हार्मर से प्रेम करती थी। मैंने बात बनायी कि बेटी के सीढ़ियाँ चढ़ते समय कैसे मिस्टर हार्मर उसकी स्कर्ट के अन्दर नीचे से झाँककर देखते हैं। मैंने कहा कि बर्फ़ का गोला बना कर उनकी खिड़की पर दे मारूँगी और उनके बाहर झाँकने पर बेटी से मिलने का बहाना बना उन्हें नीचे बुलाऊँगी। पहले तो वह इस बात को सुनकर हँसी, पर मेरे कहते चले जाने पर परेशान और चिड़चिड़ी हो गयी और मुख्य सड़क की तरफ़ अकेली चल दी और तब मुझे भी उसके साथ जाना पड़ा।

पर यह सब खिलवाड़, बकवास और हँसी-मज़ाक मेरे देखे सपनों से बहुत दूर थे। मेरे सपनों में हमारी मुलाक़ातें तो बहुत कोमल और मधुर, हमारे आलिंगन संयत, हमारी कामभावना पवित्र, एक विरह भरे पर अशारीरिक प्रेम का आदर्श था।

मैज मौसी का वैवाहिक जीवन सुखपूर्ण था। लोग उसकी शादी की ख़ुशहाली की याद और बातें करते थे, उसकी अपनी बिरादरी में भी जहाँ सामान्यतः ऐसी बातों को अनकहा छोड़ देना ही बेहतर समझा जाता है। (आज भी, अगर आप पूछें कि फलाँ आदमी कैसा है, तो अक्सर जवाब होगा, उनका तो बहुत अच्छा चल रहा है, उन्होंने दो मोटरें ख़रीद ली हैं, बर्तन साफ़ करने की मशीन ले ली है, और इस तरह जवाब देना केवल आंशिक रूप से ग़रीबी के कारण भौतिक वस्तुओं से स्वाभाविक लगाव है; इसकी वजह एक अन्धविश्वासी तहज़ीब भी है जो *प्रसन्न, भयभीत, उदास* जैसे शब्दों से दामन बचाती चलती है।)

मैज मौसी के पति एक आरामपसन्द क़िस्म के किसान थे, अपने मत पर दृढ़, जिद्दी और ख़ुशमिज़ाज, जिनकी राजनैतिक मसलों में कुछ रुचि भी थी। उनके कभी बच्चे न हुए कि मैज मौसी की उनके लिए भावनाएँ फीकी पड़ सकें। मैज मौसी को अपने पति की संगति बहुत पसन्द थी। वह उनके साथ शहर जाने या सैर पर जाने का कोई भी अवसर ठुकराती नहीं थी, तब भी जब अपने पति के साथ मोटर में कहीं जाने का अर्थ जान हथेली पर रखना होता था। वे बहुत ही ख़राब ड्राइवर थे और बुढ़ापे में तो आधे अन्धे भी हो गये थे। मैज मौसी ख़ुद मोटर चलाना सीख कर उन्हें शर्मिन्दा करने की कभी सोच भी नहीं सकती थी। वे पूर्ण रूप से अपने पति का साथ देती थी। एक आदर्श पत्नी के रूप में उसका उदाहरण दिया जा सकता था, बस वह त्याग, बलिदान और अपना फ़र्ज़ पूरा करने की कोई छाप नहीं छोड़ती थी जो कि अक्सर एक आदर्श में देखा जाता है। हँसमुख पर कुछ ढीठ भी होने के कारण अपने निश्चल प्रेम के लिए उसका सम्मान न कर लोग उसे अच्छी क़िस्मतवाली या अधपगली, जो भी आप चाहें, कहते थे। अपने पति की मृत्यु के बाद उसे जीने में कोई ख़ास दिलचस्पी नहीं रही; जीवन उसे मौत की घड़ी तक प्रतीक्षा का समय लगता--स्वर्ग में उसका पक्का और शब्दशः विश्वास था--पर उसे हताश होकर बिसूरना नहीं सिखाया था।

मेरी दादी की शादी एक दूसरा ही मसला था। क़िस्सा यह था कि मेरी दादी ने शादी तो दादा से की पर प्रेम वह किसी दूसरे पुरुष से करती थी, जिससे वह बहुत नाराज़ थी। मेरी माँ ने मुझे यह बताया था। उसे क़िस्से-कहानियाँ सुनना-सुनाना बहुत पसन्द था, ख़ासतौर पर वे कहानियाँ जो दुःख, त्याग और क़िस्मत के खेल से भरी होतीं। मैज मौसी और मेरी दादी ने इस बात का कभी ज़िक्र नहीं किया पर जैसे-जैसे मैं बड़ी हुई, मुझे मालूम हुआ कि सभी को यह कहानी पता थी। ज़्यादातर लोगों की तरह वह दूसरा पुरुष भी जिले में बसा रहा। वह खेती करता था और उसके तीन विवाह हुए। दादी और दादा दोनों से उसका कोई रिश्ता लगता था, और वे एक-दूसरे के घरों में अक्सर जाया करते थे। अपनी तीसरी पत्नी से विवाह का प्रस्ताव करने से पहले--जैसा कि मेरी माँ ने मुझे बताया--वह मेरी दादी से मिलने आया था। दादी रसोई से बाहर निकली और अपने घर के सामने के रास्ते पर खुलेआम उसके साथ उसकी बग्घी में घूमती उससे

बात करती रहीं। क्या उसने दादी की सलाह ली थी? उसकी अनुमति? मेरी माँ का पक्का विश्वास था कि उसने मेरी दादी को अपने साथ भाग चलने के लिए कहा था। क्या पता, उस वक़्त वे दोनों लगभग पचास साल के रहे होंगे। वे भागकर कहाँ जा सकते थे? साथ ही, वे लोग प्रेस्बिटेरियन ईसाई सम्प्रदाय से थे। संयम और आचरण का सदैव ध्यान रखनेवाले। प्रेमियों की निकटता, मिलन की असम्भवता, त्याग-एक चिरकालिक प्रेम कहानी के सब मसाले थे। मुझे विश्वास है कि दादी ने ही यह रास्ता चुना होगा, प्रेम का दमन कर उसके लिए शहीद होना, उस भावना को न छोड़ना न उसके सम्मुख समर्पण करना पर जीवन-भर दिल में बसाये रखना वही कर सकती थीं। एक या शायद दो बार किन्हीं परिस्थितियों में यह भावना उभरी होगी, और तुरन्त दबा दी गयी होगी।

मेरे दादा शिकायत करनेवाले व्यक्ति नहीं थे। उन्हें अकेला रहना पसन्द था, उन्होंने देर से शादी की थी, उन्होंने किसी और पुरुष की प्रेमिका को चुना था, इन सब बातों की वजह उन्होंने किसी को नहीं बतायी। सर्दियों में वे अपना दैनिक काम जल्दी और बड़ी कुशलता से निपटाकर पढ़ने बैठ जाते थे। वे अर्थशास्त्र और इतिहास की किताबें पढ़ा करते थे। उन्होंने एस्पेराण्टो भाषा सीखी थी। आलमारी के कई खानों में भरे विक्टोरियन उपन्यासों को उन्होंने कई बार पढ़ डाला था। जो भी वह पढ़ते थे उस पर बात नहीं करते थे। अपने जीजा के विपरीत वे अपने विचार किसी को नहीं बताते थे। जीवन से उनकी माँग, दूसरे लोगों से उनकी उम्मीद इतनी कम थी कि उन्हें निराश करने की कभी कोई सम्भावना नहीं रहती थी। क्या मेरी दादी ने व्यक्तिगत रूप से उन्हें इतना निराश कर दिया था कि उन्होंने अपनी सारी अपेक्षाएँ अपने तक सीमित कर ली थीं—यह कोई नहीं जान पाया।

और कोई कैसे जान सकता है, लिखते हुए मैं यह सोच रही हूँ, मैं यह सब जानने का दावा कैसे कर सकती हूँ? पहले भी मैंने इन लोगों का, सभी का नहीं पर कुछ का, उपयोग किया है। मैंने उनसे छल करके अपने प्रयोजन के लिए उनमें हर सम्भव परिवर्तन भी किये हैं। अब मैं वैसा नहीं कर रही। जितना मैं ध्यान रख सकती हूँ, रख रही हूँ, पर रुककर सोचती हूँ तो कुछ पछतावा होता है। हालाँकि उस क़स्बे के लोग अपना मुँह बन्द रखते थे, पर वहाँ भी क़िस्से गढ़े ही जाते थे। अपने साथ जुड़े क़िस्से लोग जहाँ जाते अपने साथ ले जाते। मेरी दादी के साथ भी अपने क़िस्से थे, किसी ने उनके मुँह पर उनकी चर्चा नहीं की।

यह सब तो जाने माने तथ्य हैं। मैंने और बातें भी कही हैं। मैंने कहा है कि मेरी दादी ने अपनी प्रेम कथा का स्वरूप स्वयं चुना होगा, मेरी बात में दादी के मन की भावनाओं का अनुमान निहित है। उसकी कही या सुनी किसी बात से इस अनुमान की तसदीक़ नहीं होती। पर मैं सिर्फ़ बात नहीं बना रही हूँ। ऐसा पूरे विश्वास से कह रही हूँ। कोई प्रमाण न होने पर भी मेरा ऐसा विश्वास है, इसलिए मुझे लगता कि ये

बातें हम अन्य तरीक़ों से भी जान या समझ सकते हैं, कि लोगों से हमारे ऐसे अप्रत्यक्ष मानसिक सम्बन्ध होते हैं जिनका भरोसा करना ही पड़ता है।

यह तूफ़ान बहुत भारी निकला जो एक हफ़्ते तक चला। फिर तीसरी दोपहर स्कूल में बैठे हुए मैंने बाहर देखा कि हवा एकदम बन्द हो गयी लगती थी, बर्फ़ भी नहीं गिर रही थी, यहाँ तक कि बादल भी छँट रहे थे। मैंने राहत के साथ फ़ौरन सोचा कि उस रात मैं घर जा सकूँगी। दादी के यहाँ कुछ रातें ठहरने के बाद घर बहुत अच्छा लगने लगता था। घर एक ऐसी जगह थी जहाँ मुझे हर वक़्त इस बात का ख़्याल नहीं रखना पड़ता था कि मैं क्या कह रही हूँ, क्या कर रही हूँ। मेरी माँ को कुछ चीज़ों पर एतराज़ था पर एक तरह से बात मेरी ही चलती थी। आख़िरकार मैं ही स्टोव पर बाल्टियाँ भर-भर पानी गर्म करती थी, कपड़े धोने की मशीन ड्योढ़ी से रसोई-घर में घसीटकर ला हफ़्ते में एक बार कपड़े धोती थी, मैं ही फ़र्श पर पोछा लगाती थी और कुछ मुँह बनाकर ही उसके लिए अनगिनत बार चाय बनाती थी। इसलिए कूड़ादान खाली करते हुए अगर थोड़ी गन्दगी बाहर गिर जाती तो मैं खीझकर गाली दे सकती थी; मैं कह सकती थी कि मैं कई लोगों से प्रेम करूँगी और गर्भ निरोधक चीज़ें इस्तेमाल करूँगी और कभी बच्चे नहीं जनूँगी। वास्तव में मैं एक आदर्श विवाह सम्बन्ध की कल्पना करती जिससे लोगों को ईर्ष्या हो, और मैंने उस परिधान की कल्पना भी कर ली थी जो मैं जच्चा वार्ड में बिस्तर पर लेटी तब पहनती जब मेरा प्रेमी-पति पहली बार मुझे वहाँ देखने आता; मैं यह भी कह सकती थी कि किताबों में सेक्स के बारे में लिखना ग़लत नहीं है और गन्दे शब्दों जैसी कोई चीज़ नहीं होती। घर में ज़ोर-शोर से बहस और उलटी-सीधी बातें कर सकना मेरा असली व्यक्तित्व न था, और न ही दादी के घर संजीदा और सावधानीपूर्ण व्यवहार करना, पर दोनों की तुलना करने पर पहली तरह का व्यवहार ज़्यादा स्वाभाविक लगता था। मैं प्रायः पहली तरह का व्यवहार ही करती थी, असल में हमेशा करती थी।

सब सुविधाएँ अपने घर के आराम के सामने फीकी थीं। इस्तरी की हुई चादरें, ख़ूबसूरत मुलायम रजाइयाँ, चमेली की ख़ुशबूवाला साबुन। मैं यह सब त्याग सकती थी अपना कोट उतारकर जहाँ चाहे वहाँ डालने के लिए, बिना यह बताये कि मैं कहाँ जा रही हूँ घर से बाहर जाने के लिए, अगर चाहूँ तो स्टोव पर पैर रखकर आराम से पढ़ने के लिए।

स्कूल के बाद मैं अपनी दादी के यहाँ उन्हें यह बताने के लिए गयी कि मैं अब घर जा रही हूँ। इस वक़्त तक हवा फिर तेज़ हो गयी थी। मुझे पता था कि सड़कों पर बर्फ़ जमा होगी, तूफ़ान वाक़ई अभी ख़त्म नहीं हुआ था। पर पहले से कहीं ज़्यादा आज मैं घर जाना चाहती थी। जब मैंने दरवाज़ा खोला तो मीठी पाई के पकने की गन्ध आयी—सेबों की पाई और दो बूढ़ी आवाज़ों ने मेरा स्वागत किया (मैज मौसी हमेशा

कहती, "अब यह कौन हो सकता है?" जैसे कि वे कहती थीं जब मैं बच्ची थी।) तो मुझे लगा अब मैं इसे और नहीं झेल पाऊँगी—क़रीने से सजा घर, शिष्टाचार और इन्तज़ार। उन दोनों का सारा समय इन्तज़ार में कटता था। चिट्ठियों का इन्तज़ार, खाने का इन्तज़ार, सोने का इन्तज़ार आप कह सकते हैं कि मेरी माँ का समय भी इन्तज़ार, में कटता था, पर ऐसा नहीं था। सोफे पर लेटी हुई, बीमार और अपंग, वह अब भी अजीबोग़रीब योजनाओं और कल्पनाओं से भरी हुई थी, किसी-न-किसी चीज़ से असन्तुष्ट, झगड़ने को तैयार, उसका दिमाग़ हमेशा चलता रहता था। घर में हमेशा हड़बड़ाहट और काम का माहौल रहता। साफ़ करने को अण्डे, लकड़ी लाना, आग जलाये रखना, खाना बनाना, बिखरा सामान उठाना रखना। मैं हमेशा जल्दी में रहती, कुछ याद करती हुई, भूलती हुई, और फिर खाने के बाद इन सभी चीज़ों के बीच चूल्हे पर बर्तन धोने का पानी गर्म होने का इन्तजार करती हुई मैं पुस्तकालय से लायी किसी किताब में खो जाती।

घर में और दादी के यहाँ पढ़ी गयी किताबों में भी फ़र्क़ था। मेरी दादी के यहाँ किताबें अपना पूरा असर नहीं छोड़तीं। उस जगह के माहौल में ऐसा कुछ था जो उन्हें वापस रख देने को, उन्हें सहेजने को कहता, उनका प्रभाव फीका कर देता। वहाँ जगह ही नहीं थी। घर में सभी कुछ होते रहने के बावज़ूद हर चीज़ के लिए जगह थी।

मैंने कहा, "मैं रात के खाने पर यहाँ नहीं रहूँगी। मैं घर जा रही हूँ।"

मैंने अपना बस्ता, कोट और जूते उतार दिये थे और चाय पीने के लिए बैठी थी। मेरी दादी चाय बना रही थी।

उन्होंने बहुत विश्वास से कहा, "तुम इस मौसम में बाहर नहीं जा सकती। क्या तुम्हें काम की चिन्ता है? तुम्हें यह डर है कि तुम्हारे बिना वहाँ काम नहीं चल पायेगा।"

"नहीं, पर मेरा घर जाना बेहतर रहेगा। हवा भी इतनी तेज़ नहीं चल रही। बर्फ़ साफ़ करनेवाले ट्रक भी गुज़र चुके हैं।"

"बड़ी सड़कों पर, हो सकता है। लेकिन तुम्हारे घर के रास्ते पर तो मैंने कभी भी ट्रक को जाते नहीं सुना।"

हमारी और चीज़ों की तरह हमारे रहने की जगह में भी कुछ कमी थी।

मैज मौसी ने निराश होने का अभिनय करते हुए कहा, "मेरी बनायी मीठी पाई खानी पड़ेगी, इस डर से भाग रही है ये। यही वजह है और क्या!"

"हाँ, हो सकता है," मैंने कहा।

"जाने से पहले तुम इसका एक टुकड़ा खा लेना। उसे ठण्डा होने में ज़्यादा देर नहीं लगती।"

"वह कहीं नहीं जा रही," मेरी दादी ने मेरी बात को गम्भीरता से न लेते हुए कहा, "वह इस तूफ़ान में घर से बाहर नहीं निकल रही।"

मैंने खिड़की की तरफ़ सहायता की याचना करती दृष्टि डाली, बाहर सब-कुछ बिल्कुल सफ़ेद नज़र आ रहा था, और कहा, "अब तूफ़ान कहाँ है।"

मेरी दादी ने अपना प्याला प्लेट पर ज़ोर से रखा, "ठीक है। जाओ। बस चली जाओ। जाओ अगर तुम्हें जाना है तो। जाओ और ठण्ड में जम के मर जाना।"

मैंने अपनी दादी को आपे से बाहर होते पहले कभी नहीं देखा था। मैंने इसकी कभी कल्पना भी नहीं की थी। अब मुझे यह अजीब लगता है पर मैंने वाक़ई उसकी आवाज़ में न कभी गुस्सा या आहत होने का भाव सुना था, न ही उसके चेहरे पर देखा था। उसके यहाँ हर बात ठहरकर, ज़रा घुमा-फिराकर व्यक्त की जाती थी। उसकी राय, उसके विचार उसकी अपनी पसन्द-नापसन्द के कारण नहीं, परिवार का भला चाहनेवाली बुज़ुर्गवार महिला के लगते थे। उसके वैसा परिचित व्यवहार न करने के कारण मुझे कुछ हैरानी हुई। उसकी आवाज़ रुँधी हुई थी और जब मैंने उसकी तरफ़ देखा तो उसकी आँखों में आँसू थे जो चेहरे पर बह आये। वह रो रही थी। वह गुस्से में थी और रो रही थी।

"कोई बात नहीं। तुम बस चली जाओ। जाओ और बर्फ़ में जमकर मर जाना जैसा बेचारी सूज़ी हेफरमेन के साथ हुआ था।"

मैज मौसी ने कहा, "अरे हाँ। सच है। सच है।"

"अकेली रहती बेचारी सूज़न," मेरी दादी ने मुझे सम्बोधित करके ऐसे कहा जैसे इसमें मेरी ग़लती हो।

मैज मौसी ने मुझे दिलासा देते हुए कहा, "यह हमारे पुराने गाँव की बात है, बेटी। तुम्हें क्या मालूम किसकी बात है। सूज़ी हेफरमेन जिसने गरशोम बेल से शादी की थी। श्रीमती गरशोम बेल। हमारे लिये सूज़ी हेफरमेन। वह हमारे साथ स्कूल जाती थी।"

आस्तीन से एक साफ़ रूमाल खींचकर अपनी आँखों और नाक को पोंछ, अपने को कुछ सँभालकर और मेरी तरफ़ गुस्से से देखकर दादी ने कहा, "और पिछले साल गरशोम की मृत्यु हो गयी। उसकी दोनों लड़कियों की शादी यहाँ से दूर हुई है। बेचारी सूज़न को अकेले ही गायों का दूध दुहने जाना पड़ा। वह गायों की देखभाल करती अकेली ही रह रही थी। पिछली रात वह बाहर गयी। उसे अपने सामने के दरवाज़े से कपड़े सुखाने की रस्सी बाँध लेनी चाहिए थी पर उसने नहीं बाँधी और वापसी में वह रास्ता नहीं ढूँढ़ पायी, इसी दोपहर वह पड़ी मिली।"

"एलेक्स बेटी ने हमें फ़ोन किया था।" मैज मौसी बोली, "उसे ढूँढ़नेवालों की टोली में एलेक्स भी था। बहुत दुःखी था वह।"

"क्या वह मर गयी?" मैंने मूर्खतापूर्ण सवाल किया।

मेरी दादी ने कहा, "इस मौसम में अगर कोई रात-भर बर्फ़ में दबा पड़ा रहे तो उसकी जम गयी देह को पिघलाकर उसे जिलाया नहीं जा सकता।" उसने रोना बन्द कर दिया था।

मैज मौसी ने कहा, ''गोशाला से घर आने की कोशिश करती उस बेचारी सूज़न का तो ज़रा सोचो। गायों से भी ऐसा क्या मोह। उसने सोचा था कि सब सँभाल लेगी और उसका एक पैर भी तो बेकार था। शर्तिया उसी पैर ने जवाब दे दिया होगा।''

''यह तो बहुत बुरा हुआ,'' मैंने कहा। ''मैं घर नहीं जा रही।''

मेरी दादी ने फ़ौरन कहा, ''अगर चाहती हो तो जाओ।''

''नहीं। मैं ठहरूँगी।''

मैज मौसी ने कहा, ''कुछ नहीं मालूम कब किस को क्या हो जाये।'' रोयी वह भी थी लेकिन मेरी दादी से ज़्यादा स्वाभाविक ढंग से। आँखों के कोनों से कुछ आँसू बह जाने के बाद उसका जी हलका हो गया लगता था। ''किसने सोचा था कि सूज़ी का यह अन्त होगा। वह तुम्हारी दादी से ज़्यादा मेरी उम्र की थी। और नाचने का कितना शौक था उसे। वह कहा करती थी कि एक अच्छे नृत्य समारोह के लिए वह एक खुले छकड़े में बीस मील सवारी कर सकती है। मज़ाक में हमने एक बार पहनी पोशाकों की अदला-बदली की थी। अगर तब मालूम होता कि उसका क्या होना है।''

मेरी दादी ने कहा, ''कोई नहीं जानता। और जानने से फ़ायदा भी क्या होता?''

मैंने रात को ढेर सारा भोजन किया। सूज़ी हेफरमेन की और कोई बात नहीं हुई।

अब मैं बहुत-सी बातें समझती हूँ, हालाँकि मेरे उन्हें समझने से किसी का फ़ायदा नहीं होगा। मैं समझती हूँ कि मैज मौसी को मेरी माँ से सहानुभूति हो सकती थी क्योंकि उसने मेरी माँ को बीमारी से पहले भी एक बीमार की तरह ही देखा होगा। माँ के व्यवहार में अपवाद का कारण उसका रोगी होना ही समझ लिया होगा। पर दादी उन अपवादों को नमूनों की तरह पेश करती। उसने अपने उठने-बैठने, बात करने, घर सँभालने के तरीक़ों को सर्वमान्य स्वीकृत धारणाओं के अनुसार सावधानी से सँवारा था। ऐसे व्यवहार की अहमियत उसे पता थी। ऐसा व्यवहार वह करना चाहती थी, करती थी और जानती थी कि ऐसा न करने से क्या हो सकता था। मैज मौसी को यह चिन्ता कभी न थी। दादी को माँ से इस कारण ख़तरा महसूस हो सकता था। हालाँकि यह बात वह न मानती पर घुमा फिराकर माँ का मज़ाक उड़ाने और उसे दोष देने के बावज़ूद माँ के विचित्र व्यवहार का कारण वह समझ सकती थी।

अब समझ में आता है कि मेरी दादी का गुस्से में रोना सूज़ी हेफरमेन के लिए तो था पर उसके अपने लिये भी था, और वह जानती थी कि घर जाने के लिए मैं कितना और क्यूँ बेचैन थी। वह जानती थी पर समझ नहीं पाती थी कि यह कैसे हुआ या इसके अलावा और कैसे हो सकता था या इतने प्रयत्न और संघर्ष करने पर भी वह एक ऐसी बुढ़िया कैसे हो गयी थी जिसे लोग अक्सर धोखे में रखते, बहलाने को ख़ुश कर लेते और जिससे दूर रहने की कोशिश करते।

●

स्मारक

दिन चढ़े आँख खुलने पर आईलीन ने देखा, जून एक ट्रे उठाये सिरहाने खड़ी थी। ट्रे पर थे कॉफी से भरा मग, दूध और चीनी, और घर बनायी चोकर मिले आटे की डबलरोटी के टोस्ट।

''हे भगवान्, यह सब मैं तुम्हारे लिये करनेवाली थी।''

''क्या करनेवाली थी?''

''तुम्हें बिस्तर में कॉफी पिलानेवाली थी। नींद तो पहले खुल गयी थी। मैं ऐसे ही लेटी रही। मैं प्रतीक्षा में लेटी थी कि ज़रा और रोशनी हो जाये।''

आईलीन ने कुछ नहीं कहा कि बिस्तर के स्प्रिंग भरे गद्दे और उस पर बिछी मुलायम चादरों के बीच लेटी अपने को कोई बाहरी और ज़बरदस्ती लाद दी गयी चीज़ महसूस करती वह सारी रात या लगभग सारी रात सोयी नहीं थी।

''घड़ी के बिना तुम कैसे काम चलाती हो?'' जून ने कहा, और ट्रे बिस्तर पर रख दी। ''अच्छा हुआ कि तुमने उठकर ख़ुद कुछ करने की कोशिश न की। तुम पिसाई की मशीन नहीं चला पाती।''

सही बात, आईलीन भूल गयी थी। वे अपनी कॉफ़ी ख़ुद पीसते थे। बड़े बाज़ार की एक विदेशी चीज़ों की दुकान से दो-तीन तरह की कॉफ़ी के बीज ला, उन्हें पीसकर अपना मिश्रण बनाते थे।

''मुझे तो वैसे भी उठना ही था,'' जून ने कहा। ''बेशुमार काम निपटाने को पड़े हैं।''

''मैं मदद कर सकती हूँ।''

''तुम्हारी मदद होगी अगर तुम आराम से लेटकर कॉफ़ी पियो जब तक मैं इस चाण्डाल चौकड़ी को विदा न कर दूँ।''

उसका अभिप्राय बच्चों से था, वह सदा बच्चों को ऐसे ही बुलाती थी।

सुबह ही वह कपड़े बदलकर तैयार हो गयी थी, नारंगी रंग की पैण्ट, मोटे कपड़े का मैक्सिकन कढ़ाईवाला ब्लाउज़। उसके रेत के रंग के बाल हमेशा की तरह पीछे खींचकर इलास्टिक से सँभाले हुए थे, कुछ हलकी लटें माथे पर छितरी हुईं। वही पुराना काम को तत्पर, व्यस्त मालकिननुमा अन्दाज़ जिसे देखकर गुस्सा भी आये और जो दिल

को छू भी जाये। जंगल-बियाबान में घर का मोर्चा सँभाले पत्नी का-सा भाव। ललाई लिये चेहरा, गालों और गरदन की त्वचा खुरदरी पड़ती। शोक के अवसर पर चेहरे की लाली कुछ बढ़ ही गयी थी।

आईलीन समझ गयी कि जून में कोई परिवर्तन आने की आशा करना व्यर्थ था। शायद जून की चाल-ढाल कुछ ढीली हो जाये, उसने सोचा था, शायद उसकी आवाज़ में कुछ अनिश्चय, शायद वह कुछ चुप रहना शुरू कर दे। पर पिछली रात जब वे हवाई अड्डे पर गले मिली, उसने अपनी बहन के शरीर में तत्परता का वही पुराना कम्पन अनुभव किया। जून ने अपनी ऊँची आवाज़ से सान्त्वना में बुदबुदाये शब्दों को दबा, लगभग अनसुना कर दिया था।

"कितनी तेज़ हवा है, तुम्हारी हवाई यात्रा क्या बहुत बुरी गुज़री?"

छोटे बच्चों को जून ने स्कूल रवाना कर दिया। जून और एवर्ट के सात बच्चे थे—यानी डगलस को मिलाकर सात। पहले पाँच लड़के थे। उन्होंने दो लड़कियों को गोद लिया था, अमेरिकी आदिवासी या आंशिक रूप से आदिवासी परिवारों की सन्तानें। सबसे छोटी अभी किण्डरगार्टन में थी। डगलस सत्रह का रहा होगा।

फ़ोन पर बात करती जून की आवाज़ आईलीन सुन सकती थी।

"उनकी भावनाएँ दबाने की आवश्यकता नहीं लेकिन ज़बरदस्ती उनका ध्यान बँटाने की ज़रूरत भी नहीं। मेरा मतलब आपको समझ आया? हाँ, ठीक है। उनका रोज़ाना का माहौल भी वैसा ही है, यही उनके लिए ज़्यादा उचित होगा। लेकिन उन्हें अपना दुःख व्यक्त करने का अवसर मिलना ही चाहिए। अगर उनकी अनुभूतियाँ उमड़ आयें तो। हाँ, सही है। हाँ, धन्यवाद। बहुत-बहुत धन्यवाद।"

फिर उसने कॉफ़ी बनाने की मशीन माँगने के लिए किसी को फ़ोन किया।

"मुझे पहले ही पचास प्यालोंवाली कॉफी की मशीन लेनी चाहिए थी, न की तीस प्यालोंवाली। मैं हमेशा ऐसी ग़लती कर डालती हूँ। न, न सब प्रबन्ध हो चुका है। न, कोई *ज़रूरत नहीं है। हज़ारों शुक्रिया।*"

इसके बाद उसने कई लोगों को फ़ोनकर पूछा कि क्या उन्हें किसी की मोटर में मातम के स्थान तक पहुँच जाने की जगह मिल गयी थी। इस मातम को स्मृति-आयोजन का नाम दिया गया था। उसने दूसरे लोगों को फ़ोन करके उनकी मोटरों में लोगों की सवारी का प्रबन्ध किया, फिर पहले लोगों को दुबारा फ़ोन करके बताया कि उन्हें सवारी किसके साथ और कैसे मिल सकती है। आईलीन तब तक कपड़े बदलकर गुसलख़ाने में हाथ-मुँह धो रही थी। नीचे बने कमरे से, जिसमें मनोरंजन का सामान लगा था, साधारणतः ऊँचे स्वर में बजनेवाला रॉक संगीत शायद शोक के अवसर के कारण धीमे-धीमे बज रहा था। बड़े बच्चे शायद वहाँ थे। पता नहीं एवर्ट कहाँ है, उसने सोचा। उसे यह भी लगा कि इतने सब प्रबन्ध करने की आवश्यकता नहीं थी, या कम-से-कम

जून के यह सब करने की कोई आवश्यकता नहीं थी। लोग किसी की मोटर में अपनी सवारी का इन्तज़ाम ख़ुद कर सकते थे। उसे फ़ोन पर बात करती जून की आवाज़ से खीझ आ रही थी। *हैलो, नमस्कार। हाँ, मैं जून बोल रही हूँ।* कितनी हँसमुख, उल्लसित और बेलाग आवाज़, पर क्या इस उल्लास के पीछे नियन्त्रण रखने की भावना न थी? क्या कहा जा सकता था कि जून अपनी तारीफ़ करवाना चाहती थी? क्यों नहीं? अगर इससे कुछ फ़ायदा हो सके। अगर किसी भी चीज़ से फ़ायदा हो सके।

फिर भी जून की आवाज़ सुनकर उसे खीझ लगी, उसका उत्साह कुछ फीका पड़ गया।

रसोई-घर में उसने अपनी प्लेट और मग धो डाला। कोई और बरतन बाहर कहीं नहीं पड़ा था। सुबह सवा नौ बजे रसोई-घर इतना साफ़, ऐसा चमक रहा था मानो किसी विज्ञापन की फ़ोटो हो। सब जूठी प्लेटें बरतन धोने की मशीन में लगी थीं। आईलीन इस मशीन के बारे में भूल गयी थी। वह ख़ुद एक-दूसरे शहर में एक पुराने मकान में, किराये के मकान में रहती थी; अकेली क्योंकि उसका तलाक हो चुका था और उसकी एकमात्र सन्तान, उसकी बेटी यूरोप में कहीं भ्रमण कर रही थी। उसे ख़ुद बर्तन धोने की मशीन चलाना नहीं आता था।

खाये बिना छोड़ दिया टोस्ट का सख़्त किनारा उसे अब खा लिया क्योंकि समझ नहीं पा रही थी कि किस कूड़ेदान में फेंके। यहाँ सब सीखने में तो एक या दो दिन तो लग जायेंगे। रात में उसे बताया गया था कि वहाँ कूड़ा अलग-अलग कर फेंकने का नियम था ताकि कुछ रद्दी दुबारा प्रयोग में लायी जा सके। "हमें भी एक दिन यह सब करना पड़ेगा," आईलीन ने कहा था, और जून ने कहा, "क्या तुम *अभी नहीं करती?"*

जून की तुलना में वह ज़रूर ग़ैरज़िम्मेवार थी। यह स्पष्ट था, आईलीन को यह स्वीकार करना पड़ा। सब तरह का कूड़ा आलस से एक साथ फेंका हुआ, अलमारियों में क़रीने से लगी कुछ चीज़ों के पीछे बेतरतीब रखे सामान का अम्बार। एक बार उसका और जून का काग़ज़ के थैलों की बात पर झगड़ा हो गया था। आईलीन खाली थैलों को एक दराज़ में ऐसे ही ठूँस देती थी। जून उन्हें दबा और तहाकर, एक के बाद एक क़रीने से जमाती ताकि दराज़ में ज़्यादा थैले आ सकें और उन्हें निकालने में भी आसानी हो। दोनों बहनें एक-दूसरे पर झल्लाकर हँसी थीं।

"ऐसे करने से आसानी होती है," जून ने कहा। "हमेशा आसानी होती है। बाद में तुम देखोगी कि इससे समय बचता ही है।"

"तुम्हें ऐसे काम करने की झक है," आईलीन ने कहा। कुछ और न सूझने पर वह जून की ही भाषा में उसे उत्तर देती, पर अवांछित शोखी से। "हर काम क़रीने से करना बचपन में ज़बरदस्ती सिखाये गये व्यवहार का दुष्परिणाम है। मुझे तुम पर रहम आता है।"

पर यत्न उसने किया था। जून के रसोई-घर में वह सामान को सदा क्रमानुसार और जून की सुव्यवस्था की अपनी योजना के अनुसार सजाने का यत्न करती रहती। सदा कोई-न-कोई ग़लती हो जाती। जब उसकी ग़लती एवर्ट पकड़ता, कोई चीज़ ग़लत जगह रखी हुई मिलती, तो कुछ कहे बिना उसकी बाँह छू कुछ झेंपकर आँखों-ही-आँखों में इशारा करता और चुपके से उस चीज़ को सही जगह लगा देता। उसके इस नाटक, अपने लिये उसकी चिन्ता और दयालुता को देखकर आईलीन को समझ आया कि यह सब हँसी-मज़ाक की बात न हो इस बात का संकेत था कि जून किस हद तक नाराज़ हो सकती थी। जून और एवर्ट के घर में वह विभिन्न प्रकार के यन्त्रों और उपकरणों की बहुलता से दबी रहती, अपने घर में उसे ऐसी देख-रेख की चिन्ता कभी न करनी पड़ती। यहाँ हर नये उपकरण को ख़रीदने और बरतने का रिवाज़ था। अपने पास कभी इतने पैसे न होने के कारण आईलीन जैसे-तैसे काम चलाकर सन्तुष्ट रह सकती थी। जून और एवर्ट अच्छे-खासे धनवान् थे और बाज़ार में उपलब्ध सबसे टिकाऊ, सबसे महँगी और सबसे अच्छी नयी चीज़ों को ख़रीदना अपनी ज़िम्मेदारी समझते थे; ज़िम्मेदारी सिर्फ़ अपने प्रति नहीं, बल्कि—जैसा वे कहते—समाज के प्रति भी। उनके लिए *कन्ज्यूमर रिपोर्ट* पढ़कर इन चीज़ों की उपयोगिता के बारे में न जाननेवाले लोग उतने ही ग़ैरज़िम्मेवार थे जितने वोट न देनेवाले।

उन्हें सबसे अधिक कठिनाई होती निष्प्रयोजन पर किसी भी घर के लिए आवश्यक चीज़ें ख़रीदने में—चित्र, सज़ावटी सामान। इसका समाधान उन्होंने किया एस्किमो चित्र और नक्क़ाशीदार चीज़ें, अमेरिकी आदिवासियों के दरी-खेस, राखदानियाँ और बर्तन तथा यूनिटेरियन चर्च सम्प्रदाय की सहायता से एक भूतपूर्व कैदी द्वारा बनाये गये मिट्टी के बर्तनों का चयन कर। इन सब चीज़ों को ख़रीदने में सत्कर्म और उपकार करने की एक भावना समाहित थी, फिर इनसे सजावट करने का फैशन तो था ही। उनकी बैठक की दीवार पर डरावने लगते दो क्वाक्युतल मुखौटे टँगे थे जिनकी लोग ख़ूब तारीफ़ करते थे। इन सब चीज़ों का बैठक में क्या काम, आईलीन पूछना चहती थी। इन दिनों वह कपड़ों और ऐसे सजावटी सामान के प्रति अपने में एक अजीब तुनकमिज़ाजी भरी पाती थी। इस तरह की दिखावटों, धार्मिक और सांस्कृतिक प्रतीकों को ऐसे बेपरवाही से टाँगने, उनका उपहास करने से बचने की एक इच्छा। उसे मालूम था इस इच्छा का कोई फल नहीं निकलेगा। पर जून और एवर्ट की भावना उपहास करने की न थी, उन्हें आदिवासियों की कला-संस्कृति वाक़ई पसन्द थी। "डरावना लगता है कि नहीं? ख़ूब बनाया है कि नहीं?" वे कहते। आईलीन की अपनी बैठक में फूलों के कुछ धुँधले पड़ गये चलचित्र थे, और कुछ इधर-उधर से जमा किया बेमेल फर्नीचर। कौन कह सकता है कि ये जान-बूझकर फैलायी गयी बेतरतीबी, ऐसा फूहड़पन भी उतना ही दिखावटी न था जितना बैठक में क्वाक्युतल मुखौटों और प्रजनन की प्रतीक देवियों की मूर्तियों को सजाना।

काम करने के कपड़े पहने एवर्ट गैराज़ की ओर से आया। उसके बाल बड़े, कानों को ढँके थे। "मेरा जापानी उद्यान देखना चाहती हो?" उसने आईलीन से कहा। "मैं ज़रा झाड़ियों की देखभाल कर रहा था। उन पर लगातार नज़र रखनी पड़ती है।"

आवाज़ से वह प्रसन्नचित्त लगा, पर उसके निकट जाने पर आईलीन को उसकी साँस में उदासी और रतजगे की दुर्गन्ध का आभास मिला जो दवाई से कुल्ला करने के बावज़ूद बरक़रार थी।

"ज़रूर देखना चाहूँगी।"

गैराज़ से होकर वह उसके पीछे बाहर चली गयी। फरवरी का बदली भरा दिन था, ज़्यादा सर्द नहीं। "शायद अभी भी धूप निकल आये," एवर्ट ने कहा। उसने गीली टहनियाँ रास्ते से हटायीं, उसने लॉन में कुछ जगह फिसलन होने पर आईलीन को सावधान किया, वह सदा की तरह मेहमाननवाज़ था। धनवान होने के साथ वह आवश्यकता से अधिक विनम्र, मितभाषी, मैत्रीपूर्ण और कुछ रहस्यपूर्ण भी हो गया था। जून से उसकी मुलाक़ात विश्वविद्यालय में हुई थी—दोनों बहनें अपने नगर के ही विश्वविद्यालय में छात्रवृत्ति पाकर पढ़ी थीं—तो उसके कोई मित्र हैं, ऐसा नहीं दिखता था। जून उसके प्रति सहानुभूति में उसके पीछे उसी ज़ोर-शोर और उत्साह से पड़ी जो बाद में उसने अफ्रीकी विद्यार्थियों, नशे की लत लगे रोगियों, क़ैदियों और आदिवासी बच्चों की सहायता करने में दिखायी थी। एवर्ट को वह अपने साथ पार्टियों में ले जाती, जहाँ वह सदा कुछ ख़ास काम करता : पेय ढालना, मेज़बानों की सहायता करना, पड़ोसियों की शिकायत पर पुलिस के आने पर समझौता करा सबको शान्त करना, अधिक पी लेने पर उल्टी करते लोगों को सान्त्वना देना, अपने प्रेमियों द्वारा ठुकरायी लड़कियों की बातें सुन उनका दुःख बँटाना। जून कहती कि वह उसे जीवन का अनुभव करा रही थी। जून के अनुसार परिवार के धनवान् होने के कारण एवर्ट अपने को वैसे ही वंचित और खामियों से भरा अनुभव करता जैसे चेहरे पर बदरंग चकत्ते पड़ जाने या लँगड़े हो जाने पर कोई करता। उसका इरादा एवर्ट से विवाह करने का था, यह किसी ने सोचा भी न था। न उसने ख़ुद सोचा था। आईलीन का विश्वास था, उसे इस सम्भावना का विचार कुछ समय बाद आया होगा। जून उसे अपने परिवार से मिलाने पर ज़रूर लायी थी, पर वह सब एवर्ट को जीवन का अनुभव कराने के आयोजन का एक अंश था।

उस समय आईलीन और जून अपनी माँ के साथ बेकर स्ट्रीट पर एक नाई की दुकान के पिछवाड़े के मकान के ऊपरी भाग में रहते थे। कमरे अँधेरे थे, पर उसका मुआवज़ा भी था। नाई की दुकान से साबुन की भीनी मर्दानी ख़ुशबू आती। रात में नुक्कड़ के रेस्तराँ के बाहर बिजली के अक्षरों में लिखे नाम से झर कर सामने के कमरे में आती गुलाबी रोशनी। माँ की दोनों आँखों में मोतिया उतर आया था। सोफे पर लेटी—लेटे रहने पर भी एक राजसी गरिमा से भरपूर—वह हुक्म चलाया करती : पानी का गिलास

दो, दवाई की गोलियाँ पकड़ाओ, चाय का प्याला दो, कम्बल ओढ़ा दो या उतार दो, बालों में कंघी कर चोटियाँ बना दो। दूसरी तरह की माँगें थीं : रेडियो स्टेशन को फ़ोन करो और उन्हें अभद्र, चालू और अशुद्ध व्याकरणवाली भाषा प्रयोग करने पर डाँट लगाओ, पन्सारी की दुकान और नाई की दुकान पर फलाँ शिकायत करो, पुराने मित्रों और परिचितों को उसकी बढ़ती बीमारी की ख़बर दो और पूछो कि उसका हाल पूछने क्यों नहीं आये। एवर्ट को घर ला जून यह सब सुनवाती। विश्वविद्यालय में मनोविज्ञान पढ़कर जून ने माँ की समस्या का सामना करने से बचने का यत्न किया था, ठीक वैसे ही जैसे आईलीन ने अंग्रेज़ी साहित्य पढ़कर। जून को अधिक सफलता मिली थी। पुस्तकों में खब्ती माँ के सैकड़ों उदाहरण पढ़कर आईलीन को सन्तोष तो मिला, पर यह ज्ञान उसके किसी काम न आया। दूसरी ओर जून माँ के व्यवहार के लिए मित्रों से कोई माफ़ी न माँगती, पर या तो घर लाने से पहले ही उन्हें समझा देती या माँ से मुलाक़ात होने के बाद माँ के बारे में देर तक विचार-विमर्श करती। ऐसे जताती कि उनका सौभाग्य था कि वे माँ से मिल पाये। एवर्ट को एक बार माँ से एक बड़ी उलझी, दुःखभरी, लम्बी और असत्य कहानी सुननी पड़ी कि माँ के परिवार की कनाडा के भूतपूर्व प्रधानमन्त्री आर्थर मीगन से कैसे रिश्तेदारी थी। जून ने उसे समझाया कि उसके सामने ग़रीबी और सामाजिक दुर्दशा के चक्रव्यूह में फँसे हताश लोगों की मनोवस्था का जीता-जागता उदाहरण था। (वह दिन दूनी रात चौगुनी रफ़्तार से वह भाषा अपना रही थी जो बाद में सारी ज़िन्दगी उसके बहुत काम आयी।) जून के मौक़े से ऐसे फ़ायदा उठाने, उसके अचानक अपनाये तटस्थ दृष्टिकोण से आईलीन प्रभावित हुए बिना न रह सकी।

"छोटी होने के कारण मेरे लिये ज़रा आसान था," जून अकेले में और किसी के सामने भी उससे कहती। "मैं तो अपने को दोषी समझने की भावना से बच गयी," वह कहती, "आईलीन के सिर पर सारा भार पड़ा।" एम. ए. में पढ़ती आईलीन वैसे ही उदास और चुप हो गयी थी, तिस पर मनोविज्ञान और समाजशास्त्र पढ़ते बी. ए. के सहृदय विद्यार्थियों के सामने ऐसा निर्मम विश्लेषण होने से वह अपने को दोषी समझने की भावना से दबा अनुभव करने लगी थी। उसका साहित्य पढ़ना निरर्थक था, उसका प्रेमी (हॉवी, जिससे बाद में उसकी शादी और फिर तलाक़ हो गया) बेकार था, उसका व्यवहार दिन के प्रकाश से अन्धे यहाँ-वहाँ टकराते चमगादड़ की तरह हो गया था। अचम्भा होता था कि एक साल के अन्दर किस तरह जून गदबदी किशोरी से छरहरी नवयुवती बन गयी; झिझक, उलझन और मासूमियत ग़ायब हो आत्मनिर्भर, और नपे-तुले शब्दों में बात करने लगी। किसे पता था कि एक दिन उसकी आवाज़ ऐसी बेझिझक हो जायेगी, ऐसा सलोना चेहरा, और काम-काज का ऐसा तुरत-फुरत अन्दाज़, ऐसा आत्मविश्वास। दो ही साल पहले वह कविता करती थी, वही किताबें पढ़ती थी जो आईलीन पढ़ती थी, कुछ लगता था कि अपनी बड़ी बहन के रंग-ढंग अपना लेगी। अब उसका कोई सवाल न था।

और यह था भी दूरदर्शिता भरा क़दम। हॉवी पेशे से पत्रकार था, स्वभाव से ज़रा चिड़चिड़ा। उससे अलग होने पर उनकी छोटी बच्ची का भार आईलीन पर पड़ गया था। जून ने सोच-समझकर एवर्ट के साथ अपने विवाहित जीवन की नींव डाली थी। आईलीन का जीवन था आज इधर तो कल उधर, विपत्तियों से बिखरता, क्षणिक आनन्दों में फिसलता तो जून का जीवन एक योजना के अनुसार साँचे में ढाल कर जीया गया था। भटकाव या दिशाहीनता उसमें नहीं थी। हर अवसर का पूरा फ़ायदा उठाया गया था।

क्या यह भी वैसा अवसर था?

"डगलस ने पिछले हफ़्ते मेरे साथ मिलकर यह लगवायी थी," एवर्ट ने कहा, एक छोटी कँटीली झाड़ी दिखाते हुए। जून की तरह वह भी अपने पुत्र का नाम सहजता से, ज़रा ज़ोर देकर लेता था। धीमे स्वर में, ज़रा झिझककर बात करने की आदत के कारण उसका अन्दाज़ जून की तरह खटकता न था। वह जापानी उद्यानों के बारे में बात करता रहा। उसने जून को बताया कि एक समय जापान में पद-शिलाओं की ऊँचाई पूर्व-निर्धारित नियमों के अनुसार निश्चित की जाती थी। सम्राट के लिए छह इंच की ऊँचाई से जन-साधारण और औरतों के लिए डेढ़ इंच। वह बग़ीचे में पानी दे रहा था।

"जापानी उद्यान में जल बहने की ध्वनि का जलाशय जितना ही महत्त्व है। देखो, जल यहाँ से बहकर यहाँ गिरेगा। जैसे इस शिला के दोनों ओर गिरता छोटा-सा जल प्रपात। सब-कुछ एक माप के अनुरूप। ऐसा विलक्षण उद्यान इसीलिए बन पाता है। अगर किसी और वस्तु को न देख इसी पर दृष्टि गड़ाये रहें तो कुछ समय बाद यह प्रकृति की गोद में बना असली जल प्रताप लगता है।"

एवर्ट ने भूमिगत बिछे पाइपों के द्वारा जल प्रवाह की व्यवस्था समझायी। वह अपने हर काम में बड़े उत्साह और ज़ोर-शोर से हाथ डालता और उसकी हर बारीक़ी की उसे पूरी जानकारी रहती, किसी ऐसे व्यक्ति से भी अधिक—ऐसा लगता था—जो इस काम को जीवन-भर करता रहा हो। शायद इसलिए कि उसका स्वयं का कोई धन्धा न था, रोज़ी कमाने के लिए उसे काम न करना पड़ता था।

और यह वैसा अवसर क्यों नहीं था? किसी की जीवन की धारणाओं को आज़माने, दिखाने और उनकी चर्चा करने का अवसर। जून और एवर्ट सदा कहते रहते थे कि उनका जीवन कुछ धारणाओं पर आधारित है। *क्यों नहीं?*—पाइपों पर दिये प्रवचन को सुनते, और जब वह विषय चुक गया तो झाड़ियों पर दिये प्रवचन को सुनते आईलीन ने सोचा। क्या वह चाहती थी कि सब लोग मृत्यु से भयभीत हो उस सम्भावना के बारे में सोचते रहें? धर्म में निष्ठा के बिना ऐसा नहीं किया जा सकता था। अर्थात्, यह सम्भव न था। और मान लो, उसकी अपनी बेटी मार्गो की मृत्यु की सम्भावना? ख़बर सुनते ही आईलीन ने उसके बारे में सोचा था, बारी-बारी से भय से सिहर कर और चैन की साँस लेते हुए। लगता था जैसे डगलस ने आकाश से गिरती बिजली का प्रहार अपने

ऊपर ले दूसरों के बच्चों को विपद की आशंका से मुक्त कर दिया था, पर साथ ही प्रहार की सम्भावना का स्मरण भी करा दिया था। हो सकता था कि मार्गो किसी क्षण तला चूती नाव में, हाईजैक किये जानेवाले विमान में, टूटे ब्रेकवाली बस में सवार हो जाये, या आतंकवादियों द्वारा बम रखे किसी भवन में जा रही हो। घर में रहते डगलस की अपेक्षा मार्गो को कहीं ज़्यादा ख़तरे थे। और हुआ क्या।

डगलस की मृत्यु मोटर दुर्घटना में हुई थी। उसके तीन साथियों को मामूली चोटें लगी थीं।

मोटा-गदबदा लड़का था वह। हवाई जहाज़ में बैठे आईलीन ने उसका चेहरा-मोहरा याद करने की कोशिश की थी। उसके लम्बे सुनहरे बाल गरदन के पीछे रबर के छल्ले में सिमटे रहते थे, अपनी माँ की तरह। पर अपनी पीढ़ी के दूसरे लम्बे बालवालों जैसी आदतें या लत उसे नहीं थीं। नशे द्वारा या ध्यान लगा कर ज्ञान प्राप्त करने में उसकी रुचि न थी। उसकी रुचि थी भौतिक, वैज्ञानिक और पार्थिव वस्तुओं में, चाँद तक पहुँचने के प्रयत्नों में, खेलकूद देखने में, शेयरों के भाव के उतार-चढ़ाव में। अपने पिता की तरह उसे भी हर बात को बारीक़ी से जानने और छोटी-छोटी बातों पर ध्यान देने की आदत थी। उसे भी बात पूरी तरह समझा कर बताने में मज़ा आता था। उसके ज़्यादा मित्र नहीं थे। अपने घर में डायट कोकाकोला पीता बिना ज़्यादा बातचीत किये एक मालिकाना अन्दाज़ में घूमता रहता। जून और एवर्ट हर शनिवार-रविवार और सब छुट्टियाँ बच्चों के साथ बिताते थे। वे पहाड़ियों पर चढ़ने और कन्दराओं में घूमने जाते। उनके पास पालवाली नाव थी। वे बर्फ़ पर स्की और स्केटिंग करने जाते, और हाल ही में उन्होंने दस गीयरोंवाली साइकिलें ख़रीदी थीं। आईलीन का अनुमान था कि डगलस इन सब गतिविधियों में भाग लेता ही होगा, लेकिन उसका मोटापा लिये शरीर और सुस्त चाल-ढाल से शक होता था कि बच्चों को इन सब चीज़ों में कितनी दिलचस्पी थी और वे इनमें कितना भाग लेते थे। उसकी पढ़ाई उसके माता-पिता द्वारा दिये अनुदान पर निर्भर एक ऐसे स्कूल में हुई थी जहाँ का पाठ्यक्रम और अनुशासन साधारण स्कूलों से भिन्न थे। रचनात्मक प्रवृत्ति को बढ़ावा देने के लिए ऐसी स्वतन्त्रता सम्भवतः उसके स्वभाव से मेल नहीं खाती थी। आईलीन सिर्फ़ शक कर सकती थी। डगलस ने कभी कोई आभास न दिया था। उसका स्वभाव न ऐसा था, न रहा था कि उसके मन में इस वातावरण के विरुद्ध कोई सन्देह या विद्रोह पनप पाता।

उसका पिता उकड़ूँ बैठकर सूई जैसी पत्तियोंवाली झाड़ियों को छूकर धूप-पानी और मिट्टी और खाद की उनकी आवश्यकता के बारे में बड़े मनोयोग से बता रहा था। एक पुरुष की तरह आकर्षक वह न था। क्यों नहीं? उसके मोटे फैले नितम्ब, पीछे से देखने से बेचारा-सा लगता वह? जून ने आईलीन को बताया था कि वह और एवर्ट एक बार व्यक्तित्व विकास नाम की एक सभा के कई दूसरे युगल सदस्यों के साथ यूनिटेरियन चर्च में दिखायी जाती एक अश्लील फ़िल्म देखने गये थे। वे सब उद्दीपन के नये स्रोत

ढूँढ़ने के उत्सुक थे। आईलीन ने अपनी बहन का उदाहरण देते हुए अपने परिचितों के सामने उस बात का मज़ाक बनाया था। मज़ाक असहानुभूति की भावना के कारण नहीं था, जैसा कि उसने तब सोचा था, बल्कि इसलिए कि वह बात पूरी तरह समझ नहीं पायी थी। जून और एवर्ट की उत्सुकता अगम्भीर न थी। वे अपने जीवन में हर अनुभव को भोगना चाहते थे। किसी एक बात पर अटक नहीं जाते थे। जापानी उद्यान, अश्लील फ़िल्में, दुर्घटना से मृत्यु। सब चीज़ें आज़मा कर, परख कर, अपना कर एक ओर कर दी जाती थीं।

स्मृति आयोजन समाप्त होने के बाद घर जून और एवर्ट के मित्रों और पड़ोसियों, और उनके किशोरों के मित्रों से भर गया था। सब किशोर नीचे के मनोरंजन और खेलकूद के कमरे में थे, छत तक ऊँचे पत्थरों से बने आग जलाने के स्थान के सामने। कई डगलस का मित्र होने का दावा कर आ गये थे। शायद थे भी। वे गिटार, बाँसुरियाँ, मोमबत्तियाँ लिये आये थे। एक लड़की रज़ायी लपेटे आयी थी। "क्या स्मृति समारोह यहाँ हो रहा है?" उसने दरवाज़े पर खड़े हो भोलेपन से पूछा था। दूसरे झालर लगी शालें और पतले कपड़ों की लम्बी, ज़मीन पर घिसटती पोशाकें पहने थे। चाहते हुए भी बड़ी आयु के लोगों से वे विशेष भिन्न नहीं लग रहे थे। उन्होंने मोमबत्तियाँ जलायीं, और सिर्फ़ इस ओर जलती आग की रोशनी से घिरे बैठे रहे। धूपबत्तियाँ भी जल रही थीं। उन्होंने साथ लाये बाजे बजा कर गीत गाये। नीचे से आती धूप की सुगन्ध में गाँजे की महक मिली थी।

"वे डगलस को अपने ढंग से विदा दे रहे हैं," सीढ़ी की रेलिंग पर झुकी, लम्बे बालों-वाली, शाल ओढ़े, नुंची-खुंची लगती एक औरत ने कहा। "कितना हृदयस्पर्शी, कितना सुन्दर।"

पर क्या डगलस को इस सब की, इस स्मृति समारोह की परवाह होती? वह कुछ कहे बिना कुछ समय तक सबके साथ ठहरता, फिर चुपचाप अपने कमरे में जा अख़बार में शेयर और बाज़ार भाव पढ़ने लगता।

"महक से लगता है नीचे कोई दम लगा रहा है, "पीछे खड़े एक पुरुष ने कहा। जिस तरह कोई उत्तर न दे, बिना कोई भाव प्रकट किये वह औरत अपने में सिमटी रही, आईलीन समझ गयी कि वह उसका पति था। अपनी पत्नी के विपरीत वह प्रथा के अनुसार कपड़े पहने था, वैसे ही जैसे मातमपुर्सी को आये पुरुष पहना करते थे। ऐसे जोड़े आजकल प्रायः दीख जाते थे : पति भद्रलोक, ज़िम्मेदार, निरीह लगते, ज़रा लम्बे बाल और कलमें, साफ़ कमीज़ और टाई, धनवान् और प्रभावशाली होने के कारण कुछ शरमाते, अटपटे; पत्नी बिना शृंगार के, अस्त-व्यस्त, साधारण से कपड़े पहने, धनवान् घर की महिला न लगने का यत्न करती। कभी-कभार कोई जोड़ा इनसे बिल्कुल उलटा नज़र आता : पत्नी के बाल और चेहरा सावधानी से बनाये-सँवारे, क़ीमती कपड़ों

के रंगों से मेल खाते आभूषण, पति हिप्पियों जैसे कढ़ाई किये कपड़े और कंगन और खुले सीने पर मालाएँ पहने।

यह पति और आईलीन बैठक में आ गये जो ऐसे ही लोगों से भरी थी। शाल और लम्बे चोगे, भारतीय छपाई के सूती कपड़े, जीन्स, बढ़िया सिले महँगे सूट। सिर्फ़ दो-तीन साल पहले जून और एवर्ट के धनवान् मित्रों, उनके पड़ोसियों को उनके यूनिटेरियन चर्च और व्यक्तित्व विकास मण्डली के मित्रों से अलग बताना कठिन न होता। अब यह असम्भव था। कुछ लोग तो सम्भवतः दोनों वर्गों में आते।

एवर्ट उनके बीच घूमता उन्हें विभिन्न प्रकार की शराबें पेश कर रहा था। जून खाने के कमरे में कॉफी और सैण्डविच की मेज़ के पास थी। सॉसेज और एस्पेरेगस के पकौड़े भी थे। उसे यह बनाने का समय भी मिल गया था। ख़ूबसूरत परिधान पहना था उसने—नारंगी और सुनहरी हाथ की बुनी मोटे कपड़े की पोशाक पर मेल खाता उत्तरीय, मेक्सिको या स्पेन से। पलकों पर लगा चमकता हरा रंग ही एक ग़लती थी, सिर्फ़ एक बेमेल, जल्दी में किया गया लगता काम।

"ठीक तो हो?" उसने अपनी बहन से पूछा। "तुम्हारा परिचय लोगों से कराने का समय ही न मिला, मैं तुम्हें अपनी चिन्ता ख़ुद करने दे रही हूँ।"

"मैं ठीक हूँ," आईलीन ने कहा। "मैं पीने में लगी हूँ।"

उसने पूछना बन्द कर दिया था कि वह क्या सहायता कर सकती थी। उसने हाथ बँटाने की कोशिश करना ही बन्द कर दिया था। रसोई-घर, खाने का कमरा ऐसी कितनी औरतों से भरा था जिन्हें सब पता था कि कहाँ क्या है, पर उनके पास भी कोई काम न था। जून ने उनको भी हाथ-पर-हाथ धरे बैठा दिया था। सब इन्तज़ाम था, हर चीज़ उपलब्ध थी।

बैठक की दीवारें और तिरछी लगी ऊँची छत बढ़िया लकड़ी की थी; नर्म सफ़ेद कालीन, और पर्दे भी सफ़ेद, महँगे, भारी कपड़े के। आईलीन वोदका पी रही थी। पर्दे नहीं खिंचे थे और कमरे में ज़मा लोगों के प्रतिबिम्ब आईलीन को खिड़की के शीशे में दिखायी दिये : रंग-बिरंगे आकारों से भरे चित्र की तरह (उनमें वह स्वयं भी, सादे कपड़े पहनने की मन्शा होने के बावजूद, चाँदी के तारों से कढ़ा नीला काफतान पहने), अपराह्न और फिर सन्ध्या में पीते और एक-दूसरे से बतियाते। बाहर वर्षा भरे अन्धकार की पृष्ठभूमि में वे लोग जगमगाते और सुरक्षित लग रहे थे। आईलीन को शहर की बत्तियों का कालीन दिखायी दिया, और उससे परे समुद्र की काली पट्टी।

"आपको पता है आप कहाँ हैं?" उस पति ने आईलीन से कहा। "आप हॉलीबर्न पहाड़ की ढाल पर हैं। वो, उधर पॉयण्ट ग्रे है।" वह आईलीन को खिड़की के ज़रा नज़दीक ले गया ताकि दूसरी ओर बना लायन्स गेट पुल दिखा सके। पुल रोशनी से जगमगाता मुकुट लग रहा था।

"अद्भुत दृश्य है," उसने कहा।

आईलीन ने हामी भर दी।

उसने बताया कि वह पड़ोस में ही रहता था, चढ़ाई पर थोड़ा ऊपर जाकर। अनेक सम्पन्न लोगों की तरह अपनी उपलब्धियों की बात करते उसकी आवाज़ में उलझन और उदासी का पुट आ गया था।

"हमारा मकान पहले उत्तरी वैन (वैनकूवर) में था," उसने कहा। "काफ़ी समय तक मुझे भरोसा न हुआ कि वहाँ छोड़कर हमने ग़लती न की थी। मुझे विश्वास न था कि यहाँ से दिखता नज़ारा भी उतना ही मनोहर होगा। वहाँ से हम पहाड़ी की यह ढाल, पुल और नगर भी देख पाते थे, और दिन साफ़ होने पर द्वीप पर बना वैनकूवर का भाग भी नज़र आ जाता था। पश्चिम की ओर सूर्यास्त के दृश्य, बेहतरीन। पर अब मुझे यह स्थान भी उतना ही पसन्द है और उस जगह लौटने का मेरा कोई इरादा नहीं है।"

"क्या आपको ऐसे दृश्य सदा पसन्द आते हैं?" आईलीन ने कहा।

"दृश्य पसन्द आते हैं?" उसने दोहराया, और सिर झुका कर और भवें चढ़ाकर आईलीन की बात सुनने की उत्सुकता प्रकट की।

"सुनिये, मान लीजिये आपका मूड अच्छा नहीं है, समझे आप, आपका मूड अच्छा नहीं है और कुछ अच्छा नहीं लग रहा और ऊपर से सामने यह शानदार नज़ारा देखना पड़े। हर वक़्त आँखों के सामने मौज़ूद। कभी लगता नहीं कि इसे आप नहीं देखना चाहते?"

"नहीं देखना चाहते?"

"बुरा लगता है," आईलीन न चाहते हुए भी कहती गयी, "कि ऐसी मनःस्थिति में इसे देखना इसके साथ न्याय नहीं है, कि हम इस ख़ूबसूरत नज़ारे के योग्य नहीं हैं।" उसने ढेर सारी वोदका गिलास में ढाल ली। मानते हुए कि यह बात छेड़नी ही नहीं चाहिए थी।

"लेकिन जैसे ही मैं यह ख़ूबसूरत नज़ारा देख लेता हूँ," उस आदमी से विजय के भाव से कहा, "मेरा मूड ठीक हो जाता है। मेरे लिये इसे देखना दो पैग पीने से बेहतर है। नीचे वे लोग जो दम लगा रहे हैं उससे बेहतर हैं। वैसे मैं मूड अच्छा-बुरा होने में विश्वास नहीं करता। ज़िन्दगी का क्या है।"

यह कहने पर उसे याद आया कि वे लोग किसी पार्टी में नहीं थे।

"ज़िन्दगी का क्या है। देखिये, कब क्यों और क्या हो जाये, कौन कह सकता है। है कि नहीं? आपकी बहन बहुत शानदार है, एवर्ट भी।"

आईलीन घर में एक ओर बने मेहमानों के कमरे की ओर गयी, हाथ में वोदका से ताज़ा भरा गिलास। रास्ते के एक कमरे के खुले दरवाज़े के सामने से गुज़री जहाँ छोटे बच्चे खेल रहे थे। मेहमानों के बच्चे जून की गोद ली बेटियों के साथ 'मछली' खेल खेलते। वह रुककर उन्हें देखती रही। आदिवासी बच्चों के सामने वह ज़रा सहम-सी

जाती थी, उनके सामने वह अपने को अपराधी-सा महसूस करने लगती। यह जून की मौज़ूदगी में ही होता, आईलीन महसूस करती कि जून सुन रही है, ताड़ रही है—लगता था अपने शरीर के कम्पन से भाँप लेगी इन बच्चों की नस्ल के बारे में किन्हीं पूर्वाग्रहों को। अब कौन विश्वास करेगा कि जून और आईलीन दोनों कभी बेकर स्ट्रीट की पन्सारी की दुकान के मालिक एक चीनी दम्पति के बोलने की नक़ल में टूटी-फूटी अंग्रेज़ी में गाने गाते खेला करते थे। आईलीन आदिवासी बच्चों के सपाट, ताम्रवर्ण चेहरों को देखती रही। क्या थे वह—जून के तमगे, उसके पारितोषिक? आईलीन उन्हें वैसे न देख पाती थी।

मेहमानों के कमरे का दरवाज़ा बन्द कर वह अँधेरे में लेट गयी। एक टखना दूसरे पर रख और तकिये इकट्ठे कर उन पर सिर टिकाये वह गिलास पेट पर धरे लेटी रही। जून के घर आ वह अपने को सदा इस मनोस्थिति में पाती। डगलस के न होने, उसकी मृत्यु होने से कोई फ़र्क़ नहीं पड़ा। उसके हाथ-पाँव फूल रहे थे, वह अपने को सँभाल नहीं पा रही थी। यहाँ आकर उसका जीवन, उसके चुने रास्ते (अगर उसने कोई चुने थे), वह स्वयं—यह सब एक अटपटी, उलझी समस्या के अंग लगते थे। यह स्वीकार करना ही पड़ता कि उसका जीवन दिशाहीन था, वह समय बहुत बरबाद करती थी, बहुत कम काम वह ठीक से पूरी तौर पर कर पाती थी। यह सही था कि यहाँ से दूर होने पर स्थिति भिन्न लगती थी, वह यहाँ के अनुभवों को मित्रों के सामने हँसी-मज़ाक में टाल देती थी। और फिर, वह कोई सहायता भी न कर पायी थी।

हवाई जहाज़ में बैठे उसने सोचा था कि घर के लिए चाय के साथ खानेवाले बिस्कुट बनायेगी। अगर जून के रसोई-घर में यह कर सकना सम्भव होता।

महायुद्ध में उनके पिता के मृत्यु का समाचार उन्हें किसी कारण फ़ोन से मिला था, रात के दस या ग्यारह बजे। उनकी माँ ने चाय के साथ खानेवाले बिस्कुट और चाय बनाकर साथ बैठ खाने-पीने के लिए आईलीन को जगाया। जून को नहीं, वह बहुत छोटी थी तब। मेज़ पर जैम भी था। आईलीन को लालच तो हुआ पर वह आशंकित भी थी। अधिकतर समय माँ का सान्निध्य ख़तरनाक था, वह अनकहे शिकवों और रहस्यमयी शिकायतों से भरी थी। उसी माँ ने अपना व्यवहार बदल दिया लगता था, अब वह न कुछ कहती न कुछ माँगती, और-तो-और शर्माने भी लगी थी। उसने आईलीन को उस रात कुछ न बताया। (अगली सुबह वह उन दोनों को उठायेगी, उन्हें ज़बरदस्ती चूमेगी, सफ़ेद चेहरा लिये आवाज़ बना कर कहेगी : *डैडी मर गये।*) वर्षों बाद आईलीन ने बिस्कुटों के साथ मनाये गये इस रतजगे के बारे में जून से बात करने की कोशिश की थी, माँ के व्यक्तित्व के इस कमज़ोर और शान्त पहलू के प्रकट होने के बारे में; जैसा कि वे दोनों सबसे ज़्यादा चाहते थे, माँ के क़रीब-क़रीब एक साधारण स्त्री होने के बारे में। जून ने कहा कि उसने वह गुत्थी अपने लिये सुलझा ली थी।

"कई साल पहले, गेस्टाल्ट विधि द्वारा। शुरू से आख़िर तक। मेरे दिमाग़ में सब-कुछ साफ़ है, मैं इससे छुट्टी पा चुकी हूँ।"

मेरे दिमाग़ में तो कुछ साफ़ नहीं हुआ, आईलीन ने सोचा। और सोचा : *न ही मेरे विचार में कुछ साफ़ करने की ज़रूरत है।*

लोग मरते हैं; वे सहते हैं, वे मर जाते हैं। अपने सब पागलपनों के बावज़ूद उनकी माँ न्यूमोनिया की साधारण बीमारी से मरी थी। बीमारियाँ और दुर्घटनाएँ। इनके होने को स्वीकार कर लेना चाहिए, इनकी व्याख्या की क्या आवश्यकता। शब्द सब लज्जाजनक हैं। उन्हें लज्जा से टूट कर बिखर जाना चाहिए।

इस अपराह्न के स्मृति आयोजन में *द प्रॉफ़ट* से पढ़े गये उद्धरण सुनकर आईलीन को कुछ बुरा लगा था। क्या धोखाधड़ी है, उसने सोचा था, कैसा दम्भ। चाहे जान-बूझकर न किया गया था, चाहे आजकल श्रद्धांजली ऐसे ही अर्पित की जाती है, तब भी समुचित कारण न था। नशे की इस हालत में सोचने पर उसे लगा कि इस अवसर पर कोई भी दूसरे शब्द पूरे न बैठते। *अब पूरी और पक्की आशा के साथ!...* शब्दों में कोई जाल न था, जाल था यह बात कहने में। सिर्फ़ एक उपाय था, कुछ न कहना।

कभी उसकी और जून की बात अब से कुछ ज़्यादा मायने रखती थी। कभी वे दोनों इतनी लड़ाकू न थीं। अब वैसा नहीं था? एवर्ट भी, और पड़ोसी भी, यूनिटेरियन सम्प्रदाय के लोग भी। कभी एक-दूसरे का अभिप्राय निशंक समझा जा सकता था, अब नहीं, सब के चाहने के बावज़ूद भी। जून व्यक्तित्व विकास आज़मा चुकी है, उसने योगासन और ध्यान लगाने का अभ्यास किया है; बहुत पैसे ख़र्च कर एक द्वीप में बितायी छुट्टी के दौरान गर्म पानी के तालाब में दूसरों के साथ निर्वसन हो नहायी है। और आईलीन ने, उसने ख़ूब साहित्य पढ़ा है, और किसी भी क़िस्म के सस्तेपन से उसे चिढ़ है। आप सोचेंगे कि इन दोनों की स्थिति अपनी माँ से बेहतर होगी। लेकिन नहीं, कहीं कुछ गड़बड़ है। हम केवल यही आशा कर सकते हैं कि यदा-कदा वास्तविकता को छू लें, आईलीन सोचती है, और कुछ क्षणों के लिए नींद में डूब कर भयभीत-सी जग उठती है, ऊँगलियाँ गिलास पर कसती हुईं।

बस डुल ही गया था। कालीन और पलँगपोश का क्या होता। उसने बची-कुची वोदका एक बार में पी डाली और गिलास पलँग के साथ रखी मेज़ पर टिका दिया और फिर तुरन्त ही नींद में डूब गयी।

जगी तो नशा था, समय का कोई पता नहीं। घर में सन्नाटा छाया था। वह सोच कर उठी कि सोनेवाले कपड़े पहन लेने चाहिए। पहले गुसलख़ाने गयी, वही नीला काफतान पहने, फिर रसोई-घर में लगी घड़ी में समय देखने। रसोई-घर की बत्ती जली थी। सिर्फ़ सवा ग्यारह बजे थे।

उसने ठण्डे पानी का एक गिलास पिया, पिछले अनुभवों से उसे पता था कि इससे अगली सुबह होनेवाली सिरदर्द हलकी पड़ जायेगी, या उसकी क़िस्मत हुई तो बिल्कुल नहीं होगी। बाहर खुलते दरवाज़े से होकर वह ग़ैराज में गयी, यह सोच कर कि वहाँ

वर्षा से बचकर खड़ी हो ज़रा ताज़ी हवा में साँस लेगी। ग़ैराज के बाहर का दरवाज़ा खुला था। उसने दीवार पर टँगे बग़ीचे के सामान और औज़ारों को टटोलते हुए रास्ता ढूँढ़ा। किसी के आने की आहट आयी पर उसने ध्यान न दिया। उसे अभी भी इतना नशा चढ़ा था कि उसे कोई चिन्ता न हुई कि कौन था और उसे यहाँ खड़े देखकर क्या सोचेगा।

एवर्ट था। पानी देने का हौज़ उठाये।

"जून?" उसने कहा। "जून? आईलीन। जून कैसे हो सकती है मैंने सोचा। वह नींद की दो गोलियाँ खाकर सोयी है।"

"तुम क्या कर रहे हो," आईलीन ने पूछा। उसकी नशे से झूमती आवाज़ में चुनौती का भाव था पर जिरह का नहीं।

"पानी दे रहा हूँ।"

"पानी बरस रहा है। तुम कितने बेवकूफ़ हो एवर्ट।"

"अब नहीं बरस रहा।"

"पहले बरस रहा था। जब हम बैठक में थे तो मैंने देखा था।"

"नयी लगायी झाड़ियों को पानी देना ही था। शुरू में उन्हें पानी की बेतहाशा ज़रूरत होती है। बारिश का क्या भरोसा, कितनी पड़े। पहले दिन भी पानी देना ज़रूरी है।"

उसने हौज़ एक ओर रख दिया। मोटरों के बीच में से होकर वह उसकी तरफ़ बढ़ आया।

"आईलीन, बेहतर हो कि तुम अन्दर जाओ। तुमने बहुत पी ली थी। जून ने तुम्हारे कमरे में झाँक कर देखा था। कह रही थी कि तुम दुनिया-जहान से बेख़बर सो रही हो।"

वह भी नशे में था। आईलीन ने यह उसकी आवाज़ या उसकी चाल से न भाँपा, बल्कि जैसे वह उसके सामने ज़रा अड़कर, रास्ता रोके खड़ा रहा।

"आईलीन, तुम रो रही थी। तुम वाक़ई बहुत सहृदय हो।"

डगलस के लिए नहीं, वह डगलस के लिए नहीं रो रही थी।

"आईलीन तुम्हें मालूम है तुम्हारे यहाँ होने से जून की कितनी सहायता हुई।"

"मैंने तो कुछ नहीं किया। मैं तो चाहती थी कुछ कर सकूँ।"

"सिर्फ़ तुम्हारा यहाँ होना काफ़ी था। जून तुम्हारी बहुत कदर करती है।"

"अच्छा करती है," आईलीन ने कहा, अविश्वास के बिना। दोनों के नशे में होने के बावजूद एवर्ट के साथ बातचीत विनय से होती थी।

"वह कभी-कभी अपनी भावना व्यक्त नहीं कर पाती। कई बार—तुम्हें पता ही है कि कई बार वह ज़रा—हुक्म चलाने लगती है। उसे ख़ुद अपनी इस आदत का ज्ञान है। लेकिन आदत मुश्किल से छूटती है।"

"आईलीन।" एवर्ट ने दो क़दम ले उनके बीच का फ़ासला मिटा दिया।

आईलीन मेहमाननवाज़ औरत थी, ख़ासकर नशे में। इस आलिंगन से उसे ख़ास विस्मय न हुआ। इसका उसे पहले से पता था, हालाँकि कहना कठिन होता कि कैसे।

शायद आईलीन—अकेली रहती, मन की करती, कभी क़ाहिल कभी चुस्त आईलीन—के बारे में किसी पुरुष द्वारा ऐसी कोशिश करने की सम्भावना सदा रहती थी। और उसने यह होने दिया, उसने जैसे स्वयं आगे बढ़कर इसे स्वीकार किया; वह इसे ठुकरा कर किसी का दिल कैसे दुखा सकती थी। अगर उसने इसके बारे में पहले न भी सोचा होता, वह दूसरी आशाओं को आगे-पीछे कर इस अनुभव के लिए स्थान बना सकती थी। इन क्षणों में वह आमतौर पर सोचती : क्यों नहीं?

लोग प्रायः ऐसी औरतों, ऐसा सोचनेवाली औरतों को कमज़ोर और भावुक, जिनके साथ जो चाहे कर लिया जाये, और करुणा के पात्र समझते हैं। दूसरी औरतें उनके बारे में यह राय पेश करती हैं और मर्द भी, वो ही मर्द जो कृतज्ञता और सराहना से वशीभूत हो उनके शरीर में समा चुके होते हैं। आईलीन को यह पता था, वह यह भुगत चुकी थी। उसे लगा कि वह बहुत आसानी से कामोद्दीपित हो जाती है। इस समय वह विशेष रूप से न थी; उसके अपने जीजा एवर्ट से कोई विशेष सन्तोष मिलने की आशा न थी—जो इस समय उसकी आशा से कहीं अधिक सधे हाथों और कुशलता से उसे दोनों में से बड़ी मोटर की पिछली सीट की ओर ले जा रहा था—लेकिन एवर्ट के मामले में यह सिर्फ़ सहने की बात न थी। यह क्रिया लगभग सदा सिर्फ़ सह लेने से ज़्यादा मायने रखती थी। इन क्षणों में उसे पुरुषों के चेहरों पर छायी एकाग्रता की तन्मयता, निवर्सन होने—करने की प्रक्रिया को उन्हें ख़ूबी से निपटाते देख बड़ा सन्तोष मिलता।

एवर्ट ने कुछ कहा तो बार-बार उसका नाम। वह पहले भी यह सुन चुकी थी। उसका नाम लेने में एवर्ट का क्या मतलब था, आईलीन उसके लिए क्या थी? औरतों को यह अक्सर सोचना पड़ता है। मोटर की सीट पर टेढ़ी, दबी हुई लेटी रहने पर भी—एक टाँग मोड़ कर पीठ पीछे की सीट से लगी रहने के कारण नस चढ़ जाने की आशंका के साथ—वे इसका सुराग लगाने की कोशिश करती हैं, बाद में सोचने-समझने के लिए यह सब दिमाग़ के एक कोने में जमा कर लेती हैं। उन्हें विश्वास करना ही पड़ता है कि जो कुछ घट रहा है, उसके परे, उससे अधिक भी कुछ और है; आधी समस्या तो यही है।

उसने बाद में अपने को समझाया, एवर्ट के लिए आईलीन का अर्थ था घबराहट और अव्यवस्था। जून का विपरीत; वह और हो भी क्या सकती थी। अपनी पत्नी से भय खाने और प्रेम करनेवाले पुरुष के लिए आतंक और त्रास के क्षणों में स्वाभाविक प्रश्रय। एक स्वास्थ्यवर्द्धक डुबकी। आईलीन दिशाहीन और ग़ैरज़िम्मेदार है, दुर्घटनायें उसके चारों ओर मँडराती हैं। उसमें डूब कर वह छू लेता है, वह स्वीकार कर लेता है—थोड़े समय के लिए सुरक्षित रूप से—वो जिसने उसके बेटे को छीन लिया, वो जिसकी चर्चा उस घर में नहीं की जा सकती। ताकि आईलीन, अपने पुस्तकें पढ़ कर प्राप्त किये ज्ञान और अपनी विश्लेषण की प्रवृत्ति (विश्लेषण की विधि और विषय जून से भिन्न, पर वैसी ही आदत) का उपयोग कर इसे बाद में ख़ुद समझ-बूझ ले। पर कभी नहीं, कभी भी नहीं, समझ सकते वे कि यह केवल साहित्यिक अनुभव, किसी के

मस्तिष्क की उपज नहीं है। एक औरत का शरीर। क्रिया के पहले और दौरान वे इस शरीर को कुछ विशेष शक्तियाँ प्रदान कर देने लगते हैं, वे इस शरीर का नाम ऐसे लेते हैं कि यह कोई अनोखी चीज़ हो, जिसकी उन्हें खोज और चाह है। बाद में लगता है उनका ख़्याल बदल गया, वे यह बता देना चाहते हैं कि किसी एक शरीर की जगह कोई दूसरा शरीर भी हो सकता है। औरतों के शरीर।

आईलीन अपना सामान बाँध रही थी। उसने मुचड़ा, दाग़ लगा काफतान जल्दी से तह करके अपने सूटकेस में कपड़ों के नीचे छुपा दिया कि कहीं जून, जो दो-तीन बार दरवाज़े के सामने से गुज़र चुकी थी, अन्दर न आ जाये। वह और जून घर में अकेली थीं। सब बच्चे स्कूल जा चुके थे, और एवर्ट मोटर लेकर शहर तक पानी देने के पाईप ख़रीदने गया था। आईलीन को हवाई अड्डे तक जून ले जानेवाली थी।

जून अन्दर आ ही गयी। "यह तो बहुत बुरा हुआ कि तुम्हें इतनी जल्दी जाना पड़ रहा है," उसने कहा। "मुझे लगता है मैं तुम्हारे लिये कुछ भी न कर पायी। तुम्हें कहीं घुमा भी न पाये। तुम्हें कुछ दिन और ठहरना चाहिए।"

"मुझे ख़ुद पता नहीं था," आईलीन ने कहा। उसे उतना अजीब न लगा जितना पहले दिन लगता, न विस्मय हुआ। उसे मालूम था कि यदि वह कुछ दिन और ठहर जाती तो उसका देखा शहर जून उसे फिर दिखा देती। वही दर्शनीय स्थान, जो सब लोग देखने जाते हैं।

"तुम्हें क़ायदे से रहने के लिए फिर आना चाहिए," जून ने कहा।

"मैं जैसे चाहती थी वैसे तुम्हारी सहायता न कर पायी," आईलीन ने कहा। जैसे ही उसने कहा, यह वाक्य पलटकर उसके सामने हँसता-सा खड़ा हो गया। यह वो दिन था जिस दिन कुछ भी कहा निरर्थक हो जाता।

"मैं हमेशा ज़रूरत से ज़्यादा सामान उठा लाती हूँ।"

जून पलँग पर बैठ गयी। "तुम्हें पता है, वह दुर्घटना में नहीं मरा था।"

"नहीं मरा था?"

"मोटर टकराने से नहीं। टक्कर असल में ज़्यादा ज़ोर की नहीं रही होगी। बाक़ी लड़कों को मामूली खरोचें ही लगी थीं। मेरे ख़्याल में वह धक्के से सुन्न हो गया था। वह और बाक़ी लड़के मोटर के बाहर निकल आये थे। मोटर सड़क किनारे के बँधे की ढाल पर अजीब ढंग से खड़ी थी। वह ढाल पर थोड़ा चढ़कर, आधी पलटकर टँगी-सी थी। ऐसे"—जून ने काँपती उँगलियाँ फैलाकर उस पर दूसरा हाथ टेढ़ा रखकर दिखाया—"एक कोने के सहारे अटकी-सी थी। मैं समझ नहीं पाती कि कैसे हुआ होगा। मैं दुर्घटना का चित्र कल्पना में देखने का यत्न करती हूँ पर देख नहीं पाती। मेरा मतलब है मैं सोच ही नहीं पाती कि कैसे इतने ऊपर, ऐसे टेढ़ी-सी टँगी होगी। मोटर उस पर गिर गयी थी। बस पलटकर गिर गयी और वह कुचल गया। पता नहीं

वह कहाँ खड़ा था। पता नहीं खड़ा भी था। हो सकता है वह रेंगकर नीचे से बाहर निकला हो और खड़े होने की कोशिश कर रहा हो। कुछ समझ नहीं आता। तुम कल्पना कर सकती हो?''

''नहीं,'' आईलीन ने कहा।

''मैं भी नहीं।''

''तुम्हें किसने बताया?''

''उसके एक साथी ने—उसके साथ के लड़कों में से एक ने अपनी माँ से बताया और उसने मुझे बता दिया।''

''ऐसी क्रूर बात नहीं करनी चाहिए थी।''

''अरे, नहीं,'' जून ने विचारपूर्ण स्वर में कहा। ''नहीं, मैं ऐसा नहीं सोचती। कोई भी जानना चाहेगा।''

छोटी आलमारी पर रखे शीशे में आईलीन ने अपनी बहन का झुका हुआ लाल चेहरा देखा। यह बात कहकर वह संकुचित-सी, प्रतीक्षा करती लग रही थी। समयानुकूल चिन्ता का भाव लिये अपना चेहरा भी देखकर उसे कुछ विस्मय हुआ। वह इस सब से कुछ अलग-सी, कुछ थकान-सी अनुभव कर रही थी, वह यहाँ से चली जाना चाहती थीं। सहानुभूति दिखाने के लिए कुछ यत्न करना पड़ता। पूरी निष्ठा के बिना किया गया कार्य भी किसी की निष्ठा जगा सकता है। वह विश्वास करना चाहती थी, उस पूरी सामर्थ्य के साथ जो वह उस समय जुटा सकती थी; उसे विश्वास करना ही था, और आशा कि विश्वास सही निकलेगा।

●

ओटावा घाटी

डिपार्टमेण्ट स्टोर जैसी बड़ी दुकानों में कभी-कभार मुझे अपनी माँ का ध्यान आ जाता है। पता नहीं क्यों, उनके साथ मैं ऐसी किसी दुकान में कभी नहीं गयी थी। मुझे लगता है डिपार्टमेण्ट स्टोर की बहुलता, उसकी शान्त हलचल में माँ को बहुत सकून मिलता। सड़क-बाज़ार में पार्किन्सन रोग से पीड़ित किसी व्यक्ति को देखकर मुझे माँ का ध्यान आता ही है, और इन दिनों तो और भी, जब मैं ख़ुद को शीशे में देखती हूँ। टोरोण्टो के यूनियन स्टेशन में भी, क्योंकि मैं वहाँ पहली बार उसके और अपनी छोटी बहन के साथ गयी थी। महायुद्ध के दौरान गर्मियों का एक दिन था जब हमने रेलगाड़ी बदलने के बीच का वक़्त वहाँ काटा था; हम अपनी माँ के साथ ओटावा घाटी में उसके पुराने घर जा रहे थे।

दूसरी गाड़ी पकड़ने के बीच के वक़्त में उसकी एक रिश्ते की बहन से मिलने का कार्यक्रम था, जो नहीं आयी। गहरे रंग की लकड़ी के बने महिला कक्ष में, जिसे अब बन्द कर दिया गया है, चमड़े से मढ़ी कुर्सी पर बैठे हुए माँ ने कहा, "शायद उसे कोई काम पड़ गया हो। शायद ऐसा कोई काम होगा जिसे वह किसी और पर न छोड़ सकती हो।" यह रिश्तेदार एक वकील की सचिव थीं और मेरी माँ के शब्दों में "शहर के सबसे बड़े वकीलों के आफ़िस" के वरिष्ठ साझेदार के लिए काम करती थीं। एक बार एक बड़ा-सा काला हैट और काला सूट पहने वह हमारे यहाँ आयी थीं, उसके होंठ और नाखून माणिक की तरह लाल रंग में रंगे थे। वह अपने पति को नहीं लायी थीं। वह शराबी था। वह शहर के सबसे बड़े वकीलों के आफ़िस में एक बड़े ओहदे पर है, यह कहने के तुरन्त बाद माँ हमेशा यह बताती थी कि उसका पति शराबी था। एक अपरिहार्य और अपशकुनी तरीक़े से यह दोनों बातें एक-दूसरे से बँधी, एक-दूसरे को सन्तुलित करती जान पड़ती थीं। इसी तरीक़े से माँ हमारे परिचित एक परिवार का भी ज़िक्र करती कि उनके पास पैसे से ख़रीदी जा सकती हर चीज़ थी लेकिन उनके इकलौते लड़के को मिरगी आती थी, या हमारे क़स्बे में पैदा हुई सिर्फ़ मशहूर हस्ती, पियानो वादक मेरी रेन्विक के माता-पिता का—जिनका कहना था कि वे अपनी लड़की की सारी प्रसिद्धि एक पोते या पोती पर निछावर कर सकते हैं। दो नन्हें-नन्हें हाथों पर माँ के संसार में सुख पर दुःख का ग्रहण हमेशा लगा रहता था।

मैं और मेरी बहन उस स्टेशन के अन्दर घूमने गये। रोशनी से जगमगाती दुकानों की वजह से स्टेशन के गलियारे बाज़ार से लगते थे, और बीच का हाल ऊँची गोलाकार छत और हर कोने पर बड़ी-बड़ी खिड़कियों के कारण गिरजाघर जैसा। स्टेशन रेलों की धमक से भरा था, लगता था ये सब गाड़ियाँ दीवारों के पीछे ही छिपी हैं, और लाउडस्पीकर पर गूँजती एक आवाज़ जगहों के नामों की घोषणा कर रही थीं जो ठीक-ठीक समझ नहीं आते थे। जेब ख़र्च के लिए मिले पैसे से मैंने एक फ़िल्मी पत्रिका ख़रीदी और मेरी बहन ने चॉकलेट। मैं उसे कहने ही वाली थी, "मुझे चॉकलेट का एक टुकड़ा दे दो वर्ना मैं तुम्हें वापस जाने का रास्ता नहीं दिखलाऊँगी," पर वह उस जगह की भव्यता से इतनी विस्मित थी या मुझ पर अपनी निर्भरता से इतनी प्रभावित कि मेरे बिना कहे ही उसने चॉकलेट का एक टुकड़ा मुझे दे दिया।

शाम होते-होते हमने ओटावा जानेवाली गाड़ी पकड़ ली। हमारे डिब्बे में सैनिक-ही-सैनिक भरे थे। मेरी बहन को माँ की गोदी में बैठना पड़ा। हमारे आगे बैठा हुआ एक सिपाही पीछे मुड़कर मुझसे मसखरी करने लगा। वह बहुत-कुछ बॉब होप की तरह लगता था। उसने मुझसे पूछा कि मैं किस क़स्बे की हूँ और तब बिना मुस्कराये, ठीक बॉब होप की तरह ही चण्टता से बोला, "क्या वहाँ कोई दूसरी मशहूर बात भी हुई?" मैंने सोचा, क्या पता बॉब होप ही एक सिपाही का भेस बनाये गुप्त रूप से यात्रा कर रहा हो। यह मुझे असम्भव नहीं लगा। मेरे अपने क़स्बे से बाहर—कम-से-कम इतनी दूरी पर—सभी लोकप्रिय और प्रसिद्ध लोग मुक्त विचरण करते जान पड़ते थे, कहीं भी प्रकट हो जाने को तैयार।

रात पड़े डोडी मौसी हमें स्टेशन पर अपनी मोटर लिये मिली और मीलों दूर गाँव में अपने घर ले गयी। उसका क़द छोटा और नक़्श पैने थे और वह हर वाक्य के ख़त्म होने पर हँस देती थी। उसकी चौकोर छतवाली पुरानी मोटर के दोनों ओर पाँवदान बने थे।

"तो, क्या वह महारानी जी तुमसे मिलने के लिए आयी थीं?"

वह उस वकील की सचिव का ज़िक्र कर रही थीं जो दरअसल उसकी बहन थी। डोडी मौसी वास्तव में हमारी मौसी नहीं थी बल्कि माँ की रिश्ते की बहन थी। उसकी अपनी बहन से बातचीत नहीं होती थी।

माँ ने तटस्थ भाव से कहा, "नहीं, पर वह ज़रूर कहीं मसरूफ़ होगी।"

डोडी मौसी ने कहा, "मसरूफ़! अपने जूतों पर से चूहों की ग़न्दगी साफ़ करने में मसरूफ़ होगी। हूँ!" गड्ढों और ऊबड़-खाबड़ सड़क पर भी वह गाड़ी तेज़ी से चला रही थी।

हमारे दोनों तरफ़ छाये रात के अँधेरे की ओर हाथ से इशारा कर माँ ने कहा, "बच्चो। बेटा, देखो, यह ओटावा घाटी है।"

कोई घाटी नहीं थी। मैं पर्वतों को या कम-से-कम पहाड़ियों को खोजती रही, पर सुबह वहाँ सिर्फ़ खेत और पेड़ों के झुरमुट थे और खिड़की के बाहर डोडी मौसी एक बछड़े के लिए दूध का डोल पकड़े खड़ी थीं। बछड़ा उस डोल में अपना मुँह इतनी ज़ोर से मार रहा था कि दूध बाहर छलक रहा था, और डोडी मौसी हँसती जाती उसे मारकर और धक्का देकर कोशिश कर रही थी कि वह धीरे-धीरे पिये। वह बछड़े को हरामज़ादा कहकर डाँट रही थी। "ये लालची छुटका हरामज़ादा।"

डोडी मौसी दूध दुहने के कपड़े पहने थीं। अनेक रंगों के बेमेल और ऊपर-नीचे पहने ढीले-ढाले कपड़े, जैसे स्कूल के नाटक में भिखारिन का अभिनय करते समय पहने जाते हैं। सिर पर मर्दों जैसा टोप, जिसका ऊपरी हिस्सा ग़ायब था—किसलिये?

माँ ने मुझे यह कभी नहीं बताया या सिखाया था कि ऐसे कपड़े पहननेवाले लोगों से हमारा कभी कोई रिश्ता हो सकता है या ऐसे लोगों से, जो हरामज़ादा शब्द इस्तेमाल करते हों। "मैं गन्द बरदाश्त नहीं करती," माँ हमेशा कहा करती थीं। पर ज़ाहिर है वह डोडी मौसी की बातें बरदाश्त कर लेती थीं। वह कहा करती थीं कि वे दोनों बहनों की तरह साथ-साथ बड़ी हुई थीं। (वकील की सचिव, बर्निस इनसे बड़ी थी और छोटी उम्र में ही घर छोड़ कर चली गयी थी।) अगली बात माँ अक्सर कहती कि डोडी मौसी की ज़िन्दगी बहुत दुःख भरी रही थी।

डोडी मौसी के मकान में कुछ नहीं था। जिन लोगों के घरों में मैं अब तक ठहरी थी, उनमें से यह सबसे कंगाल था। इसके सामने हमारा घर—जिसे मैं हमेशा ग़रीब समझती थी, क्योंकि हम क़स्बे से इतना बाहर रहते थे कि शौचालय में फ्लश और नल का पानी नहीं मिल पाता था और जहाँ वेनिशियन ब्लाईण्ड के पर्दों जैसी विलासिता का कोई सवाल नहीं था—सुविधा की चीज़ों से सुसज्जित लगता था जिसमें किताबें थीं, पियानो था, कुछ थोड़े पर अच्छे बर्तन थे और एक अच्छा कालीन भी, जिसे ख़रीदा गया था, टुकड़ों को जोड़कर नहीं बनाया था। डोडी मौसी के सामनेवाले कमरे में एक बेढंगी कुर्सी थी और एक पत्र-पत्रिकाएँ रखने की खुली आलमारी जिसमें यहाँ-वहाँ से जमा किये अख़बार और पत्रिकाएँ भरी रहती थीं। डोडी मौसी अपनी गायों से ही जीविका चलाती थीं। उसकी ज़मीन खेती लायक़ नहीं थी। हर सुबह दूध दुहने और क्रीम अलग करने के बाद वह दूध के डोल अपने ट्रक में लादकर सात मील दूर पनीर फैक्टरी तक जाती थी। उसे हमेशा दूध के निरीक्षक का डर सताता रहता, जो आये दिन गायों को क्षय रोग से पीड़ित घोषित कर देता था। इसकी वजह, वह समझाती, और कुछ नहीं बस, बेवजह का बैरभाव था, या फिर बेचारे किसानों को बेरोज़गार करना। डोडी मौसी का कहना था कि दूध बेचने के बड़े ठेकेदार निरीक्षक को रिश्वत देकर यह काम करवाते थे।

उसके जीवन की दुखःद घटना यह थी कि उसे किसी ने ठुकरा दिया था। "तुम्हें मालूम है," उसने कहा, "कि मुझे ठुकरा दिया गया था?" माँ ने हिदायत दी थी कि

इसका ज़िक्र कभी मत करना और डोडी मौसी थी कि अपनी ही रसोई में, दोपहर के बर्तनों को धोते हुए, जिन्हें मैं पोंछ रही थी और मेरी बहन रख रही थी, उसने ख़ुद 'ठुकराना' शब्द बहुत गर्व से कहा जैसे कि कोई कहे, "तुम्हें मालूम है मुझे पोलियो हुआ था?" या ऐसी ही कोई अहम् बीमारी।

"मैंने केक बना लिया था," वह कहती गयी, "और मैं अपने शादी के कपड़ों में थी।"

"क्या वे साटन के थे?"

"नहीं, गहरे लाल रंग की मेरिनो ऊन की पोशाक थी। क्योंकि शरद के आरम्भ में शादी हो रही थी। पादरी साहब भी आ गये थे। सब-कुछ तैयार था। मेरे पिता बार-बार सड़क तक जाकर देखते रहे कि दूल्हा आ रहा है या नहीं। फिर अँधेरा हो गया और मैंने कहा, बाहर जाकर दूध दुहने का वक़्त हो गया। मैंने अपने कपड़े उतारे और फिर वे कपड़े कभी नहीं पहने। किसी को दे दिये। बहुत-सी लड़कियाँ इस वक़्त रोतीं लेकिन मैं, मैं हँसी थी।"

यही क़िस्सा बताते हुए माँ ने कहा था, "इसके दो साल बाद जब मैं घर गयी तो कुछ दिन उसके साथ भी ठहरी थी। रात में अक्सर जब मैं उठती थी तो रोना सुनायी पड़ता था। हर रात।"

वहाँ थी मैं
गिरजे में इन्तज़ार करती,
गिरजे में इन्तज़ार करती,
गिरजे में इन्तज़ार करती।
और जब मुझे पता चला
उसने मुझे बीच मझधार में छोड़ दिया,
हाय, मैं कितना परेशान हुई।

साफ़ मोमजामे से ढकी मेज़ पर रखी नाँद में बर्तन धोते हुए डोडी मौसी ने यह गीत हमें सुनाया। उसकी रसोई एक मकान जितनी बड़ी थी, एक दरवाज़ा सामने, एक पीछे, हमेशा हवा के झोंके आते रहते। उसके पास घर में बनायी चीज़ें बर्फ़ में लगाकर रखने का बक्सा था जैसा मैंने कभी नहीं देखा। बाहर बनी बर्फ़ रखने की कोठरी से बच्चों की गाड़ी में लादकर लाया गया एक ख़ूब बड़ा बर्फ़ का टुकड़ा उसमें रखा रहता था। बर्फ़ रखने की कोठरी भी ख़ूब बनायी गयी थी, ज़मीन में गड्ढा खोदकर छत डाल दी गयी थी जिसमें सर्दियों में झील से काटी गयी बर्फ़ लकड़ी के बुरादे में लिपटी गर्मियों तक चलती थी।

डोडी मौसी ने कहा, "पर मेरे मामले में कोई गिरजा-विरजा नहीं था।"

डोडी मौसी की ज़मीन के पार के फार्म माँ के भाई जेम्स मामा, उनकी पत्नी लेना मामी और उनके आठ बच्चे रहते थे। यह वही घर था जहाँ मेरी माँ पली-बढ़ी। यह मकान बड़ा था, फर्नीचर भी ज़्यादा था पर बाहर कभी रंग-रोगन न होने के कारण गहरे सलेटी रंग का। ज़्यादातर ऊँचे, लकड़ी के पलँग जिनके सिरहाने नक्क़ाशी किये तख़्ते जड़े थे और जिन पर परों से भरी रज़ाइयों के बिस्तर थे। पलँगों के नीचे पेशाब के लिए बर्तन थे, जिन्हें रोज खाली नहीं किया जाता था। हम वहाँ जाते थे पर डोडी मौसी हमारे साथ नहीं जाती थी। लेना मामी और उनमें बातचीत नहीं थी। पर लेना मामी तो किसी से ज़्यादा बात नहीं करती थी। माँ और डोडी मौसी का कहना था कि जब जेम्स मामा ने उससे शादी की तो वह सीधे बज्जर देहात से आयी सोलह साल की लड़की थी। हम सोचते कौन-सी जगह थी वह? अब उनकी शादी को दस या बारह साल हो गये थे। वह ऊँची लम्बी थी, आगे और पीछे से तख़्ते की तरह सपाट जब कि क्रिसमस से पहले उसका नौंवा बच्चा होना था। उसके चेहरे पर गहरी चित्तियाँ थीं, लाली भरी काली आँखें, जानवरों की आँखों की तरह। सभी बच्चों की आँखे वैसी ही थीं, जेम्स मामा की हलकी नीली आँखों की तरह नहीं।

"जब तुम्हारी माँ मर रही थी," डोडी मौसी ने कहा, "हाय, मैं अब भी उसकी आवाज़ सुन सकती हूँ। उस तौलिये को मत छुओ। अपना तौलिया इस्तेमाल करो। उसे लगता था कि कैंसर भी खसरे की तरह छूत फैला सकता है। उसे इतना भी पता नहीं था।"

"मैं उसे माफ़ नहीं कर सकती।"

"और वह किसी बच्चे को भी अपने पास फटकने नहीं देती थी। मुझे ख़ुद ही तुम्हारी माँ के पास जाकर उन्हें नहलाना पड़ा था। सब-कुछ मेरी आँखों के सामने हुआ।"

"मैं उसे कभी माफ़ नहीं कर सकती।"

अब मुझे समझ आता है कि लेना मामी हमेशा आतंक से क्यों तनी रहती थीं। वे बच्चों को झील में इस डर से तैरने नहीं देती थीं कि कहीं वे डूब न जायें, सर्दियों में टोबॉगन पर बैठ बर्फ़ानी ढलानों पर फिसलने का खेल नहीं करने देती थीं कि कहीं टोबॉगन से गिरकर बच्चों की गरदन न टूट जाये, वे उनको बर्फ़ पर की जानेवाली स्केटिंग नहीं सीखने देती थीं कि कहीं बच्चों की टाँग न टूट जाये और वे जिन्दगी-भर के लिए अपंग न हो जाये। वह अक्सर बच्चों की पिटायी करतीं, इस डर से कि न पीटने से वे आलसी, झूठ बोलनेवाले और घर की चीजें तोड़नेवाले निकम्मे हो जायेंगे। वे आलसी तो नहीं थे पर वे चीज़ें ज़रूर तोड़ते थे; वे हमेशा इधर-उधर भागते और एक-दूसरे को पकड़ते-धकियाते रहते थे, और झूठ तो वे सभी, छोटे से लेकर बड़े तक, बोलते थे; वे चालाक और स्वाभाविक रूप से झूठे थे जो बेवजह, केवल अभ्यास के लिए या शायद झूठ बोलने के सुख के लिए झूठ बोलते रहते थे। वे हमेशा एक-दूसरे की चुगली करते या माँ के कोप से बचाते, साँठ-गाँठ या कुट्टी करते रहते; उनमें छोटी

उम्र में ही खुर्राट और शातिर राजनीतिकों के लक्षण थे। पिटायी होने पर वे चिल्लाकर रोते थे। स्वाभिमान एक ऐसा रोग था जिससे वे बहुत पहले छुटकारा पा चुके थे या इस बारे में कभी सोचा ही नहीं था। और अगर आप लेना मामी के पिटाई करने पर न चीखें-चिल्लायें तो पता नहीं वह पीटना कब बन्द करें? उनकी बाँहें किसी मर्द की तरह लम्बी और मज़बूत थीं और चेहरा सदा एक गुस्से से ऐंठा रहता था। पिटाई होने के कुछ मिनट बाद उनके बच्चे सब-कुछ भूल जाते। मेरे साथ यह अपमान हफ़्तों, या हमेशा के लिए, चल सकता था।

जेम्स मामा के बोलने का अन्दाज़ अब भी आइरिश लोगों जैसा था। मेरी माँ यह लहजा लगभग भूल चुकी थीं और डोडी मौसी ने वह अन्दाज़ आधा खो दिया था। बच्चों का नाम बुलाते मामा की आवाज़ बहुत प्यारी लगती थी। मे—री, रो—नाल्ड, रू—थी। इतनी नाज़कुता, आराम से और शिकवे भरे ढंग से उनके नाम कहते थे मानो वे नाम या ख़ुद बच्चे ही उन पर किया गया कोई मज़ाक हों। पर पिटाई होने से उन्होंने किसी को नहीं रोका, कभी नहीं बचाया, न कभी इसका विरोध किया। लगता था जैसे इस सबसे उनका कोई मतलब नहीं था। लगता था कि लेना मामी का उनसे कोई वास्ता नहीं था।

सबसे छोटा तब तक माता-पिता के साथ उनके बिस्तर पर सोता था जब तक एक नया बच्चा नहीं आ जाता।

"वह मुझसे मिलने कभी यहाँ आ जाता था," डोडी मौसी ने कहा, "हम साथ बैठ ख़ूब हँसा करते थे। वह दो-तीन बच्चों को भी अपने साथ ले आता था पर उसने ऐसा करना बन्द कर दिया। मुझे मालूम है क्यों! बच्चे उसकी चुगली कर देते थे। वही सारे क़ायदे-कानून बनाती है। पर वह सारे क़ायदे-कानून वापस उसी पर लाद देता है, है ना?"

डोडी मौसी के पास दैनिक अख़बार नहीं आता था, सिर्फ़ साप्ताहिक अख़बार, जो उसी क़स्बे से छपता था जहाँ से वह हमें अपनी मोटर में लायी थीं।

"इसमें ऐलन ड्यूरेण्ड का ज़िक्र है।"

"ऐलन ड्यूरेण्ड?" माँ ने अविश्वास से कहा।

"हाँ, अब वह होलस्टाईन गायों का बड़ा व्यापारी बन गया है। उसने वेस्ट परिवार की एक लड़की से शादी की है।"

"क्या ज़िक्र है?"

"कंजर्वेटिव पार्टी की सभा के बारे में। वह शर्तिया उम्मीदवार होना चाहता है। शर्तिया।"

वह झूलनेवाली कुर्सी में बैठी हुई थी, जूते उतारे, हँसती। बरामदे के एक खम्भे से पीठ टिकाये मेरी माँ बैठी थीं। वे डिब्बा बन्द करने के लिए पीली सेम की फलियाँ काट रही थीं।

"मैं उस वक़्त के बारे में सोच रही थी जब हमने उसे नींबू का शरबत पिलाया था।" डोडी मौसी ने कहा और मेरी तरफ़ मुड़ीं, "तब वह ठेठ फ्रेंच-कैनेडियन लड़का था। गर्मियों में कुछ हफ़्ते काम करने के लिए आया था।"

माँ ने कहा, "सिर्फ़ उसका नाम ही फ्रान्सीसी था। वह फ्रान्सीसी बोल कहाँ पाता था।"

"अब तो कुछ पता नहीं चलता। उसने अपना कैथोलिक धर्म भी बदल लिया। अब वह सेण्ट जॉन्स के प्रोटेस्टेण्ट गिरजे में जाता है।"

"वह हमेशा से अक़्लमन्द था।"

"शर्तिया! वह था अक़्लमन्द। पर नींबू के शरबत की बात से हमने उसे बुद्धू बना ही दिया था।"

"ज़रा सोचो, गर्मियों का सबसे गर्म दिन। तुम्हारी माँ और मुझे गर्मी से ज़्यादा फ़र्क़ नहीं पड़ता था, हम तो घर पर ठहर सकते थे। पर ऐलन को खलिहान के अन्दर काम करना था। तब भूसा भीतर जमा किया जा रहा था। मेरे पिता भूसा अन्दर ला रहे थे और ऐलन उसे फैला रहा था। जेम्स भी ज़रूर मदद कर रहा होगा।"

माँ ने कहा, "जेम्स भूसे का ढेर बना रहा था। तुम्हारे पिता गाड़ी में लादकर गाड़ी चला रहे थे।"

"और ऐलन को उन्होंने खलिहान के अन्दर का काम दिया। तुम सोच नहीं सकती कि ऐसे दिन खलिहान का भीतर कैसा होता है। बिल्कुल नर्क। सो हमने सोचा कि उसे नींबू का शरबत पिलाने का ख़्याल बुरा नहीं है—पर रुको। मैं बाद की बता रही हूँ। पहले मैं ओवरऑल्स (काम करते समय पहनी जाती खुली ढीली गैलस लगी पैण्ट) के बारे में बताना चाहती थीं।

"जब बाक़ी लोग खाने के लिए बैठ रहे थे तो ऐलन मेरे पास ये ओवरऑल्स ठीक कराने के लिए लाया था। वह किसी पुराने गर्म सूट की भारी-सी पैण्ट पहने था और एक मोटी कमीज़, गर्मी से उसकी जान निकल रही होगी; हालाँकि मेरा ख़्याल है कि अन्दर काम करते समय उसने कमीज़ उतार दी थी। पर उसे ओवरऑल्स ही चाहिए थे क्योंकि तुम्हें मालूम ही है वे गर्मी में ठण्डे और हवादार होते हैं। अब याद नहीं पड़ता कि उसमें क्या ठीक करना था, कोई छोटी-मोटी चीज़ ही थी। उस पुरानी पैण्ट से उसे वाक़ई बहुत कष्ट हो रहा होगा, तभी उसने कहा, क्योंकि तब वह बहुत शर्मीला था। उस वक़्त वह—कितना बड़ा रहा होगा?"

माँ ने कहा, "सत्रह बरस का।"

"और हम दोनों अट्ठारह के थे। जब तुम नॉरमल स्कूल गयी थी, यह उससे एक साल पहले की बात है। हाँ, तो, मैंने उसके कपड़े लिये और जब तक तुमने खाना परोसा, मैंने उसे ठीक कर दिया, कुछ थोड़ा-सा ही तो ठीक करना था। मैं वहाँ रसोई के एक कोने में सिलाई मशीन के पास बैठी थी तभी मुझे वह ख़्याल आया था, है ना? मैंने तुम्हें बुलाया। ऐसा बहाना किया जैसे मैं तुम्हें कपड़े को सिलाई के लिए सीधा

पकड़ने को बुला रही हूँ। ताकि तुम देख सको कि मैं क्या कर रही हूँ। और हम ज़रा-सा भी नहीं मुस्कराये, ना ही एक-दूसरे को कनखियों से देखा, है ना?"

"नहीं।"

"क्योंकि मैं उसकी पैण्ट की मियानी सिलने की सोच रही थी।

"फिर दोपहर में कुछ देर बाद, जब वे काम पर लौट गये, तब नींबू के शरबत की बात हमारे दिमाग़ में आयी। हमने दो जग भर कर नींबू का शरबत बनाया। एक तो हम खेत में काम करते आदमियों के लिए ले गये; हमने उन्हें गुहार लगायी और जग एक पेड़ के नीचे रख दिया। हमारे पास जितने नींबू थे सब उसमें डाल दिये थे, तब भी उसका स्वाद कुछ फीका था। मुझे याद है, हमें उसमें सिरका डालना पड़ा था। पर उसने कोई ध्यान नहीं दिया होगा। मैंने उससे ज़्यादा प्यासा आदमी जिन्दगी में नहीं देखा। पहले उसने घूँट भर कर पिया, और फिर पूरा जग मुँह से लगा लिया। सारा पी गया। हम वहीं खड़े यह देखते रहे। पता नहीं हम इतने गम्भीर कैसे बने रहे?"

"मुझे ख़ुद नहीं पता," माँ ने कहा।

"तब हमने जग उठाया और घर की तरफ़ चले, पर और दो पल इन्तज़ार करने के बाद हम चुपके से वापस आ गये और अनाज की खत्ती में छिप गये। वह भी एक भट्टी की तरह गर्म थी। पता नहीं हमने कैसे सह लिया। हम चारे के बोरों पर चढ़ गये और दोनों ने एक दरार या छेद या कुछ भी जिससे झाँका जा सके, खोज लिया। खलिहान के उस कोने का हमें पता था जहाँ मर्द हमेशा पेशाब किया करते थे। अगर वे ऊपर खलिहान में होते तो कोने में लगे खम्भे की आड़ में पेशाब करते। नीचे अस्तबल में शायद वे नाली में पेशाब करते थे। और जल्दी ही, कुछ ही देर में वह उस कोने की तरफ़ बढ़ा। हाथ में पकड़ा फावड़ा नीचे रख उधर चला। चलते जाते उसके हाथ मियानी पर ही लगे बटनों पर थे। गर्मी और हँसी रोकने की ज़बरदस्त कोशिश की वजह से हमारे चेहरे पर पसीने की धारें बह रही थीं। जैसे कोई क़तल कर रहा हो! पहले तो वह ज़रा आराम से चल रहा था, कि नहीं? पर इस बारे में सोचने से शायद हाजत और बढ़ती जाती है; उसने नीचे देखा कि मामला क्या है, और जल्द ही उसने अपने को मुक्त करने के लिए हर तरीक़े से कपड़ों को खींचना खसोटना शुरू कर दिया। पर मैंने भी मियानी को अच्छी तरह और मज़बूती से सी दिया था। पता नहीं उसे कब समझ आया कि उसके कपड़ों के साथ क्या किया गया था?"

"मेरे ख्याल से तभी, उसी वक़्त। वह बेवकूफ़ थोड़े ही था।"

"हाँ, बेवकूफ़ तो नहीं था। वह ज़रूर भाँप गया होगा। नींबू के शरबत का रहस्य। लेकिन एक बात का अन्देशा उसे शायद कभी नहीं हुआ कि हम खत्ती में छिपे हुए हैं। वर्ना वह सब नहीं करता जो उसने इसके बाद किया।"

मेरी माँ ने दृढ़ता से कहा, "हाँ, वह नहीं करता।"

"क्या पता। पर तब तक तो उसे कुछ परवाह नहीं रही होगी। क्यों? आख़िरकार उसने सब लिहाज़ छोड़कर अपने ओवरऑल्स को चीर-फाड़कर उतार दिया और धार लगा दी। हमें उसका पूरा नज़ारा देखने को मिला।"

"हमारी तरफ़ उसकी पीठ थी।"

"नहीं! जब वह पेशाब कर रहा था तो कुछ भी ऐसा नहीं था जिसे हम न देख सकते हों। वह तिरछा मुड़कर खड़ा था।"

"मुझे यह याद नहीं।"

"भई, मुझे तो याद है। ऐसे और नज़ारे मैंने कहाँ देखे कि मैं उसे भूल सकूँ।"

"डोडी।" मेरी माँ ने अब इतनी देर बाद चेतावनी-सी दी। (एक और वाक्य था जो माँ अक्सर कहती थीं, "मैं घटिया बातें कभी नहीं सुनती।")

"और तुम! तुम ख़ुद भी तो वहाँ से नहीं हिली थी। हिली थी क्या! तुम भी आँखें छेद में गड़ाये हुए थी।"

माँ ने एक अजीब भाव से मुझे, फिर डोडी मौसी को और फिर मुझे देखा : शायद असहायता के भाव से। मैं नहीं कहूँगी कि वह हँसी थी। ऐसा लगा कि किसी एक स्थल पर पहुँच वह परवाह करना बन्द कर देगी।

शुरुआत बहुत मन्द रफ़्तार से होती है और प्रायः सालों बाद मरीज़ या उसके परिवार को यह आभास हो पाता है कि वह पंगु होता जा रहा है। सिर और जोड़ों के कम्पन का सम्बन्ध अँगों और जोड़ों के सख़्त हो जाने से है। अँगों का अनेक तरह से काँपना और फड़कना या अन्य अनियन्त्रित गतिविधियाँ हो सकती हैं। थूक ज़्यादा बनता है और लार टपकना बढ़ जाता है। वैज्ञानिक तौर पर इस रोग को पैरालिसिस एगिटेन्स कहा जाता है। इसे पार्किन्सन रोग या कम्पनयुक्त पक्षाघात भी कहते हैं। पैरालिसिस एगिटेन्स का प्रभाव पहले एक बाज़ू या टाँग पर पड़ता है फिर उसी तरफ़ के दूसरे जोड़ पर और फिर दूसरी तरफ़ के जोड़ों पर। चेहरे पर प्रायः बने रहनेवाले भाव धीरे-धीरे कम होते जाते हैं और बदलती अनुभूतियों के साथ चेहरा बहुत धीरे या बिल्कुल नहीं बदलता। यह रोग विशेषतः वृद्ध लोगों का रोग है, ज़्यादातर साठ-सत्तर साल के लोग इसके शिकार होते जाते हैं। अँगों के कम्पन और लार को रोकने के लिए दवाएँ उपलब्ध हैं। पर इस रोग से पूरा ठीक हो जाने का कोई तथ्य दर्ज़ नहीं है। दवाओं के फ़ायदे सीमित ही हैं। (फिशबाइन, मेडिकल इनसाइक्लोपीडिया)

इस साल की गर्मियों में मेरी माँ इकतालीस या बयालीस साल की होती, मेरे ख़याल में उसी उम्र के आसपास जो अब मेरी है।

सिर्फ़ उसकी बायीं बाज़ू का कोहनी से नीचे का भाग काँपता था। बाज़ू से ज़्यादा हाथ काँपता था। अँगूठा लगातार हथेली पर थरथराता रहता था। इसे वह अपनी उँगलियाँ मोड़कर छिपा सकती थीं, और बाज़ू को अपने शरीर के साथ दबाये रख उसे स्थिर रख सकती थीं।

रात के खाने के बाद जेम्स मामा पोर्टर पीते थे। वे मुझे भी चखने देते थे, काली और कड़वी। यह एक और असंगत बात थी। माँ ने मुझे बताया था, ''तुम्हारे पिता से शादी करने से पहले मैंने उनसे वचन लिया था कि वे कभी शराब नहीं पियेंगे, और उन्होंने कभी नहीं पी।'' पर उनका भाई जेम्स मामा बिना किसी संकोच के शराब पी सकता था।

शनिवार रात को हम सभी क़स्बे में गये। माँ और मेरी बहन डोडी मौसी की कार में गयी। मैं जेम्स मामा, लेना मामी और बच्चों के साथ थी। बच्चों ने मुझे अपना लिया था। उनमें से सबसे बड़े बच्चे से मैं थोड़ी-सी बड़ी थी, और वे मुझसे ऐसे पेश आते थे जैसे कि मैं कोई पुरस्कार हूँ जिसे पाने के लिए वे एक-दूसरे से लड़-झगड़ सकते हैं। सो, मैं उनकी कार में थी, जो कि डोडी मौसी की कार की तरह पुरानी और ऊँची, चौकोर छतवाली थी। हम लोग घर आ रहे थे, ठण्डी हवा के लिए हमने खिड़कियाँ खोली हुई थीं और सहसा जेम्स मामा ने गाना शुरू कर दिया।

उनकी आवाज़ बहुत मीठी, कुछ उदासी लिये, देर तक गूँजती रहनेवाली थी। जो गाना वे गा रहे थे उसकी धुन और अँधेरी खिड़कियों से बाहर बहती जाती उनकी आवाज़ आज भी मुझे ख़ूब अच्छी तरह याद है, पर शब्द पूरे याद नहीं आते हालाँकि मैंने अक्सर उन्हें याद करने की कोशिश की है क्योंकि वह गीत मेरे दिल को छू गया था।

जब मैं किल-ई-केनी पर्वत पर जा रहा था...

मेरा ख़्याल है गीत इसी तरह शुरू होता था। आगे कुछ 'मोती' या 'जल्दी' जैसे शब्द फिर अनेक चीज़ों के नामों से भरी कुछ पंक्तियाँ—*से कुछ लोगों को सुख मिलता है और गीत के अन्त में यह उदास पर प्रभावशाली पंक्ति :*

पर मुझे तो शराब के नशे से ही सुख मिलता है।

जब वे गा रहे थे तो मोटर में बिल्कुल चुप्पी छायी थी। न बच्चों की तू-तू—मैं-मैं, न मार-पिटाई, कुछ तो ऊँघ भी रहे थे। अपनी गोदी में सबसे छोटे बच्चे लिये बैठी लेना मामी अँधेरे में एक निरीह काली आकृति लग रही थीं। मोटर डोलती-उछलती हुई चलती रही मानो वह बाहर छायी बिल्कुल अँधेरी रात में अपनी रोशनी से एक सँकरा पथ काटती हुई निरन्तर चलती रहेगी; और सड़क पर एक खरगोश भी था जो हमारे रास्ते से कूद कर हट गया, पर उसे देखकर दूसरों का ध्यान आकर्षित करने के लिए कोई नहीं चिल्लाया, किसी ने गीत में, उस कोमल और गूँजती हुई उदासी में खलल नहीं डाला।

पर मुझे तो शराब के नशे में ही सुख मिलता है।

हम गिरजाघर ज़रा जल्दी पहुँच गये थे ताकि जाकर क़ब्रों को देख सकें। सेण्ट जॉन्स बड़ी सड़क पर बना लकड़ी का सफ़ेद गिरजा था, जिसके पीछे क़ब्रिस्तान था। हम क़ब्रों

के स्थान पर पड़ी दो शिलाओं के सामने रुके, जिन पर 'माँ' और 'पिता' ख़ुदा था। उसके नीचे बहुत छोटे अक्षरों में माँ के माता-पिता के जन्म-मृत्यु की तिथियाँ खुदी थीं। दो चपटी शिलायें, ज़्यादा बड़ी नहीं, क़ायदे से कटी हुई घास में फ़र्शी पत्थरों की तरह पड़ी थीं। मैं आसपास घूमती कुछ और दिलचस्प चीज़ों को देखने लगी—कलश, प्रार्थना में उठे हाथों और फ़रिश्तों के चित्रों की नक्क़ाशियाँ।

जल्द ही माँ और डोडी मौसी भी आ गयीं।

डोडी मौसी ने हाथ हिला चारों ओर इशारा करते हुए कहा, "इस दिखावटी ताम-झाम की भला क्या ज़रूरत है?"

मेरी बहन ने जो अभी पढ़ना ही सीख रही थी, पढ़ना शुरू किया।

प्रभात होने तक
वे सोये हैं मृत नहीं
पासेम (शान्ति) से।

"पासेम का क्या अर्थ है?"

माँ ने प्रशंसा के स्वर में कहा, "यह लेटिन भाषा का शब्द है।"

"बहुत से लोग ऐसे बड़े नक्क़ाशीदार दिखावटी पत्थर लगवा देते हैं और उनके दाम का बकाया अब तक चुका रहे हैं। कुछ तो अभी ज़मीन के ही पैसे दे रहे हैं, पत्थरों का पैसा देना तो शुरू भी नहीं किया है। अब जैसे इसे ही देखो।" डोडी मौसी ने गहरे नीले ग्रेनाइट की बड़ी घनाकार शिला की तरफ़ इशारा किया जिस पर खाना बनाने के बर्तनों की तरह सफ़ेद धब्बे पड़े थे। इस शिला को घन के एक कोने पर सन्तुलित कर खड़ा किया गया था।

माँ ने अनमने भाव से कहा, "कितनी आधुनिक शैली का है।"

"यह डेव मेककोल्स की क़ब्र है। कितनी बड़ी है, ज़रा देखो तो। और यह सच है कि उन्होंने उसकी पत्नी से कहा था कि अगर उसने ज़मीन के हिस्से के लिए जल्दी से कुछ पैसे नहीं दिये तो उसके शव को उखाड़ कर बड़ी सड़क के किनारे ऐसे ही फेंक देंगे।"

माँ ने सोचते से कहा, "क्या ऐसी पाशविकता ईसाइयत है?"

"कुछ लोग ईसाई होने के लायक़ नहीं होते।"

मुझे लगा कि मेरी कमर से कोई चीज़ ख़िसक रही है, और मैं समझ गयी कि मेरे जाँघिये की इलास्टिक टूट गयी है। मैंने समय रहते उसे दोनों तरफ़ से बाहों से दाब लिया—तब किसी भी चीज़ को वहाँ अटकाये रखने लायक़ नितम्ब मेरे नहीं थे—और माँ के कान में गुस्से से फुसफुसा कर कहा, "मुझे एक सेफ़्टीपिन चाहिए।"

"तुम्हें सेफ्टीपिन किसलिये चाहिए?" माँ ने सामान्य या सामान्य से ज़्यादा ऊँचे स्वर में कहा।

मैंने जवाब नहीं दिया, पर उसकी तरफ़ आँखों से अनुनय करते हुए घूरा।

डोडी मौसी हँसी, "शर्त लगाती हूँ इसके जाँघिये की इलास्टिक टूट गयी है।"

माँ ने अपना स्वर नीचा किये बिना ज़रा सख़्ती से पूछा, "टूटी है क्या?"

"हाँ।"

माँ ने कहा, "ठीक है तो उन्हें उतार दो।"

डोडी मौसी ने कहा, "लेकिन यहाँ नहीं, महिलाओं के शौचालय में।"

गाँव के स्कूल की तरह सेंट जॉन्स गिरजाघर में पीछे भी लकड़ी के दो शौचालय बने थे।

मैंने विस्मय से अचकचाकर कहा, "तब तो मैं नीचे कुछ भी नहीं पहने होऊँगी।" नीली रेशमी फ्रॉक के नीचे बिना जाँघिया पहने गिरजा जाने की मैं कल्पना भी नहीं कर सकती थीं। भजन गाने के लिए उठना, फिर बैठना, बिना जाँघिया पहने! बेंच की चिकनी ठण्डी लकड़ी पर बिना जाँघिये के बैठना।

डोडी मौसी अपने बटुये में हाथ डालकर टटोल रही थीं, "काश, तुम्हें देने को मेरे पास एक सेफ्टीपिन होता, पर नहीं है। तुम लपक के जाओ और इसे उतार दो, किसी को कोई फ़र्क़ पता नहीं चलेगा। अच्छा है आज हवा नहीं चल रही है।"

मैं वहाँ से हिली नहीं।

माँ ने अनिश्चय के स्वर में कहा, "मेरे पास एक पिन है तो, पर मैं उसे निकाल नहीं सकती। आज सुबह कपड़े पहनते वक़्त मेरी शमीज़ की तनी टूट गयी थी तो उसे रोके रखने के लिए मैंने पिन लगाया था। पर मैं उसे निकाल नहीं सकती।"

माँ एक हलके सलेटी रंग की पोशाक पहने थीं जिस पर बने छोटे-छोटे फूल कढ़े हुए लगते थे। शमीज़ भी हलकी सलेटी थी, क्योंकि कपड़ा पारदर्शी था। टोपी हलके गुलाबी रंग की थी, पोशाक के कुछ फूलों के रंग से मेल खाती। उसके दस्ताने लगभग उसी गुलाबी रंग के थे और जूते सफ़ेद, आगे से खुले। वह यह सारी पोशाक अपने साथ लायी थी, उसने शायद यह सब चीज़ें ख़ासतौर पर सेंट जॉन्स गिरजे जाने के लिए ही इकट्ठा की थीं। उसने आज जैसी धूपैली सुबह की कल्पना की होगी, जब गिरजे के घण्टे वैसे ही बज रहे होंगे जैसे कि अब बज रहे थे। उसने अपने को कल्पना में इन कपड़ों में देखा होगा, इन्हें एक-एक कर जमा किया होगा, ठीक वैसे ही जैसे मैं करती हूँ जब मुझे किसी पार्टी में जाना हो।

"मैं तुम्हारे लिये वह पिन नहीं निकाल सकती क्योंकि मेरी शमीज़ बाहर दिखायी देगी।"

डोडी मौसी ने कहा, "लोग,गिरजे में जा रहे हैं।"

"शौचालय में जाओ और उसे उतार दो। अगर ऐसा नहीं करना तो जाकर मोटर में बैठी रहो।"

मैं मोटर की तरफ़ बढ़ने लगी। क़ब्रिस्तान और फाटक के बीच तक चली गयी थी और जब माँ ने मुझे पुकारा। महिलाओं के शौचालय तक वह मेरे आगे-आगे चली और वहाँ बिना कुछ कहे अपनी पोशाक के गले में हाथ डाल पिन उतारकर मुझे दे दिया। मैं अपने इस दुर्भाग्य में इतनी डूबी थी और मुझे पिन पर अपने अधिकार का इतना निश्चय था कि 'शुक्रिया' कहे बिना में मैंने पीठ मोड़कर अपने जाँघिये की कमर को पिन लगाकर कस लिया। शौचालय के रास्ते और गिरजे के तरफ़ जाते माँ आगे चलती रही। हमें देर हो गयी थी, सभी लोग अन्दर जा चुके थे। जब तक गायक मण्डली और उनके पीछे पादरी अपनी धार्मिक गति से चलते, बेंचों के बीच से होते मज़े-मज़े मंच तक पहुँचे, तब तक हमें इन्तज़ार करना पड़ा।

सभी ओजवान और सुन्दर वस्तुएँ
सभी छोटे या बड़े प्राणी
सभी विद्वान् और अनूठी वस्तुएँ
परमपिता भगवान् की सृष्टि हैं।

जब गायक मण्डली अपनी जगह पर पहुँच गयी और पादरी सभा की ओर मुखातिब हुए, माँ आगे मंच के पास एक बेंच पर बैठी डोडी मौसी और मेरी बहन की ओर निधड़क चल दी। पीछे चलती मैं देख सकती थी कि उसकी शमीज़ लगभग आधा इंच ढलक गयी थी और बड़े फूहड़ तरीक़े से एक तरफ़ से दिख रही थी।

पूजा और प्रार्थना के बाद माँ मुड़कर पीछे बैठे लोगों से बात करने लगी। लोग मेरा और मेरी बहन का नाम पूछते और माँ से कहते, "यह बिल्कुल तुम्हारी तरह लगती है।" "नहीं, यह तुमसे ज़्यादा मिलती है।" या "इसमें तुम्हारी माँ की झलक है।" उन्होंने पूछा कि हम कितने बड़े हैं, मैं स्कूल की कौन-सी क्लास में हूँ और क्या मेरी बहन भी स्कूल जाने लगी है। उन्होंने उससे पूछा कि वह स्कूल जाना कब शुरू करेगी और उसने कहा, "मैं तो नहीं जाऊँगी।" इस बात पर हँसा गया और इसे दोहराया गया। मेरी बहन अक्सर अनचाहे ही लोगों को हँसा देती थी। अपनी किसी नासमझी या ग़लतफ़हमी को वह बड़े विश्वास से सबसे कहती। बाद में क़िस्सा पता चला कि वह वाक़ई सोचती थी कि वह स्कूल नहीं जायेगी क्योंकि हमारे घर के पासवाले प्राथमिक स्कूल का भवन गिराया जा रहा था और किसी ने उसे यह नहीं बताया था कि वह बस में दूसरे स्कूल जायेगी।

दो या तीन लोगों ने मुझसे कहा, "बताओ तो, हमें स्कूल में किसने पढ़ाया था? तुम्हारी मम्मी ने।"

एक पसीने से भरे आदमी—जिससे माँ स्पष्टतः हाथ नहीं मिलाना चाहती थी—ने कहा, "अपन को तो ज़्यादा नहीं पढ़ा-सिखा पायीं। पर ये मेरी सबसे ख़ूबसूरत पढ़ानेवाली थीं।"

"क्या मेरी शमीज़ दिख रही थी?"

"कैसे दिखती? तुम तो बेंचों के बीच में खड़ी थीं।"

"पता नहीं, शायद जब मैं आगे बैठने को आ रही थी तब।"

"कोई नहीं देख सकता था। वे सभी भजन गाने में रमे थे।"

"वे देख तो सकते थे।"

"बस एक चीज़ से मुझे हैरानी हो रही है। ऐलन ड्यूरेण्ड हमें मिलने के लिए क्यों नहीं आया?"

"क्या वह वहाँ था?"

"तुमने उसे नहीं देखा? वेस्ट परिवार के साथ उनकी बेंच पर बैठा था। उनके माता-पिता की स्मृति में दिये गये दान से बनी खिड़की के नीचे।"

"मैंने उसे नहीं देखा। उसकी बीवी थी?"

"अरे, उसे तुमको देखना चाहिए था। हर चीज़ नीले रंग की और बग्घी के पहिये जैसी टोपी पहने। वह बहुत सज-धज के कपड़े पहनती है। पर आज तुमसे किसी का क्या मुकाबला!"

डोडी मौसी ख़ुद चटाई से बनी हलके नीले रंग की टोपी पहने थीं जिसमें कुछ कपड़े के फूल लटके थे, उसकी ढीली-ढाली पोशाक रेयॉन की थी जिसमें सामने की तरफ़ ऊपर से नीचे तक बटन लगे थे।

"शायद वह मुझे पहचान नहीं पाया। या मुझे देखा नहीं।"

"उसने तुम्हें कैसे नहीं देखा होगा।"

"हूँ।"

"और देखने में कितना ख़ूबसूरत हो गया है। अगर राजनीति में जाना हो तो शक्ल की बड़ी अहमियत होती है और लम्बाई की भी। छोटे क़दवाले कभी-कभार ही चुने जाते हैं।"

"और प्रधानमन्त्री मैकेन्ज़ी किंग का क्या कहती हो?"

"मेरा मतलब यहाँ के इलाक़े से है। किंग को यहाँ हमने कभी नहीं चुना होता।"

"तुम्हारी माँ को मामूली-सा दौरा पड़ा है। वह कहती है कि कुछ नहीं पड़ा, पर मैंने ऐसे बहुत-से क़िस्से देखे हैं।

"उसे अभी हल्का दौरा पड़ा है, उसके बाद फिर एक हल्का-सा और पड़ेगा, फिर एक और, फिर एक और। तब किसी दिन उसे भारी दौरा भी पड़ सकता है। तब तुम्हें एक माँ की तरह देखभाल करना सीखना पड़ेगा।

"मेरी तरह। मेरी माँ जब बीमार पड़ी तो मैं सिर्फ़ दस साल की थी। जब मैं पन्द्रह की थी तो वह मर गयी। इस दौरान मैंने कैसा समय उसके साथ काटा। उसकी सारी देह फूल गयी थी; उसे जलोदर का रोग था। एक बार डॉक्टर आया और उसके शरीर से बाल्टी भर के निकाला।"

"क्या निकाला?"

"द्रव पदार्थ।

"जब तक वह बैठ सकती थी, अपनी कुर्सी पर बैठी रहती, फिर बिस्तर से लग गयी। शरीर में द्रव का दिल पर दबाव न पड़े इसलिए उसे हमेशा अपनी दाहिनी करवट ही लेटना पड़ता था। क्या ज़िन्दगी थी? बिस्तर पर पड़े-पड़े उसे फोड़े हो गये, बहुत कष्ट था उसे। तो एक दिन उसने मुझसे कहा, डोडी, कृपया मुझे दूसरी करवट लिटा दो। मुझे थोड़ी-सी राहत मिल जाये। उसने मुझसे बहुत अनुनय-विनय की। मैंने उसे पकड़ा और दूसरी तरफ़ पलट दिया—जम के भारी थी वह! मैंने उसे दिल की तरफ़ मोड़ दिया था, और जिस क्षण मैंने यह किया, वह मर गयी।

"तुम रो क्यों रही हो? मैं तुम्हें रुलाना नहीं चाहती थी। तुम अभी बच्ची हो, अगर तुम जीवन में क्या होता है इसके बारे में इतना नहीं सुन सकती हो।"

डोडी मौसी मुझे ख़ुश करने के लिए मेरी प्रतिक्रिया पर हँसी। उसके ढकी रंगत के पतले चेहरे पर बड़ी और जलती आँखें थीं। अपने सिर पर रूमाल बाँधे वह एक बंजारन की तरह लग रही थी। मुझ पर एक साथ द्वेष और कृपा दिखलाते हुए, जितना मैं सहन कर सकती थी उससे कहीं ज़्यादा गहरे राज़ों का पर्दाफाश करते हुए।

मैंने कुछ रुखाई से कहा, "क्या आपको दौरा पड़ा था?"

"क्या?"

"डोडी मौसी कह रही थीं कि आपको दौरा पड़ा था।"

"नहीं। मैंने उसे बताया था मुझे दौरा नहीं पड़ा। डॉक्टर कहता है कि मुझे दौरा नहीं पड़ा। उसे लगता है कि उसे सब-कुछ पता है। डोडी यही सोचती है। उसे लगता है वह डॉक्टर से भी ज़्यादा जानती है।"

"क्या आपको दौरा पड़नेवाला है?"

"नहीं। मुझे कम रक्तचाप की तक़लीफ़ है। यह दौरा पड़ने से बिल्कुल उलटा लक्षण है।"

मैंने और कुरेदते हुए कहा, "तो, आप बिल्कुल बीमार नहीं पड़ेंगी? मुझे यह जानकर बड़ी राहत मिली थी कि उसने दौरा न पड़ने देने का निश्चय कर लिया है, और यह कि मुझे एक माँ की तरह बच्चे की देखभाल नहीं करनी पड़ेगी और डोडी मौसी की तरह मुझे उसे बिस्तर पर नहलाना-धोना और खाना नहीं खिलाना पड़ेगा। मुझे ऐसा लगा कि उसका यही निश्चय था, उसने इस बात के लिए अपनी सहमति दे दी थी। जब तक वह ज़िन्दा रही, जो कुछ उसके साथ हुआ और उसने सहा, इस सब का ब्योरा डॉक्टर से पाने के बाद भी मुझे मन में यही लगता रहा कि उसने ऐसा समझ-बूझ कर

किया; कुछ दिखावे के लिए, कुछ किसी से बदले के लिए। इसके अलावा भी कारण रहे होंगे, जो कोई कभी समझ नहीं सका था।

उसने मुझे कोई जवाब नहीं दिया बल्कि आगे-आगे चलती रही। यह गायों की चारागाह में से निकलता एक ऊबड़-खाबड़ रास्ता था जो सड़कवाले रास्ते से छोटा पड़ता था।

मैं बिना कुछ सोचे-समझे उसके पीछे पड़ी रही। "क्या आपकी बाज़ू हिलना बन्द नहीं करेगी?" अब मैं आशा कर रही थी कि वह मुड़े और मुझसे उस बात का वायदा करे जिसकी मुझे चाह थी।

पर उसने ऐसा नहीं किया। पहली बार वह मेरी परवाह न कर अपनी बात पर जमी रही। वह ऐसे चलती रही जैसे उसने सुना ही न हो, मेरे आगे चलती उसकी काया अजनबी और बेलाग-सी हो गयी, जैसे उदासीन हो वह मुझसे दूर हो गयी हो, हालाँकि असल में वह सिर्फ़ उस रास्ते पर चलती रही थी जो उसने और डोडी मौसी ने बचपन में एक-दूसरे के यहाँ जाते-जाते बनाया था; वह रास्ता अब भी वहीं था।

एक रात माँ और डोडी मौसी बरामदे में बैठकर कविता पाठ करने लगीं। मैं अब भूल गयी हूँ कि यह सब कैसे शुरू हुआ; शायद एक ने कोई उद्धरण सोचा तो दूसरे ने उसमें तुक मिलायी—इस तरह। जेम्स मामा सिगरेट पीते हुए बरामदे की रेलिंग पर टेक लगाये थे। हम लोग वहाँ थे इसलिए वे भी डोडी मौसी के यहाँ आ गये थे।

डोडी मौसी ने आनन्दित स्वर में पाठ किया,

किसी मनुष्य के लिए अपने पितरों की अस्थियों
और अपने देवताओं के मन्दिरों में आस्था के लिए,
भीषण भयावह कठिनाइयों का सामना करते हुए।
मृत्यु झेल जाने से अच्छा अन्त और क्या होगा?

माँ ने घोषणा करते हुए कहा,

और सारे दिन युद्ध की आवाज़ गूँजती रही,
पर्वतों और सर्दीले सागर से होते हुए।

न ढोल की आवाज़ आयी, न ही मृत्युगान की,
जब हम परकोटे से उसका शव उठाये चले...

क्योंकि मैं बहुत दूर जा रहा हूँ
एवालोन द्वीप की घाटी तक
जहाँ ओले या वर्षा या बर्फ़ नहीं होगी...

माँ की आवाज़ में एक अजीब संकोच-भरा कम्पन आ गया था इसलिए जब डोडी मौसी ने बीच में ही यह सब रोक दिया तो मुझे राहत मिली।

"हे भगवान्, पुरानी पाठ्य पुस्तकों में कैसे दुःख भरे प्रकरण रहते थे कि नहीं?"

जेम्स मामा ने कहा, "मुझे यह सब-कुछ भी याद नहीं है, सिवाय इसके—" और उन्होंने बिना रुके पाठ किया :

धुँधले पहाड़ों की पंक्ति के साथ
किरमिजी जंगल है विशाल
पतझड़ी जगहों पर दिन-भर
लगाती है नीलकण्ठ चिड़िया गुहार।

"तुम्हारा भला हो," डोडी मौसी ने कहा और वह, मेरी माँ और जेम्स मामा सभी साथ-साथ हँसते और पाठ करने लगे :

विशालकाय, धुन्ध छायी दलदलों के पास,
नदी के मुहाने से परे,
पतझड़ के लम्बे शान्त दिनों में
जंगली पक्षी दक्षिण की ओर उड़े।

डोडी मौसी बोलीं, "हालाँकि इसके बारे में सोचा ज़ाये तो इसमें भी उदासी का भाव है।"

अगर मैं इस सब को क़ायदे से कहानी के रूप में पेश कर रही होती तो मेरा ख़्याल है, मैं माँ के साथ चारागाह पार करने और कुछ जवाब न देने के साथ ही कहानी का अन्त कर देती। वह अन्त ठीक रहता। मैंने वहाँ अन्त नहीं किया शायद इसलिए कि मैं कुछ और खोजना चाहती हूँ और ज़्यादा याद करना चाहती हूँ। मैं जितना सम्भव हो सके, उतना वापस लाना चाहती हूँ। अब उसे ही देखें जो मैंने किया है—वह सब-कुछ तस्वीरों की एक शृंखला-सी है, कलात्मक रूप से कटे बार्डरोंवाली हलकी भूरी तस्वीरों की तरह, जैसी तस्वीरें मेरे माता-पिता का पुराना कैमरा खींचा करता था। उन तस्वीरों में डोडी मौसी, जेम्स मामा और यहाँ तक कि लेना मामी और उनके बच्चे साफ़-साफ़ दिखायी दे रहे हैं (अब यह सब लोग भगवान् को प्यारे हो चुके हैं सिवाय उन बच्चों के, जो अब भद्र लोगों की तरह ढंग से कमा-खा रहे हैं, और जहाँ तक मैं जानती हूँ उनमें से कोई भी अपराधी या पागल नहीं घोषित किया गया है)। उलझन, सिर्फ़ एक उलझन है—वह है मेरी माँ। और बेशक वही है जिस तक पहुँचने की कोशिश मैं कर रही हूँ; उस तक पहुँचने के लिए ही यह सारा क़िस्सा मैंने शुरू किया है। किस

उद्देश्य से? उसे और लोगों से अलग कर देखने के लिए, उस पर और उसकी बातों पर प्रकाश डालने के लिए, उसकी प्रशंसा या उससे पीछे छुड़ाने के लिए; और कुछ भी कारगर नहीं होता है क्योंकि वह मेरे बहुत नज़दीक नज़र आती है, हमेशा की तरह। वह हमेशा की तरह अहम् है, उसकी उपस्थिति हर चीज़ को हलका कर देती है, पर फिर भी उसका चित्र धुँधला है और उसके व्यक्तित्व के पहलू एक-दूसरे में घुलमिल जाते हैं। जिसका मतलब है कि वह मेरे बहुत निकट है और मुझसे अलग होना उसे स्वीकार नहीं। और मैं चाहे जो कुछ करूँ, चाहे जितनी दक्षता और चतुरायी से उस तक पहुँचने का यत्न करूँ, उससे कोई फ़र्क़ नहीं पड़ेगा।

●●●

आभार प्रदर्शन

इन कहानियों के अनुवाद की प्रक्रिया में अनुवादक को अनेक व्यक्तियों से सुझाव, सहयोग तथा सहायता मिली। कनाडा में प्रयुक्त अंग्रेज़ी भाषा, उस देश में प्रचलित मुहावरों, पाश्चात्य संगीत तथा अंग्रेज़ी साहित्य के हवालों के स्पष्टीकरण सम्बन्धी अनेक बहुमूल्य परामर्श मिले। इसी प्रकार कुछ कहानियों के अंशों तथा कविताओं के उद्धरणों के अनुवाद के अन्य उदाहरण देख पाने पर इस पुस्तक में प्रयुक्त अनुवाद के मार्जन में बहुत सहायता मिली। ऐसे सुझावों तथा सहयोग का लेखा न रखने से व्यक्तिगत रूप से आभार प्रदर्शित करने में असमर्थ होने के कारण अनुवादक सभी सहयोगियों के प्रति सामूहिक रूप से कृतज्ञ है।